我 們 都是李白，
　　　我們都是張繼，

因為我們每個人都有
一顆詩詞的靈魂。

唐詩簡史

酈波

——

著

中華書局

自序

在當今這個忙碌而焦躁的時代，一家人能在一起做一件大家都感興趣的事情，無疑是最快樂、最幸福的。做完「中國詩詞大會」以後，我發現了一個現象，那就是許多家庭老、中、青三代又坐在一起看電視了。這說明詩詞的話題能激發我們幾代人的情感共鳴，喚醒我們內心深處的悸動。同時，這也讓我們不由得要去追問，在中華文明的長河中，為什麼詩詞的生命力如此旺盛！

中國是一個詩的國度，不論哪個年齡段，也不論當下身處何方，無論從事什麼工作，我們都背過「春眠不覺曉」，都背過「床前明月光」。詩詞總會在我們的成長記憶裏「隨風潛入夜，潤物細無聲」；所謂「腹有詩書氣自華」，詩詞給我們以高雅的氣質，給心靈以美的熏陶，並能夠給我們的靈魂以甜美的休憩。想像一下，若沒了崔顥、李白、孟浩然、杜甫，黃鶴樓上、晴川閣下該缺失多少韻味，登高望遠又何來壯懷激烈？

　　詩詞文化還與每個家庭的教育息息相關。我常跟中小學教師和家長們交流，我們有一個共識，都認為語文教育的關鍵目標便是喚醒孩子的母語感知能力，但是今天的教育卻離這個目標還有不小的差距。我們要承認，年輕一代的母語感知能力和思維能力在下降。從人類文明史的角度來看，這將會影響每一個個體乃至一個族羣的素質，這也是目前很多文化問題的癥結所在。

　　對於中國文化來講，能訓練母語感覺、提升感知和運用母語能力的媒介，最精粹而又符合中庸之道的，莫過於唐詩宋詞。一個民族文化的傳承有它的基因，詩詞就是我們中華民族的文化遺傳基因。雖然由於種種原因，這樣的傳承有過中斷，但只要有機會喚醒它，親近它，它就會立即引燃我們這個族羣血液中所蘊藏的文化火種，重新點亮我們的人生，給中華民族的偉大復興提供助力。

　　我有一個觀點，華夏文明發展的最大特色不是空間的擴張，而是時間的延續。因此，我在講詩詞時並不僅僅局限於唐詩宋詞，而是上下搜羅，古今貫通。但這次做這樣一個設計，寫這樣一本《唐詩簡史》，自然首先是由於一個重要的時間節點——自公元 618 年大唐王朝建立而觀之，2018 年將是大唐建國 1400 周年。

　　那是一個羣星璀璨的偉大時代，那是直到今時今日還依然活在我們心中的盛世大唐。唐詩，生動而全面地展

現了彼時身份複雜的詩人們對自然、社會和人生的終極思考，蘊藉着大唐神韻，盡顯中國文學與藝術的巔峰氣象，濃縮了華夏文明發展史上所積纍的文化精華，堪稱世界文學史上難以超越的經典。

經典最大的作用是甚麼？我覺得所謂經典，就是可以把它融進血脈裏、骨子裏，隨着人生的成長，就像造血幹細胞，可以在漫長的一生中不停地為我們提供滋養。事實上，不論得意還是失意，站在詩人曾經站過的地方，回眸詩人的身影，眼前有景，心中有情，我們的靈魂會瞬間被激活，和歷史、自然、社會、文化以及我們這個族羣中的所有人達成一種和諧共振。

這本書有一個副題，叫做「一個人，一首詩，一種人生，一部大唐」。書中我選了五十二位唐代詩人，每個人選一首詩，連李白、杜甫也只選一首詩。這些詩人和他們的詩以及他們的生命軌跡和人生感悟，穿越了千年，讓我們可以看到他們精彩紛呈的人生經歷，聽到來自大唐各個角落的聲音，接續上那曾經被淡忘的文化血脈，回望那一段盛世年華，觸摸到華夏文明的精髓所在。當然，就唐詩而言，能選、可選、想選的詩人和詩太多了，但既然是簡史，也就無法面面俱到。相信以後，還會有緣以各種方式，與同好們在一起品讀更多的唐詩。

在中國的各種文學形式中，詩歌在民間的傳播應該

是最廣泛的，而其中唐詩尤甚。我以為，這不僅緣於唐詩藝術上的偉大成就，更在於唐詩所呈現出來的一種博大胸懷，萬千氣象。當我們誦讀「海內存知己，天涯若比鄰」的時候，當我們誦讀「人生代代無窮已，江月年年只相似」的時候，當我們誦讀「海日生殘夜，江春入舊年」的時候，我們胸中升騰起的該是一種怎樣磅礴的氣象！當我們誦讀「孤舟蓑笠翁，獨釣寒江雪」的時候，當我們誦讀「借問酒家何處有，牧童遙指杏花村」的時候，我們又感受到了怎樣的生命張力，體悟到與自我、與他人、與天地自然的大和諧！而當我們誦讀「人面不知何處去，桃花依舊笑春風」的時候，當我們誦讀「去春零落暮春時，淚濕紅箋怨別離」的時候，當我們誦讀「玲瓏骰子安紅豆，入骨相思知不知」的時候，撲面而來的則是唐人那生動的喜樂與悲歡。

在考察了唐詩的流傳歷史後，我們可以清楚地看到詩詞乃是全民的財富，是大眾的財富。就像李白的《靜夜思》，這首詩的版本我見過的就有八九種之多，還有人說找到了五十多種。之所以會如此，是因為在詩歌的流傳過程中，全民都參與了作品的再創作。根據版本學研究的成果，李白原詩應為「床前看月光，疑是地上霜。舉頭望山月，低頭思故鄉」，現在流行的版本則是我們耳熟能詳的「床前明月光，疑是地上霜。舉頭望明月，低頭思故鄉」。應該說，這樣的改變，更好地體現了漢語的特色，將母語

表現力強的優點發揮到了極致。漢語是一種分析性語言，它重實詞，而輕助詞、虛詞，哪怕連動詞都省略了，也能很好地表情達意，甚至更能體現出至純的境界。「看月光」，多了個動詞，顯得不那麼純粹；改成「明月光」後，境界瞬間得到了昇華。「舉頭望山月」，最後改成「望明月」，省卻了與月亮這個意象可能相互干擾的「山」的意象，變得更純粹，所表達的思鄉之情也就更醇厚了。

還有一個例子。張繼寫《楓橋夜泊》，「月落烏啼霜滿天，江楓漁火對愁眠」，當時的姑蘇城外原本沒有楓橋而是封橋，就是封建的「封」，馬上封侯的「封」。封橋的意思不是取景，而是取功名。《楓橋夜泊》寫完以後，因為這首詩影響太大了，「封橋」就被改成了「楓橋」。但問題是，楓橋是後出現的，為什麼詩題卻是《楓橋夜泊》呢？那是因為張繼寫的時候，詩題根本就不叫《楓橋夜泊》，而是《夜泊松江》。因為這首詩，當地把名字改成了楓橋；而詩題到了《唐詩三百首》，就已經改成《楓橋夜泊》，因此我們今天所讀到的就是《楓橋夜泊》了。這個事例不僅再次說明中國目前流傳的許多詩歌作品是全民參與的結果，而且還讓我們看到了文學作品反過來影響乃至改變社會現實的奇特現象。

當下，中國電視上的詩詞節目很熱，有許多朋友問我這個熱勁兒還能堅持多久？我覺得它能熱多久，接下來是

否還有新的熱點，都沒有太大關係。它只要熱過了，作為一個文化的引子，在社會上能夠引發一種共鳴、共識，對於中華文明的復興起到一種積極的推進作用，它的歷史使命就達到了。這本小書的作用也是如此。

　　人生就是在路上。只要我們內心有堅定的信仰，又能在紅塵的喧囂中隨時清空自我，去快樂地感受自然與人生，這就說明我們悟到了詩詞的真諦，也找到了自己的那顆心。

一句詩

一種心情

一個人

一處風景

人生自有詩意

活出自己

便是照破黑暗的光明

　　我們都是李白，我們都是張繼，因為我們每個人都有一顆詩詞的靈魂。

酈波

丁酉年冬至日於金陵水雲閣

目錄

初唐

○○二　　打開盛唐大門的鑰匙

　　　　——王勃《送杜少府之任蜀州》

○○九　　儒生　儒將　讀書人

　　　　——楊炯《從軍行》

○一六　　我選擇站在命運的身後，思考、歎息、微笑

　　　　——盧照鄰《元日述懷》

○二二　　曲項向天而歌

　　　　——駱賓王《在獄詠蟬》

○三○　　繁華落幕　思念登場

　　　　——沈佺期《獨不見》

○三七　　如有詩心，請遠離名利場

　　　　——宋之問《渡漢江》

○四三　　人之為人的思考、情懷與追求

　　　　——劉希夷《代悲白頭吟》

〇五一　落淚的子昂
　　　　——陳子昂《登幽州台歌》

〇五八　孤篇橫絕 壓倒全唐
　　　　——張若虛《春江花月夜》

盛唐

〇七二　風度、氣度與溫度
　　　　——張九齡《望月懷遠》

〇七九　天地之間 一點浩然
　　　　——孟浩然《望洞庭湖贈張丞相》

〇八六　絢爛之極 歸於平淡
　　　　——王維《終南別業》

〇九四　我流淌 我清澈 我生活
　　　　——儲光羲《詠山泉》

一〇〇　政事堂上 盛唐代言
　　　　——王灣《次北固山下》

一〇八　回望千年，看他獨立鸛雀樓上
　　　　——王之渙《登鸛雀樓》

一一六　酒神精神的中國氣質
　　　　——王翰《涼州詞》

一二六　　　所謂英雄
　　　　　——王昌齡《出塞》（其一）

一三四　　　純粹理性批判
　　　　　——李頎《古從軍行》

一四三　　　一代文人俠士的大唐傳奇
　　　　　——高適《燕歌行》

一五三　　　苦寒的生活 壯大的歌唱
　　　　　——岑參《白雪歌送武判官歸京》

一六二　　　思緒飛旋 青春盛唐
　　　　　——崔顥《黃鶴樓》

一七〇　　　一個人，一座城，一首詩
　　　　　——李白《登金陵鳳凰台》

一八一　　　一個王朝的流離命運
　　　　　——杜甫《登岳陽樓》

中
唐

一九二　　　魂兮歸來 歸去來兮
　　　　　——劉長卿《逢雪宿芙蓉山主人》

一九九　　　我用詩 呼吸了多年
　　　　　——韋應物《滁州西澗》

二〇八　　自然的審視 命運的目光

　　　　——張繼《楓橋夜泊》

二二〇　　萬頃波中得自由

　　　　——張志和《漁歌子· 西塞山前白鷺飛》

二三一　　假如愛有天意

　　　　——顧況《葉上題詩從苑中流出》

二四〇　　才子冠冕 好詩佳釀

　　　　——盧綸《和張僕射塞下曲》（其二）

二四八　　一念彼此 歲月斑斕

　　　　——司空曙《喜外弟盧綸見宿》

二五六　　當時遇見，青青在否？

　　　　——韓翃《章台柳》

二六六　　最後的邊塞詩人

　　　　——李益《夜上受降城聞笛》

二七四　　浩然而獨存

　　　　——韓愈《左遷至藍關示姪孫湘》

二八四　　難忘慈與愛

　　　　——孟郊《遊子吟》

二九一　　人生的夾縫

　　　　——賈島《劍客》

二九九　　　　人間自有情詩 此愛不關情事

　　　　　　——張籍《節婦吟寄東平李司空師道》

三〇七　　　　偉大的詩與並不偉大的詩人

　　　　　　——李紳《憫農》（其二）

三一五　　　　最深的愛 最好的你

　　　　　　——元稹《離思》（其四）

三二一　　　　未果初戀 永世傷痕

　　　　　　——白居易《夜雨》

三二八　　　　千萬孤獨的境界

　　　　　　——柳宗元《江雪》

三三六　　　　英雄本色

　　　　　　——劉禹錫《酬樂天揚州初逢席上見贈》

三四四　　　　不可不信緣

　　　　　　——崔護《題都城南莊》

三五二　　　　唐詩中的女性聲音

　　　　　　——薛濤《牡丹》

三六〇　　　　豐滿的理想 悲哀的現實

　　　　　　——李賀《南園》（其五）

晚唐

三七〇　唐詩中的女性命運
　　　——張祜《宮詞》

三七八　茶之道　茶之境
　　　——盧仝《七碗茶歌》

三八五　我用生命　用華年　撥動心弦
　　　——李商隱《錦瑟》

三九七　清明之謎
　　　——杜牧《清明》

四〇四　入骨相思知不知
　　　——溫庭筠《新添聲楊柳枝詞》（其二）

四一一　晚唐詩人的不屈與堅持
　　　——羅隱《蜂》

四一九　人生的感傷、感懷與感慨
　　　——韋莊《台城》

四二七　一寸光陰一寸金
　　　——王貞白《白鹿洞》

王楊盧駱當時體，
　　輕薄為文哂未休。

　爾曹身與名俱滅，
不廢江河萬古流。

打開盛唐大門的鑰匙

　　在「初唐四傑」中，王勃向來是排第一的。杜甫那首《戲為六絕句》（其二）詩中亦是如此。

　　但是在當時，楊炯說過一句話，叫「愧在盧前，恥居王後」。就是說，楊炯的心裏有些不服王勃。至於他說愧在盧照鄰之前，或許只是一句客氣話，是一句託詞，而不服氣身居王勃之後，可能才是他的心裏話。

　　我們先來看看王勃的詩吧，一起欣賞一下他那首《送杜少府之任蜀州》。詩云：

王勃——《送杜少府之任蜀州》

城闕輔三秦，風煙望五津。

與君離別意，同是宦遊人。

海內存知己，天涯若比鄰。

無為在歧路，兒女共沾巾。

　　這首詩歷來被當作王勃的豪情之作。楊炯《從軍行》中，其實也充滿了「寧為百夫長，勝作一書生」的壯志豪情，那麼王勃的豪情和楊炯的豪情又有什麼不一樣呢？

　　一般都認為王勃的這首《送杜少府之任蜀州》開篇氣象雄渾，境界闊大。

　　「城闕輔三秦」，其實是說城闕以三秦為輔，這裏的城闕當然是指唐代的京師長安城，而陝西的八百里秦川是故秦國之地。秦末農民起義時項羽破秦，把關中一分為三，分給秦國的三個降將，所以又稱三秦之地。而「風煙望五津」呢？古人折柳送別，大多在江邊送行，順江流遠望，風煙在眼。五津是指岷江的五個渡口，分別是白華津、萬里津、江首津、涉頭津、江南津。《說文解字》說，津，水渡也。詩人以五津代指岷江，又以岷江泛指蜀川。

　　不過，首聯雖然氣勢雄渾，對仗工穩，但這種雄渾、工穩卻依然是送別詩的標準套路。那麼，他的這位友人要去哪裏呢？要去蜀州任少府之職，五津就是這位杜少府要去的地方。所以王勃說，從我們站立的地方，到你要去的遠方，我的目光會一直追隨着你的身影，隨着你漸行漸遠。這就是友人之別啊！

　　因此，在「城闕輔三秦，風煙望五津」之後詩人直抒胸臆，說「與君離別意，同是宦遊人」。請注意，這裏的

頷聯和後來我們看到的盛唐、中唐、晚唐時期標準的五律不太一樣。就格律詩中的五律、七律而言，一般首聯、尾聯可以不必那麼對仗，但是頷聯、頸聯一定要工穩對仗，而王勃卻沒有那麼講究。「與君離別意，同是宦遊人。」我和你一樣，為什麼離別時心中都有着無限的情誼？因為我們同在宦海中浮沉，有着同樣的命運。首聯的對仗極其工穩，而談及雄渾景物背後的離別之情，王勃卻只是隨着心意率性道來。這固然看出初唐時期的律詩，在格律規範上還不像盛唐、中唐那樣嚴謹，同樣也可以看出王勃創作的別具特色。這樣一來，也就為第三聯的奇峰突起、橫空出世，埋下了伏筆。

「海內存知己，天涯若比鄰。」只要在這世上還有你這樣的知己，縱是遠在天涯，也如近在比鄰。這是何等的格局與胸懷，這是自《詩經‧燕燕》以來，千古離別詩中忽然閃現的一種超越離別之悲的昂揚的最強音。這種氣勢已經不只是王勃的氣勢，這種格局已經不只是王勃的格局，這種昂揚也已經不只是王勃的昂揚。這句「海內存知己，天涯若比鄰」的氣勢、格局與昂揚，其實是在呼喚一個胸襟無比闊大的盛唐的出現。

放眼唐代的發展歷程，王勃的這一句「海內存知己，天涯若比鄰」，其偉大之處在於它就是王勃藉以打開盛唐氣象的那把鑰匙。從此，一種叫作唐詩的歌唱，一幅叫作

盛唐氣象的歷史畫卷，在這句「海內存知己，天涯若比鄰」之後漸次展開。

比之王勃的豪放，楊炯的《從軍行》，「烽火照西京，心中自不平」「寧為百夫長，勝作一書生」，固然也雄健豪放，但是它體現的是文人的健兒姿態，是儒生投筆從戎的剛健豪邁，是個體的精神面貌。而王勃的「海內存知己，天涯若比鄰」卻是為整個時代張目，為緊接着而來的盛唐開啟了大門。因此，若以在詩史上的地位與價值論，楊炯自己固然「恥居王後」，但比之王勃的天縱奇才，尤其是把握時代的命脈與節奏、實現與緊接而來的盛唐時代的共振這一點上，楊炯確實是要稍遜一籌的。

然而可惜的是，命運並沒有眷顧這樣天才的王勃。

「無為在歧路，兒女共沾巾」，尾聯承續「海內存知己，天涯若比鄰」而來，是與友人共勉，我們絕不要在岔路口上分手之時學那小兒女態，不要悲傷，不要淚濕佩巾，要以人生的志向相互期許，在天涯若比鄰的人生裏書寫各自的輝煌。這是多麼美好的願望啊！然而，這個少年天才接下來的命運卻是「多歧路，今安在」。

《送杜少府之任蜀州》應該作於他十七歲到十九歲之間，正是他風華正茂的青春年華。

王勃出生世家望族，其祖父王通是隋末大儒。王勃六歲便能詩文，世人目之為神童，十四歲的時候即上書朝廷

右相，抨擊窮兵黷武的朝政「闢土數千里，無益神封；勒兵十八萬，空疲帝卒」，連唐高宗都覺得眼前一亮。十四歲的王勃即為朝廷破格錄用，拜為朝散郎。可以說，十四歲到十九歲之間的王勃意氣風發，他的才情、他的創作，都在為盛唐氣象的到來打開大門。

可是人生在世，稍不留神便會樂極生悲。王勃因才華橫溢而被沛王徵為侍讀，沛王與英王鬥雞，王勃湊了不該湊的熱鬧。也許是為了助興，王勃為沛王鬥雞寫下《檄英王雞》一文。那時貴族公子以鬥雞為樂，本是常態，更何況是高宗的兒子們。但王勃以朝廷與世人推崇的文采，以檄文之體來寫鬥雞之文，確實有些不太檢點。看了這篇《檄英王雞》之後，本來脾氣不錯的唐高宗也大發雷霆，認為王勃不懷好意，挑撥皇子之間的關係，於是把他革除官職，逐出王府。無意之間，王勃用自己的才華為自己的命運挖下一個深坑。他無奈地跳入自己挖下的坑中，獨自飲下命運的苦酒。

正是因為這篇《檄英王雞》文，王勃昂揚的人生命運從此急轉直下。

王勃先是在蜀中遊歷，雖仕途不順，但才名正盛，愈發名揚天下。到了咸亨三年，王勃在友人的幫助下，謀得虢州參軍之職。任職期間有一個叫曹達的官奴犯罪，王勃先是將他藏匿起來，後來又怕走漏風聲，居然進退失據，

將曹達滅口。事發之後，王勃被判死刑，好在遇赦沒有被處死。當然，學界也有觀點認為，是有人嫉妒王勃的才華故意陷害他。但不管真相如何，在倒霉的命運面前，王勃已經盡顯窘迫之色。不僅王勃自己，這件事還連累了他的父親。就因為王勃之罪，其父被遠貶交趾——也就是現在的越南河內，去做縣令。

上元二年，身為孝子的王勃一因愧疚，二因思念，決定出發前往交趾看望父親。路過南昌的時候，因緣際會，已是滄桑滿面的王勃寫下了名傳千古的《滕王閣序》與《滕王閣詩》，成就「落霞與孤鶩齊飛，秋水共長天一色」的千古名句。可是，就像一句「海內存知己，天涯若比鄰」，並不能挽回他多舛的命運，千古不朽的《滕王閣序》也不能改變他前路的悲涼。

王勃在《滕王閣序》裏說：「勃，三尺微命，一介書生。無路請纓，等終軍之弱冠；有懷投筆，慕宗慤之長風。」想來他也願像宗慤，像太白那樣，願乘長風破萬里浪，「長風破浪會有時，直掛雲帆濟滄海」。可惜「明月不歸沉碧海，白雲愁色滿蒼梧」，王勃的命運着實讓人扼腕歎息。就在寫下《滕王閣序》的第二年秋天，王勃由廣州渡海遠赴交趾，途中遭遇不幸，落水後驚悸而卒，時年僅二十七歲。

我常想，如果命運能夠稍稍眷顧一下天才的王勃，

大唐會不會出現兩個李白呢？如果不曾寫那篇鬥雞文，如果不曾情急之下殺官奴，如果不曾明月不歸，沉於碧海，那麼已寫下「海內存知己，天涯若比鄰」的王勃，已寫下「落霞與孤鶩齊飛，秋水共長天一色」的王勃，以他的學識、才情，會不會秀口一吐，早就吟出半個盛唐來呢？

人生的命途真是「多歧路，今安在」！

好在王勃之後還有李白，好在王勃一句「海內存知己，天涯若比鄰」，已經先聲奪人，宣告了盛唐的到來。

儒生 儒將 讀書人

　　華夏文明史上的健兒形象，有黃裳《減字木蘭花》中龍舟競渡的健兒，有潘閬《酒泉子》中在錢塘大潮中弄潮的健兒。這裏我要講另一種健兒，也是我個人最推崇的真正意義上的健兒。

　　我們要賞讀的是「初唐四傑」中楊炯的那首千古名作《從軍行》。詩云：

楊炯 ——《從軍行》

烽火照西京，心中自不平。

牙璋辭鳳闕，鐵騎繞龍城。

雪暗凋旗畫，風多雜鼓聲。

寧為百夫長，勝作一書生。

健兒這個詞在古代最早指的是兵卒、士兵，後來引申為勇士、壯士。比如《樂府詩集》裏《折楊柳歌辭》就說：「健兒須快馬，快馬須健兒。」這就是指駿馬上的健兒，其實就是騎兵。當然，健兒也不光指騎兵，像《三國志·甘寧傳》裏就說，甘寧其人，「開爽有計略，輕財敬士，能厚養健兒，健兒亦樂為用命」。就是說甘寧為將愛惜士卒，而士卒也願意為他效命。因此，健兒可以泛指所有軍卒、士兵、壯士、勇士。杜甫《草堂》詩裏說「天下尚未寧，健兒勝腐儒」，意思就是慨歎亂世之中，健兒可要比書生、腐儒重要得多。

《從軍行》本來是樂府舊題，屬於《相和歌辭》裏的《平調曲》。自秦漢以來，中原文明與北方遊牧民族的矛盾，成為華夏文明史上最集中的矛盾。從秦漢魏晉南北朝一直到初唐，這種南北方向的衝突從未間歇。所謂烽煙四起，戰火頻仍，北方遊牧民族不時犯邊，在魏晉南北朝，中原文明幾乎遭受滅頂之災。即便到了唐初，這種來自北方遊牧民族的烽煙之警其實也一直是中原士族的心頭之痛。

因此，這首《從軍行》開篇說「烽火照西京」，就是說邊境有事。西京，當然就是長安。所謂「烽火照西京」，是說邊境報警，烽火台的烽火站站傳遞，一直照耀到長安。這就使得有志男兒「心中自不平」。但是，這個

感到不平的年輕人本來就是一個勇士、壯士嗎？非也。他只是擅長筆墨文章的一介書生！他並不會打仗，也沒有什麼功夫；他擅長的是筆桿子，並不是槍桿子。可就是這樣一個文弱書生，看到烽火照京、狼煙四起，他要在國家危難之際，投筆從戎，挺身而出。

這一形象，不由得讓我們想起了東漢的班超。

漢明帝永平五年，也就是公元 62 年的時候，班超的哥哥班固被召入京任校書郎，班超就跟着哥哥一起到了洛陽。班超跟哥哥一樣，都是標準的儒生。因為家境貧寒，班超當時就替官府抄寫文書維持生計。這時北匈奴屢屢犯邊，班超每日伏案揮毫，常「輟業投筆而歎」，說「大丈夫無他志略，猶當效傅介子、張騫立功異域，以取封侯，安能久事筆硯間乎？」旁邊的人都笑話他，說你就是一個小小抄書郎，還想着像張騫那樣立功西域，怎麼可能呢？班超慨歎曰：「小子安知壯士志哉？」遂投筆從戎。

永平十六年，班超跟隨大將軍竇固出兵攻打匈奴。班超一開始也不過只是任假司馬之職。假司馬，就是代理司馬，官職非常小。但這是班超從書生生涯轉向軍旅生涯的第一步。班超隨竇固進軍伊吾，戰於蒲類海，小試牛刀，居然斬獲良多。竇固非常欣賞他，後來就委以重任，派他和從事郭恂一起出使西域，希望聯合西域各國夾擊北匈奴。

班超和郭恂就帶着三十六人向西域進發，先到達了鄯善國。鄯善王開始對漢使噓寒問暖，但後來突然改變了態度。班超憑着自己的機智和敏感，估計其中必有原因。一調查，果不其然，原來是北匈奴的使者也到了。而鄯善王由於懼怕匈奴的兵威，態度明顯轉向。於是班超就對手下說，這個時候「其勢危矣」，「不入虎穴，不得虎子」。班超率領手下三十六將士直奔匈奴使者大營。當時颳着大風，班超就命十人把鼓藏在匈奴大營的駐地之後，約好一見火起，就猛敲戰鼓，大聲吶喊。並讓其他人拿着弓弩埋伏在大營兩側。安排已畢，班超順風縱火，一時之間前後鼓噪，聲勢喧天。匈奴人亂作一團，逃遁無門。班超親自手刃三個匈奴使者，他的手下盡殲匈奴使團。

大功告成之後，郭恂才知道情況。郭恂先是大吃一驚，接着臉上又現出不平之色。班超知道他心存嫉妒，就把首功讓與郭恂。然後班超請來鄯善王，把匈奴使者的首級給他看，鄯善王大驚失色，舉國震恐。於是班超好言撫慰，曉之以理，動之以情，整個鄯善歸附漢朝。

班超憑着個人的機智，帶着手下這三十多人縱橫西域三十年，把西域治理得井井有條。後來班超年老，思念故土，上表朝廷說「臣不敢望到酒泉郡，但願生入玉門關」，一片痴情感天動地。於是，朝廷准許班超東返。班超第一次離開西域的時候，西域諸國挽留不止，諸國百姓

民心全都繫於班超一人。班超以一介書生立下蓋世功勳，終封定遠侯，成投筆從戎之千古典範、萬世楷模。

歷史上既然有班超這樣的典範與楷模，自然會有數不盡的後世英俠。所以「烽火照西京，心中自不平」。大好青年有志報國，投筆從戎，自是書生健兒。於是，人生畫卷從此展開，正所謂「牙璋辭鳳闕，鐵騎繞龍城」。牙璋，是古代發兵所用的玉製兵符，分為兩半，凹凸鑲嵌就成牙齒咬合狀。一半交給主將，一半留在朝廷之中，作為調動軍隊時用的憑證。鳳闕，是皇宮的代稱。漢代建章宮的圓闕上有金鳳，故稱鳳闕，後來泛指皇宮，但此處指的就是長安。「牙璋辭鳳闕」是說領兵離京，既然大軍離京，那麼兵鋒所指又指向哪兒呢？「鐵騎繞龍城」。這裏的龍城就是匈奴祭天聖地龍城。

王昌齡《出塞》中「但使龍城飛將在，不教胡馬度陰山」裏的「龍城」到底指哪裏，固然還有爭議，但在楊炯的《從軍行》裏應該非常明確，就是用的衛青奇襲龍城的典故。衛青和班超一樣都出身貧寒，衛青甚至又更下之。他原是平陽公主的騎奴，因為姐姐衛子夫得寵，衛青得以嶄露頭角，而且一露就頭角崢嶸。

西漢元光六年，也就公元前 129 年，匈奴大軍南下直指上谷。漢武帝任命衛青為將北擊匈奴，從此衛青開始了從奴隸到將軍的人生歷程。這次出兵，漢武帝共派四路

出擊，衛青兵出上谷，公孫敖兵出代郡，公孫賀兵出雲中，而飛將軍李廣兵出雁門。四路大軍各一萬騎兵，兩路失敗，一路無功而返，惟有衛青，雖是首次出征，卻果敢冷靜，出其不意深入險境，直搗匈奴祭天聖地龍城，斬首俘虜近千人，取得漢匈之戰中第一次決定性的勝利，打破了自漢初以來匈奴不可戰勝的神話。

所以說「牙璋辭鳳闕，鐵騎繞龍城」，先輩們的英雄事跡在文明的傳續中代代相傳，無時無刻不激勵着後來者。哪怕軍旅艱苦，哪怕戰事慘烈，哪怕「雪暗凋旗畫，風多雜鼓聲」，哪怕大雪瀰漫、遮天蔽日，讓軍旗上的彩畫都顯得黯然失色，哪怕狂風呼嘯，寒風凜冽與雄壯的進軍鼓聲交織在一起，讓人心旌搖動，哪位投筆從戎的書生健兒，都會毅然決然、慷慨激昂地說出那名震千古的誓言「寧為百夫長，勝作一書生」。百夫長是最低級的軍官，他是說，哪怕只是做一個帶領百名士卒的低級軍官，也要在國家危難之際挺身而出，馳騁沙場熱血報國。

這一句「寧為百夫長，勝作一書生」在歷來民族危亡抵禦外辱之際，不知道激勵了多少代青年學子走上沙場，拋頭顱，灑熱血，用平凡之軀、書卷之氣，撐起護國的長城。這也正是我們要說的這首詩的關鍵所在。

在西方戰爭史上，上戰場打仗的人一定要是武將出身，或者說是軍事學校畢業。比如說拿破崙，如果不是從

炮兵學院科班出身，不可能取得那樣的成績。再比如説克勞塞維茨，雖然寫出《戰爭論》，但自己打仗的水平並不怎麼樣，甚至還戰敗被俘。唯獨中國有一類奇特的將領叫作儒將。他們平常是握筆桿子的，當國破家亡、民族危難之際，他們放下筆桿子拿起槍桿子，上陣殺敵，所向披靡，居然戰無不勝、攻無不克，誰都打不過他們。

　　創造了奇跡的儒將不是一個兩個，而是一批又一批。漢代的班超，三國時的周瑜、陸遜，唐初的李靖，明代的于謙、王陽明、袁崇煥，清代的曾國藩、左宗棠、彭玉麟，都是如此。他們從前都是書生，可是一旦涉足軍事，他們的才華宛如夜空中耀眼的明星，不僅照亮了人類的戰爭史，也在人類的文明史上留下了難以磨滅的印跡。

　　什麼叫健兒？真正的強健是責任，是強烈的使命意識和強大的擔當精神。

　　這就是儒生，這就是儒將，這就是以天下興亡為己任的中國讀書人。

我選擇站在命運的身後，
思考、歎息、微笑

「初唐四傑」——王、楊、盧、駱，楊炯說他「愧在盧前，恥居王後」。我們已經講了王勃和楊炯，接下來就來談一談盧照鄰吧。

談到盧照鄰，究竟應當選擇哪一首詩呢？想來想去，我還是選擇了五言律詩《元日述懷》。詩云：

盧照鄰
——
《元日述懷》

筮仕無中秩，歸耕有外臣。

人歌小歲酒，花舞大唐春。

草色迷三徑，風光動四鄰。

願得長如此，年年物候新。

這首詩的後三聯都寫得清新可人。「人歌小歲酒，花舞大唐春」，對仗非常工穩、漂亮。「草色迷三徑，風光動四鄰」，也同樣如此，包括最後一句「願得長如此，年年物候新」，都給人充滿希望的感覺。唯獨第一聯「筮仕無中秩，歸耕有外臣」，毫無出奇之處，其表達的意思或意境彷彿也並無新意。不過，解讀這首詩的關鍵全在第一聯。而要明白這其中的深意，還是繞不過他的名作《長安古意》。

《長安古意》上來寫長安的奢華氣象：「長安大道連狹斜，青牛白馬七香車。玉輦縱橫過主第，金鞭絡繹向侯家。龍銜寶蓋承朝日，鳳吐流蘇帶晚霞。百尺遊絲爭繞樹，一群嬌鳥共啼花。」寫得何等繁花似錦，何等喧囂榮華！誰讀這首《長安古意》，會不喜歡盧照鄰「借問吹簫向紫煙，曾經學舞度芳年。得成比目何辭死，願作鴛鴦不羨仙」的情景？那簡直就是萬丈紅塵裏最美的不期而遇。當然，盧照鄰自己並不嚮往這種紅塵中的「得成比目」和「願作鴛鴦」。他寫盡長安城裏的痴男怨女，寫盡陷落天下繁華中的貴族、豪俠與娼家姿態，其實都是為了證明黑夜給了他一雙黑色的眼睛。只有這雙黑色的眼睛，才能把黑暗與光明看得分明。

盧照鄰筆下那些自以為是的豪門子弟，他們都過着怎樣的生活？「妖童寶馬鐵連錢，娼婦盤龍金屈膝。御史府中烏夜啼，廷尉門前雀欲棲。隱隱朱城臨玉道，遙遙翠

幰沒金堤。挾彈飛鷹杜陵北，探丸借客渭橋西。俱邀俠客
芙蓉劍，共宿娼家桃李蹊。娼家日暮紫羅裙，清歌一囀口
氛氳。北堂夜夜人如月，南陌朝朝騎似雲。」而且，在他
們的身後還有一羣當權者：「別有豪華稱將相，轉日回天
不相讓。意氣由來排灌夫，專權判不容蕭相。專權意氣本
豪雄，青蚪紫燕坐春風。自言歌舞長千載，自謂驕奢凌五
公。」那些不可一世的權貴們過着天堂般花天酒地的生活。

　　這篇《長安古意》除了在詩歌體裁史上具有重要的地
位，它的內容也具有深刻的思考與批判性。

　　盧照鄰，字昇之，他前半生的命運真像他的字一樣，
如初日之昇，如光照降臨。他出身於范陽盧氏，是唐代望
族「五姓七家」之一。唐代是一個非常講究貴族出身和貴
族精神的時代，李世民平定天下之後，即組織人力編訂
《氏族志》為世家大族張目。范陽盧氏地位顯赫。我們知
道柳宗元之所以少年自負，就是因為不僅他的父親是河東
柳氏一族，而他的母親更是出身於范陽盧氏。

　　盧照鄰既出身名門，又自幼聰穎，讀書尤其刻苦。
少年治學起步，曾經師從名儒研習小學與經史之學。在中
國傳統文化中，詩詞並不像今天這樣被看重，而小學與經
學、史學才是古人認為的治學正途。小學就是文字學、音
韻學與訓詁學；寫下千古第一家訓的曾國藩就曾為子孫留
言說，「訓詁乃治學根本」，又說「經史乃國學根底」。

　　盧照鄰年輕的時候，即被徵辟為鄧王李元裕府的典籤，才學備受推崇。鄧王李元裕曾經四處誇耀說：「此吾之相如也。」就是把盧照鄰視為西漢天下第一才子司馬相如。典籤之職掌書冊帛書，就是負責典籍與檔案，盧照鄰因此更是學問精進，其前半程的人生真是如日照臨，如日之昇。

　　可是盧照鄰後來又號「幽憂子」，固然因為他出生於幽燕之地，但幽與憂兩字，也深刻的預示並揭示了他後來多舛的命運。盧照鄰雖然才學滿腹，出身名門望族，被世人所推崇，但是他卻終身遭受疾病的折磨。通過史料可以看出，他後來為之終生困擾的應該是一種肌肉萎縮症，臨終之前雙足與一手因肌肉萎縮而盡廢，也就是說近乎四肢殘疾。或許是病痛給了他別樣的深刻，於是他用命運賜予他的黑色之眼，寫下了充滿批判與諷刺的《長安古意》。據說那一句「梁家畫閣中天起，漢帝金莖雲外直」得罪了武則天的侄兒武三思，盧照鄰因此入獄。後經友人營救，方得出獄。

　　出獄之後，盧照鄰的疾病迅速發作，病況越來越重，無奈之下只得隱入秦嶺太白山中。又因治病心切，反而服丹藥中毒，使得病況加重，手足俱殘。後來，盧照鄰還曾拜著名的醫家國手孫思邈為師，然而就連「藥王」孫思邈對盧照鄰的病情亦無可奈何。於是在他的老師「藥王」孫思邈辭世之後，盧照鄰不知是為了追隨他的老師，還是不

堪忍受疾病的痛苦與命運的嘲笑，終於在與家人訣別之後，投潁水自殺而死。

了解了盧照鄰這樣當初如日照臨、如日之昇的前半生，後來卻幽居山中、憂憤孤悶的命運，我們就可以回頭來看他的這首《元日述懷》了。這首詩是他晚年僻居太白山中，病況愈重時所作。

這首詩的題目叫作《元日述懷》，「元日」就是大年初一，這是多麼獨特的一天啊！即使身染沉痾、手足俱廢的盧照鄰也勉強打起精神，寫下這樣一首「元日」詩。

「筮仕無中秩，歸耕有外臣。」「筮」就是卜筮，古時用甲骨占卜叫作「卜」，用筮草占卜叫作「筮」。盧照鄰既然精於小學與經史，想來對易學一定深有研究。他之所以能在裘馬輕狂的青春歲月裏，寫下那樣深刻的《長安古意》，大概也是基於對命運的探知與認識。「筮仕無中秩」，盧照鄰是說通過占卜，早就知道自己的人生、命運不可能飛黃騰達，只能做那歸耕隴畝、隱居藩外之臣，這其實早就是命定了的事。所以我們看，首聯寫的不是一般的仕途無望，不是一般的歸隱田居，而是對自己命運的清醒與悲歎：既然命運早就安排下比悲傷更悲傷的情節，那就讓它一幕幕上演吧。盧照鄰說，我雖然離開繁華的長安，來此寂寞的山中，我的命運雖然悲哀，但這世界依然要迎來春天。

「人歌小歲酒，花舞大唐春。」「小歲」就是臘日的第二天，從「小歲」這一天起，人們就開始準備着慶賀新年，他們的歡樂一直延續到今天。在這種歡樂的氛圍下，連花都開始盛開了。「花舞大唐春」，花迎來的不是小山村的春天，而是整個大唐的春天，這是何等的胸襟與氣魄！一朵花能舞動大唐的春天，那麼一首歌即將唱來盛唐的歲月。

想到這樣的未來，在即便是多病的詩人眼中，即將到來的春天也是「草色迷三徑，風光動四鄰」。門前的那些小路，大概就是他的人生知己、他的老師「藥王」孫思邈來為他治病時走過的小路吧。此時綠草已開始萌芽，嫩綠的草色掩映着小路，而美好的風光已驚動了四鄰，這是一種多麼美好的春意，這也是一種多麼美好的開始啊！

自身命運多舛的詩人，最終忘記了自己的悲傷，因為四鄰、因為小路、因為草色、因為喝酒的人們、因為舞動大唐春天的花兒。這時，他說出了美好的祝願——「願得長如此，年年物候新」，願人生永遠像這一天這樣歡樂啊！願年年歲歲風物常新、生命常新！這是一個生命即將枯萎的詩人的美好願望。

盧照鄰寫下這首詩的時候，生命即將枯萎，而靈魂卻永遠新鮮。這新鮮又充滿了生命力的靈魂，其實就是即將在歷史的天空中展露異樣風采的大唐的靈魂！

曲項向天而歌

　　毫無懸念，在講完了「初唐四傑」的前三傑，下面必然就要講到大名鼎鼎的駱賓王了。

　　欣賞駱賓王的詩，自然要講「千古詠蟬第一」的《在獄詠蟬》。駱賓王這首《在獄詠蟬》，其實和王勃《滕王閣詩》一樣，都有一篇著名的序。因此，前者的全稱應該是《在獄詠蟬詩並序》，而後者也同樣應該叫作《滕王閣詩並序》。詩云：

駱賓王 ——《在獄詠蟬》

西陸蟬聲唱，南冠客思深。
那堪玄鬢影，來對白頭吟。
露重飛難進，風多響易沉。
無人信高潔，誰為表予心。

　　有意思的是，雖然王勃和駱賓王都是駢文大家，也都是初唐詩壇四傑，可是他們這兩首連詩帶序的作品流傳到後世的境遇卻大不相同。王勃為人傳誦千古的是他的《滕王閣序》，而那首詩「滕王高閣臨江渚，佩玉鳴鸞罷歌舞。畫棟朝飛南浦雲，珠簾暮捲西山雨。閒雲潭影日悠悠，物換星移幾度秋。閣中帝子今何在？檻外長江空自流」，名聲卻遠不如《滕王閣序》。反過來，駱賓王的《在獄詠蟬序》寫了這首詩的創作來由，是一篇文采斐然、華章滿目的古文加駢文的佳作，可是後來《在獄詠蟬》名聞天下、傳誦千古，這篇序文卻幾乎沒有多少人關注。

　　為什麼這兩首詩、這兩篇序在後世流傳、傳播的命運，如此不同呢？原因就在於對命運的感慨深重。感慨的部分在哪裏，哪一部分就能打動人心。

　　《滕王閣詩》主要是狀寫滕王閣的雄闊景象，而王勃將自己人生飄零浮沉的命運感慨，全都寄託在《滕王閣序》裏。反過來，在駱賓王的《在獄詠蟬》詩與序中，事情的由來、自己的辯解、事情發展的過程全都交代在他的序文裏，而最深重的感慨卻集中在五言律詩裏，名傳後世的當然也就是這首詩了。

　　駱賓王那深邃、沉重的人生感慨從第一聯「西陸蟬聲唱，南冠客思深」就開始了。《隋書·天文志》裏就說：「日循黃道東行，一日一夜行一度，三百六十五日有奇而

周天。行東陸謂之春，行南陸謂之夏，行西陸謂之秋，行北陸謂之冬。」「西陸」就是指秋天。「西陸蟬聲唱」就是說，到了秋天，蟬鳴之聲雖然依舊高亢，卻已不似南陸夏天那樣，這裏的高亢中其實已經暗含了一種悲涼。

作者為什麼要選擇寫蟬？雖然駱賓王在序裏已經說了蟬的高潔，但在這背後還蘊含着中國古代獨特的蟬文化。首先，在古人看來，蟬從地下的洞裏蛻變而出，代表了重生與復活。因此在古代的墓葬裏，我們經常會發現墓主口含玉蟬，寄寓了重生的期望。

另外一點則是蟬蛻變之後，爬到樹端，每日高聲歌唱，古人認為蟬不食它物，只飲清露。蟬既飲露，又引吭高歌，再加上蟬翼輕薄，蟬目永開，在古人眼中這樣穿越生死、飲露高歌的蟬，簡直就是君子的化身，就是永生的希望。那一句「西陸蟬聲唱」，該是寄寓了獄中的駱賓王多少的心聲啊！

所以，駱賓王接下來說「南冠客思深」。「南冠」是楚囚的代稱。《左傳・成公九年》記載說，晉侯視察軍用倉庫的時候，見到楚國的俘虜鍾儀，就問旁人，那個戴着南方的帽子而被囚禁的人是誰呢？原來這個叫鍾儀的俘虜，雖然被關押在異國他鄉，卻一直帶着故鄉的帽子，所謂「着南冠，操南音」。所以這一句「南冠客思深」，是說蟬聲把我這南方囚徒的愁緒帶去遠方，帶回那遙遠的故

鄉。駱賓王這個南冠的典故，用得非常巧妙，既點明了他囚徒的身份，又非常切合他自己的出身。駱賓王是浙江義烏人，早年喪父之後，隨母親來到山東青州和兗州一帶居住。而這一次牢獄之災後，他也就辭官回到兗州居住，所以後來他又把兗州當作自己的第二故鄉。

「那堪玄鬢影，來對白頭吟。」上一聯本來就感慨深重了，這句感慨更讓人不由自主地為之沉鬱、悲傷。「玄鬢」是指蟬的黑色身體和翅膀，而「鬢」本來就有鬢髮之意，所以又可以喻指作者正當壯年的人生好時光。而事實上據學者考證，駱賓王這一次入獄的時間大概是在他三十七八歲，正是人生盛年，可是這樣的「玄鬢影」裏，南冠深囚的詩人也只能吟誦那哀怨的《白頭吟》。

用人生盛年的好時光，來獨自吟誦《白頭吟》那哀怨的詩行，這比那南冠的客思還要深沉。但作者寫的只是囚徒命運的感慨嗎？頸聯説「露重飛難進，風多響易沉」，妙處就是在表面上還是在寫蟬，是說秋氣漸深、秋露漸重而蟬翅又輕又薄，怎能飛得過那世態的炎涼和時間的滄桑？至於蟬鳴之聲雖依然高亢，但秋風已起，風多風大，蟬聲雖響易沉。這雖然緊扣蟬意和蟬聲來寫，卻明顯寄寓了作者自身的不平之鳴。

「無人信高潔，誰為表予心。」最後這一聯的妙處是依然不離詠蟬，將自己的心緒與心懷表達得淋漓盡致：沒

有人知道我像秋蟬般輕靈與高潔，又有誰能為我表白冰清玉潔的一片忠誠？

駱賓王為什麼會有這樣的吶喊？為什麼會有這樣的彷徨？他又是因何而入獄呢？他自秉的高潔，他所要訴的衷腸，又有怎樣的獨特性呢？聞一多在《宮體詩的自贖》裏曾經評價駱賓王說：「天生一副俠骨，專喜歡管閒事、打抱不平、殺人報仇、革命、幫痴心女子打負心漢」。如果你只讀「西陸蟬聲唱，南冠客思深」，只讀「那堪玄鬢影，來對白頭吟」，大概你很難想像駱賓王是這樣一個人。

有段時間駱賓王在成都，偶然遇見了好友盧照鄰曾經的戀人郭氏。看到郭氏依然在苦苦思戀盧照鄰，而盧照鄰卻不為所動，依然僻居在秦嶺太白山中，駱賓王憤然提筆，一衝動就寫了一首《艷情代郭氏答盧照鄰》，痛斥盧照鄰的絕情，並想當然地指責盧照鄰朝三暮四、移情別戀。事實上，此時的盧照鄰因疾病纏身、手足俱殘，所以不想連累郭氏，甚至絕意仕途，僻居太白山中。而駱賓王不管不顧，卻讓他的好友蒙上千古不白之冤，盧照鄰在很長一段時間內都被視為負心漢的典型。

這種事還不止一件。當時長安有個道士叫李榮，名頭非常響亮，許多女道士都以能結識李榮為榮。後來女道士王靈妃和李榮走到一起，兩個人不管清規戒律，倒也是一段佳話。可是後來李榮不辭而別，一個人去了成都。駱

賓王在長安時見過王靈妃，到了成都之後得知李榮也在成都，一時又衝動起來，寫了篇《代女道士王靈妃贈道士李榮》，把他們那些不足為外人道的情事一股腦抖了個乾淨。

駱賓王天生一副豪俠氣、愛管閒事也就罷了，問題是他天資聰穎、天縱奇才，管起閒事來自然會驚天動地。駱賓王七歲的時候就能寫出「鵝鵝鵝，曲項向天歌。白毛浮綠水，紅掌撥清波」。這種天資再加上他那「曲項向天歌」的姿態，所以不論是世人還是他自己，給予的期許都是不同於常人的。他的父親為他取名叫駱賓王，就是用的《周易‧觀卦》中的「觀國之光，以利賓於王」，所以他名賓王，字觀光，是有着觀乎天文以察時變、觀乎人文以化成天下的大志向的。

駱賓王有才情，有天資，有志向，有俠氣。可是人生卻為什麼不如意，甚至最後還鋃鐺入獄？因為駱賓王性格裏有一種骨子裏帶來的驕傲與不平。他才學驚人卻仕途不濟，一開始科舉考試屢屢困於場屋。後來被道王李元慶看中，招為幕賓。李元慶是李淵的十六子，李世民的同父異母弟，非常重視人才。可是駱賓王在李元慶手下也盡顯傲驕本色，李元慶最後只好敬而遠之。

後來駱賓王曾另尋出路，遠赴塞外，有過數年的軍旅生涯。為此後人曾經有觀點認為，他是唐代第一個走向邊塞大漠的知名詩人，是唐代邊塞詩的開山人物。數年後，

駱賓王重回長安，所任也是微職。他在長安和盧照鄰一樣，眼中盡是不平與批判，寫下長篇歌行《帝京篇》，揭露當時長安繁華背後的喧囂與黑暗。《帝京篇》與盧照鄰的《長安古意》可謂雙璧，而《帝京篇》更在《長安古意》之前。所以說駱賓王不僅寫歌行體、律詩，還有駢文，甚至有邊塞詩，真可謂是一個全才。唯一的問題是他個性驕傲爽直，不為時人所容。後來，駱賓王終於做到了侍御史，這是一個從六品的官職，才不過做了幾個月，就因為多次上書觸怒了當政的武氏集團而被栽贓下獄。駱賓王悲憤莫名，在獄中寫下這首《在獄詠蟬》。駱賓王出獄後也任過一些小官，但大多數時間都在漂泊江湖，羈旅天涯。

豪俠駱賓王走到揚州之後終於遇上了造反的徐敬業。徐敬業是唐初開國功勳徐懋功的孫子，駱賓王以極大的熱情投入了這場造反運動。以天下為己任的他，以激情滿懷的生花妙筆，寫下了《討武曌檄》，與後世曾國藩的《討粵匪檄》，並稱古今兩大檄文。

據說武則天看這篇檄文時，讀到「蛾眉不肯讓人，狐媚偏能惑主」，不過微笑而已，當讀到「一抔土之未乾，六尺之孤安在」時，感歎認為「宰相何得失如此人」。而最終那句「請看今日之域中，竟是誰家之天下」，真如長虹凌空，迅雷震宇。徐敬業最終兵敗，一代天才駱賓王竟不知所蹤。

關於駱賓王的下落，後人有兩種說法，一是被殺，一是逃亡。《唐才子傳》和《本事詩》裏都記載說，宋之問有一次到江南遊靈隱寺，明月之夜得一聯詩，曰「鷲嶺鬱岧嶢，龍宮鎖寂寥」，但接下來翻來覆去、搜腸刮肚，卻始終難以為續。此時一老僧曰：「樓觀滄海日，門對浙江潮。」宋之問聞之眼界始大，靈感頓開，寫出了名作《靈隱寺》。第二天，宋之問欲去拜謁的時候，老僧飄然而去。據寺中僧人說，那就是才情橫絕於世，卻不得不隱姓埋名的駱賓王。當然，據考證，宋之問本來就與駱賓王相交，不可能要詢問僧人才知道是駱賓王。所以這件事明顯有誇張的成份，但世人願意這樣誇張，大概是因為那一句「樓觀滄海日，門對浙江潮」的突然發聲，實在符合駱賓王豪俠不羈的性格，以及他波瀾起伏的人生。

如今千年而下，「西陸蟬聲猶在唱，南冠客思古來深」。駱賓王那一句「無人信高潔，誰為表予心」的吶喊與彷徨，大概正是他不平則鳴的人生命運的最佳註腳吧。

繁華落幕 思念登場

前面講的「初唐四傑」無疑為詩壇帶來了一股新風；而他們的人生掙扎和精神探險也為盛唐時期詩歌文化的繁榮做好了鋪墊。

而在詩歌技巧方面，李白、杜甫的盛唐巔峰同樣有一個不可忽視的基礎，這就不得不提到初唐時期的另外兩個人物——也就是沈佺期與宋之問。

我們先來解讀一下沈佺期的那首七律名作《獨不見》。詩云：

沈佺期
——
《獨不見》

盧家少婦鬱金堂，海燕雙棲玳瑁樑。

九月寒砧催木葉，十年征戍憶遼陽。

白狼河北音書斷，丹鳳城南秋夜長。

誰謂含愁獨不見，更教明月照流黃。

這首詩在七律的發展史上具有獨特的價值和地位。

「獨不見」作為一個樂府舊題，是樂府雜曲歌詞中一個常見的題目。如果要拿律詩的體裁去進行這種樂府題目的創作，對於技巧與規範的把握，所要求的程度就非常高。以樂府舊題寫七律，是沈佺期這首《獨不見》非常獨特的地方。而他還能寫得圓轉自如、感人至深，尤為難得。

首聯說：「盧家少婦鬱金堂，海燕雙棲玳瑁樑。」這應該是一個長安城中的貴夫人，「盧家少婦」用了莫愁女的典故。梁武帝蕭衍有一首《河中之水歌》，寫的就是莫愁女，詩云：「河中之水向東流，洛陽女兒名莫愁。莫愁十三能織綺，十四採桑南陌頭。十五嫁為盧郎婦，十六生兒字阿侯。盧家蘭室桂為樑，中有鬱金蘇合香。頭上金釵十二行，足下絲履五文章。珊瑚掛鏡爛生光，平頭奴子擎履箱。人生富貴何所望，恨不嫁與東家王。」這是典型的「齊梁體」詩歌的創作，但對盧家少婦莫愁的描繪非常精彩。

有關莫愁女的傳說，其實有兩種：一說她是石城莫愁，這個石城在湖北；而另一種則說莫愁是洛陽莫愁，大概是要因為比照西京的繁華，所以置之於東京洛陽。而石城莫愁，後來以訛傳訛，石城就變成了石頭城，所以南京現在還有一個莫愁湖公園。我住的地方離莫愁湖公園很

近，每次經過莫愁湖公園的時候，總會想起李商隱的名句：「如何四紀為天子，不及盧家有莫愁。」你會發現不僅李商隱、不僅沈佺期，很多詩人其實都很喜歡寫莫愁。這個女子的形象，幾乎成為中國詩歌史上一個非常經典的藝術形象。除了莫愁女的傳說，「莫愁」這兩個字，大概是這個形象成為經典的關鍵原因。

莫愁其實就是生命中最美好的願景與希望，但人生最悲哀的現實是，雖然我們都希望莫愁、渴望莫愁，可「凡有邊界的都屬獄中」。我們生活在這個荒涼的塵世間，種種糾葛、種種糾纏，有懷才不遇，有人事紛爭，即使親人、友人之間，也充滿了矛盾與危機，更遑論面對社會生活的無奈。所以連李商隱都在他的名作《無題·重幃深下莫愁堂》裏，發出「直到相思了無益，未妨惆悵是清狂」的別樣心聲。

因此，沈佺期這裏一句「盧家少婦鬱金堂」，輕輕地從樂府和齊梁那裏，把「莫愁女」的形象召喚了出來。這個「莫愁女」被召喚出來之後，是個什麼形象呢？

所謂「盧家少婦鬱金堂」，甫一出場，便有華貴逼人之態。蕭衍也說：「盧家蘭室桂為樑，中有鬱金蘇合香。」「鬱金」是名貴的香料，所以有鬱金花。古代這種香料都要從古大秦國或古大食國，也經過漫長的絲綢之路，才能送到中原，因此特別珍貴。在這個氣象不凡的鬱金堂裏，

「海燕雙棲玳瑁樑」。當時人指的「海燕」，並不指大海上的燕子，而是指「越燕」，就是南方古百越之地飛來的燕子。牠們棲息在什麼地方呢？用玳瑁裝飾的屋樑。玳瑁是一種非常珍貴的大海龜，牠的龜甲呈黃褐色相間的花紋，所以古人以之為非常珍稀的裝飾品。屋樑居然是用玳瑁裝飾的，而所居之處的樓堂，是有着鬱金的香氣，可見這個盧家少婦一出場就是一個貴族少婦的格局和氣象。

那麼作者要寫少婦思夫，為什麼開篇要寫一個具有貴族格局與氣象的貴族少婦呢？暫且放下這個問題，我們先接着往下看。

頷聯說：「九月寒砧催木葉，十年征戍憶遼陽。」「九月寒砧」是「長安一片月，萬戶搗衣聲」啊！在古代，人們認為「七月流火，九月授衣」。這個七月流火，現在經常被誤用，其實它指的是大火星向西運行，天氣轉涼，而不是盛夏天氣特別熱的時候。農曆的七月天氣已經開始轉涼，到九月的時候已經是深秋初冬，這個時候要做寒衣了。因此古詩詞中，到了九月為遠行的良人做冬衣以體現思念之情，是古詩詞中尤其是自樂府以來，一個非常重要的內容素材。「九月寒砧催木葉」，「砧」就是搗衣時所用的墊石。古時候做衣服，先要把衣料翻來覆去地搗過，所以李白「長安一片月，萬戶搗衣聲」，就是說家家戶戶都在為親人趕製冬衣。而「催木葉」也就是樹葉蕭瑟而下，

代表着深秋的肅殺。你看那萬戶的搗衣之聲，竟催得無邊落木蕭蕭而下。

在這蕭索的秋景裏，一舉眸、一望眼，最思念的是什麼呢？當然是「遼陽」。「遼陽」就是遼東，遼河以北。丈夫遠去遼陽征戍已然十年之久了，年年做寒衣，年年寄寒衣，年年不停地思念與遙望，這是何等漫長的一種思念和期待啊！更何況在這種漫長的思念和期待裏，還有無望乃至絕望的時候。

「白狼河北音書斷。」「白狼河」其實就是大凌河。這一句是説她思念的丈夫在渺茫的白狼河的那一岸，有時甚至音訊不通。這就更讓這個少婦牽腸掛肚，乃至思念丈夫的每一個夜晚，都變得那麼漫長，所以説「丹鳳城南秋夜長」。「丹鳳城」這裏指的就是長安，傳説中秦穆公的女兒弄玉嫁給了擅長吹簫的蕭史，簫聲婉轉悠揚，引來了鳳凰，所以稱咸陽為丹鳳城。到了唐代的時候，尤其是唐初，我們知道長安的宮殿都在城北，城南主要是住宅區，所以説「丹鳳城南秋夜長」。

在這漫長的秋夜裏，在這漫長的思念乃至無望裏，即便氣質無比高雅的貴族少婦，也不禁要在心中發出一聲浩歎：「誰謂含愁獨不見，更教明月照流黃。」誰能明白我現在的孤獨，知道我內心的愁苦，只有明月把那思念的清輝，灑滿我孤枕難眠的羅帳啊！這個「流黃」是黃紫色相

間的絲織品，是指這個貴族女子床上的羅帳、紗帳，體現了她在漫漫秋夜裏的孤枕難眠。有人說，這裏的「流黃」是她的「衣裳」，就是她羅衣的材料。我個人覺得，如果「更教明月照流黃」是照在她的衣裙之上，意境反倒不如照在她孤枕難眠的羅帳之上。

最後這一聯「誰謂含愁獨不見，更教明月照流黃」，既發出了千古的浩歎，又緊扣了《獨不見》的樂府之題，而且用語淺白流暢，不失樂府風格，卻又韻律謹嚴，對仗工穩，實在是技巧與內涵情感雙絕的佳作！

少婦思念征夫之作，李白寫來更加擅長。他的《子夜吳歌》在思念的意境上更有超越，所謂「長安一片月，萬戶搗衣聲。秋風吹不盡，總是玉關情。何日平胡虜，良人罷遠征」。但請注意，即使是天縱奇才的李白要寫這一類的情感，他選擇的也是《子夜吳歌》這樣的民歌體裁，而很難用律詩，尤其是七律去表現。

而沈佺期用七律來寫，難度更大。因為七律相比樂府詩，顯得渾厚、雅正得多。把李白的《子夜吳歌》和沈佺期的《獨不見》放在一起比較，我們就會發現，同樣是寫「搗衣」，然後「思念」，李白寫的是「長安一片月，萬戶搗衣聲」，寫的是家家戶戶；而沈佺期寫的是一個「盧家少婦鬱金堂，海燕雙棲玳瑁樑」的貴族少婦形象。這就是我們前面所提到的，為什麼她會以這樣的一個形象出場？

這裏有兩個原因：第一，要和七律雅正渾厚的氣勢相匹配，所以就不能泛泛地從「萬戶擣衣聲」寫起，而要從一個經典的少婦形象寫起；第二，這個貴族的少婦深居華屋，但她的神思已飛向萬里之外，思念久別不歸的丈夫，她的思念和「萬戶擣衣聲」背後的思念，沒有什麼區別，這也就更能反襯出「誰謂含愁獨不見，更教明月照流黃」這種悲哀的普遍與深刻。

　　這長安城啊，見過盛世的輝煌，也經歷過繁華後的落寞，不論是高屋廣廈鬱金堂，還是平常百姓家的平淡與平常，都不能遮掩我和你一樣的思念，「誰謂含愁獨不見，更教明月照流黃」！

如有詩心，請遠離名利場

　　沈佺期、宋之問的人品雖然為後人所不齒，但在詩歌發展史上，尤其在格律、音韻和創作技巧方面，他們的貢獻卻是不容抹殺的。

　　事實上，沈、宋的詩歌作品流光溢彩，在唐初綻放出一種特別的光芒。兩人對律詩的貢獻很大，宋之問的五律創作尤為突出。我思來想去，決定還是不講宋之問的律詩，而選取他的一首絕句《渡漢江》。詩云：

宋之問──《渡漢江》

嶺外音書斷，經冬復歷春。

近鄉情更怯，不敢問來人。

「嶺外音書斷，經冬復歷春。」這是講詩人被流放、被貶謫到嶺外。嶺外也就是嶺南地區，在唐代的時候，官員被貶謫、被流放，一般比較嚴厲的處罰都是被貶到嶺南。當時的嶺南是窮荒之地，所謂瘴癘橫行、人煙稀少，和中原的聯繫尤其不便。「嶺外音書斷」，這個「斷」字用得觸目驚心；「經冬復歷春」，冬天，一個漫長的冬天，可見出心中的孤苦。「復歷春」，即使春天來到了，心中的這種孤苦、這種悲涼，乃至落寞，依然不能減去半分。一個「斷」，一個「復」，不知不覺間就可以看到詩人內心的那種孤苦和煎熬。這種鋪墊很重要，為三四句的精彩表現，營造了一種恰到好處的氛圍。

「近鄉情更怯，不敢問來人。」這是講詩人從嶺南流放之地回到故鄉，所以題目叫《渡漢江》。漢江是長江最大的支流，經湖北流入長江。從嶺南要回中原，在唐代時要經過湖南、湖北，所以就要渡漢江。渡過漢江就臨近中原，就臨近故鄉了。但是越走近故鄉，心中就越是膽怯。這個「怯」字用得實在妙，詩人還用了五個字來形容這種近鄉之「怯」，這就是──「不敢問來人」。詩人從流放之地自南向北，這是「北返」，那麼見到中原而來，自北向南的人，這就是「來人」了，不管是不是從他的故鄉而來，他其實發自本能地想探聽些故鄉的消息。可是因為「近鄉情怯」，以至於「不敢問來人」，描繪出了一種欲言

又止的矛盾心情。最難得的是，詩人用了最淺顯的語言，既自然又熨帖，絲毫不矯揉造作，就把一種經典的心態呈現在讀者面前，可見其駕馭語言的高超能力。

我一直以為這個「膽怯」的「怯」字，不僅是這首《渡漢江》的詩眼，也可以說是宋之問整個人生的「詩眼」所在。

當然，在這個「膽怯」的「怯」之前，他的人生首先表現出來的，是「急切」的那個「切」字。宋之問的才情確實驚艷。有一次武則天帶領羣臣去遊洛陽龍門，命羣臣賦詩。左史東方虬先寫成，於是武則天賜錦袍以示嘉勉。但等到宋之問的《龍門應制》寫成奉上，武則天一讀龍顏大悅，居然奪下已經賜給東方虬的錦袍，重新披在宋之問的身上。

平心而論，宋之問的那首《龍門應制》寫得確實好，尤其是最後四句歌頌武則天，說「先王定鼎山河固，寶命乘周萬物新。吾皇不事瑤池樂，時雨來觀農扈春」，難怪連武則天也覺得「文理俱美」。因為有武則天的欣賞，宋之問那顆向上攀爬的心就被徹底點燃。

據說宋之問長相比較英俊，可野史記載他有狐臭，所以武則天不喜歡他。宋之問想為男寵而不得，只好掉頭去奉迎、投靠武則天的兩個男寵──張易之、張昌宗兄弟。宋之問投靠、追隨張氏兄弟，甚至到了為張易之捧溺器的

地步。武則天病重之後，張束之等人發動「神龍政變」，張易之、張昌宗兄弟被殺。宋之問大難不死，被貶為瀧州參軍，瀧州就是今天的廣東羅定。宋之問一路戚戚惶惶去嶺南的時候，寫下了《度大庾嶺》。詩云：「度嶺方辭國，停軺一望家。魂隨南翥鳥，淚盡北枝花。山雨初含霽，江雲欲變霞。但令歸有日，不敢恨長沙。」

《度大庾嶺》同樣有一句「不敢恨長沙」。第二年他回中原的時候就寫了《渡漢江》，為什麼其中還有「不敢」呢？還有「膽怯」呢？首先他不是被赦免北返的，而是偷偷地回中原去的。宋之問這個人一輩子投機慣了，前面攀附得太急切，為天下人恥笑，等到「樹倒猢猻散」，又惶惶不可終日。當他從嶺南流放之地偷偷地返回中原的時候，內心的那種膽怯，那種「近鄉情更怯，不敢問來人」可想而知。

可一個人因為太急切放棄了操守，因為太膽怯又首鼠兩端的時候，他做人的底線就完全被突破了。宋之問回到洛陽之後，好友張仲之接納了他，把他藏在家中。當時武三思驕橫專權，張仲之就和王同皎密謀誅殺武三思。而宋之問住在張仲之家中，探聽到了消息，竟然賣友求榮，讓自己的侄子去告密，導致張仲之被殺。宋之問也因此重新得到重用。

後來，他又攀附太平公主，但等到韋后與安樂公主得

勢的時候，他又去攀附安樂公主。景雲元年，李隆基與太平公主發動政變，誅殺韋后和安樂公主，擁立唐睿宗。而宋之問則被下詔流放廣西欽州。等到唐玄宗李隆基繼位之後，在流放之地戚戚惶惶的宋之問，再也沒有機會鹹魚翻身，被下詔賜死在流放之地。

他明明叫宋之問，卻不敢問；明明內心膽怯卑微，卻又急功近利、欲望滿滿；甚至為了向上爬，可以賣友求榮，可以完全放棄士人的品格。做人的底線一旦被突破，也就沒有下限了。從《唐才子傳》中所記載的一件事來看，宋之問的喪心病狂已經到了令人匪夷所思的地步。

一次，他的外甥劉希夷創作出《代悲白頭吟》，拿給舅舅宋之問看。宋之問讀到「年年歲歲花相似，歲歲年年人不同」時便起了據為己有之心。外甥劉希夷不肯，做舅舅的宋之問居然怒從心頭起，惡向膽邊生，「使奴以土囊壓殺於別舍」。這不僅是赤裸裸的謀殺，而且手段極其殘忍，是用土袋把劉希夷活活壓死。當然，後代也有不少人為宋之問辯誣，認為宋之問奪詩殺人，尤其還是殺了自己的親外甥實在匪夷所思，況且《唐才子傳》只不過是一個筆記性質的作品，不能「以正史視之」，認為宋之問為詩殺人的證據不足。

當然，除了宋之問奪詩殺人這件事，對於《新唐書》《舊唐書》記載的他出賣張仲之，以及為張易之捧溺器這

些污點，也都有人曾經提出過質疑。質疑的理由，大多認為宋之問的行為太過誇張，太過匪夷所思。說實話，這樣的天才詩人，我們去讀他那些精美的詩作，很難想像一個文采如此華美、才情如此出眾的人，怎會淪落到如此地步？但細想想，其實這就是那個「怯」字，那個「詩眼」所揭示的人生道理。一個人，尤其是一個非常聰明的人，如果向上對當權者、威權者無條件地諂媚攀附，意圖換得榮華富貴，這樣的人自然就失去了人格的底線。在位高權重者面前，他們站不直身，挺不起脊樑，一定是膽怯而懦弱的。反過來，這種人轉身向下時，因為已經失去了人格的底線，則會急切蠻橫、為達目的不擇手段。這樣的人，做出任何常理難以推知的事情來，其實都是有可能的。

我們看他「度大庾嶺」的時候說，「但令歸有日，不敢恨長沙」；「渡漢江」的時候則說，「近鄉情更怯，不敢問來人」。如果在人生的坎坷中，他體現出來的還只是卑微，但等到了政治與名利場的角逐中，他卑微的靈魂則被迅速放大成了卑鄙與卑劣。

那是怎樣一個卑微的靈魂啊！

因此宋之問給人最大的啟示，我覺得應該就是：如果你有一顆詩心，那就請離名利場遠些，再遠些。

人之為人的思考、情懷與追求

前面所講的宋之問，有着傑出的詩歌天賦，卻因為無休止的欲望，不僅喪失了一個士大夫的品格，甚至喪失了一個普通人的人格。這就讓我覺得他的詩、他的人生具有典型的意義，尤其能給我們警醒與啟示。

在講宋之問的劣行時，我們提到了他有可能意圖奪取親外甥劉希夷的詩歌。最後，謀詩不成，以致動了謀殺的念頭。這，就要來說說劉希夷的那首名作——《代悲白頭吟》了。詩云：

劉希夷——《代悲白頭吟》

洛陽城東桃李花，飛來飛去落誰家？

洛陽女兒好顏色，坐見落花長歎息。

今年花落顏色改，明年花開復誰在？

已見松柏摧為薪，更聞桑田變成海。

古人無復洛城東，今人還對落花風。

年年歲歲花相似，歲歲年年人不同。

寄言全盛紅顏子，應憐半死白頭翁。

此翁白頭真可憐，伊昔紅顏美少年。

公子王孫芳樹下，清歌妙舞落花前。

光祿池台文錦繡，將軍樓閣畫神仙。

一朝臥病無相識，三春行樂在誰邊？

宛轉蛾眉能幾時？須臾鶴髮亂如絲。

但看古來歌舞地，唯有黃昏鳥雀悲。

《代悲白頭吟》是一首七言歌行，很多焦點話題的爭論都和它有關。

第一個焦點話題是，宋之問到底有沒有因為這首詩去謀殺自己的親外甥劉希夷？前面說過，《唐才子傳》載有宋之問為奪詩而謀害自己的親外甥一事。另外，《全唐詩》提到劉希夷被奸人所殺雖沒有定論，但也含糊其辭地補充了一句：「或云，宋之問害希夷」。在《全唐詩》中記錄有宋之問的一首《有所思》，和劉希夷的《代悲白頭吟》對比一下，我們就會發現幾乎一模一樣。只有一句不同，甚至準確地說其實只有一句中的三個字不同。劉希夷的第三句詩是「洛陽女兒好顏色」，而宋之問的詩中改成了「幽閨女兒惜顏色」，只把「洛陽」與「好」改成了「幽閨」與「惜」。這樣的並列的兩首詩，也可以形成一種無聲中的證據鏈。

　　但不論兇手是不是宋之問，劉希夷的命運都讓人感慨，讓人扼腕歎息。這也就涉及我們要談的第二個焦點話題，這首詩到底好在哪兒？為什麼讓宋之問，甚至劉希夷自己都為之扼腕歎息？

　　據唐代劉肅的《大唐新語》記載，劉希夷創作了此詩之後，詠曰：「今年花落顏色改，明年花開復誰在」，繼而自悔曰：「我此詩似讖，與石崇『白頭同所歸』何異也？」意思就是說，自己的那兩句詩「今年花落顏色改，明年花開復誰在」如同讖緯之語。對此，劉希夷自己也有一種敏銳的感知。《大唐新語》記載說，劉希夷「乃更作一句『年年歲歲花相似，歲歲年年人不同』，既而歎曰：『此句復似向讖矣，然死生有命，豈復由此？』乃兩存之。詩成未周，為奸所殺，或云宋之問害之。」

　　這裏又是一條證據，而且是出自唐人的筆記。當然，這段話的重點是說劉希夷寫下《代悲白頭吟》之後，一聯「今年花落顏色改，明年花開復誰在」，以及更有名的一聯「年年歲歲花相似，歲歲年年人不同」，都讓劉希夷自己產生了不良的預感。換言之，這兩聯詩揭露了人生的某種真相與本質。

　　那麼，這幾句詩為什麼有那麼大的魅力呢？關於這首詩，還有第三個焦點問題，就是它究竟叫《代悲白頭吟》，還是叫《代悲白頭翁》？不同的書上有不同的定位，

有些稱它為「擬樂府」之作，有些則稱它為唐人「七言歌行」的奠基之作。它到底應該是哪一種體裁？而它在詩歌史上的地位又到底怎樣呢？

這些焦點問題，都需要從文本出發來看看這首詩的獨特之處。

這首詩雖然是一個整篇，但內容可以分為兩大部分：從「洛陽城東桃李花」到「歲歲年年人不同」，寫的是洛陽女兒；而從「寄言全盛紅顏子」到最後「唯有黃昏鳥雀悲」，寫的卻是那個讓人可憐的白頭翁。

先來看前半段。「洛陽城東桃李花，飛來飛去落誰家。」這是說洛陽城東的桃花、李花隨風飄轉，飛來飛去不知落到了誰家。這是起興，但也是感慨，更是一種歎息。所以緊接着說「洛陽女兒好顏色，坐見落花長歎息」。黛玉在《葬花吟》中問「何處有香丘」。所謂「花謝花飛花滿天，紅消香斷有誰憐」，不就是用最好的顏色、最好的青春去「坐見落花長歎息」嗎？「今年花落顏色改，明年花開復誰在」一句，《葬花吟》裏說「桃李明年能再發，明歲閨中知有誰」，其詩情、詩意、詩味都是從劉希夷的這首《代悲白頭吟》而來。「已見松柏摧為薪，更聞桑田變成海」，是說看見了俊秀挺拔的松柏，被摧殘砍伐作為柴火，又聽聞那桑田變成了汪洋大海，這裏指的就是滄桑之變。而在滄桑變幻中，那些偉岸、俊秀，原來

具有非凡價值的，卻有可能「零落成泥碾作塵」，這大概就是生命本身最大的悲哀吧！

所以，詩人接下來的感慨最為深重：「古人無復洛城東，今人還對落花風。年年歲歲花相似，歲歲年年人不同。」這已經觸及永恆的哲學問題。就像《春江花月夜》裏說：「江畔何人初見月，江月何年初照人？人生代代無窮已，江月年年只相似。不知江月待何人，但見長江送流水。」只是張若虛表現的那種哲學思考更平靜、更深邃；而劉希夷詩中的感覺卻更惆悵、更悲傷，更讓人感覺到這種清醒的認識是生命中不能承受之輕。一句「年年歲歲花相似，歲歲年年人不同」，用語何其淺白流暢，對仗卻又極其工穩，讀過之後，由口齒之間到心懷之中俱生出「青春易老，世事無常」的感歎！真是既富哲理又富深情，恆為千古名句。

從首句「洛陽城東桃李花」到「年年歲歲花相似，歲歲年年人不同」，很明確都是洛陽女兒「坐見落花長歎息」的內容。接下來「寄言全盛紅顏子，應憐半死白頭翁」開始，講的則是一個可憐白頭翁的人生經歷。

這個白頭翁的人生經歷，就是在為此前的洛陽女兒見花而歎息、悟到人生哲理提供最好的證據。所謂「寄言」，就是要轉告那些正值青春年華的紅顏少年，你們應該看看那個白頭老翁吧。如今他白髮蒼蒼，真是可憐，而

他從前也是一位風流倜儻的紅顏美少年！他也曾那般瀟灑、那般揮霍、那般風光、那般意氣風發，可如今呢？「一朝臥病無相識，三春行樂在誰邊？宛轉蛾眉能幾時？須臾鶴髮亂如絲。但看古來歌舞地，唯有黃昏鳥雀悲。」往昔的三春行樂、輕歌妙舞，如今到哪裏去尋呢？而美人的青春嬌顏，同樣又能保持幾時？須臾之間已是鶴髮蓬亂、絲如白雪了。那古往今來的歌舞之音，到最後剩下的不過只有黃昏的鳥雀在空自悲啼罷了！這個可憐的白頭翁，其實就是「松柏摧為薪」、「桑田變成海」，就是「年年歲歲花相似，歲歲年年人不同」的人生哀歎的最好明證啊！

所以說，這首詩本應叫《代悲白頭吟》。因為自卓文君的《白頭吟》以來（不論它是否為後人偽託卓文君所作），《白頭吟》就成了樂府詩中一個非常有名、非常重要的題目，它的影響毫無疑問是巨大的。自魏晉到隋唐，很多詩人，像李白等人，都寫過《白頭吟》。當然，後人寫《白頭吟》，和卓文君「聞君有兩意，故來相決絕」「願得一心人，白首不相離」的情感訴求，基本上是大相徑庭的。

那麼後人到底看中了「白頭吟」這個題目怎樣的吸引力呢？關鍵就是「白頭」那兩字。甚至一直到了清代，一位叫趙艷雪的女子寫下一句：「美人自古如名將，不許人

間見白頭。」因為有這一句「不許人間見白頭」,袁枚在《隨園詩話》裏大為稱讚。從風華正茂,到年華似水,到「多情應笑我,早生華髮」,「白頭」二字裏,大概沉澱了中國文化對時間感知的最深重的感慨與惆悵。

所以劉希夷寫到一個「白頭翁」,就活生生地把一個本來尚能保留分寸的思考,推進到了一種無可迴避的、終極的面對。而這種面對時光長河的生命思考,也就是這種終極面對的最後結果,毫無疑問是悲哀、傷感的,是比悲傷還要悲傷的。正因為這首《代悲白頭吟》裏的「年年歲歲花相似,歲歲年年人不同」的總結與感慨太過深刻、太過悲傷,而白頭翁的形象又太過典型、太過震撼,這首詩因此又被稱為《代悲白頭翁》。這也可以反證劉希夷這首詩裏形象刻畫之成功、生命感慨之深邃了。

我們說這首詩是擬樂府之作,這不假,因為《白頭吟》本來就是樂府舊題。但是到了唐代,有一類樂府創作經過魏晉南北朝時期鮑照等文人創作的改進,使得原來屬於樂府題中的一類體裁典型地凸顯出來,這一類體裁就是「歌行體」。到了初唐,經過「初唐四傑」以及「沈宋」的努力,其中最關鍵的就是劉希夷,尤其是他的這篇《代悲白頭吟》,代表了初唐「七言歌行」的完善與成熟。

後來的李白、杜甫都擅長寫歌行。李白的《蜀道難》《宣州謝朓樓餞別校書叔雲》《夢遊天姥吟留別》《將進

酒》，其實都屬於典型的歌行體；而杜甫的《兵車行》《麗人行》就更不用說了；再如白居易，他的《長恨歌》與《琵琶行》兩首合起來就是「歌行」。所以說題目中有「歌」與「行」的，就是典型的歌行體。題目中有「吟」，也是典型的歌行體。比如《代悲白頭吟》，再比如韋莊的《秦婦吟》。短的歌行體僅十一二句，而像《秦婦吟》則長達兩百三十八句。

劉希夷前承鮑照，後開張若虛與李杜，在詩歌發展史上有着舉足輕重的地位。可惜天妒英才，天不假年，不論那個真兇到底是誰，天才的劉希夷在寫完這首觸及生命本質、又奠定唐代歌行詩體發展的《代悲白頭吟》之後，沒多久便離開了人世。

人世的喧囂，終將成為生命的背景；而紅塵的繁華，也終將無奈地落幕。當紅顏薄命，青絲成雪，我們又該怎樣無愧於自己的人生？「年年歲歲」，「歲歲年年」，沒有什麼可以永恆，但人之為人的思考、人之為人的情懷、人之為人的追求，卻可以成為時間長河裏不滅的印記與永恆的迴響！

落淚的子昂

　　從沈、宋的律詩，到劉希夷的七言歌行，讓我想起元好問學習杜甫「以詩論詩」的論詩絕句，其中有一首說，「沈宋橫馳翰墨場，風流初不廢齊梁。論功若准平吳例，合着黃金鑄子昂」。

　　「文起八代之衰」的韓愈也說，「國朝盛文章，子昂始高蹈」。這裏，元好問和韓愈所盛讚的就是陳子昂。

　　那麼，我們就來講一講陳子昂的名作《登幽州台歌》。詩云：

　　前不見古人，後不見來者。
　　念天地之悠悠，獨愴然而涕下！

這首詩本身並不難理解。

詩很淺顯曉暢，就是說向前看不見古之賢君，向後望不見當今明主。一想到天地無窮無盡，倍感淒涼，獨自落淚。詩中連典故都不用，唯一用典不過是詩題中的「幽州台」，就是黃金台，又稱「薊北樓」，在現在北京市西南，也就是大興。

當年燕昭王為招納天下英才，置黃金於此台之上延請天下奇士，後來果真招來了樂毅這等天下奇才，燕國因之國勢驟盛。陳子昂另外還寫有一首《燕昭王》，說「南登碣石館，遙望黃金台」，可見他對幽州台的喜歡。這種喜歡不僅源於對史實的一種感慨，也源自於他親臨登台的感觸。

陳子昂寫《登幽州台歌》的時間是在神功元年，也就是公元 697 年。武則天派武攸宜北征契丹，陳子昂隨軍做參謀。

武攸宜出身親貴，根本不懂軍事，結果與契丹一戰則敗。陳子昂屢獻奇計卻不被理睬，剴切陳詞卻反遭貶斥，被降為軍曹。陳子昂悲憤莫名，因此登上幽州台，有感於燕昭王招賢納士、振興燕國的故事，遂有此千古浩歎。

陳子昂出身川中富戶，「少而任俠」，年輕時候不喜歡讀書，交遊每多「飛鷹走狗之輩」。據說到了十七八歲尚不知書，也就是說他早年基本算是不良少年。後來民間

傳説他偶然迷路，誤入書院，聽師生誦書之聲，那琅琅的讀書聲忽然觸及他內心深處的某根心弦，年少不羈的陳子昂幡然醒悟，從此與那幫狐朋狗友割袍斷交。

陳子昂買來三墳五典閉門苦讀，三年之後學有大成，遂攜所作詩文入京。但苦於無人知其才，天縱奇才的陳子昂便在京城搞了一場頗具現代創意精神的營銷活動。

當時長安集市之中，有人賣琴，索價百萬，豪貴圍觀，莫敢問津。陳子昂擠入人羣，出千緡而購琴，並在眾人圍觀之中大聲宣佈來日將在長安宣陽裏宴會豪貴，請世人聽琴藝、賞名琴。這一舉動頗為驚艷，長安城裏口耳相傳，很快就盡人皆知了。

第二天，在長安宣陽裏，陳子昂獨立高樓之上，一身白衣風流倜儻。與會者既有文人雅士，又有大量的圍觀羣眾。這時，陳子昂掏出名琴，當着眾人之面捧琴一聲長歎。

大家皆以為他要展示驚世琴藝，哪知他卻歎道：「蜀人陳子昂，有文百軸，不為人知，此賤工之伎，豈宜留心。」

説完，當眾擲琴於地，碎琴明志，然後又在眾人驚詫聲中遍散詩文於與會者。當時的京兆司功王適讀後，驚歎説：「此子必為天下文宗！」一時間陳子昂名聲大噪，其詩文亦洛陽紙貴。

後來，年輕的陳子昂得到武則天的重用，他自己也燃

燒起極高的政治熱情，說：「感時思報國，拔劍起蒿萊。」
我們不禁要問，這樣一個意氣風發、志氣昂揚、智商與情
商都臻至絕頂的陳子昂，在幽州台上為什麼會因孤獨而
「愴然涕下」呢？

那個落淚的陳子昂，曾經讓年輕時候的我耿耿於懷。
後來隨着年歲逐增，我也在萬丈紅塵裏一遍遍地品味孤
獨，終於漸漸明白了陳子昂的孤獨和他的淚水。

陳子昂後來被奸人陷害，只活到了不惑之年。我也是
在人到中年之後，才慢慢讀懂了陳子昂，讀懂了他的《登
幽州台歌》。

「古來聖賢皆寂寞」，孤獨大概是傑出者的天性。卓
爾不羣，因不羣而生孤獨是完全符合邏輯的。這樣說來，
孤獨更是人類的天性。人類這一物種，不就是自然界裏
的「不羣」者嗎？至今，我們都還沒有在宇宙中找到同
伴。孤獨，自人類誕生以來便如影隨形。但「聖賢」的孤
獨是不一樣的。他們的孤獨往往充滿了堅忍與堅韌的精神
力量。

在陳子昂之前，不乏這樣的孤獨者。

屈原「舉世皆濁我獨清」，他的孤獨是一種「天問」。

孔子也孤獨，獨為不可為之事。

莊子因為孤獨而致「逍遙遊」的境界。

阮籍孤獨到「夜中不能寐」，惟有「起坐彈鳴琴」；

嵇康孤獨到憤慨，以致與山濤絕交。

豪俠的陳子昂卻為何與他們都不一樣呢？我想，一定有什麼因素觸動了他，讓這個昂藏七尺的男兒不得不流下淚來。

是愛情嗎？

《文苑英華》裏記載子昂「奇傑過人，姿狀嶽立，始以豪家子，馳俠使氣」，又說他「尤善屬文，雅有相如子雲之風骨。年二十一，始東入咸京，遊太學，歷詆羣公，都邑靡然屬目矣」。可見，不論相貌還是才情，陳子昂都是女子心中理想的情人。

當年陳子昂來到長安，以一把古琴、三十詩篇名動京城的時候，會有多少嚮往美麗愛情的女子慕名而思啊。雖然史無所載，卻怎會不曾擁有纏綿悱惻又蕩氣迴腸的愛情呢？當年陳子昂憤而離京，孤身從軍，是不滿於時勢，但獨自飄零的心緒裏，會不會有一絲曾經為愛腸斷的痴情？為愛所傷的男子，孤獨與淚是可以理解的。

但此說純屬遐想，並無可證之詞。便存情愛之愫，也只微渺一端，算不得陳子昂孤獨到落淚的理由。

是政治懷抱的失落嗎？

應該說，作為傳統士大夫階層的文人，陳子昂對武則天篡位在情感上難免有些芥蒂。但「士為知己者死」，武則天對他有着知遇之恩，曾「奇其才，召見金華殿，擢麟

台正字」。後來，秉性剛直的陳子昂又與當權的武氏貴族子弟產生了不可調和的矛盾，致使仕途偃蹇，空餘憤懣。身處種種矛盾之中的陳子昂，心中的矛盾也可想而知。

此次陳子昂隨武攸宜討契丹失利，進諫無果反遭貶斥，心中憤懣孤苦，所以才會借燕昭王之典，來一發懷才不遇的感慨。這一切也是順理成章的表現，但因此便落下淚來，未免顯得英雄氣短了。這種失落的情緒即便是他落淚的主因，也定不是挑動他淚眼的那根琴弦。

那麼，是環境嗎？

好的詩，如音樂，念由心生，止於無形。因為自然，所以玄妙處既如蒼穹般隱祕，也如山花般隨處可見。歷來評論多以「獨」是全詩的詩眼，我卻以為「天地」才是切入子昂淚眼的那根琴弦。

當時荒原無際，眼見惟有天地，耳聽惟有風聲與呼吸，獨立高台之上，獨此一人之心，既然念由心生，古今、天地、時空便一起蒼茫而至，個人在如此巨大的時空壓迫下往往是極端無助的。

我曾經在江南，不論是在山野還是里巷，舉手投足總會自適愜意；我也曾在漠北塞外，茫茫戈壁，在無邊天地的注視下，每一個動作都會感覺個人如此渺小，那種人類對自然與寰宇的敬畏油然而生，一種類似於宗教的情感統領着平凡的軀體，會讓人莫名地流下淚來。那種孤獨與

淚，是人性與生俱來的，感性而不遮掩。

我不由想起徐復觀先生的一段評論，說西方的「孤獨」之作以尼采的《孤獨》為代表，而東方的「孤獨」則以子昂的《登幽州台歌》為翹楚。

記得尼采的詩中有這樣的語句：「停下來，面如土色，你注定要在這寒冬裏迷失方向。如同那直上的炊煙，在不停地尋找更加寒冷的空間。」這是哲人的思索，智慧凝固成字眼，目光洞穿心靈的荒原。字裏行間隱含着思想的光芒。可這不是陳子昂。陳子昂的詩裏沒有哲人的思辨，沒有思想家的吶喊，甚至也沒有詩人對言語的痴心與妄想。他有的只是一顆孤獨的心靈，面對着天地的浩大與蒼茫，面對着歷史的沉重與古樸，受着一絲一縷乃至一股屬於人類的情感的引發，在那一瞬間，淌下清澈的淚來。

這是感性的，也是純粹的，就像人生本來應有的模樣。所以想着陳子昂的那一刻，我們便可以回到很久很久的以前，回到他的身邊，再越過他，回到我們的祖先，回到屬於人類情感最早的家園。正是因為這份孤獨特有的意蘊不可替代、不可超越，所以《登幽州台歌》才是唐詩裏的絕響。

我幾番夢回，都看見落淚的陳子昂。

那清澈的淚水，如泉，一滴滴，都滴在歷史的心上……

孤篇橫絕　壓倒全唐

　　在盛唐的李白、杜甫之前，在盛唐的邊塞詩、田園詩到來之前，我們還必須仰望一座唐詩的豐碑，這就是被聞一多先生稱為「詩中的詩，頂峰上的頂峰」的《春江花月夜》，正所謂「孤篇橫絕，竟為大家」，張若虛的這首偉大詩作確實是不能、不該，也不可以繞過的偉大豐碑。詩云：

張若虛——《春江花月夜》

春江潮水連海平，海上明月共潮生。

灩灩隨波千萬里，何處春江無月明！

江流宛轉繞芳甸，月照花林皆似霰。

空裏流霜不覺飛，汀上白沙看不見。

江天一色無纖塵，皎皎空中孤月輪。

江畔何人初見月？江月何年初照人？

人生代代無窮已，江月年年只相似。

不知江月待何人，但見長江送流水。

白雲一片去悠悠，青楓浦上不勝愁。

誰家今夜扁舟子？何處相思明月樓？

可憐樓上月徘徊，應照離人妝鏡台。

玉戶簾中捲不去，擣衣砧上拂還來。

此時相望不相聞，願逐月華流照君。

鴻雁長飛光不度，魚龍潛躍水成文。

昨夜閒潭夢落花，可憐春半不還家。

江水流春去欲盡，江潭落月復西斜。

斜月沉沉藏海霧，碣石瀟湘無限路。

不知乘月幾人歸，落月搖情滿江樹。

　　讀來真是琳琅滿口啊！甚至齒舌生香，讓人不禁陶醉！

　　可是，這樣美的《春江花月夜》也曾經在歷史中被埋沒過很長一段時間。據程千帆先生考證，今存唐人所選的唐詩選本，包括唐人的雜記小說，甚至一直到宋代的，比如《文苑英華》《唐文粹》《唐百家詩選》《唐詩紀事》，乃至到元代如《唐音》等，都沒有選過張若虛的這首《春江花月夜》。從唐代到元代的，甚至包括到明初的二十多種詩話，也就是詩歌藝術理論批評著作中，也都沒有提及張若虛的這首《春江花月夜》。

　　最早收錄這首《春江花月夜》的是宋人郭茂倩的《樂府詩集》。但在郭茂倩的《樂府詩集》四十七卷中，所收

《春江花月夜》同題詩，共有五個作者的七首作品。如此看來，郭茂倩也是因為《春江花月夜》是樂府舊題，而這個選本又主要是選樂府詩，所以才把它收錄其中。換言之，郭茂倩當時其實也並沒有對《春江花月夜》另眼相待。

一直到明嘉靖年間，也就是「前後七子」復古運動興盛之後，各種唐詩選本才開始紛紛收錄這首《春江花月夜》。之後，明、清兩朝對這首《春江花月夜》的重視程度越來越高，尤其是從晚清到民國，從「孤篇橫絕，竟為大家」「孤篇壓倒全唐」之說，到「詩中的詩，頂峰中的頂峰」，這一首《春江花月夜》才逐漸受到世人重視。

為什麼從唐到明，在長達八九百年的時間裏，這首經典名作，卻一直不被世人所重視呢？我覺得這是一個非常值得思考的問題。

《春江花月夜》四句一轉韻，形成一組，全詩共九組，也就是有九次轉韻。這九組詩句，以傳統上一種比較簡略的分法來看，其實可以分為兩大部分：前四組的「望月」和後五組的「遊子思婦」。

第一組四句，「春江潮水連海平，海上明月共潮生。灩灩隨波千萬里，何處春江無月明」。「春江潮水連海平」，是說春天的江潮水勢浩蕩，幾乎與大海連成一片。張若虛是揚州人，他的這首《春江花月夜》就寫於揚州的長江之畔。

「春江潮水連海平」，春天的時候，江潮已然浩蕩，詩人用那俯瞰寰宇的眼睛，就可以看到長江與大海之間，因為春潮始生而相連成片。在中國古代，廣陵潮曾經和錢塘潮一樣有名，這一段揚子江面的廣陵春潮，雖不像錢塘潮那樣奔騰洶湧，但浩大連綿，同樣浸潤了詩人的想像。

請注意這個「共潮生」的「生」字，後來張九齡有「海上生明月，天涯共此時」。他們為什麼都用「生命」的「生」，而不用那個「昇起來」的「昇」呢？這個「生」字的運用很有講究。「上昇」的「昇」，表現的是一種狀態；雖然它是動態的狀態，但也僅僅是一個狀態。而「生命」的「生」，表現的卻是一種情境——有情感、有境界。「生」是孕育，是生長，是有生命、是有靈魂的。所以一句「海上明月共潮生」，不經意間就賦予了最重要的那個意象——「明月」，一種擬人化的生命與靈魂。

從「海上明月共潮生」到「海上生明月，天涯共此時」，到「床前明月光，疑是地上霜」，到「明月幾時有，把酒問青天」，「明月」在詩詞中的地位，幾乎無可匹敵。雖然在張若虛之前，描寫明月的詩詞不乏其例，但從整個詩歌史的角度來看，張若虛的《春江花月夜》，讓「明月」成為詩詞中最最經典的意象，毫無疑問是有着里程碑式意義的。

事實上，《春江花月夜》雖然寫了很多意象，但是它

的意象線索就是以「明月」的生浮沉落為主線的。所以第一組四句說的就是「月生」：當江海浩蕩，明月初生，月光與水波千萬里澄澈相映。故而我們在這種景象中，忽然生出一種感歎，這時江海孕育而生的又豈止是明月！而月華初臨，水光灩灩，眼中所見又豈止是光亮呢？在詩人的眼中，這一定是一輪有生命的對象，所以面對明月，詩人才可以打開思想與情感的寶藏，從而借面對明月來面對宇宙、面對蒼生、面對人生、面對生命本身。這就是為什麼每每我們面對「海上生明月」時，內心會不由自主地感動、激動，甚至一時間淚水也要像明月般與潮共生。

明月既生，春潮與共，故而到了「灩灩隨波千萬里，何處春江無月明」，重點其實已經悄無聲息地從「月生」過渡到了「月明」。「灩灩隨波」，這裏的「灩灩」其實就是波光盪漾的樣子。因為有千萬里的波光盪漾，也就是水與月之間的光影交相輝映，所以才能點出「月明」。

正是因為這種月明和光影，才在詩歌的潛在邏輯中延伸出下面的描寫：「江流宛轉繞芳甸，月照花林皆似霰。空裏流霜不覺飛，汀上白沙看不見。」古時「城」外屬「郭」，「郭」外屬「郊」，「郊」外就是「甸」。「甸」其實也就是「郊外之地」，而「芳甸」就是「芳草豐美的郊外之地」。那麼，「江流宛轉繞芳甸」是要突出這些芳甸、草甸的芳草豐美嗎？下句說「月照花林皆似霰」，「霰」

這個字是天空中那種白色不透明的小冰粒。「似霰」就是
說在月光中的照射下，連春天的芳草與鮮花都顯得晶瑩
潔白。

那這裏是不是在說芳甸與花林之美呢？其實通過「江
流繞芳甸」「花林皆似霰」，詩人重點要表現的在後一聯
「空裏流霜不覺飛，汀上白沙看不見。」古人以為霜和雪
一樣是從空中落下來的，所以又叫「流霜」。「流霜不覺
飛」，就是說天空中處處都充滿着那種如霜、似雪、似霰
的顏色。

所以第一組四句寫的是「月生」，而第二組四句表面
上寫芳甸、花林，其實重點要寫的是「月光」「月華」。
請注意這裏的「月光」與「月華」，並不只是美，詩人要
說的是這種美麗的月光與月華瀰漫了所有的時空，它無處
不在，無所不籠罩。

因此，接下來的第三組四句說：「江天一色無纖塵，
皎皎空中孤月輪。江畔何人初見月？江月何年初照人？」
因為「月光」「月華」無處不在，無所不籠罩，充塞全部
的時空，所以連細微的灰塵都消失不見了，天地一片純
淨。而這片純淨的天地，全部屬於月亮。這是一片怎樣浩
大而純淨的時空啊！而這片時空中的核心，甚至這片時空
的主宰，就是「皎皎空中孤月輪」！請注意，既然說是「月
輪」，那麼就是圓月，就是滿月。在這片浩渺而純淨的時

空中，那一輪孤月，那一輪滿月，它的光華無所不在，它彷彿就是這片時空的永恆主宰。

就是在這個偉大的主宰面前，竟然出現了一個單薄、瘦小、甚至也是永恆的身影，那就是人類的身影。「江畔何人初見月，江月何年初照人？」是什麼人最初看見這郎朗的明月，而這時空的主宰——這明月又是在哪一年最初照耀着人類的光明？這簡直就是天問！

此前講月生、講月明、講月華、講月光的無處不在，無所不籠罩，其實是營造了一個浩渺純淨的空間。但「何人初見月」與「何年初照人」這兩句，貌似突兀之問，卻在時間上的終極之問立刻宕開一筆，在空間的體系裏突然生出時間的坐標，於是時空的坐標體系才真正完全地確立起來。

於是，江畔那個瘦小的身影，面對皎皎空中的一輪孤月，面對那片時空裏的光華主宰，説出了最自信、也最深邃的文明感慨：「人生代代無窮已，江月年年只相似。不知江月待何人，但見長江送流水。」這句終於盡顯大唐氣象、盛唐氣象，盡顯中國文學與藝術的巔峰氣象，同樣盡顯中國的文化、歷史與文明的巔峰氣象，也深刻表現出詩人對生命的終極思考。

到此，人與月終於由對立達成了統一。故而人望月，月照人，俱顯深情，既為引出下一組的遊子思婦之情，也

為人與月光華相映的此情此景，詩人筆觸忽轉，生出「不知江月待何人，但見長江送流水」的浩歎。一句「不知江月待何人」，那光華無所不在的明月，忽然變得深情起來；一句「但見長江送流水」，那如水的時光與如時光般的流水，也一下子變得深情繾綣起來。這是從哲思到深情的過渡，這是從深邃到深婉的銜接。從哲思到深情，從深邃到深婉，那個化實若虛、化虛若實的張若虛，他又會如何表現呢？

千年而下，真是「不知江月待何人，但見長江送流水」！這一聯既承接「人生代代無窮已，江月年年只相似」而來，又開啟了下篇「詩言情」的深情與婉轉。

下篇的第一組「白雲一片去悠悠，青楓浦上不勝愁。誰家今夜扁舟子？何處相思明月樓」，是總寫遊子思婦離別之苦。遊子像那白雲一片遠遠離去，只剩下思婦站在離別的青楓浦上獨自憂愁。「青楓浦」應該是在今天湖南的瀏陽，這裏是指遊子思婦的離別之地。「不勝愁」就是無窮無盡的哀愁。兩句既然各寫遊子與思婦，接下來的一聯依然如此。「扁舟子」有零落、漂蕩江湖之意，所謂「人生在世不稱意，明朝散髮弄扁舟」，一葉扁舟盡顯江湖遊子飄零之感，而明月樓上月華如水，照見思婦相思無盡。

接下來四組則分別寫思婦與遊子。先寫思婦，承接「何處相思明月樓」而來。詩云：「可憐樓上月徘徊，應照

離人妝鏡台。玉戶簾中捲不去，搗衣砧上拂還來。」樓上那不停移動的月光啊，應該照着離人的梳妝台吧？月光絲毫不諳離恨之苦，穿簾過戶，簾捲不去，照映在思婦的搗衣砧上，欲拂還來，竟讓她產生出幾絲埋怨來。

既然不能捲去、不能拂去這因相思而生的惱人的月光，那就換一種思維吧！

所謂「千里共嬋娟」，所謂「明月千里寄相思」，不也照着千里之外的思念的人嗎？於是思婦的心中開始響起這樣的心聲：「此時相望不相聞，願逐月華流照君。鴻雁長飛光不度，魚龍潛躍水成文。」既然如此相思、相望卻不能相聞，那就讓我化身為那月光，化身為那似霜、似雪、似霰的銀白，在這相思的暗夜，千里逐波，去到你的身旁，去照着你，去陪伴着你。

這是何等痴情啊！莊子說「相濡以沫，不如相忘於江湖」，我卻覺得，相濡以沫，何如「相望」於江湖。就像月亮一樣，遠遠地望着你，哪怕人生之路泥濘滿地，哪怕萬里行程滄桑滿野。這種「相望於江湖」，不也是一種滿滿的深情嗎？你看那鴻雁，不停地飛翔，但永遠不會飛出這無邊的月光；你看那魚龍在江水中歡暢，激起波光粼粼，讓月華遍灑大江。如此一來，思婦對月光的埋怨又變成了純潔而純粹的深情，無所不在的月光、月華，又終將成了她深情的寄託。

可是漫漫長夜，月過中天，連月亮也開始要暗淡了吧！於是另一種人間的無奈與悲傷襲來，詩人的筆觸開始轉向遊子。「昨夜閒潭夢落花，可憐春半不還家。江水流春去欲盡，江潭落月復西斜。」遊子也在悲傷啊！昨夜夢見花落閒潭，可惜的是春已過半，自己還不能回家，一江春水帶着那春光將要流盡，連此夜江灘上那純潔美麗的明月，都開始沉沉向西而去。時光一點點地流逝、一點點地推移，而人世間的傷感、相思與深情，也在一點點地堆積、一點點地沉澱。就在這一點一點又一點裏，人的情感愈發鮮明、愈發濃郁，鮮明到如在眼前，濃郁到比月光、比江水還要繾綣，還要纏綿。

於是最後的傷情如餘音嫋嫋、不絕於耳：「斜月沉沉藏海霧，碣石瀟湘無限路。不知乘月幾人歸，落月搖情滿江樹。」斜月西沉，竟然要慢慢地藏於海霧之中，而碣石與瀟湘的離人，他們的距離無限遙遠。不知在天涯，在海角，在這世界的每一個角落，多少這樣的遊子，乘着這月光，踏上回家的路。人生苦短，遺憾、傷感無處不在，唯有那西落的明月，搖盪搖盪着離情，把最後的月華，灑向江邊靜靜佇立的樹木。

表面上月亮是這首詩毫無疑問的主角。可是，寫月亮的詩篇實在太多了，為什麼獨獨《春江花月夜》，它寫明月就能被稱為「詩中的詩，頂峰上的頂峰」呢？其實這個

問題的答案，也可以解答我們在一開始提出來的問題：為什麼《春江花月夜》這首名作，在八九百年的時間裏不為人所重視？

因為這首《春江花月夜》，它寫的不是一般的情景交融，不是一般的因情生景、因景生情，它寫的也不是一般的借月懷人，或者一般的望月懷遠。事實上，這首名作真正的主角，既不是表面形式上的月亮，也不是與月相對的人，而是佇立在月與人背後的「生命」！

上下千年、縱橫萬里，再難找出像《春江花月夜》這樣一首觸及宇宙、生命本質的詩來。正是因為有這種對生命本質的觸及，所以「人生代代無窮已」的感悟，才完美契合了大唐的精神、盛唐的氣象。而「落月搖情滿江樹」的繾綣，又讓生命如流水般、如月華一般，在時光的長河裏盡顯深情。在神奇的永恆前面，作者只有錯愕，沒有憧憬，沒有悲傷。他是用一種極其平靜的方式，觸及明月與人生背後的宇宙，觸及永恆，觸及生命，這其實也是《春江花月夜》在當時不被重視的一個重要原因。

自初唐而至盛唐，自「王楊盧駱當時體，不廢江河萬古流」，到劉希夷、陳子昂，擎起詩文變革的大旗，再到邊塞、到田園、到「李杜」，終於迎來盛唐的氣象。這一切需要高蹈者的振臂一呼，需要有力度的四方響應，於是才能見大唐的面貌，才能見盛唐的氣象。可是，就在這轉

換的節點上，有一個平淡沖和的身影，有一個平靜內斂的詩人，他站在揚子江邊，以一種更宏大的生命視角、宇宙視角，甚至是一種更高維度的眼光，去觸及、去思考、去展現生命與永恆。況且他所站立的地方，遠離那個時代的中心，他不在長安，他不在洛陽，他不在終南山上，他只在無人注意到的揚子江邊，自然更為人所忽視。

所有的狂飆突進，所有的復古革新都與他無關。而他雖然在仰望明月，卻又像在俯視蒼生，用他福至心靈的感觸，寫下這樣一首平緩又舒暢的《春江花月夜》，寫完擱下筆轉身而去，從此消失在歷史的蒼茫裏。經歷漫長的時間沉澱之後，它的光華終於漸漸地、平靜而平緩地顯現出來，終於引發無數後人的浩歎。

我們與李白、杜甫、邊塞詩與田園詩相濡以沫，卻與張若虛、與他的《春江花月夜》相望於江湖、相望於時間的深海。「春江潮水連海平，海上明月共潮生」，就像那明月，共你我而生！我們從不曾擁有他那樣的境界，卻彷彿因他陪伴而過了一生。

李杜文章在，
　　光焰萬丈長。

伊我生其後，
舉頸遙相望。

風度、氣度與溫度

　　唐代詩壇有三大著名的明月詩，一首是李白的《靜夜思》，一首是張若虛的《春江花月夜》，還有一首就是張九齡的《望月懷遠》。

　　三首詩中，與李白的名句「床前明月光，疑是地上霜」和張若虛的名句「春江潮水連海平，海上明月共潮生」相比，張九齡的「海上生明月，天涯共此時」顯得更為古拙大氣。

　　下面，我們就來賞讀一下這首《望月懷遠》。

詩云：

張九齡──《望月懷遠》

海上生明月，天涯共此時。
情人怨遙夜，竟夕起相思。
滅燭憐光滿，披衣覺露滋。
不堪盈手贈，還寢夢佳期。

「海上生明月，天涯共此時。」海面上昇起了一輪明月，你我雖然各在天涯，卻都在此時沐浴着這聖潔的月光。就此句中的意象與意境而言，前有謝莊的《月賦》說「隔千里兮共明月」，後有蘇東坡的《水調歌頭》說「但願人長久，千里共嬋娟。」意思和意境確乎都相差不大，但不知為什麼，唯有張九齡的「海上生明月」說得那麼自然而又意境雄渾闊大。彷彿只是不假思索地隨意道來，卻蒼蒼茫茫，那無邊浩瀚的廣度與溫度在不經意間撲面而來。隨口一讀，胸懷之間便隨明月生出一種浩大卻溫暖的感覺。

事實上，像「海上生明月，天涯共此時」這樣的句子、這樣的語言，絕非只是擅長詞語技巧者便能道出。他一定要以人生的深厚閱歷與高絕的人生格局為奠基，同時又要不失赤子之心，要有一顆清澈乾淨的靈魂。也就是人生的厚度、廣度、深度、高度、風度、氣度與溫度缺一不可。

那麼，作為盛唐最後一代名相的張九齡，他的厚度、廣度、深度、高度、風度、氣度與溫度，又是怎樣的呢？

廣東的韶關，至今還有一條街道就叫「風度路」，這條街的名字便因張九齡而起。因為張九齡就是廣東韶關的曲江人，也是歷史上第一個任丞相的嶺南人。明末清初的大思想家王夫之曾經稱讚張九齡，說他「當年唐室無雙

士，自古南天第一人。」

張九齡可以說是出身名門，其先祖應該是留侯張良後世子孫中的一支。西晉開國功臣張華是張九齡的十四世祖，因而張九齡自幼便有大志，兼之聰慧無比，世人更以神童視之。

十三歲時，他拿着自己的作品去拜謁廣州刺史王方慶。王方慶看後感慨地說，此兒將來一定大有前途。二十三歲那年，張九齡入京參加科舉考試，名列榜首。榜單一出，天下譁然。包括那些落第的考生紛紛不平，甚至紛紛上告說考官不公平。一個來自嶺南蠻荒之地的考生，怎麼可能考上狀元呢？此事甚至驚動了朝廷，皇帝下詔重新考試。結果重試之後，張九齡依然名列榜首。這一下眾人啞口無言，張九齡名聲大噪。

唐玄宗即位之後，張九齡更是立刻受到重用。因為唐玄宗特別敬佩張九齡的風度。《新唐書》記載，「九齡耿直溫雅，風儀甚整」，就是說他性格溫文爾雅，但在日常生活中特別注重儀表風度。

據說為了維持風度儀表，張九齡有一個特別有意思的發明。當時大臣們上朝都要帶笏板。笏板有點像今天的記事本或 iPad，用以寫下要彙報的事項，或者隨時記錄皇帝的指令。以前文武大臣們，出門上馬或坐轎都是把笏板往腰裏一別，張九齡覺得如此裝束太煞風景，就讓人做了

個很精緻的笏囊。每次上朝的時候，將笏板裝進笏囊裏，他自己只管昂首挺胸地向前走，隨從捧着笏囊在後邊跟隨，再也不會因為腰間那個多餘的笏板而有損儀表風度。

張九齡此法，引得朝臣們紛紛效仿。唐玄宗每天看到張九齡上朝的時候「風威秀整」、氣質卓越，便高興地對左右說，朕每見張丞相，都感到精氣神為之一振。後來每有大臣向他推薦丞相人選，他都要先問一句「風度得如九齡否」，張九齡儼然成了唐玄宗眼中的一面鏡子。

不光是儀表風度，唐玄宗對張九齡的文章才學也是欽佩至極。他曾經對侍臣說：「九齡文章，自有唐名公皆弗如也。朕終身事之，不得其一二，此人真文場之元帥也。」此論一出，時人後人皆以「文場元帥」稱頌九齡。

可是雖然唐玄宗如此看好張九齡，並最終拜他為相，甚至也取得開元盛世的輝煌成果；可在長期的政治勞作之後，唐玄宗對政務事必躬親的做法產生了厭倦，想退入深宮，享受人生，又想用政治制衡的方式鉗制重臣，於是他便提拔了一代奸相李林甫以制衡張九齡。

張九齡是一個極其堅持原則的人，又敢於直諫。所以雖然他風度儀表乃至才學超羣，但前與姚崇，後與李林甫、牛仙客，包括唐玄宗本人都產生了不小的矛盾。最終在口蜜腹劍的李林甫的種種手段下，張九齡被罷相，出任荊州長史。就是在荊州長史任上，他賞識人才，將一生不

得志的孟浩然引入幕府。同時也是在這一段罷相之後的人生落寞期，他寫下了《感遇》十二首和這首千古傳誦的《望月懷遠》。

可以説，此時的張九齡已歷經了人生滄桑。他從少年時意氣風發名滿天下，到中年的知行合一、鋭意進取，甚至在貶官時期打通大庾嶺古道，修建了古代的京廣線。而他後來主政為相時期，既能以農為本，恩惠於民，直接有益於開元盛世的開闢；又能獎掖人才，目光如炬，王維、孟浩然等一大批出類拔萃的人物都得到過他的提拔。

另一方面，他又辨識奸雄。他只見過安祿山一面，便斷言「將來亂幽州者必此胡兒」。後來安祿山因罪當斬，張九齡作為丞相力主將其斬首，可惜唐玄宗不聽。「安史之亂」爆發，唐玄宗不得不倉皇出逃四川，一路風餐露宿，困苦不堪。這時候，他想起張九齡當年的勸告，悔恨得潸然淚下。唐玄宗感慨地説，「蜀道鈴聲，此際念公真晚矣；曲江風度，他年卜相孰如之？」慨歎再也沒有像張九齡這樣的賢相輔佐自己。可此時的張九齡早已逝去十五年了。

後來，唐玄宗專門派使者到韶關曲江張九齡的墓前祭奠，以表達自己的悔意與敬重之情。所以嚴格説起來，大唐由盛而衰，張九齡就是那一道分水嶺。

晚年的張九齡、被罷相之後的張九齡，在他身後大唐即將由盛而衰的張九齡，他的身影可能是落寞的，可他的

胸懷、他人生的積澱，卻已是無比豐厚的。此時，他人生的格局也已是越來越高、越來越闊大的。所以寫下「海上生明月」的張九齡，是經歷過世事浮沉的張九齡，是經歷過滄海桑田的張九齡，是擁有了人生的厚度與廣度的張九齡。最難能可貴的是，擁有了這樣的人生厚度與廣度，他卻依然不失風度，不失氣度，不失人性中讓人倍感溫暖的溫度。

所以張九齡在「海上生明月」之後，想及「天涯共此時」，然後會自然而然地說出「情人怨遙夜，竟夕起相思。」這裏的情人既可以是指作者自己，又可以指天下一切有情人。

有情人天各一方，在世界的不同的角落，大概都埋怨着這漫漫長夜真難捱吧。他們「孤身徹夜不成眠」，他們「輾轉反側起相思」。所謂「竟夕起相思」，漫漫長夜，相思之長，竟從明月所生之處而來，讓人對這種相思也有了一種異樣的感覺。

既然有懷遠之情的人難免終夜相思，徹夜不眠，那麼接下來的頸聯便突然落到了生活的細節上。「滅燭憐光滿，披衣覺露滋」，這是說身居室內滅燭望月。一個「憐」字，便讓人心生愛意。中國人較為含蓄，不直說其愛。在古詩詞中要說「愛」常以「憐」字相替，因為「憐愛憐愛」，「憐」就是愛的意思。所以滅燭望月，清輝滿屋，只更覺

可愛；而披衣出戶，露水沾潤，月華如練，益加陶醉。

這樣的境地，卻突然生出遺憾來，「不堪盈手贈，還寢夢佳期」。忽然想到月光如此美麗，卻不能「勸君多採擷」，以贈遠方親人，倒不如回到屋中去尋個美夢。或可在夢中夢得讓人歡愉的相遇。這樣的念頭是多麼自然，又多麼乾淨。甚至帶着一丁點兒的惆悵，還有一丁點兒的希望。所以這樣的夜晚，這樣的月光下，一切都是浩大的，一切又都是纏綿的，一切都是純粹的，一切又都是繾綣的。連明月，連相思，連情人，連那個夢，都變得那麼通透而溫暖。

所以讀了這樣的《望月懷遠》，怎能不讓人放下眼前的苟且，想到美麗的詩和遠方呢？

張九齡，一代名臣一代賢相，卻能在人世風雲變幻的滄桑之後，依然寫下這樣既浩大廣遠又通透溫暖的詩作來，真是讓人無比感歎。大概只有盛唐，才能既給人昂揚奮發的人生志向，又給人清澈無比的靈魂堅守。既讓人在萬丈紅塵中矢志不渝地努力追求，又讓人緊緊地握住人性的溫暖永不放手。

張九齡的氣度、風度，還有他的溫度，尤其是他政治格局上的高度、寬度與厚度，可以說是盛唐之開元盛世的最後一抹亮色。而那種風度、氣度與溫度，便是九齡、便是盛唐、便是唐詩所具備的難以企及的高度。

天地之間 一點浩然

　　開元十四年（726）的春天，李白順江而下來到
武昌，在武昌結識了孟浩然，並在黃鶴樓上作《送孟
浩然之廣陵》。人生有此一遇，李白與孟浩然遂成摯
友。李白後來對孟浩然推崇備至，說：「吾愛孟夫子，
風流天下聞。」

　　如此「風流天下聞」的孟夫子──孟浩然，是評
講唐詩繞不過去的一個重要人物。我們就來賞讀一下
他的千古名作《望洞庭湖贈張丞相》。詩云：

八月湖水平，涵虛混太清。

氣蒸雲夢澤，波撼岳陽城。

欲濟無舟楫，端居恥聖明。

坐觀垂釣者，徒有羨魚情。

有關孟浩然的詩，我們最熟悉的當然是他的那首《春曉》：「春眠不覺曉，處處聞啼鳥。夜來風雨聲，花落知多少？」這首小詩，初讀似覺平淡無奇，反覆咀嚼，便覺詩中別有天地。

這首詩是孟浩然年輕時與張子容隱居鹿門山時所作，是盛唐山水田園詩派的典型代表作。孟浩然和王維毫無疑問是山水田園詩派的兩面旗幟，但他的經歷卻和王維不同，甚至與盛唐其他有名的詩人全都不同。孟浩然可以說是盛唐所有著名詩人中唯一心懷家國天下之志，卻命運不濟，終生不得入仕之人。

孟浩然生於永昌元年（689），比李白和王維都大上一輪，也就是十二歲左右。他出生於湖北襄陽一個書香世家，年輕時傾慕司馬相如，曾與弟弟一起讀書學劍。二十歲時學有所成，遂隱於襄陽城外鹿門山。據《襄陽縣誌》記載，東漢初年，漢光武帝劉秀曾巡遊至此，有山神託夢來見，夢醒之後便令「立祠於山，上刻二石鹿夾道口」，當地的百姓遂稱之為「鹿門廟」，而山遂以此命名為「鹿門山」。

東漢末年三國紛爭之際，隱士龐德公不受目光短淺的劉表的拉攏，立身以明志，攜妻歸隱鹿門山，以其風骨一時名聞天下。據說，諸葛亮曾拜龐德公為師，而龐德公的侄兒就是「鳳雛」龐統，所以「臥龍」「鳳雛」俱出其門下。而且當時除卻「臥龍」「鳳雛」，還有徐庶、崔州平、

「水鏡先生」司馬徽，這些名士都是龐德公門下常客。龐德公逝後，世人在鹿門山又建「龐公祠」以祭之。

到了唐代，前有孟浩然，後有皮日休，效法前賢，歸隱鹿門山。後來遂有「鹿門高士傲帝王」之說，鹿門山儼然成了一座聖山。

當然，孟浩然終身不登仕途，除了因為他天生具有的隱者氣質之外，大概還與他不能隨波逐流、與世浮沉的性格有關。孟浩然的隱居鹿門山，其實和李白的隱居終南山、終南捷徑，還是有本質上的不同。如果說，孟浩然二十歲之前的努力治學、讀書習劍是為人生一展抱負打下堅實的基礎，那麼他二十歲之後數年隱居鹿門山的生活，其實是為了養心、養氣、修身以修煉出獨特的精神氣質，再投身那個輝煌而昂揚的時代，以求家國天下之用。

因此，二十五歲之後，年輕的孟浩然終於走出鹿門山，辭親遠行。他順江而遊，廣交名士、干謁公卿名流，一展人生抱負。

可是，命運卻與孟浩然開了一個大大的玩笑。他一開始和李白一樣，也希望不走尋常路，希望能憑自己的才學與聲名為朝廷所用。然而，雖然天下盡知孟浩然的才學，他的聲名也越來越大，但是被朝廷重用的機會卻總是一次一次從他身邊溜走。到了公元 727 年，也就是在湖北武昌結識李白之後的第二年，他才第一次赴長安參加科舉

考試，可是竟然落榜。名落孫山的孟浩然，寓居京城有兩年之久，也就是在這一期間他結識了王維，兩人成為忘年之交。

據說這期間，孟浩然還有一次特別的機會。某日，孟浩然來到王維居處（一說唐代名相張說居處），適逢唐玄宗忽然來到。孟浩然一介草民，驚慌之下無處可避，就躲於床下。王維（或說張說）遂趁機向玄宗推薦孟浩然的才學，並把躲在床下的孟浩然引出拜見玄宗。唐玄宗本來就是一個極富才情、喜愛才學之士的皇帝，其實他聽說過孟浩然的才名，便問起孟浩然有什麼近作。

大概是太過緊張，玄宗問他有何名作，他居然吟誦了一首《歲暮歸南山》，也題《歸終南山》：「北闕休上書，南山歸敝廬。不才明主棄，多病故人疏。白髮催年老，青陽逼歲除。永懷愁不寐，松月夜窗虛。」唐玄宗聽到那句「不才明主棄，多病故人疏」，便眉頭緊蹙，最終不高興地說：「卿不求仕，而朕未嘗棄卿，奈何誣我！」從此，孟浩然的仕途之路便徹底斷了。

後來孟浩然雖短暫地寄居於張九齡的幕府，但終身隱居鄉野，或羈旅天涯，命運讓他與政治劃清了界限，使他成為一個偉大的山水田園詩人。詩史上甚至有一種觀點認為，雖然王維、孟浩然並稱山水田園詩派的代表人物，可就盛唐山水田園詩而言，孟浩然才是「山水精神」的第一

人，這在他的這首名作中可見一斑。

　　這首詩實際上是一首干謁詩。古代的干謁詩，類似於現代的自薦信，就是希望受到名臣重臣的賞識與提拔，或者是為朝廷所用。孟浩然的這首《望洞庭湖贈張丞相》，就是寫給名臣張九齡的，希望能得到他的獎掖。

　　孟浩然從洞庭湖起筆寫起，「八月湖水平，涵虛混太清。」意思是八月時節秋高氣爽，洞庭湖中湖水暴漲，幾乎與岸齊平。這樣的湖水，幾乎可以「涵虛」，可以「混太清」。「虛」指的是「虛空」，「涵虛」是將天空倒映在水中，包容天空之意。而「太清」則不只是天空，甚至包括寰宇，「混太清」是將整個寰宇幾乎混為一體。這樣的湖水不僅讓水天一色，而且無所不包、無所不容。這樣的洞庭湖——中國第二大淡水湖，彷彿有了一種獨特的精神氣質，面對天地寰宇，成為一種浩大清純的存在。而這種氣象，只是剛開始而已。

　　頷聯云：「氣蒸雲夢澤，波撼岳陽城。」荊楚湖湘之地向有雲夢大澤，雲夢澤佔地之廣，即便洞庭湖也不過是它的一角而已，所謂「氣蒸雲夢澤」，是說雲夢大澤水汽蒸騰、白白茫茫、浩渺無邊；而「波撼岳陽城」則是說波濤洶湧，似乎把岳陽城都能撼動。這樣的兩聯四句，又豈止是在寫洞庭湖，寫雲夢澤呢？這寫的不僅是景，還是一種昂揚的精神，一種闊大的氣象，一種絕大的胸襟，一種

超然的格局。

在孟浩然這裏，山水已不再是山水形象的描摹，也不只是在山水中簡單地加入自己的情感。他是將山水的形象與自我的思想情感，乃至性情氣質、精神面貌合而為一，這就使得他筆下的山水達到了前所未有的高度。

因洞庭湖的絕大氣象而想到自身的命運，「欲濟無舟楫，端居恥聖明」，「欲濟無舟楫」是說在渡口欲渡卻沒有船只，隱喻了自己想要一展家國天下之志，卻苦於無人引薦入仕的遭遇。「端居恥聖明」，是說在這樣一個聖明的時代閒居無所用，感到愧對明君。這一句從自然山水而來，又巧妙地袒露出了內心的初衷與想法，實在是妙不可言。

既然言外之意已如此明顯，他便索性將人生遺憾和盤托出。尾聯順勢直言：「坐觀垂釣者，徒有羨魚情。」誰是垂釣者？姜子牙渭水垂釣，終究輔佐文王、武王而成天下之業。所以垂釣者便是您張丞相張九齡啊！「羨魚情」則巧妙地引用了《淮南子》「臨河而羨魚，不如退而結網」的典故，且另有一番新意，坐觀垂釣之人多麼悠閒自在，而我卻只能空懷一片羨魚之情。甚至這裏以同道中人自喻，既然都屬仁人志士，那麼提出引薦這樣的要求，則顯得有理有據，不失身份，不失分寸。

通觀全詩，孟浩然的這首干謁詩寫得既大氣磅礴，又

不卑不亢；既含蓄委婉，又不落俗套。如今大學生就業也好，年輕人找工作也好，都要寫自薦書，填簡歷表。孟浩然的這首《望洞庭湖贈張丞相》，實可為千古楷模！

不過，詩寫得再好，也無法與命運抗衡。孟浩然命裏注定與仕途無緣，但這首詩確實給張九齡留下了非常深刻的印象。張九齡後來任荊州長史，曾將孟浩然聘至幕府，孟浩然因此才在一生中有了極短暫的入幕生涯。最後，孟浩然終於認清了命運的真實面目，他任其自然，與自我的命運達成和解，將自己放歸於山林，放歸於鄉野，回到故鄉，過着怡然自得的生活。

在孟浩然五十多歲的時候，王昌齡遭貶官路過襄陽，因久慕孟浩然之名，前往拜訪孟浩然，當時孟浩然背染癰疽，就是背上長了大毒瘡，卻與王昌齡一見如故，傾心結交，病情剛好就宴請王昌齡大吃一頓。因食物中有不少鮮物，也就是「發物」，後來沒多久，孟浩然癰疽復發而死。

這樣的孟浩然，恬然自得，雖然身屬山水田園詩派，可是遇到人生知己王昌齡，又能為知己放懷痛飲，這便有如陶淵明，隱逸之中自有幾分人生的豪俠之情。孟浩然的人生儘管有遺憾，不能實現家國天下的志向，但人生的境界自可如「八月湖水平，涵虛混太清」，人生的情懷亦能像那無所不包的八月湖水，容天地、容寰宇於一片清澈浩渺的心境！

絢爛之極　歸於平淡

　　王維、孟浩然毫無疑問是盛唐山水田園詩派的兩面旗幟，而唐代詩人能與「李杜」並稱的也唯有王維。李白號「詩仙」，杜甫號「詩聖」，而王維號「詩佛」。選擇哪首詩來體現王維山水田園詩的精彩，以及他作為「詩佛」的聖號，實是一樁難事。

　　思來想去，我放棄了那首《山居秋暝》，選擇了他晚年的一首名作《終南別業》，以見出其山水田園詩作的精彩與「詩佛」的特性。詩云：

王維
——
《終南別業》

中歲頗好道，晚家南山陲。

興來每獨往，勝事空自知。

行到水窮處，坐看雲起時。

偶然值林叟，談笑無還期。

這首詩之所以特別有名、特別精彩是因為頸聯「行到水窮處，坐看雲起時」這一名句。我在「中國詩詞大會」中也說過，我個人最喜歡的人生境界，就是王維那句「行到水窮處，坐看雲起時」，所表現的「從心所欲不逾矩」的人生境界。

那麼，王維的這種人生境界，是如何修煉得來的呢？

他說「中歲頗好道，晚家南山陲」，就是講自己中年以後，厭惡城市的喧囂，有濃鬱的求道之心，但是直到晚年才安家於終南山的邊陲。

我們先來看看中年之前的王維是怎樣的。我們知道，王氏最有名的兩支，一是太原王氏，二是琅邪王氏。王維出身於太原王氏，而太原王氏更是唐代「五姓七家」之一。至於他那個信佛的母親，則出身於另一大望族——博陵崔氏，因此王維身上有着一種與生俱來的高貴氣質，從小就表現出多才多藝的面貌來。

王維的祖父王冑曾任朝廷樂官，王維小小年紀便表現出很強的音樂天賦，尤其是一把琵琶彈得冠絕天下，王維父親王處廉曾任汾州司馬，尤擅詩文，親自教導王維兄弟創作詩文，王維的母親擅長畫畫，王維從小就跟母親學畫，一筆水墨更是超逸絕羣。因此在多種藝術領域裏，王維都能齊頭並進、俱擅勝場。他的家教還有一個關鍵的地方，可以說從幼年一直影響到他的晚年，那就是他母親篤

信佛教，是當時著名的高僧大照禪師的弟子。少年喪父的王維，在母親的影響下，對佛教、禪宗別有領會，鑽研至深。王維名維，字摩詰，其名字來自佛教的「維摩詰居士」，可見他與佛教的淵源。

少年時的王維，豐神玉朗、姿容秀麗，多才多藝，胸中還有一份豪俠之氣，但是對佛理、佛法尚缺乏人生的領悟。十五歲時入京赴試，他口中吟唱的是：「新豐美酒斗十千，咸陽遊俠多少年。相逢意氣為君飲，繫馬高樓垂柳邊。」那時他對邊塞充滿了嚮往，說：「孰知不向邊庭苦，縱死猶聞俠骨香。」人到中年，他歷經坎坷，終於出使塞外，當「大漠孤煙直，長河落日圓」的壯闊景象出現在他眼前的時候，那時已雄心不再的王維依然能寫下「風勁角弓鳴，將軍獵渭城。草枯鷹眼疾，雪盡馬蹄輕。忽過新豐市，還歸細柳營。回看射雕處，千里暮雲平」的豪俠詩篇。

可見，王維雖然號稱「詩佛」，但是他的身體裏、他的精神世界裏也一直住着一個「幽并遊俠兒」的大好男兒。他的出身、他的才學、他的精神氣質，原來都應該是昂揚、奮發、向上的。可是，人的性格與氣質終究與人的境遇息息相關，遇到什麼樣的人，經歷怎樣的事，冥冥中決定着人的個性表現與精神氣質。

王維因其才學備受岐王李範的賞識，開元九年

（721），王維欲再度應試。當時玉真公主權勢傾天，岐王便為王維策劃，希望他能得到玉真公主的賞識。

一天，岐王讓王維穿上錦衣華服，帶着琵琶來到玉真公主宅邸，說是為公主奉宴。玉真公主只見眾樂手間，有一白皙少年風姿俊美、氣質超卓，十分惹人注目，便問這是何人，李範只神祕地笑答：「這是一個懂樂之人。」

王維輕撫琵琶，聲調哀切，一曲彈罷，滿座為之動容。玉真公主急切地問道：「這是什麼曲子，我怎麼沒聽過？」王維起身答道：「是我所作《郁輪袍》。」公主甚覺驚異，李範趁機在旁邊說道：「此人不只長於音律，若要說詩文更是無人可比！」

公主更感驚異，問王維有何詩作，王維便從懷中掏出詩文數卷呈上。公主看後驚訝不已，說：「這都是我所誦習過的，從前以為是古人之作，原來是你所寫。」於是讓王維更衣，再不敢以樂人視之，而升入賓客之列。

王維入座，風流蘊藉，滿座盡皆欽服。岐王趁機對玉真公主說：「若教京兆府今年能以此人為解頭，誠為國家之幸啊！」玉真公主說：「那為什麼不叫他去應舉呢？」並對王維說：「你要取解頭的話，我當全力推薦你。」於是王維一舉登第，成了當年的解頭。

《集異記》的這段記載，後世史學家當然也多有質疑。不過二十一歲的王維確實在開元九年中了進士，而他

與玉真公主後來的關係，也讓人不得不產生各種聯想。

唐詩、唐史中一個可以稱之為八卦的問題，就是王維和李白的關係。王維與李白幾乎生於同年，甚至連逝世的時間都相差不遠。而且他們有共同的好友，比如說孟浩然、杜甫。令人奇怪的是，王維與李白之間卻沒有任何交集。後世有一種說法，認為他們就是因為和玉真公主的關係，而導致各不提及。

「成也蕭何，敗也蕭何。」於王維而言，與皇家貴冑的親密關係既可能是他仕途上的助力，也有可能是他仕途上的陷阱。王維中舉之後任太樂丞，主要負責皇家音樂和舞蹈的排練。對於王維來說，這樣的工作實在構不成挑戰。可沒過多久，他卻因此貶官了，被貶到濟州司倉去做參軍。罪名是他在綵排獅子舞的時候，私自看伶人舞黃獅子。因為黃顏色的「黃」和皇權的「皇」相諧音，故黃色在古代為皇家專用。

這實在是有些莫名其妙，對於王維的仕途來講則是滅頂之災。甚至有人猜測，或許是因為王維與玉真公主關係的某種變化導致的仕途變化。後來，因唐玄宗封禪泰山大赦天下，王維終於有了回到長安的機會。可是，經此一難，深受佛教文化影響的王維，已經對紅塵與仕途有了一種懷疑。這段時期，不知是否是命運的捉弄，他的妻子又因難產而死。多情又痴情的王維，一下跌入人生的低谷。

此後整整三十年，他孤身獨居，終身不娶。

後來一代名相張九齡執政，因賞識王維的才學，先任命其為右拾遺，後又提拔他為監察御史，並讓他出使塞外。王維就是在這一段時間，寫下《使至塞上》和《觀獵》，還有那首《渭城曲》。可是張九齡終究也被逼走了，玄宗不復當年的求取之心，而奸相李林甫與楊國忠亂政。忽然之間，「漁陽鼙鼓」動地而來，推倒盛唐的「安史之亂」就此爆發。

天寶十五載（756），長安被叛軍攻陷，王維出逃未及，被捕後被迫出任偽職。戰亂平息之後，因為這一段經歷，王維和他的好友儲光羲都被下獄，交付有司審訊。幸好王維在被俘時作有《凝碧池》一首，說「萬戶傷心生野煙，百僚何日更朝天。秋槐葉落空宮裏，凝碧池頭奏管弦」，表現了一片忠心，再加之好友裴迪為他作證，而王維的弟弟、時任刑部侍郎的王縉平反有功，請求削級為兄贖罪，王維最終才得以寬宥。

經此人生大難之後，王維的心境徹底逃禪入佛。晚年王維大隱隱於朝，無欲無求之後反倒官位越做越高，終至尚書右丞，所以後人又稱其為「王右丞」。而他自己在俗世中的心事，卻幾乎全部放了那座輞川別業。輞川有盛景二十處，王維和好友裴迪逐處作詩，編為《輞川集》。其中著名的有「空山不見人，但聞人語響。返景入深林，

復照青苔上」的《鹿柴》；有「獨坐幽篁裏，彈琴復長嘯。深林人不知，明月來相照」的《竹裏館》；有「木末芙蓉花，山中發紅萼。澗戶寂無人，紛紛開且落」的《辛夷塢》，都是千古傳誦的名篇。而名為《終南別業》的五律詩，就是說他晚年逃禪入佛、名雖在朝身卻在山的隱者心境。

「中歲頗好道，晚家南山陲」，確實是他現實的狀況，卻是人生不得已的選擇。在皇權貴冑、仕宦命運的捉弄下，在生死沉浮、人生際遇的夾縫中，好佛求道的王維，終於放下了內心裏那個曾經豪俠昂揚的自我，選擇了一個恬淡、幽靜、無為的自我。而這種選擇，卻不必向他人、向世界陳說。

所以詩裏說，「興來每獨往，勝事空自知」，這是講興致來的時候，就一個人獨來獨往地去遊山玩水，而有快樂的事，就自我欣賞、自我陶醉。所謂「空自知」的「空」，也就是「萬事皆空」的「空」，是王維晚年詩作中經常出現的一個字，所謂「空山新雨後」「空山不見人」「日暮澄江空」「夜靜春山空」。大概是指他此時放空了自我，放空了塵俗，放空了萬丈紅塵中對純淨內心的種種干擾，所以才能脫口而出：「行到水窮處，坐看雲起時。」在經歷無數的痛苦掙扎之後，走到這樣的人生境界之時，便可在山間小路閒庭信步，不知不覺便到了溪水的盡頭，

似乎再無路可走。可擁有如此超越心境的詩人卻感到眼前一片開闊，於是索性坐下，看天上風起雲湧、雲捲雲舒。一切都是那樣自然，一切都是那樣愜意。白雲流水、天地山川，還有其間的那個詩人，一切都是坦蕩蕩，一切都是剛剛好。

蘇東坡說：「味摩詰之詩，詩中有畫；觀摩詰之畫，畫中有詩。」「行到水窮處，坐看雲起時」，這兩句的畫面感與意境實在是對蘇東坡評論的明證。這樣的畫面、這樣的心境也就成了後世無數人渴求能夠達到的人生境界。

在意境全出之後，王維為這種人生境界又加上了一個富有生機，富有動態與聽覺的畫面，那就是尾聯：「偶然值林叟，談笑無還期。」這是說偶然在林間遇到個鄉村野老，並與他聊天談笑，每每忘記了回家。彷彿我們能看到兩個老人聊天的樣子，聽到他們聊天的笑聲。這時候的王維和那個鄉村野老，去掉了俗世中一切的身份、一切的角色，去掉了紅塵中一切的負累、一切的煩惱，只剩下自然的性情、愉悅的靈魂。

後世才子紀昀評曰：「此詩之妙，由絢爛之極，歸於平淡。」何止是王維的山水田園詩，何止是他的《終南別業》《輞川別業》，乃至他的整個人生不也是絢爛之極，歸於平淡嗎？隨命運「行到水窮處」，任滄桑「坐看雲起時」，這就是王維，這就是「詩佛」！

我流淌 我清澈 我生活

我們講盛唐山水田園詩派，講了王維，講了孟浩然。其實還有一個不得不講的人物。這就是與王、孟各擅勝場的儲光羲。

《唐詩品彙》甚至說：「儲光羲詩高處似陶淵明，平處似王摩詰。」而胡應麟的《詩藪》更說：「儲光羲閑婉真至，農家者流，往往出王、孟上。」

下面，我們就來賞讀一首他的五律名作《詠山泉》。詩云：

儲光羲——《詠山泉》

山中有流水，借問不知名。
映地為天色，飛空作雨聲。
轉來深澗滿，分出小池平。
恬淡無人見，年年長自清。

這樣的詩作，可謂是清澈見底，可謂是清可鑒人。

詩的題目很明確，就叫《詠山泉》，所以全詩緊扣「山泉」而來。「山中有流水，借問不知名」，這樣的筆法確實像極了陶淵明的「結廬在人境，而無車馬喧」風格，純如自言自語，平實之極。可是平實處起，起後須又陡起壁立，讓人產生眼前一亮的效果。陶淵明說「結廬在人境，而無車馬喧」，緊接着一句「問君何能爾，心遠地自偏」，其意境、其境界，甚至超越了梭羅的《瓦爾登湖》。儲光羲同樣有這樣的筆力，有這樣的功夫。

首聯就是寫一條不知名的清泉而已，可是接下來的頷聯卻突然說「映地為天色，飛空作雨聲」，換做我們來寫清泉，會怎樣寫呢？寫潺潺流水，寫自得其樂，而泉水的狀態也不過就是清澈而已。可儲光羲卻憑清幽的泉水，陡然宕開一筆，先寫泉色、天色，說天空倒映在泉水水面，那麼周圍地面的顏色和天空的顏色，是完全一樣的。從小小的泉水而見天地的顏色，視覺陡然開闊起來。而「飛空作雨聲」，則是說泉水從高高的山崖上飛流直下，雖然不如瀑布壯觀，卻如雨聲作響，叮叮咚咚，別有情趣。於是汩汩的泉水、橫流的山泉，突然變成了一個豎流的狀態，這樣狀態的山泉一下子就延展了時空。當然，不僅在視覺上有所延展，「飛空作雨聲」，那種雨聲的感覺，又在聽覺上激發了豐富的想像。視覺、聽覺俱得延展，那一道清

澈而靈動的山泉，宛若精靈一般，如在目前。首聯與頷聯的四句，由平實轉靈動，這種處理的高妙完全可以和王維的《山居秋暝》相媲美。「空山新雨後，天氣晚來秋」也是一樣的清新樸實，而「明月松間照，清泉石上流」便動感十足。所以山水田園詩作，寫景寫物既要有清新平實處，又要有靈動鮮活處，這才算是山水田園的精髓。

王維《山居秋暝》的頸聯與尾聯說：「竹喧歸浣女，蓮動下漁舟。隨意春芳歇，王孫自可留。」這為山水注入了人的精神。而儲光羲接下來依然不離山泉，卻又暗含着人性的自喻。頸聯說「轉來深澗滿，分出小池平」，表面上是說，這股泉水自高山流出，漲滿了一條條山澗與小溪，甚至分出的支流也貯滿了一個個的小池塘。可是細細想來，這山泉流到深澗之中，水滿則溢，又分入小池塘中，經歷種種狀態，原本那種靈動與靈氣，便彷彿被低窪的環境、窒息的環境所遮掩了。在低窪的小池中，在幽深的山澗中，如何再能看出「映地為天色，飛空作雨聲」的歡樂呢？如此作前後對比，便不由得讓人想到作者以山泉自喻的可能。

儲光羲考中進士之後，一直仕宦不得意，屈居下僚。中年的時候，他和王維一樣隱居終南山的別業之中，後出山任太祝一職，所以世稱「儲太祝」。儲光羲因為一直屈居下僚，所以特別關心百姓疾苦。雖然他是山水田園詩

派，可他的田園詩作其實要遠勝於山水詩作。他的《田家即事》《樵夫詞》，尤其是《田家雜興》，開了南宋范成大著名詩作《四時田園雜興》的先河。

天寶末年，儲光羲奉使至范陽。當時安祿山兼任范陽、平盧、河東三鎮節度使，強兵勁卒，正密謀準備叛亂，而唐玄宗委任權奸，荒於政事。儲光羲一路之上，既能見民生艱苦，又能洞如觀火，察見時事，留下了很多寓意深切、憂念時局之作。可惜他的命運和王維一樣，在「安史之亂」中俱未能逃離。杜甫其實一開始也為叛軍所捉，幸而最後得以脫身，這就使得杜甫的命運與王、儲大不相同。王維之幸在於寫下了《凝碧池》，以詩作證忠心，又有好友裴迪與弟弟王縉出手相救，終於得以死裏逃生。而儲光羲於長安被破時遭俘，和王維一樣被迫接受偽職，「安史之亂」之後被論失於晚節，雖免於被斬，卻遠貶嶺南。終因不能經受瘴癘之氣，客死嶺南。

回看他的人生，回想他的憂憤，那以山泉自喻的精神自我——「轉來深澗滿，分出小池平」，質本高潔的山泉在低窪的小池與幽深的山澗之中，在窒息的人生與逼仄的環境之中又能怎樣呢？是的，面對命運可能無可奈何，可詩人還要說，即便無可奈何，即便落落寡合，即便「恬淡無人見」，也要「年年長自清」。我們看，那道山泉是恬靜淡泊的，哪怕世人，哪怕這個世界無從知曉它的品質、

它的高格，泉水依然年復一年地流淌，永遠是那樣清澈。詩歌到此，雖然語詞猶不離山泉，可詩人以山泉寄寓精神的自我，譬喻其恬淡自然、飄逸出俗的高潔人生追求，卻是呼之欲出、完美合一。

所以《河嶽英靈集》評論此詩「格高調逸，趣遠情深，削盡常言」，是說這種格調、這種譬喻、這種境界，非一般人可以道出。事實上，確如儲光羲自己證實的那樣，在盛唐詩壇，雖然他的官運不濟，命運偃蹇多舛，甚至到最後貶死嶺南，可《唐才子傳》與《河嶽英靈集》俱說他「挾《風》《雅》之跡，得浩然之氣」，而《唐詩別裁》更說他「學陶而得其真樸，與王右丞分道揚鑣」，這些都表明了儲光羲人格與詩品的影響，以及在當時的號召力。

其實不僅在盛唐，儲光羲在日本的名聲也很大，這是源於晁衡——阿倍仲麻呂。作為日本的遣唐使留學生，生於日本奈良的阿倍仲麻呂入唐之後改名晁衡。他天資聰穎，尤其酷愛漢文化與漢文學，甚至於開元年間參加了科舉考試，高中了進士，被任命為左春坊司經局校書，職掌校理刊正經史子集，並輔佐太子研習學問。當時儲光羲就曾用「吾生美無度，高駕仕春坊」的詩句讚美過他。晁衡的人生其實就是當時大唐氣象、盛唐之世的影響下，所謂四夷賓服、萬國來朝的包容與學習之精神的一個典型表現。

晁衡與王維、李白、儲光羲俱過往甚密。後來他歸國之際，王維寫下《送祕書晁監還日本國》，留下「積水不可極，安知滄海東。九州何處遠，萬里若乘空」的名句。而晁衡在琉球附近遭遇風暴，當時誤傳晁衡遇難，李白更寫下《哭晁卿衡》的千古名篇：「日本晁卿辭帝都，征帆一片繞蓬壺。明月不歸沉碧海，白雲愁色滿蒼梧。」而儲光羲的送別詩《洛中貽朝校書衡，朝即日本人也》也是一首千古名作。詩云：「萬國朝天中，東隅道最長。吾生美無度，高駕仕春坊。出入蓬山裏，逍遙伊水傍。伯鸞遊太學，中夜一相望。落日懸高殿，秋風入洞房。屢言相去遠，不覺生朝光。」這是以梁鴻讚晁衡，並表達了與晁衡互相砥礪、共同治學的知己之情。這首詩最終被晁衡帶回了日本，儲光羲因此在日本名聲大振，並被供奉於日本京都的詩仙祠中。

雖然「人生在世不稱意」，甚至最終貶死嶺南，可儲光羲的詩與他的人格卻如那清澈的山泉，在歷史的流淌中留下了永恆不滅的印記。

不論怎樣的命運，不論怎樣的人生際遇，即便滄桑滿眼，即便泥濘滿地，心中應自有汩汩流淌的清泉，哪怕「恬淡無人見」，也要「年年長自清」。

我流淌，我清澈，我生活！

政事堂上 盛唐代言

　　我們講盛唐詩歌中的盛唐氣象，講李白的《靜夜思》，講張九齡的《望月懷遠》。

　　但其實在唐人，尤其是盛唐的人看來，最能代表盛唐氣象的詩居然不是「海上生明月」，居然不是「乘風破浪會有時」，而是「海日生殘夜，江春入舊年」。

　　那麼，我們就來賞讀一下王灣的這首名作《次北固山下》。詩云：

王灣————《次北固山下》

客路青山外，行舟綠水前。

潮平兩岸闊，風正一帆懸。

海日生殘夜，江春入舊年。

鄉書何處達？歸雁洛陽邊。

　　王灣是洛陽人，是唐玄宗開元初年的代表詩人。所謂開元盛世，盛唐氣象，王灣毫無疑問是一個親歷者。他在玄宗先天年間（一說開元元年）進士及第。中進士的第二年，也就是開元元年（713），王灣出遊吳地，乘船東渡長江，抵達京口（現在的鎮江），在北固山下，清晨啟航，被一路的青山綠水、壯麗風光，觸發了奇思妙想，終於寫成這首膾炙人口的千古佳作。

　　對於這首詩來說，最重要最精彩的毫無疑問是中間的頷聯和頸聯。

　　首聯云「客路青山外，行舟綠水前」，交代了自己在異鄉的青山綠水之間遠行的背景。這大概是一個早春的清晨，詩人所乘的行舟昨夜泊於北固山下，而清晨天剛蒙蒙亮，船即啟航。詩人站立船頭，舉目望去，見「潮平兩岸闊」，舟行水上，順風而行，故「風正一帆懸」。

　　這兩句一下子把境界拓寬開去。「潮平」是說江上春潮湧起，放眼望去，江水浩淼，江面幾乎與岸齊平，因而曰「闊」——不僅是江面的闊大，更是詩人視野的闊大。而「風正一帆懸」，更是飽含一種獨特的氣勢。順風而行，固然別有一番順暢，但若風大勢猛，船行急速，順則順矣，則過猶不及。

　　詩人不說風順，只說風正，實在妙不可言。天地之間正氣充塞。此刻繫於一舟一帆之上，既有無比順暢之意，

又有浩大沖和之境，故而曰「風正一帆懸」。「懸」是自上而下，端直垂掛。所以這普通的風帆，因「懸」這一字，彷彿「堂堂之陣，正正之旗」。一平一闊，一正一懸，頷聯中那種平正闊大、浩然沖和的氣勢，已呼之欲出。況且船又在北固山下，只此江山，便讓人生出無限的歷史的滄桑歲月之感。

北固山是長江邊著名的「京口三山」之一，位於金山與焦山之間，它的歷史與三國風雲息息相關。山上有甘露寺，相傳是孫劉聯姻，劉備招親結識孫尚香的地方。劉備到此，據說有「天下第一江山」的評論。後來，亦為一時人傑的梁武帝蕭衍，更在此親筆題書「天下第一江山」。「詩豪」劉禹錫在《蜀先主廟》中詠劉備曰：「天地英雄氣，千秋尚凜然。」此「第一江山」，是天地英氣會聚之所。甘露寺後是著名的北固樓，辛稼軒在此題有名句「何處望神州？滿眼風光北固樓」。

京口北固山下的這一段江面，風景開闊，自然風光令人陶醉。而且可以想見，滾滾長江東逝水，淘盡了多少英雄。那種歷史的滄桑、人文的感慨，與浩大的江面、浩蕩的春風於此刻融為一體，不知不覺間湧入詩人的胸懷。於是一股蓬勃的氣息呼之欲出，那便是「海日生殘夜，江春入舊年」。

仔細琢磨這一句，確實是神來之筆，太過精彩。江

上朝陽初昇，這一輪充滿着無比的希望與無比生命力的紅日，既是從海上昇起，也是從殘夜中生出。詩人要說殘夜未盡、時辰尚早，但取一輪海日昇於殘夜的景象，便將光明自黑暗中湧出的生機與力量一筆寫出。那種紅日初昇、昂揚向上之勢，無可阻擋，無可匹敵。

而在這種浩大的景象之後，更有一種連綿的氣勢隱於這天地之間。那便是詩人清晰地感受到，江春已入舊年。這是說，即便殘夜未盡，當時的時令還在臘月之中，還在舊年裏；可江南春早，天地之間早有春意。詩人見春江水暖，見風正帆懸，見紅日初昇，便知浩蕩東風即將席捲大地，天地間即將迎來無邊的希望與生機。這種春意，這種生機，這種希望，這種光明，充塞於詩人的胸懷之間，也充塞於大唐的天地之間。

這便是一個時代的即將來臨，這便是一個名叫盛唐的氣象，即將出現的契機。

此刻，早行的詩人如知更鳥一般，早早地知道了春天的消息，敏銳地感受到這種盛唐的氣象。於是在昂揚的人生路上，他自然而然地湧出這一句：「海日生殘夜，江春入舊年。」這樣一句，浩大連綿，卻又不咄咄逼人；這樣一句，充滿了希望，卻又恰如其分；這樣一句，真乃千古名聯。

殷璠的《河嶽英靈集》裏記載了一件著名的事情。

唐代開元名相張說在主政期間，最愛的一句便是「海日生殘夜，江春入舊年」，甚至親筆書寫在政事堂上，並示以天下能文者列為楷式，就是說讓天下讀書人以此句為創作的楷模。政事堂就是唐代的國務院，是朝廷與天下樞紐所在。張說作為主政的宰相，親筆將此句書寫在政事堂上，可見他對這一聯意境的推崇。

到了晚唐，人們仍對此句推崇備至。晚唐著名詩人鄭谷有一首七絕論及王灣此作，說：「何如海日生殘夜，一句能令萬古傳。」就是說我全部的詩作加在一起，又怎麼能抵得上那一句「海日生殘夜，江春入舊年」呢？明人胡應麟在他著名的詩話作品《詩藪》裏，也評價這一句說「形容景物，妙絕千古」，甚至認為，王灣的此句就是盛唐與中唐的界限所在。近人聞一多論詩，更認為這一句是盛唐所提倡的標準詩風，也就是認為它是盛唐氣象的標準代言。

不過，如此的千古名句、千古名聯背後，卻隱藏着一個千古疑問。這首千古名作的真面目到底是什麼樣的？

這首《次北固山下》最早見於唐人芮挺章的《國秀集》，其中所錄就是我們今天見到的這個版本。尾聯既然說「鄉書」，既然說「歸雁」，自然就對應着首聯的「客路」「行舟」。身在旅途，家書不傳，還是託付北歸的大雁，讓他捎到遠方的洛陽的親友身邊吧。這種羈旅客思之

歎，就應該是無比鮮明的。但是既然說「江春入舊年」，那也就是說還在臘月裏，雖已有春意，已能感受到春天的消息，可是還在舊年之中，新年還未到來，按照時令與節候，這時候應該還不到大雁北歸的時候，又怎能「歸雁洛陽邊」呢？

或者有人會說，可能是詩人看錯了，把江上的水鳥看成了北歸的大雁。可即使是這樣，我們也不得不問：詩人站立船頭，見「潮平兩岸闊，風正一帆懸」，因此胸肆浩然，脫口而出，甚至吟出代表盛唐氣象的「海日生殘夜，江春入舊年」。在這樣的胸襟與氣魄之下，在這樣的昂揚與愉悅之中，又怎會突然一轉，轉向羈旅客思之悲呢？

有的解釋說，王灣的這首詩就是寫鄉愁的。但如此定下鄉愁的主題與基調，讓人感覺與「潮平兩岸闊，風正一帆懸」的景象，與「海日生殘夜，江春入舊年」的意境，實在是不相匹配。

可是「客路青山外，行舟綠水前」「鄉書何處達？歸雁洛陽邊」的首聯與尾聯又明明確確地放在那兒。若說思鄉，若說鄉愁，也並無不可。那麼這種詩味、詩意、詩境上的矛盾，又該如何解答呢？

據考證，王灣的這首詩應該作於開元初年，也就是他考中進士之後遊歷天下的第二年。這時候的王灣意氣風發，滿懷天下之志。那種昂揚的人生姿態，與那種即將到

來、充滿了生機與希望的盛唐氣象，是完美匹配、完美契合的。所以是王灣，是開元初年的王灣，而不是別的人，不是別的時候的王灣，在人生求索的路上，在感受到天地之間早春的消息之後，才脫口而出，吟出了「海日生殘夜，江春入舊年」的浩蕩與氣象。

這是一種生命與生機的共振，生命與天地的共振，個體與整個時代的共鳴與共振。即使是在客路之中，其情緒、其思想、其靈感，也應該是昂揚的、奮發的，這才是盛唐。盛唐是盛產豪邁壯闊詩篇的時代。盛唐的詩人都眼界闊大，心懷天下，有着遠大的抱負與人生期許。即使是在江南，即使是在客路，詩人那無比樂觀昂揚的精神，也要像海日一樣，從殘夜中昇起；也要像春意一樣，從舊年中生發。何況是即將到來的春天，何況是紅日初昇的清晨。所謂「自古逢秋悲寂寥」，而在這樣的早春，在這樣的清晨，詩人又怎會生出鄉愁之感來呢？

因此我個人更傾向於這首《次北固山下》，雖然它是我們能見到的最早的版本，但它有可能未必是王灣此作的原貌。

殷璠也是盛唐詩人，他的《河嶽英靈集》更是詩選中的名作。而在他的《河嶽英靈集》裏，王灣此作則被題為《江南意》。頷聯、頸聯和《次北固山下》一模一樣。可是首聯、尾聯卻和芮挺章的《國秀集》大不相同。

殷璠記載的全詩是這樣的：「南國多新意，東行伺早天。潮平兩岸闊，風正一帆懸。海日生殘夜，江春入舊年。從來觀氣象，惟向此中偏。」首聯「南國多新意」，交代了所行在江南。「東行伺早天」，這是指清晨啟航，並交代了船行方向，是向東邊，也就是順江而下，這樣才更易看出「潮平兩岸闊，風正一帆懸」來。海日生於殘夜之中，而日生於東方，正是詩人要去的方向。事實上，也正是迎面而生的紅日，讓詩人胸臆之間頓生情懷。

我自己曾在江上看日出，在海上看日出。當紅日初昇，朝霞滿天，那種人生的期許、天地的正氣，不知不覺便溢滿胸懷、充塞天地。便覺天地之間，無處不可去；乾坤之內，無事不可為。那種浩大正氣，正是生命的希望、生機與活力。這種景象之下，又如何能生出鄉愁來？況且詩人是東行，正是背離故鄉的方向，而不是在歸鄉途中。此刻江上絕無歸雁，絕無鄉書之歎。所以尾聯曰：「從來觀氣象，惟向此中偏。」「氣象」二字，脫口而出，才可謂是全篇詩眼。

作為一代名相的張說，為何將此句「海日生殘夜，江春入舊年」書於政事堂上，並列為天下楷式？就是因為這一聯中包孕着大唐的氣度，包蘊着盛唐的氣象。這正是「何如海日生殘夜，一句能令萬古傳」。

回望千年，看他獨立鸛雀樓上

　　前面我們講了那書於政事堂上、可為盛唐代言的「海日生殘夜，江春入舊年」，其言大氣磅礴，完全可以代表整個盛唐氣象。

　　我們再接着講一首同樣大氣磅礴、可以代表盛唐氣象的《登鸛雀樓》，體會為何一首《登鸛雀樓》足以讓王之渙千古不朽。這首詩中，又孕育着怎樣的襟懷與抱負？詩云：

王之渙
——
《登鸛雀樓》

白日依山盡，黃河入海流。
欲窮千里目，更上一層樓。

這首五言絕句，我想大家都是熟得不能再熟了。每個人小時候接觸唐詩時，大概都背過這首詩，腦海裏都有一幅夕陽西下、黃河東流、登樓遠望、天地悠悠的圖畫。我也是如此，腦海裏總有那樣一幅畫卷。直到後來遊歷天下，來到鸛雀樓，卻發現完全不是那麼一回事。

鸛雀樓，位處今天山西運城市的永濟古蒲州城外，與黃鶴樓、滕王閣、岳陽樓並稱天下「四大名樓」。據史料記載，鸛雀樓始建於北周時期。這座耗時十四年、斥資無數建立起來的鸛雀樓，奇偉壯麗，外觀上看分四簷三層，高達三十米，是當時長安城牆的五倍。

登上鸛雀樓，讓人不由自主地產生兩個疑問。一是北周的大塚宰宇文護為什麼要在蒲州城外靠近黃河岸邊的這個位置，建一座如此高大雄奇的鸛雀樓？第二個疑問就是關於王之渙的這首千古名作《登鸛雀樓》了。

首先來看第一個疑問。唐朝李瀚有《河中鸛雀樓集序》，序云：「宇文護鎮河外之地，築為層樓。逈標碧空，影倒洪流，二百餘載，獨立乎中州。以其佳氣在下，代為勝概，唐世諸公多有題詠。」這段話是說，鸛雀樓為宇文護所建，數百年裏獨立中州，雄視天下。但奇怪的是，鸛雀樓並不在蒲州古城的城垣之中，而在古城西南的黃河岸邊。此前很多人認為，鸛雀樓的始建目的是作為軍事用途。雖然當時的蒲州古城是北周與北齊的軍事交界線，而

且負有拱衛長安的重任。但那樣一座孤零零的鸛雀樓獨立在黃河岸邊，並不具有明顯的軍事用途。而且如果只是為了軍事用途的話，也完全沒有必要修得那麼高大、那麼雄偉。

所以史學家有另外一種猜測，認為宇文護之所以修建鸛雀樓，是因為宇文護的生母為北齊所劫。

宇文護是個孝子，日夜盼母歸來，於是就在黃河岸邊建立了如此高大、引人矚目的鸛雀樓。每每登樓東望，希望早日能夠迎母西還。鸛雀樓，在當時可算是高聳入雲。而登樓眺望，其最佳的視角不是朝向西南，反倒是正南或東南方向。

這就要說到第二個疑問、第二個謎團了——王之渙的這首《登鸛雀樓》。

「白日依山盡，黃河入海流。」王之渙登上鸛雀樓之後，他看見的到底是什麼呢？白日依山而盡，當然好像是夕陽西下；黃河入海奔流，當然好像是自西而東，大河奔流入海而去。這樣的長河落日，這樣的羣山連綿，自然給人一種雄奇闊大的想像，於是才有「欲窮千里目，更上一層樓」的興寄。可是登上鸛雀樓，你才會發現不是這麼一回事。

鸛雀樓的正南方向是中條山的餘脈。這一段山勢雖屬餘脈，卻依然雄奇瑰麗、羣山連綿。可是中條山的餘脈，

山勢只延伸到黃河岸邊，而黃河在這一段，在鸛雀樓邊，其實是自北向南流淌的，大概流到中條山的背後才變成一個「L」形，自西向東流淌而去。所以，由於中條山山脈的阻隔，在鸛雀樓上其實看不到自西向東流淌的黃河，只能看到自北向南滾滾流淌的黃河。因為黃河就在鸛雀樓邊自北向南流淌，而中條山餘脈就到黃河岸邊，所以站立於鸛雀樓上，其實只能看到正南方向與東南方向的中條山羣山連綿，而黃河以西則是大片的平原。

我為此還專門去做了考察，與鸛雀樓相對的黃河西岸是陝西省渭南市大荔縣的魯安鄉。這一片地區及關中渭北平原的東部，是一片難得的平原與良田之地，最多只有一些丘陵，根本見不到高山。也就是說，不可能看到落日與羣山輝映的夕陽西下的景象，當然，這並不是說在鸛雀樓的西南方向就沒有高山。西南方向的華山與鸛雀樓之間的直線距離，至少應該在四五十公里，已超出了一般人目力所及的極限。也就是說，在鸛雀樓上極目遠眺，就鸛雀樓周圍的山川地理實貌而言，應該既看不到自西向東流淌的黃河，也看不到西沉的落日與羣山呼應的場景。而站在鸛雀樓上，極目遠眺所能看到的「白日依山」，只能是它東南或正南方向的中條山。

事實上，「白日」在古詩詞中大多情況下並不指「落日」，並不指夕陽。比如《古詩十九首》的「浮雲蔽白

日，遊子不顧反」，杜甫的「白日放歌須縱酒，青春作伴好還鄉」，李白的「桃李務青春，誰能貫白日」。即便是龔自珍的「浩蕩離愁白日斜，吟鞭東指即天涯」，也只是指白日向西而去，與詩人東行的路線形成對比，因此發出對時光的感慨。至於陶淵明所説「白日淪西阿，素月出東嶺」，也只是概括地説太陽要從西落，月亮要從東昇。所以説「白日」其實就是專指太陽，而非專指落日、夕陽。

這樣一來，「白日依山盡」的「白日」就更是未必專指西沉的落日了。況且在鸛雀樓上，所能看到的夕陽，並不能依山而盡，而是要落於茫茫的平原大地。所以這裏的「白日依山」，所依之山應是對面的中條山，那麼「白日」就有可能是一天中任何一段時間的太陽，有可能是「白日才離滄海底，清光先照戶窗前」的朝陽，也有可能是「皓天舒白日，靈景耀神州」的中午乃至午後的太陽，而最不可能是我們一直以來以為的落日、夕陽。

但這樣一來，又如何解讀那個「白日依山盡」的「盡」字呢？若是夕陽西下，餘暉消失在羣山連綿中，這樣的「白日依山盡」應該正符合了我們日常的觀感。可是自鸛雀樓上所望的夕陽，卻無山可依。浩蕩乾坤中，又如何會「白日依山盡」呢？其實這是詩人一種獨特的視覺感受。站在鸛雀樓上，看着身側的黃河滾滾前去，雖然只能看到它自北向南流淌，可在詩人的心中，只要站在鸛雀樓上，

就能夠知道它必定、必將要向東、向大海流去。

因此一句「黃河入海流」，不僅是黃河自身的奔淌，也是黃河在詩人心中流淌的景象。雖然那一刻實際上他看不到自西向東流淌的黃河，也看不到黃河終將奔去的大海。可「君不見，黃河之水天上來，奔流到海不復回」！這條偉大的母親河，自青藏高原的巴顏喀拉山脈發源，歷經九省，九曲東流，浩浩蕩蕩奔騰到海，這種景象無須證明，自當全在詩人胸中。一句「黃河入海流」拉出無限的空間，而一句「白日依山盡」，也同樣在不知不覺間，將時間的流動，將時光與歲月的流動，延展到無窮。

「盡」，這個字雖然有「消失」的意思，同樣也有「最大限度」的意思。事實上，當我站在鸛雀樓上的時候，在那個安靜的冬日，看着眼前連綿不絕的中條山，還有依山而行的白日，我突然明白了王之渙所説的「白日依山盡」的感覺：眼前的太陽和羣山彷彿一瞬間消失在無窮無盡的時光長河裏。任何一個人只要對着太陽看一會兒，視覺裏一定就會產生一種最大程度的「消散」的感覺，彷彿連自身都要融入那時光的長河之中。「白日依山盡」，那種最大程度地融入與流淌，其實不只是白日，還包括自身，甚至還有自身所立的這片廣大的時空。所以白日依山而盡、黃河入海奔流雖是眼前景致，卻更是詩人胸中、腦海中構建出來的一幅無限遼闊的時空圖景。

在這裏，詩人打破了時空的限制，一種壯志、一種胸懷、一種襟懷與氣魄呼之欲出，那便是「欲窮千里目，更上一層樓」。這句千古名言揭示了一種叫「情懷」的東西。這種情懷使得生命永無止境，這種情懷使得人生敢於攀登，這種情懷使得盛唐在盛唐之上還要向上，這種奮發與昂揚，就叫大唐氣象！

因此回頭來看，若「白日依山盡，黃河入海流」指的只是落日西沉、黃河東去、暮色沉沉、天地昏昏，那麼緊接其後的「欲窮千里目」則應是無限悲情，則應是《樂遊原上》的「夕陽無限好，只是近黃昏」，又哪裏會有「手把青天與明月，只身欲上最高層」的豪健與豪邁呢？

這首五言絕句總共不過兩聯，而兩聯都用對仗。如果不是氣勢充沛，一意貫連，則很容易雕琢呆板，或者支離破碎。而王之渙一聯正名對，一聯流水對，兩聯皆對卻毫無對仗的痕跡，讓人感覺自然而然，毫不勉強。這正是其詩味、詩意上的化境。王之渙雖一生命運不濟，長期賦閒，晚年再入官場，生活剛有轉機，卻染病身亡，但一首《登鸛雀樓》、一首《涼州詞》，便可讓他平凡的生命，永恆地屹立於歷史長河之中。

唐人薛用弱《集異記》中，記載了一個著名的「旗亭畫壁」的故事。

據說玄宗開元年間，王之渙與好友王昌齡、高適閒居

長安。一個飄着小雪的天氣裏，三人一起到旗亭飲酒。

當時酒樓裏有梨園班子在演唱，唱到高潮的時候，有四個年輕漂亮的姑娘，開始演唱當時著名詩人的詩歌。高適説：「我們在詩壇上也算有點名氣，平時分不出高低，今天我們來打個賭吧，看這四個姑娘唱誰的詩多就算誰贏。」三人紛紛表示贊同。

第一個姑娘出場就唱道：「寒雨連江夜入吳，平明送客楚山孤。洛陽親友如相問，一片冰心在玉壺。」唱的是王昌齡的《芙蓉樓送辛漸》。第二個姑娘唱到：「開篋淚沾臆，見君前日書。夜台何寂寞，猶是子雲居。」這是高適的詩。第三個姑娘接着唱道：「奉帚平明金殿開，且將團扇共徘徊。玉顏不及寒鴉色，猶帶昭陽日影來。」王昌齡十分高興，説：「又是我的。」王之渙有點負氣地指着第四個姑娘説：「這個穿紅色衣服姑娘最漂亮，如果再不唱我的詩，我這輩子就再不寫詩了！」過了一會兒，只聽那位姑娘唱道：「黃河遠上白雲間，一片孤城萬仞山。羌笛何須怨楊柳，春風不度玉門關。」正是王之渙的《涼州詞》。三人一聽，撫掌哈哈大笑。

這個故事説的是什麼呢？這是説，王之渙的詩作雖然數量少，但確是翹楚之作。一首《涼州詞》、一首《登鸛雀樓》足以讓王之渙名垂千古。

酒神精神的中國氣質

　　我們前面提到了王之渙的《涼州詞》。千年以來，詩史上公認最傑出的兩首《涼州詞》，一首是王之渙的「黃河遠上白雲間」，另一首就是王翰的「葡萄美酒夜光杯」了。

　　我們講盛唐、講邊塞，就絕不能繞開這兩首《涼州詞》。下面，就來講講王翰的這首千古名作。詩云：

王翰———《涼州詞》

葡萄美酒夜光杯，欲飲琵琶馬上催。

醉臥沙場君莫笑，古來征戰幾人回？

既然我們說王翰的《涼州詞》，是千年以來的翹楚之作，那麼我們就應該知道什麼是《涼州詞》，為什麼會有那麼多詩人寫《涼州詞》。

這確實是解讀這首名作時，兩個特別重要的問題。許多鑒賞辭典或者老師講解時，都會首先解讀什麼是《涼州詞》，把它當作一個解讀的前提條件。而我卻以為它不只是一個前提條件，更是一個非常重要的根本性條件，所以我們把這個謎底留在最後再說。

「葡萄美酒夜光杯，欲飲琵琶馬上催。」作為盛唐邊塞詩的翹楚之作，這一聯所描寫的異域邊塞風情是再清楚不過的了。葡萄美酒在盛唐時候已經非常流行了，自漢代張騫通西域之後，葡萄即從西域傳入了中原。同為盛唐邊塞詩人的李頎，在《古從軍行》裏就說：「年年戰骨埋荒外，空見蒲桃入漢家。」與葡萄酒最配的就是夜光杯，夜光杯是用白玉製成的酒杯，玉質晶瑩剔透，夜晚光可鑒人，所以被稱為「夜光杯」。

《海內十洲記》記載，夜光杯為周穆王時西胡所獻之寶。殷紅的葡萄酒倒在晶瑩的夜光杯裏，這樣一種視覺上極具衝擊力的情景，具有特別獨特的異域風情。「欲飲琵琶馬上催」，「欲飲」不用說，這是將進酒的狀態，而「琵琶」又是一件來自西域的重要樂器。從「葡萄美酒」到「夜光杯」，再到「琵琶」「馬上」，異域風情自不待言。但是

最大的問題來了，就是「馬上催」的「催」字。這也是一直以來人們對這首千古名作爭論最大的地方。

總體而言，歷史上對這個「催」字的理解主要有四種。第一種和第二種都作「催促」解，但催促的方向、指向不同。第一種認為，也就是我們常以為的，是「催征、催發」，第二種則以為是「催飲、催酒」。這兩種看似區別不十分明顯，但理解的差異會帶來全詩情緒指向、情感乃至風格上迥然不同的解讀差異。

我們先來看第一種「催征説」，這也是最主流的一種説法。

這一派觀點認為，既然説「欲飲琵琶馬上催」，「琵琶」「馬上」就是要即刻出征的狀態，「琵琶」在這裏其實就是一種軍樂器。事實上在唐人軍中，琵琶確實是常備的樂器。邊塞詩派代表詩人岑參在他的名作《白雪歌送武判官歸京》裏就説「中軍置酒飲歸客，胡琴琵琶與羌笛」，可見軍中是常彈奏琵琶的。而且這一派觀點認為，從下一聯「醉臥沙場君莫笑，古來征戰幾人回」，也可以看出來這裏應該是馬上出征的狀態。

從語義上看，詩人因為知道飲後要出征，所以才要拚卻一醉，才有了其他人的説笑或勸阻，才有了自己「古來征戰幾人回」的辯駁與感喟。這既體現出出征前的豪飲與豪情，又透露出一種別樣的蒼涼與傷悲。

第二種就是「催飲說」了，催飲就是催着飲酒，而不是催着出征。

這種觀點就認為王翰這首《涼州詞》的創作背景不應是出征之前，而應該是寫大戰之後將士們的歡飲場面。理據在於琵琶雖然是唐代軍中常備樂器，但它主要用於伴舞之樂，或者飲宴之樂，也就是酒席上的伴奏音樂。這一點倒確乎如是。《新唐書》記載，唐軍訓練、軍中號令皆以鼓角，比如記載府兵訓練時則有詳細的軍樂記載，說「角手吹大角一通，諸校皆斂人騎為隊。二通，偃旗稍，解幡；三通，旗稍舉，左右校擊鼓，二校之人合噪而進」，明確記載了府兵訓練時以擊鼓角為進軍號令的訓練情形。所以就有《曹劌論戰中》：「夫戰，勇氣也，一鼓作氣，再而衰，三而竭」的千古名論。「催飲說」認為既然琵琶非出征之樂，那麼這裏就不應該是「催征、催發」，而應該是催着飲酒。

但是「催征說」反論說：既然不是要出發，不是要出征，又何必要在馬上彈琵琶？而且前面已經說欲飲了，何必又要催飲呢？這豈不是自相矛盾嗎？

對於這樣的反駁，「催飲說」有一條重要的文獻證據，那就是琵琶的來源。其實琵琶最早稱「批把」，見於漢代劉熙的《釋名》。裏面講到，「批把」是騎在馬上彈奏的樂器，向前彈稱作「批」，向後挑稱作「把」，根據

它演奏的特點而命名為「批把」。在古代，敲、擊、彈、奏都稱為「鼓」，當時的遊牧民族喜歡騎在馬上彈琵琶，因此為「馬上所鼓也」。這是說本來琵琶這種樂器就應該是在馬上彈的，並非只出征的時候才這樣彈。

但是既然是戰罷歸來、將士歡飲，那為什麼又要說「醉臥沙場君莫笑，古來征戰幾人回」呢？

於是有了第三派觀點，認為「古來征戰幾人回」裏不僅有巨大的傷悲，還有強烈的反戰情緒。「催」字應視作通假，通「摧毀、摧藏」的「摧」。古詩詞裏，「催」與「摧」其實是經常通用的。比如李白的《憶舊遊寄譙郡元參軍》：「袖長管摧欲輕舉，漢東太守醉起舞。」這裏的「摧」，在殷璠《河嶽英靈集》的毛斧季、何義門兩個校本中俱寫作「催」。而古籍中寫到「五內摧碎」時，也經常會把「摧」寫作「催」。

另外大量文獻則證明，琵琶的聲音也確實令人傷悲至極。唐人羊士諤的《夜聽琵琶》詩云：「破撥聲繁恨已長，低鬟斂黛更摧藏。」而王昌齡《從軍行》則云：「琵琶起舞換新聲，總是關山舊別情。撩亂邊愁聽不盡，高高秋月照長城。」更不用說杜甫詠昭君出塞時云：「千載琵琶作胡語，分明怨恨曲中論。」若非琵琶生悲，白居易又怎會在他的千古名作《琵琶行》裏，產生「同是天涯淪落人」的千古感慨呢？

不過，這樣一來，琵琶的悲音加上「古來征戰幾人回」的哀歎，哪還有半分豪放與慷慨呢？所以這一派觀點就認為，王翰《涼州詞》的情感色彩就是消沉的、悲傷的、反戰的，這種消極低沉的情緒還可以從《涼州詞》組詩中的第二首得到印證。王翰《涼州詞》是兩首合作的組詩，其二云：「秦中花鳥已應闌，塞外風沙猶自寒。夜聽胡笳折楊柳，教人意氣憶長安。」這是說到了暮春時節，故鄉秦中已是草長鶯飛、萬紫千紅，連鳥兒大概都已築起了香巢哺育雛兒，可是塞外依然是寒風凜冽、塵沙漫天，將士們在寒夜裏聽着淒涼的胡笳曲《折楊柳》，不由得勾起一片片對故鄉、對長安的美好思念。這便如同「羌笛何須怨楊柳，春風不度玉門關」。有人因此認為，這裏的情緒是消極的，是反戰的。

除了把「催」通假為「摧」，還有一派觀點，認為這裏的「摧」字其實就是「侑」字。「侑」的原意就是以手持肉，是「勸飲、勸食」的意思。《詩經・小雅・楚茨》篇云：「以為酒食，以享以祀。以妥以侑，以介景福。」有學者考證，在唐人口語中，「催」就是侑酒的意思，特別是指以音樂侑酒。比如李白的《襄陽歌》云：「車旁側掛一壺酒，鳳笙龍管行相催。」這裏的「催」就是以音樂侑酒。所以黃景仁後來有《秋夜燕張蓀圃座》詩云：「喚到尊前非侑酒，愛他吳語似鄉音。」這裏的「催」就是勸

飲、催飲的意思了。

總體而言，古人讀詩最常用的是訓詁解讀法，因此一個簡單的「催」字就有了四種不同的解讀方式，由此在情緒與風格上也產生了大相徑庭的解讀。而我們講過，訓詁雖然非常重要，但我個人一直主張，知人論詩解讀法才是最根本的解讀方式。

現在讓我們再回頭去看看第二個關鍵之處，就是那個一般解讀此詩時開始就要提及，而我們卻要特意放在後面講的詩題《涼州詞》。

關於《涼州詞》，它雖然是詩題，雖然叫《涼州詞》，但它卻不是詞牌，而是一種曲牌，是一個來自西域的曲牌。《樂苑》記載：「涼州宮詞曲，開元中，西涼都督郭知運所進。」這是說因為唐玄宗是大音樂家，因此開元年間，隴右節度使郭知運就搜集了一批西域的曲譜，敬獻給唐玄宗，唐玄宗尤其喜愛其中來自涼州的一種曲牌。涼州在唐屬於隴右道，它的治所在姑臧縣，就是今天甘肅省的武威市涼州區。玄宗把這種《涼州曲》交給教坊，讓樂師翻成中國曲譜，並配上新的歌詞以演唱，教坊則以所進之地為曲調之名，這就是《涼州曲》與《涼州詞》的來歷。

因為這種中西合璧的音樂魅力，所以自唐玄宗而下，唐代很多詩人都喜歡填《涼州詞》。其中最有名的《涼州詞》，就是王之渙的「黃河遠上白雲間」與王翰的「葡萄

美酒夜光杯」。

這就使我在思索、揣摩這首《涼州詞》的時候，關注的重點不是那個「催」字，而是夜光杯中的葡萄美酒，是那個「醉」字。酒、醉與音樂，當這些因素聯繫在一起的時候，我的腦海中就自然而然地出現了一個哲學詞彙——「酒神精神」。

我們知道，尼采提出了「酒神精神」與「日神精神」二元對立的美學思想。日神阿波羅是光明之神，光明照耀一切，「日神精神」的智慧就是克制、平靜、安詳、靜默。「酒神精神」恰與之相對。尼采的靈感來自古希臘悲劇，來自狄奧尼索斯這位本能之神與酒神。在尼采看來，「酒神精神」就是最本源的藝術本體，首先在原始的音樂中得到最基本的表達，然後在詩歌、舞蹈等各種藝術形式中得到盡情地釋放。通過藝術的表達方式，這種「酒神精神」釋放到極致，甚至可以消解死亡與孤獨，達到崇高的悲劇美。

由此看來，王翰的《涼州詞》應該是一種中國式酒神精神的極致釋放。

對應王翰的一生，我們其實也可以看出這種完美的匹配。王翰字子羽，并州晉陽人，也就是今天山西太原人，而且是太原王氏的後裔，出身名門。據傅璇琮考證，王翰少時聰穎過人、才智超羣，舉止豪放、不拘禮節，是睿宗

景雲元年（710）的進士。

杜甫在他的名作《奉贈韋左丞丈二十二韻》中寫道：「賦料揚雄敵，詩看子建親。李邕求識面，王翰願卜鄰。」這裏用了一個典故，《舊唐書》裏說，當時名士杜華的母親崔氏云：「吾聞孟母三遷。吾今欲卜居，使汝與王翰為鄰，足矣！」就是說杜華的母親崔氏想學孟母三遷，搬去做王翰的鄰居，這樣的話就能讓兒子向王翰看齊。可見王翰在當時名氣之大、名聲之隆。

王翰之所以有那麼大的名聲和名氣，就是因為在當時的唐人看來，王翰就是最具魏晉以來名士風流和風範的人，再加之家資富饒，性格豪放不羈，「櫪多名馬，家蓄妓樂」，同時他本人「發言立意，自比王侯」。他好詩、好歌、好舞、好酒、好醉的狂放不羈的性格，可以說是那個盛唐時代的一面精神旗幟，而這種精神其實就是中國式的酒神精神。

開元時期兩代名相，一個張嘉貞，一個張說，兩人在政治主張上有矛盾，但他們都特別欣賞王翰，這就可以看出王翰的名士風流和風範，是那個時代的翹楚與楷模。王翰考中進士之後，有一段時間並未授官職，閒居太原，但卻受到張嘉貞的禮遇。在一次張嘉貞的酒席宴上，王翰自斟自飲、自歌自舞，神氣軒昂、氣度不凡，讓張嘉貞作為一代名臣都有珠玉在側之感。

張説後來執政時，曾着力提拔王翰。王翰有一段時間任駕部員外郎，駕部其實是兵部四司之一，相當於總後勤部。正是在此位置上，王翰有幾次塞外之行。就是在這幾次塞外之行中，他豪放不羈的酒神性格與狂放不拘的藝術精神，和「葡萄美酒夜光杯」的塞外風情，和「欲飲琵琶馬上催」的邊塞生活碰撞出了完美的火花。

這一靈感與藝術火花閃耀的結果，便是「醉臥沙場君莫笑，古來征戰幾人回」的橫空出世。這其中的場面與情感，你說是催征也好，催發也好，催酒也好，侑酒也好，摧藏也好；你說他是豪放也好，慷慨也好，悲歌也好，反戰也好，甚至是對生命的終極思索、對死亡的終極面對也好，其實全是他身體內所蘊藏的那種酒神精神綻放的結果。

其實，不僅古希臘有酒神精神，中國文化中也同樣有這種鮮明的酒神精神。從「何以解憂，唯有杜康」到「竹林七賢」中的劉伶與阮籍，再到王翰的「醉臥沙場君莫笑，古來征戰幾人回」，這裏有一條清晰的發展脈絡，只不過在儒家中庸文化和過猶不及的思辨精神的影響下，這種酒神精神不像古希臘、不像狄奧尼索斯表現得那麼極致、那麼張揚罷了。可是不得不說，這種酒神精神也是中華文明的藝術精神中浪漫氣質的一種底蘊，王翰的《涼州詞》即為最佳的證明。

所謂英雄

漫漫兮長路，悠悠兮詩情。

中國被稱為詩詞的國度，最高峰毫無疑問是唐詩宋詞。唐詩還要排在宋詞之上。唐詩中最典型的題材毫無疑問是格律詩，也就是我們常說的近體詩。格律詩的最高境界毫無疑問是律詩和絕句。

絕句中，後世公認的最高水平，被稱為「唐人七絕壓卷之作」的，就是王昌齡的《出塞》（其一）。詩云：

王昌齡 ——《出塞》（其一）

秦時明月漢時關，萬里長征人未還。

但使龍城飛將在，不教胡馬度陰山。

王昌齡之所以能寫出這樣的詩，和他的人生經歷是非常有關係的。王昌齡早年貧賤，困於農耕，直到而立之年才中了進士。開元末年，他改授江寧縣丞，江寧就是南京，接着又被貶謫龍標尉。當時的人便稱他為「王龍標」，也有人稱他為「王江寧」，還有人稱他是「詩家天子」「七絕聖手」。這首《出塞》（其一）作於王昌齡早年遊歷天下，考中進士之前，是一首壯懷激烈又別有懷抱的人生旅途之作，短短四句，氣象闊大。

　　第一句：「秦時明月漢時關。」我記得上課講這首詩的時候，有學生問過我，可不可以說成「漢時明月唐時關」啊？那位學生問得還是挺有道理的，他想說漢唐氣象不是更大嗎？推而廣之，能不能說成「漢時明月晉時關」「晉時明月隋時關」「隋時明月唐時關」呢？

　　不可以。

　　「秦時明月漢時關」，為什麼說它氣象闊大？因為它雖屬互文，卻從時間、空間兩個角度入手。「秦」和「漢」說的是時間，「月」和「關」說的是空間。像陶淵明說「素月出東嶺，遙遙萬里輝」，月光所照之處是一種空間的無限。而雄關怎麼樣？「雄關漫道真如鐵，而今邁步從頭越」，說的是一種空間上的拓展。時間、空間兩個方向，立刻把一個豐富的坐標體系全面鋪開。這首詩可以籠括古今的奧妙就在這裏。

那為什麼一定要用秦時明月、漢時關呢？這背後其實還有一層闊大且深厚的文化內涵。

中國文化對月亮特別在意，月亮意象代表了中國人的審美取向。中國是農業社會，日出而作，日落而息。白天要勞於耕作，只有到晚上才能歇息下來，才有時間、有空閒，而審美活動的展開一定是和休閒有關係的。當晚上空閒下來的時候，人們對着天空中的這輪明月，就寄託了無限的情緒、情懷以及審美訴求。因此，月亮在中國文化中特別重要。而秦作為農業文明的第一個大一統帝國，秦時明月就成了一種象徵。

「漢時關」又如何呢？漢帝國面對北方匈奴的襲擾，第一次以全勝的姿態，獲得了壓倒性的優勢，具有一種典型意義。因此「漢時關」的象徵價值是不可替代的。

所以，「秦時明月漢時關」，雖屬互文，卻一則從時間、空間打開歷史的坐標軸；二則從文化學意義上打開了我們這個文明體的歷史畫卷。在時間和空間完全展開之後，時空中的精靈、萬物之靈長也就呼之欲出了。

這就是第二句——「萬里長征人未還」。

詩題是《出塞》，這是標準的邊塞詩。我們知道後一聯也是大氣磅礴，充分體現出愛國主義和英雄主義的情懷。這一句，我們看到人出現了。一句「人未還」，就讓這首詩充滿了溫情的人文關懷，彷彿聽見歷史深處那充滿

了人性的歎息，和萬里征途一樣長。

在時空的宏闊背景下，人文的關懷以及人性的精神出現之後，緊接着就需要一個最典型的人物。

因此，第三句——「但使龍城飛將在」。

這一句歷來爭議很大，這個「龍城飛將」到底指的是誰呢？按以前一般的説法，指的是飛將軍李廣。後人又有異議，説應該是大將軍衞青。理由如下：

第一，可稱為飛將軍的，不只是李廣。雖然《史記》確實説匈奴稱李廣為飛將軍，但歷史上很多名將都被稱為飛將軍。比如説三國時的呂布，《三國志》裏説，呂布臂力過人，號為「飛將」。隋代的單雄信，瓦崗寨軍中就讚其曰「飛將」。唐五代時期的李克用，也是一位傳奇的名將，史書記載他「入陣率以身先，可謂雄才，得名飛將」。可見歷史上把名將稱為飛將軍的，其實有很多的例子。

第二，衞青在歷史上確實打下了龍城，但是李廣至死都沒有到過龍城。公元前 129 年，匈奴大軍南下，漢武帝果斷任命衞青迎擊匈奴。這一次漢軍分兵四路出擊，李廣也帶一路兵馬。但唯有衞青這一路直出漢谷，兵出雁門，最後直搗龍城。這個龍城，就是匈奴祭掃天地祖先的地方，是匈奴的王庭。張騫第一次出使西域的時候，就曾經被扣押在龍城。《漢書‧匈奴傳》裏説：「五月，大會龍

城。」據學者考證，龍城的故址應該在今天和碩柴達木湖附近。

衛青英勇善戰，直搗龍城，這在漢匈戰爭史上意義無比重大。這是漢朝首次取得輝煌戰果。而我們知道李廣和龍城反而是沒有什麼關係的，雖然後來也號稱他的祖籍在隴西龍城，但那也是較晚出的說法。

第三，就是從最後一句「不教胡馬度陰山」來看，寫的應該也是衛青。因為李廣當年駐守的地方，主要是在山西的南部和遼西，離陰山是非常遠的。而陰山在漢代主要指的是朔方城這一帶，對漢、匈雙方來講都是一個重要的戰略基地。李廣所守的城和陰山沒有多大的關係，而衛青就不一樣了。

公元前 127 年，匈奴再次集結大軍南下，漢武帝決定避實擊虛，率大軍進攻河套地區。這是西漢對匈奴的第一次大規模戰役。衛青率軍四萬，採用迂迴側擊的戰術，繞到匈奴的後方，迅速佔領了高闕，切斷了匈奴白羊王、樓煩王和單于王庭的關係。然後衛青又率騎兵飛兵南下，進到隴西，對白羊王、樓煩王進行合圍，成功佔領了河套地區。

此後，漢武帝下令在此修築朔方城，設置朔方郡。而朔方郡的管轄範圍，大致相當於今天內蒙古河套西北部，還有鄂爾多斯西部和巴彥淖爾西南部這一塊地方。它的郡

址就在朔方城，恰恰是陰山一帶漢族與匈奴來往的重要通道。昭君出塞，也是從這條通道入的匈奴。很多學者因此認為，「龍城飛將」指的應該不是李廣，而是衛青。

不過我以為，「龍城飛將」這個典型的英雄可能不只是一個人。他可以既指衛青，也指李廣，以及那個時代為中原文明取得決定性勝利的那些英雄，包括霍去病。

霍去病是天才級的軍事家，我研究漢代軍事史，最喜歡的就是霍去病。霍去病的人生就如流星劃過星空，雖然短暫但極其絢爛。一生六戰六捷，十七歲的時候跟着他的舅舅衛青決戰漠北，只帶八百人深入大漠，殲敵兩千餘人，受封冠軍侯。十九歲的時候，霍去病向漢武帝提出一個天才的戰略構思，在張騫的西域地圖基礎上，在南北作戰方向之外，帶騎兵千里奔襲，打通河西走廊，向西進兵。我們知道，後來的絲綢之路能夠和西域連通，主要是得益於霍去病西路的突破。

公元前 120 年，霍去病二十一歲的時候，已經獨挑大樑，參與漠南會戰與漠北大戰。霍去病擊敗左賢王部乘勝追擊，深入大漠兩千餘里，殲敵七萬餘人，封狼居胥。後來岳飛、辛棄疾、文天祥、戚繼光這些中華民族歷史上的名將，都以霍去病為楷模。尤其是他那一句「匈奴未滅，何以家為」，更成為千百年來無數英雄人物為表達抵禦外敵入侵決心時，爭相傳誦的名言。

因此這一句「但使龍城飛將在」，其實是王昌齡對中華民族英雄的謳歌，這個「龍城飛將」指代的應是那個時代在歷史星空中閃爍出耀眼光彩的英雄形象。

最後一句：「不教胡馬度陰山。」

陰山山脈是中國北部一道東西走向的山脈，是一條非常重要的地理分界線。陰山在蒙古語中叫作「達蘭喀喇」，是七十多個黑山頭的意思，指山脈連綿不絕。

為什麼說它是重要的地理分界線呢？因為山脈南北兩側的景觀和農業生產差異顯著。山南是農業區，山北則是牧業區，而山區則是農牧林交錯的地區。很顯然，陰山山脈是北方遊牧民族和中原文明的一個交界地帶。

早在公元五世紀的時候，著名的陰山巖畫便被北魏地理學家酈道元發現，並在《水經注》中做了詳細的紀錄。這個時期的陰山巖畫裏，就有青銅器時代的放牧圖。因此，陰山這條地理分界線，在當時的中國，尤其是在當時的戰略衝突下，有着獨特的意義。一句「不教胡馬度陰山」，立刻就使得第三句「但使龍城飛將在」那種高昂的英雄主義上升到愛國主義情懷的高度。

這首詩大氣磅礴，上下五千年，縱橫八萬里，既有意象上的時空交錯，又有文化上的深厚淵源，更有典型英雄形象的呼之欲出，還有綿綿不絕的人文關懷，可謂在最平實無華的主題中，凝練了貫穿時空的永恆思索。

因此明代大詩人李攀龍稱其為「唐人七絕壓卷之作」，此言一出，遂為定論。明代大才子楊慎編選《唐人絕句》，也將這首詩列為「全唐第一」，實在是實至名歸。

純粹理性批判

　　文學史講邊塞詩派，除了王昌齡，除了高適、岑參，還會提到一個人，那就是李頎。《全唐詩》存李頎詩有三卷之多，達一百二十四首，其中只有五首邊塞詩。李頎以百分之四比例的邊塞詩創作，便取得邊塞詩派代表詩人的盛譽，實在讓人感慨。

　　就讓我們一起來品讀一下他的那首邊塞名作——《古從軍行》。詩云：

李頎
——
《古從軍行》

白日登山望烽火，黃昏飲馬傍交河。
行人刁斗風沙暗，公主琵琶幽怨多。
野雲萬里無城郭，雨雪紛紛連大漠。
胡雁哀鳴夜夜飛，胡兒眼淚雙雙落。
聞道玉門猶被遮，應將性命逐輕車。
年年戰骨埋荒外，空見蒲桃入漢家。

關於這首名作有兩個特別值得注意的地方，一個就是詩題。

《從軍行》是樂府舊題，屬於《相和歌辭》裏的《平調曲》。盛唐時代邊塞詩派的很多詩人都寫過《從軍行》，像王昌齡，除了《出塞》，最有名的就是《從軍行》組詩，有七首之多，其中幾乎篇篇都是名作。比如其一：「烽火城西百尺樓，黃昏獨上海風秋。更吹羌笛關山月，無那金閨萬里愁。」其二：「琵琶起舞換新聲，總是關山舊別情。撩亂邊愁聽不盡，高高秋月照長城。」其五：「大漠風塵日色昏，紅旗半捲出轅門。前軍夜戰洮河北，已報生擒吐谷渾。」真是字字珠璣，篇篇精彩。

李白也有《從軍行》，詩曰：「百戰沙場碎鐵衣，城南已合數重圍。突營射殺呼延將，獨領殘兵千騎歸。」真是一片沙場豪情，別有風采俊逸。我們前面還講過「初唐四傑」中楊炯的《從軍行》：「烽火照西京，心中自不平。牙璋辭鳳闕，鐵騎繞龍城。雪暗凋旗畫，風多雜鼓聲。寧為百夫長，勝作一書生。」真是別有一種儒生、儒將的慷慨豪情。

我們發現，這些《從軍行》的所詠所歎和其中表現出來的沙場豪情，與李頎這篇《從軍行》都不一樣，而且連題目都不一樣。

因是樂府舊題，大家寫「從軍行」的時候就寫《從軍

行》，為什麼李頎偏偏要在前面加一個「古」字，稱之為《古從軍行》呢？李頎刻意添加的這個「古」字，到底有什麼特別的用意？他寫的不是當朝之事，他寫的是古時也就是大漢帝國的事情。所以特意加了一個「古」字。

另一處值得注意的地方，就是它的換韻方式。

這首詩一共十二句，那麼這十二句中是如何分組分層的呢？很簡單，只要看它的韻腳就可以了。我們很容易就看出來，這首詩其實是每四句一轉韻，那麼它的內容一定是與之相對應，分為三個段落、三個層次，也就是每四句一個段落、一個層次。這樣來看，這首詩就非常容易理解了。

第一層：「白日登山望烽火，黃昏飲馬傍交河。行人刁斗風沙暗，公主琵琶幽怨多。」這說的是什麼？說的是漢軍出征。「白日登山望烽火」，白天的時候還在登山觀察這個傳遞警報、傳遞信息的烽火台。既然看到烽火台，那說明還是在自己這一邊。但「黃昏飲馬傍交河」，到黃昏的時候，就已經牽馬飲水。靠近什麼地方飲水的呢？已經在交河邊了，說明行軍之速。交河在今天的新疆，現在的河道早已經乾枯了。在交河旁邊有一座交河古城，就在今天新疆吐魯番市的西邊。

這個交河古城，最早就是「西域三十六國」之一的車師前國的都城。李頎這個「黃昏飲馬傍交河」其實一筆兩

用，雖然說的是漢代，其實也遙指當時的唐代。

　　那我們就要問了，當時的漢軍大軍，為什麼「白日登山」尚能「望烽火」，到黃昏的時候，居然就可以「飲馬傍交河」了呢？換作王昌齡、李白、楊炯的《從軍行》，可能就是在寫漢軍出征的氣勢，或者他們昂揚的必勝姿態。

　　可是李頎卻不然，在這樣一種急匆匆的行軍之後，卻寫的是別樣的幽怨：「行人刁斗風沙暗，公主琵琶幽怨多。」

　　「刁斗」是古人軍中所用銅製炊具，容量剛好一斗，所以稱「刁斗」。白天可以用來煮飯，晚上的時候，就敲擊刁斗，以代替更柝。尤其是在西域行軍或者與匈奴作戰之時，大漠風沙一起，左右中軍互不見面，彼此就以敲擊刁斗為號。昏暗的風沙之中，傳來陣陣刁斗之聲，這倒是在西域或大漠行軍中常見的景象。可是這種敲擊刁斗之聲，尤其是於大漠風沙的昏暗之中傳來，在詩人耳中卻有一種別樣的幽怨，便如同漢代烏孫公主琵琶聲裏充滿了憂愁與哀怨一般。

　　據統計，自漢高祖把宗女嫁給冒頓單于之後，從公元前 200 年到公元前 33 年，也就是昭君出塞為止，漢代在和親政策下，有十幾個公主遠嫁。其中最有名的，像烏孫公主、解憂公主，她們在出塞時都彈了琵琶曲，以抒發

心中的哀怨。甚至到昭君出塞的時候，明明是漢朝勢力強盛，單于主動求親，但是在杜甫說起來還是「千載琵琶作胡語，分明怨恨曲中論」，可見這些公主的琵琶聲裏有多少幽怨啊！

頭四句寫的是漢軍的出征與幽怨，接下來的四句則轉換場景，寫對戰的一方——胡兒的幽怨了。「野雲萬里無城郭，雨雪紛紛連大漠」，這是怎樣一幅邊塞場景啊！曠野雲霧、茫茫萬里，乃至於根本見不到城郭。一般來說，「城」是內城，「郭」是外城，而這連外城都看不到。「北風捲地白草折，胡天八月即飛雪」，所以「雨雪紛紛連大漠」，正是一片「愁雲慘淡萬里凝」的異域風景。在這片愁雲慘淡的異域風景下，胡雁、胡兒他們怎麼樣？「胡雁哀鳴夜夜飛，胡兒眼淚雙雙落。」哀鳴的胡雁夜夜從空中飛過，連胡兒，也就是胡人的士兵，個個都眼淚雙雙滴落。這一段更加突出了胡地邊境生存的困難，也可以看出胡人、胡兒的情緒也是傷感悲憤的。

為什麼漢軍與胡兒的情緒都這樣低落，都這樣傷感、幽怨、悲憤呢？

第三段揭露了背景，直指主旨。「聞道玉門猶被遮，應將性命逐輕車。年年戰骨埋荒外，空見蒲桃入漢家。」李頎到後四句，終於讓我們知道他要說的到底是什麼事了，也因此可以明白為什麼他要說是《古從軍行》。

原來他說的這件邊塞戰事是漢代著名的「貳師將軍」李廣利出兵，兩次取「大宛名馬」，也就是「汗血寶馬」的征戰故事。這也是漢武帝「窮兵黷武」最有名的一個例證。「貳師將軍」李廣利是著名的李夫人與李延年的大哥。李夫人得寵，所以「一人得道，雞犬升天」。其實李廣利並沒有什麼突出的軍事才能，比之衛青、霍去病、李廣都相差遠矣，可是因為裙帶關係，被封「貳師將軍」。

　　為什麼叫「貳師將軍」呢？因為漢武帝想得到大宛國的名馬——汗血寶馬，所以讓李廣利帶兵去攻打大宛，到貳師城奪取一公一母兩匹汗血寶馬，所以叫他「貳師將軍」。李廣利並不善於治軍，他帶大軍出征，不要說到貳師城了，只到鬱成這一帶，就被阻受挫，難以前行。打也打不下來，耗時時間又長，最後實在無可奈何，就帶着部隊撤退。往返花了兩年才回到敦煌。

　　這時候，士兵剩下來不到十分之一。他向漢武帝上奏要求撤兵，漢武帝知道之後大發雷霆，派使者攔守玉門關，嚴令「敢入玉門關者立斬」。李廣利沒有辦法，只好固守敦煌。這就是「聞道玉門猶被遮」。玉門關回不去了，將士們只能把自己的性命交給自己的所部將軍，交給這個所謂的「貳師將軍」李廣利，跟着他去取所謂的汗血寶馬。

　　到了太初元年（前 104），因為漢匈作戰的失利，當

時朝廷上很多官員建議調回攻打大宛的軍隊，專力對付匈奴。可漢武帝不幹：「以我大漢聲威，大宛這樣一個小國都打不下來？這樣一來，汗血寶馬從此斷絕來漢，西域三十六國難免小覷大漢。」

於是又徵集六萬大軍，至敦煌與李廣利會合，再次出征。漢武帝命令，這一次只許成功不許失敗，多帶糧草、兵器、弓箭，全國為之騷擾動盪。李廣利在漢武帝嚴令之下，只能置之死地而後生，率大軍攻打大宛都城，後來用決河之水以灌城，大宛為之震恐，最後請降，把汗血寶馬送上。

就為了兩匹汗血寶馬，大漢帝國和西域諸國連年征戰，死傷無數。最後，據說汗血寶馬帶到長安之後也沒生下良駒。倒是李廣利回兵之時，順便帶回了西域的葡萄和苜蓿，在中原得到普遍種植。所以全詩最後一句尤為深刻：「年年戰骨埋荒外，空見蒲桃入漢家。」到此李頎的用意顯露無餘，那就是赤裸裸地諷刺，那就是針砭入骨地批判。

那些好大喜功的君王們，犧牲了無數人的性命——既有漢軍將士的性命，也有胡地百姓的性命，最後換來的不過是區區葡萄種子。可見那些君王們是如何草菅人命。因為是直指漢武故事，就特意加了一個「古」字——《古從軍行》。但所有的談古其實都是論今啊。李頎批判的只是

漢武帝嗎？此時的大唐國勢漸隆，與周邊的少數民族紛紛開戰，開疆擴土，烽煙四起。車師國的交河古城，此時已然是安西都護府的治所所在。

大軍連年征戰，百姓苦不堪言，真是「不知何處吹蘆管，一夜征人盡望鄉」。明人所編的《唐詩選脈會通評林》因此就說「李頎此作，實多諷刺意」。所說不過是漢武窮兵黷武，所指卻是唐玄宗與當下，實在是盛唐邊塞詩中「音調鏗鏘」「真骨獨存」之作。

當然這種批判還是有風險的，所以李頎才刻意地加了一個「古」字，以與當下區別。但因為這種深刻的批判使得他的詩在盛唐邊塞詩中尤其顯得獨特而卓絕。

我們不禁要問：李頎在盛唐邊塞詩派中，為什麼顯得那麼獨特？

或許就是因為他沒有真正地到過塞外。沒有真正地出塞，就不會被那種感性、慷慨的情緒所渲染反而能保持內心那種理性的思索與判斷。這就導致他的詩有了一種別樣的風格。這種別樣風格，就是理性的判斷、理性的批判。正是因為這種理性判斷與批判特別純粹，也就顯得特別獨特。

像高適、岑參，有邊塞從軍的經歷自不待言。像王昌齡，只是到邊塞遊歷，並沒有邊塞從軍的經歷，但眼見塞外風光、軍士豪情，就能寫出「黃沙百戰穿金甲，不破樓

蘭終不還」來。而像王維，雖然是「山水田園詩派」代表詩人，因為曾經使至塞上，所以也作有大量的邊塞詩，也寫過《從軍行》，在《送張判官赴河西》中就說：「單車曾出塞，報國敢邀勳。見逐張征虜，今思霍冠軍。沙平連白雪，蓬捲入黃雲。慷慨倚長劍，高歌一送君。」那種慷慨悲歌、昂揚氣勢，真是「舉頭西北浮雲，倚天萬里須長劍」！

據學者考證，從現有的文獻來看，沒有資料能證明李頎去過邊庭。而他在所有邊塞詩人中，最具有典型的反戰與非戰思想。所以說，「行萬里路，讀萬卷書」固然是一種學習的方式，但有時只讓思想行走，而且只要行走得法，也一樣能讓人生獲得深刻與富足。李頎終身未能出塞，以五首邊塞詩便獲得邊塞詩派代表詩人的盛譽，一首《古從軍行》於此便可見一斑。「年年戰骨埋荒外，空見蒲桃入漢家」，誠可謂「萬世之警語」！

一代文人俠士的大唐傳奇

　　講盛唐邊塞詩派，最關鍵的有三個人。一個是王昌齡，另外兩個就是文學史上常並提的高、岑，也就是高適和岑參。

　　他們三人年齡剛好都相差十二歲左右，王昌齡比高適大一輪，高適又比岑參大一輪左右。這個很完美的年齡層次結構，所成就的盛唐邊塞詩派的聲勢，也是最為浩大的。

　　下面我們就來講一講高適邊塞詩的代表作，也是一首千古名作——《燕歌行》。詩云：

高適——《燕歌行》

漢家煙塵在東北，漢將辭家破殘賊。

男兒本自重橫行，天子非常賜顏色。

摐金伐鼓下榆關，旌旆逶迤碣石間。

校尉羽書飛瀚海，單于獵火照狼山。

山川蕭條極邊土，胡騎憑陵雜風雨。

戰士軍前半死生，美人帳下猶歌舞。

大漠窮秋塞草腓，孤城落日鬥兵稀。

身當恩遇恆輕敵，力盡關山未解圍。

鐵衣遠戍辛勤久，玉箸應啼別離後。

少婦城南欲斷腸，征人薊北空回首。

邊庭飄颻那可度，絕域蒼茫更何有。

殺氣三時作陣雲，寒聲一夜傳刁斗。

相看白刃血紛紛，死節從來豈顧勳。

君不見沙場征戰苦，至今猶憶李將軍。

　　高適的這首《燕歌行》有一個小序。序云：「開元二十六年，客有從御史大夫張公出塞而還者，作《燕歌行》以示適，感征戍之事，因而和焉。」

　　這個小序非常短，卻非常重要。它所提及的創作背景，也就是這首名作背後的史實牽扯到非常重要的人物和事件，甚至不只是唐代，而且是唐宋數百年間非常重要的歷史事件。開元二十六年（738）前後，唐代歷史上發生了一件非常重要的事——契丹叛唐。而序中所提到的「御史大夫張公」，就是開元年間的一代名將張守珪。

　　首先來說契丹叛唐。契丹和唐朝的關係始於七世紀初期。唐武德年間，最早的契丹部落還有奚部落，接受了唐朝的封賞，被安置在遼州。以後陸續有契丹部落，還有奚部落的其他貴族或成員降唐，都得到了唐朝的封賞和安

置。大唐在契丹部落和奚部落實行羈縻制度，宋朝繼續發展，到了元朝就完善成了土司制度，明朝前期達到鼎盛。但是明朝中後期，羈縻制度開始崩潰，到了清朝就是「改土歸流」。所謂「羈縻」，「羈」就是用軍事和政治的壓力加以控制，而「縻」呢，就是用經濟和物質利益給予安撫。羈縻制度其實有很多問題，契丹和奚族在歸附的過程中，也不停地產生矛盾和反抗。

說到契丹叛唐，就要說到名將張守珪。此前，根據詩意和小序，很多人認為高適此詩是諷刺張守珪帶兵不力。其實張守珪作為盛唐一代名將，在平契丹一事上可謂居功至偉，所以後世又有人辯稱高適此意並不是諷刺張守珪帶兵不力。那麼高適《燕歌行》的這個小序，到底和張守珪有沒有關係呢？

張守珪，字元寶，早年隨父輩流落邊塞，但自幼天資聰穎且生得高大魁梧，善於騎射、精於武藝。更關鍵的是，他為人豪爽大氣，充滿正義感。歷史上「空城計」的原型其實就是張守珪。開元十五年（727），張守珪任瓜州刺史，當時只帶了少數親兵到瓜州上任。結果才到瓜州，吐蕃大軍突然兵臨城下，城中軍民相顧失色，全無鬥志。但張守珪非常冷靜，先命城中軍民隱藏行跡，又令在城頭擺上酒席，命將士飲宴，歌舞作樂。這時吐蕃大軍已把瓜州城團團圍住，只見城頭唐軍飲酒作樂，全不把他們

放在眼裏。吐蕃主將摸不着頭腦，觀望半晌也不敢貿然攻城，猶疑良久轉身而退。張守珪見吐蕃退兵，卻令四門大開，令軍士吶喊追擊，此時吐蕃兵全無鬥志，大敗奔逃，這便是歷史上真實的「空城計」。

張守珪一生輝煌，卻晚節不保，收了個狼子野心的義子安祿山。安祿山當年犯事被抓，張守珪本來要將其按律正法。安祿山不甘命運，臨刑大呼小叫，張守珪反倒被他吸引，看他出言豪壯就放了他。進而注意到他的才能，把他提拔為偏將，後來甚至收安祿山為義子。

開元二十四年（736），張守珪命安祿山討奚與契丹，安祿山恃勇輕進，為虜所敗。到開元二十六年，張守珪手下幽州將趙堪等人矯張守珪之命，逼迫平盧軍使烏知義出兵攻擊奚與契丹，先勝後敗。而張守珪偏袒手下，隱瞞敗績、謊報軍情。事情泄露之後朝廷派使稽查，張守珪又用重金賄賂使者，錯上加錯。

後來賄賂與戰敗之事一併被清查，張守珪只能以舊功減罪，被貶為括州刺史。沒過兩年，張守珪就在抑鬱中病逝。而張守珪一死，安祿山便無人能節制。

講述這一大段歷史，看似與高適無關，但卻與這首《燕歌行》息息相關。

所謂「開元二十六年，客有從御史大夫張公出塞而還者」，說的就是作者賦詩的緣起。高適有一個朋友在張

守珪手下，隨他出塞征契丹，隨後回到中原見到高適，先作了一首《燕歌行》給高適，因此高適才和了一首。張守珪當時任幽州節度使，而詩云「漢家煙塵在東北」。這個東北指的就是今天的河北北部，包括北京、天津北部這一帶，即古之「幽燕之地」「燕趙之地」。所以毫無疑問，這首《燕歌行》裏的「燕」應該是指「幽燕之地」「燕趙之地」的「燕」，而不像曹丕的《燕歌行》那樣取「燕饗」之意。

另外，這個序中還透露出一個重要的信息，那就是高適其人的人生志向。高適雖然是唐代詩人中唯一因功封侯的邊疆大帥，甚至晚年由於功勳卓著，歷任淮南節度使、劍南節度使等高職，最終加封渤海縣侯、散騎常侍，所以世稱「高常侍」，可謂位高權重。但早年卻一直窮困潦倒、沉鬱下僚，世人因此都稱他是大器晚成的典型。

後人評論《燕歌行》是高適所有作品中的第一大篇，也是整個盛唐邊塞詩創作中的代表作品。前面我們分析了這首詩的小序，分析了它的創作背景。可以看出高適這首《燕歌行》雖非專指，但直指邊將無能、貽害無窮的時代背景則是確定的。明白了他的創作主旨，全詩的結構與內容便一目了然。全詩共二十八句，前二十四句每八句為一內容段落，而最後四句總述全篇。

第一組的八句寫的是出征。唐人寫邊塞之事，喜歡以

漢朝自喻，故而漢唐雄風於唐詩中本為一體。「漢家煙塵在東北」，講的就是幽州節度使所轄一帶平契丹、奚族之戰事。而「漢將辭家破殘賊」，卻是有幾分毅然決然的慷慨，有幾分邊塞豪情的氣勢。

接下來說「男兒本自重橫行，天子非常賜顏色」，詩句慷慨無比，但詩意與情緒卻值得琢磨。「男兒重橫行」，典出《史記·季布傳》。樊噲在呂后面前曾說：「臣願得十萬眾，橫行匈奴中。」所言雖然氣勢慷慨，但季布便斥責樊噲當面欺君該斬。所以說這裏的「橫行」既有表面上的豪情，又潛藏隱憂，意味着恃勇輕敵。而「天子非常賜顏色」，則指破格賜予榮耀。這樣高調的開篇，也和後來的慘狀形成了鮮明的對比。

接下來便是戰事初開、邊疆馳騁，「摐金伐鼓下榆關，旌旆逶迤碣石間」。「摐金」指敲鑼，「伐鼓」指擊鼓，軍中鳴金擊鼓本為號令。而「榆關」就是山海關，「旌旆」是旌旗，「逶迤」則是曲折行進。「碣石」指當時東北沿海一帶。曹操北征烏桓，作有《觀滄海》，開篇即云：「東臨碣石，以觀滄海。」

「校尉羽書飛瀚海，單于獵火照狼山。」一般的解釋都以為這裏的「瀚海」是指大漠，但我個人以為，後句既有「單于獵火照狼山」，這裏的「狼山」就應該是指狼居胥山。這不由得讓我們想起霍去病的漠北大戰，北擊匈奴

數千里，封狼居胥山，最後兵峰直指瀚海。「瀚海」指貝加爾湖。因此，高適這裏提到的「瀚海」「狼山」應是泛指，泛指無邊的邊塞疆域、會戰之地，也就是一片闊大的古戰場。

詩的前八句寫出征，以及雙方戰場上的兵戎相見。接下來八句則直面慘痛的現實，寫唐軍出征的戰敗。「山川蕭條極邊土」是說山河荒蕪、邊土淒涼滿目，而「胡騎憑陵雜風雨」則是說風雨聲中夾雜着胡人騎兵的兵器之聲，憑陵低壓而來。

然而此時此刻，將軍們卻遠離陣地、尋歡作樂。針對這種慘烈的戰況，高適創作出了一聯千古名句：「戰士軍前半死生，美人帳下猶歌舞」。這也是全詩諷刺與批判力度最深刻的一聯。這樣嚴酷的事實對比，把將帥無能、累死三軍的必敗原因毫不遮掩地點了出來。由此我們也可以看到高適在詩中所隱藏的複雜的情緒。故而有了「大漠窮秋塞草腓，孤城落日鬥兵稀」。

那深秋的大漠裏，百草凋枯，而孤城、落日之中，戰士們越打越少。生命便如百草凋零，這是何其可悲呀！那些士卒們的生命，誰來負責呢？作為主將，「身當恩遇常輕敵，力盡關山未解圍」，深受皇恩當思報國，卻輕視寇敵，如今邊塞力盡，舉目窮愁卻不能解兵急之危。

接下來的八句，則寫了被圍的士卒的情緒。「鐵衣遠

戍辛勤久，玉箸應啼別離後。少婦城南欲斷腸，征人薊北空回首。」戰士們身穿鐵甲，守邊遠疆場、辛勤已久，而家中的思婦淚水如注。她們在丈夫遠去之後，只能獨自惆恨悲哭。那城南孤單的少婦，淚下淒傷，幾欲斷腸。那遠征的軍卒遠宿薊北，只能不停地回頭張望。「邊庭飄颻那可度，絕域蒼茫無所有。」那遙遠且動盪不安的邊庭與邊塞啊，怎麼可能輕易來奔赴。這絕遠之地盡是蒼蒼茫茫，哪裏有人煙？哪裏有生機？哪裏有希望？「殺氣三時作陣雲，寒聲一夜傳刁斗。」不論是早上、中午，還是晚上、夜裏，白天所見盡是殺氣作陣雲，晚上所聞唯有陣陣寒風裏如泣如訴的刁斗之聲。

我們在李頎的《古從軍行》裏解釋過，「刁斗」在軍中白天可以用來燒飯，晚上用它來敲擊巡更或傳遞訊號。所以「寒聲一夜傳刁斗」，聽來真是讓人心驚膽寒。到此由出征到戰敗，到被圍，詩人在慨歎征戰之苦的同時，譴責將領們驕傲輕敵、驕奢淫逸，以致戰爭失利，使士卒們受到極大的痛苦和犧牲，批判的鋒芒已顯露無遺。

然而，接下來詩人的筆鋒卻突然一轉，作為總述全篇的最後四句，變得慷慨淋漓、悲壯無比。「相看白刃血紛紛，死節從來豈顧勳。君不見沙場征戰苦，至今猶憶李將軍。」在白刃翻飛、鮮血紛飛的慘烈搏殺裏，真正的勇士、真正的志士從來都是死節報國，從來都不是只為求取

功勳。那些偉大的士兵們浴血奮戰，那種視死如歸的精神豈是為了取得個人的功勳！他們是何等質樸、何等善良、何等勇敢，卻又是何等可悲呀！

「君不見沙場征戰苦，至今猶憶李將軍。」戰場上，古來征戰幾人能還？可是，只要有當年飛將軍李廣那樣的將領，士卒們跟隨他保家衛國，哪怕戰死沙場、馬革裹屍，誰又會有半分的怨言？李廣雖一生命運不濟，但處處愛惜士卒，「士卒咸樂為之死」。這和眼前那些驕橫、驕奢的將領們，形成了多麼鮮明的對比！

高適生於長安，卻出身貧寒。後來流落宋城，也就是河南商丘一帶，躬耕自給。開元年間，年輕的高適曾北遊幽燕之地，先後欲投朔方節度使、幽州節度使幕下，卻終至無成。後來遠赴長安應舉，卻頻頻落第。壯遊山河之時曾結識李白、杜甫、王昌齡等人，與王昌齡、王之渙有「旗亭畫壁」的佳話，與李白、與杜甫亦有壯遊的傳奇。

壯年之時，高適的詩名已聞天下，可仕途卻無眉目。一直到四十六歲，高適才為睢陽太守張九皋，也就是張九齡的弟弟所舉薦，應有道科而中第，授封丘尉。但在封丘尉上，他卻因「鞭撻黎庶令人悲」，因「拜迎長官心欲碎」而憤然辭職。殷璠《河嶽英靈集》裏曾評高適「多胸臆語，兼有氣骨」，從他的詩即可見他人生志向。故而，雖然人生不得志，高適卻在送別董庭蘭時，吟出了「莫愁前

路無知己，天下誰人不識君」的千古名句。

　　後來「安史之亂」爆發，天下大亂，年過五十的高適卻迎來了人生轉機。唐玄宗與唐肅宗分別發現了高適的才能，破格重用。高適秉持心中理想，常思報國之志。就像他在《燕歌行》詩中所云，愛惜士卒，帶兵平亂，努力成為自己「至今猶憶」的李將軍。在亂世之中，一展文韜武略，謀安邦定國之功。大器晚成的高適，歷任刑部侍郎轉散騎常侍，又任淮南節度使、彭州刺史、蜀州刺史、劍南節度使，因功勳卓著，加封為銀青光祿大夫，官至渤海縣侯，是唐代詩人中唯一封侯的一代文學宗師。

　　高適的人生其實也告訴我們：理想一定要有，萬一實現了呢？就是因為對理想不拋棄、不放棄，對普通的生命有着悲憫與憐愛，又對現實有着清醒的認識與深刻的認知，所以寫出《燕歌行》的高適，才在數十年後，終於把失落的理想變成自己人生的輝煌！

苦寒的生活 壯大的歌唱

就像王維、孟浩然是山水田園詩派的兩面旗幟一樣，詩史上高適、岑參並稱邊塞詩派的兩大翹楚。前面我們講了高適的《燕歌行》，下面接着就來講講岑參的長篇名作《白雪歌送武判官歸京》。

這首詩歷來被公認為岑參最傑出的代表作。從詩題看，這是一首送別詩。不過，這首詩在古今送別詩裏卻顯得非常獨特。那麼，它到底獨特在哪兒呢？所送的武判官又是誰呢？詩云：

岑參——《白雪歌送武判官歸京》

北風捲地白草折，胡天八月即飛雪。

忽如一夜春風來，千樹萬樹梨花開。

散入珠簾濕羅幕，狐裘不暖錦衾薄。

將軍角弓不得控，都護鐵衣冷難着。

瀚海闌干百丈冰，愁雲慘淡萬里凝。

中軍置酒飲歸客，胡琴琵琶與羌笛。

紛紛暮雪下轅門，風掣紅旗凍不翻。

輪台東門送君去，去時雪滿天山路。

山回路轉不見君，雪上空留馬行處。

武判官是誰，此前的詩史上一直沒有定論。但這個人是誰，對於岑參這首詩的寫法至關重要。不過，我們這裏留個懸念，放在後面再說。我們先來看一看這首詩。

　　總體而言，這首詩可以分為兩個層次。前十句是在寫「白雪歌」，後八句是在寫「送武判官」。

　　第一層裏又可以分為兩小層。第一小層就是前四句，「北風捲地白草折，胡天八月即飛雪。忽如一夜春風來，千樹萬樹梨花開」，這是最奇特的西域風光。白草是西域一帶生長的一種獨特的草，韌勁極強。那麼問題就來了，既然白草的韌勁很強，為什麼又會被折斷呢？原來是因為風。和一般的風不一樣，「北風」是捲地而吹，貼着地表吹過來。更關鍵的是什麼？不僅風大，而且溫度驟降，天氣驟寒。下了大雪，雪一凍，草就脆了。所以說「胡天八月即飛雪」，簡直是驚心動魄。

　　這個八月是農曆的八月，相當於現在的九月底十月初。想想中原、江南，這個時候才是初秋到中秋的時候，正是氣候宜人，所謂夏暑已退，秋寒未至。尤其對於江南來講，甚至比春天還舒服。哪怕是北方，所謂「蒹葭蒼蒼，白露為霜。所謂伊人，在水一方」，農曆八月前後，也是一年中氣候最宜人的時候。但是在西域、在胡地，胡天八月便已飛雪，漫天大雪已然飄落。

　　這種奇特的景象觸發了詩人奇特的想像。所以接下來

他書寫了古往今來描寫雪景最有名的一句：「忽如一夜春風來，千樹萬樹梨花開。」這真是千古奇句！岑參沒有局限於傳統寫雪景的手法，而是以春天盛開的千萬樹梨花，比喻西域胡地突如其來的風雪之大。

我們想，一場大雪突如其來，溫度驟降，天地驟寒，就是說那一年的冬天來得比往常要早許多。可是在天地瑟縮之中，詩人的情感反而轉為激烈高亢，用充滿蓬勃生機的春景來表現雪景，用千樹萬樹梨花之開，來表現天地之間充塞着白茫茫的雪花之狀。這種眼光、這種視角，尤其是這背後的情緒、情感與情懷，實在讓人拍案稱奇。

可是畢竟這裏是胡地、西域，畢竟是能吹折白草、凍徹天地的大雪。所以接下來的第二小層就從軍旅生活的視角出發，極盡描寫之能事。「散入珠簾濕羅幕，狐裘不暖錦衾薄。將軍角弓不得控，都護鐵衣冷難着。」這四句是從微觀的角度寫這場大雪所帶來的苦寒。雪花散入兵帳之中，很快就打濕了厚重的帷幕。狐裘、錦衾，就是狐皮袍子或者錦緞做的被子。這都可以算是名貴的禦寒之物，卻依然難以抵禦酷寒。

角弓是一種硬弓，中國古代的弓箭有竹做的弓，有木做的弓。南方多竹弓，中原一帶多木弓，北方遊牧民族則喜歡用角弓。唐軍自李世民練玄甲軍開始，向北地遊牧民族學習，向突厥各部學習，多用角弓，所以戰力彪悍。但

是天實在是太冷了，手被凍僵，弓也凍住了。這些都是細節描寫。從細節處見嚴寒，見苦寒。

接下來一句，卻緊接着從微觀轉到宏觀，「瀚海闌干百丈冰，愁雲慘淡萬里凝」。瀚海是指沙漠。所謂「千里冰封，萬里雪飄」，在這個無邊無際的沙漠之上，冰雪纍積可以厚達百丈，縱橫交錯。而萬里長空，那慘淡的愁雲，彷彿都被凍住了。可是一片苦寒之中，那一句「忽如一夜春風來，千樹萬樹梨花開」的描寫，卻讓人為之動容，感觸到其中蘊藏的英勇無畏的氣概。

這樣的兩小層合起來，可謂是把「白雪歌」寫到淋漓盡致的境界了。

接下來轉入了第二部分「送武判官歸京」的主題。這原本是最重要的事，卻也是這首送別詩奇特的地方，因為「送別」反而不是這首詩的主體內容了。

我們先來看看詩人是怎麼寫送別的。

「中軍置酒飲歸客，胡琴琵琶與羌笛。」中軍置酒，說明了宴請的對象、地點。主帥在所居的中軍帳中設宴餞別即將歸京的武判官。而胡琴、琵琶與羌笛三種樂器，說明席間的樂曲充滿了西域的特色。可是，即使是寫送別的酒宴，岑參還是忍不住要寫中軍帳外的大雪，「紛紛暮雪下轅門」的一個暮字，表明時間已經是傍晚時分，可是大雪仍紛紛揚揚地飄落。「風掣紅旗凍不翻」，中軍帳前旗

杆上被雪打濕的紅旗已經被凍住，再難迎風招展。可以想像一下：一面靜止的紅色旗幟在白雪映襯之下，在蒼茫的天地之間顯得非常搶眼。

然後詩人又從雪景回到送別，「輪台東門送君去」。但是接下來還是忍不住，一說「送」就又回到「雪」，所謂「去時雪滿天山路」。歡宴結束了，客人終於要離開。詩人和他的朋友們，在輪台東門目送武判官冒雪遠去。「山回路轉不見君，雪上空留馬行處。」這是說武判官的車馬，沿着蜿蜒曲折的山路，逐漸消失在蒼茫的天地之間。在這大雪之中，只能看到雪地上留下散亂的馬蹄印。寓情於景，把離別的淡淡憂愁不動聲色地融入雪景之中。

我們回看這首詩，按照詩題來看，它的主題應是送別，但從頭到尾都沒寫武判官什麼事兒。

像李白的《宣州謝朓樓餞別校書叔雲》，作為送別詩也夠奇特。開篇先自述胸懷發了一肚子牢騷，但接下來每一句還是兼顧自己和李雲，尤其要推揚李雲的功績與特點。這也是送別詩的一個特徵。像王維《送元二使安西》、王勃《送杜少府之任蜀州》、高適《別董大》，不論是「勸君更盡一杯酒，西出陽關無故人」，是「海內存知己，天涯若比鄰。無為在歧路，兒女共沾巾」，還是「莫愁前路無知己，天下誰人不識君」，那都是站在對方的角度，站在所要送的友人、客人的角度上描寫的。

可是，岑參這首詩裏又有哪一句寫到了武判官的特點呢？

整首詩幾乎處處都在寫雪。因此連岑參自己也不好意思說這首詩是寫送武判官歸京的，刻意在題目裏加了更關鍵的三個字「白雪歌」，成了《白雪歌送武判官歸京》。

那麼究竟為什麼岑參在寫給武判官的送別詩裏，重點寫的卻不是他，而是胡天八月的飛雪？岑參又在這樣的白雪歌裏寄寓了怎樣的情懷呢？

大體而言，古來寫雪的名句，第一類是有些傷感基調的，像柳宗元《江雪》的「孤舟蓑笠翁，獨釣寒江雪」，像納蘭《長相思》的「風一更，雪一更，聒碎鄉心夢不成，故園無此聲」，當然還有劉長卿《逢雪宿芙蓉山主人》的「柴門聞犬吠，風雪夜歸人」。

第二種呢，就比較理性，甚至帶有一種理趣。像謝道韞的「未若柳絮因風起」，像宋人盧梅坡的「梅須遜雪三分白，雪卻輸梅一段香」，後者可謂深得宋詩言理的旨趣。

第三種寫雪，寫得大氣，像李白的「燕山雪花大如席，片片吹落軒轅台」。

而第四種就是以雪來寫春天、寫生機、寫活力、寫希望、寫精神。像韓愈的「白雪卻嫌春色晚，故穿庭樹作飛花」，像王初的「散作上林今夜雪，送教春色一時來」。這一類型中比較傑出，能體現生機、活力、希望與精神

的，自然要數岑參的「忽如一夜春風來，千樹萬樹梨花開」了。

明明是「北風捲地白草折」的八月飛雪，明明是「瀚海闌干百丈冰，愁雲慘淡萬里凝」、苦寒至極的飛雪，為什麼岑參偏能寫出那樣一種綺麗？岑參有很多著名的邊塞詩，聞一多先生稱之為苦寒歲月中壯大的歌唱，說其背面有着深厚的力量支撐着。那麼，這種歌唱的動力又到底是什麼呢？

以前許多評論都認為那個武判官到底是誰不重要，但我個人認為這個武判官是誰非常重要。

我的大學同窗好友孫植寫了一篇《〈白雪歌送武判官歸京〉人物新考》，考據詳細，非常有說服力，揭開了岑參這首詩的千古之謎。他認為武判官其實就是中唐名相武元衡的父親武就。

岑參生於官宦世家，曾祖岑文本是唐初名相，家族有着一段非常光榮的過往。岑參也非常引以為傲，他的《感舊賦》裏就說「國家六葉，吾門三相矣」。但到了岑參時，已然家道中落，兼之父親早逝，這就讓他勵志要重振家風、榮宗耀祖。

天寶三載（744），三十歲的岑參好不容易高中進士。可是唐代的進士，一開始授的官職其實都非常低。岑參被授兵曹參軍，其實不過是一個重九品的小官。他不甘心在

這種小官任上蹉跎歲月，說「丈夫三十未富貴，安能終日守筆硯」，「功名只向馬上取，真是英雄一丈夫」，立志向班超學習，要投筆從戎。天寶八載（749），岑參辭官出塞，任安西四鎮節度使高仙芝的幕僚。天寶十三載（754），岑參二度出塞，去任安西北庭節度使封常清的判官。此後不久，早於岑參來到安西府都護任判官的武就，得到李峴的推薦回京任職。

唐代的知識分子，為什麼往往是豪情萬丈而欲立功邊塞？是因為在當時要想立德、立功、立言「三不朽」，一個很重要的套路就是，中舉之後先下基層任低級官吏，然後到邊地從軍，再回到中央中樞機構，往往就可以一路通達，實現自己致君堯舜、報國天下的志向。回去之後，武就的仕途果然通達，後來官至殿中侍御史。

其實不止武就如此，岑參和武就的幕主封常清，走的也是這樣一條道路。封常清原來是安西都護高仙芝的幕僚。因為封常清其貌不揚，高仙芝一直不看重他。封常清就毛遂自薦，甚至當面質疑高仙芝為何以貌取人。高仙芝惜才，給了他機會。封常清文筆超卓，在公務公文寫作上嶄露頭角，後來又表現出驚人的軍事才能，從底層一步步走到封疆大吏。可見，不論是封常清還是武就，他們的人生道路對於岑參來說，都有着非常重要的激勵和示範作用。

這樣，我們就不難理解岑參此時的心情。為什麼他的重點並不是在寫武判官，而是在寫這天地之間的奇景？甚至把那能吹折白草、凍徹紅旗、寒徹天地的大雪寫成「忽如一夜春風來，千樹萬樹梨花開」？這是因為他在筆墨之間寫的不只是邊塞，更是自己為了實現人生理想而奮力追求功業的那種昂揚的姿態，那種不捨的精神意志。

這首詩最打動讀者心靈的是「忽如一夜春風來，千樹萬樹梨花開」，是「紛紛暮雪下轅門，風掣紅旗凍不翻」這樣的奇景，更是其所描寫、所表現的詩人昂揚奮發的精神風貌，是盛唐開拓進取的時代風采。

思緒飛旋 青春盛唐

　　對於唐詩來講，若只為見其脈絡的話，很多名作可以略過不談，但唯有一首作品，卻是絕不能略過的。

　　它不僅在古代風頭一時無二，到了現代風頭更勁，在各種唐詩排行榜中都名列魁首。而且，它還和「詩仙」李白有一段歷史淵源。

　　這就是崔顥的《黃鶴樓》。詩云：

崔顥
——
《黃鶴樓》

昔人已乘黃鶴去，此地空餘黃鶴樓。

黃鶴一去不復返，白雲千載空悠悠。

晴川歷歷漢陽樹，芳草萋萋鸚鵡洲。

日暮鄉關何處是？煙波江上使人愁。

這首在如今各種唐詩排行榜中位列第一的名作，有三大基本問題困擾了一千多年以來的詩壇。

第一個就是「詩仙」李白和這首詩的關係。

《唐才子傳》說李白登此樓曰：「眼前有景道不得，崔顥題詩在上頭。」這是說，李白初登黃鶴樓，極目千里，但見雲天開闊、花草無際、綠樹如煙，尤其是俯瞰長江滔滔東去，不禁觸景生情，詩懷躁動。相傳，亟待抒發之際，突然見到崔顥所題的這首《黃鶴樓》，李白玩味良久，扼腕頓足歎道：「兩拳打碎黃鶴樓，一腳踢翻鸚鵡洲。眼前有景道不得，崔顥題詩在上頭。」遂擱筆悵然而去。

當然，明代楊慎等人曾對這件事兒提出過質疑。但李白要跟崔顥的這首《黃鶴樓》較勁，專門寫了《鸚鵡洲》和《登金陵鳳凰台》兩首律詩，這兩首詩基本上是比照崔顥《黃鶴樓》而來，這一點在學術界是得到公認的。

李白確實不服崔顥，處處和崔顥較勁。不僅這兩首詩有與《黃鶴樓》比較的成份在，他的另一首名作《長干行》也有與崔顥的《長干行》一較高下的意味。李白所作可謂是古來《長干行》中有名的千古佳作。而此前崔顥有《長干行》四首，也是樂府舊題《長干行》中的名作。所謂：「君家何處住？妾住在橫塘。停船暫借問，或恐是同鄉。」又所謂：「家臨九江水，來去九江側。同是長干人，自小

不相識。」不過，崔顥的《長干行》雖深得樂府風致，李白的《長干行》卻更勝一籌。

有關《黃鶴樓》的第二個謎團，是它的寫法。

嚴羽在著名的《滄浪詩話》中，明確地標舉這首《黃鶴樓》是唐人七言律詩第一，明人更稱它是「千秋第一絕唱」。

說第一也就算了，《滄浪詩話》竟說它是唐人七律第一。可是按照七律的格式規範一去對照的話，問題就出現了。

「昔人已乘黃鶴去，此地空餘黃鶴樓，黃鶴一去不復返，白雲千載空悠悠」，一個詞在四句裏連用三遍，不斷地重複。律詩很少如此。而且像第三句，「黃鶴一去不復返」，七個字裏頭除了「黃」這個字，六個字都是仄聲，這是律詩的大忌。而平仄對於律詩來講非常關鍵。還有「白雲千載空悠悠」最後的三個字「空悠悠」，是三個平聲結尾，三平調也是律詩的大忌。但這首詩的後四句，「晴川歷歷漢陽樹，芳草萋萋鸚鵡洲。日暮鄉關何處是？煙波江上使人愁」，又是很標準的律詩的樣子。既然只有後四句像七律，前四句根本就不是律詩的樣子，為什麼稱它為唐人七律第一呢？

清人許印芳的分析特別透徹。他說崔顥的《黃鶴樓》其實是一篇變體律詩，是一首古律參半的「拗體」七律。正因為是把古體和律體完美地糅合在一起，見出古調高

格，達到了一種極致，後人因此再難超越。

那麼，這首詩為什麼要採用這樣一種寫法呢？這就說到第三個問題：崔顥這首《黃鶴樓》的內容、情感指向到底是怎樣的？

說到內容，首先讓我們來看看版本問題。最早記載這首詩的是玄宗開元、天寶年間的《國秀集》，還有殷璠的《河嶽英靈集》，包括後來的《又玄集》《才調集》，都是寫作「昔人已乘白雲去，此地空餘黃鶴樓。黃鶴一去不復返，白雲千載空悠悠」。兩聯之間，都是「白雲」「黃鶴」相互對仗。二十世紀初發現的敦煌寫本，記載的也是「昔人已乘白雲去」。

後來變成今天我們看到的「昔人已乘黃鶴去」，其實和清初的金聖歎這個大才子關係很大。他在選批《唐才子詩》的時候，力主「昔人已乘白雲去」大謬不然。說這首詩，好就好在「正以浩浩大筆，連寫三『黃鶴』字為奇耳」。他甚至還提出一個疑問，「其時昔人若乘白雲，則此樓何故乃名黃鶴，此意理之最淺顯者」。就是說如果是「昔人已乘白雲去」，那憑什麼這座樓叫黃鶴樓啊？應該叫白雲樓啊。這就牽扯到了另一個紛爭。

有說是因為建在黃鵠磯上，「鵠」「鶴」音近，當地人就把「黃鵠」唸成「黃鶴」。但一般的解釋都認為，按《齊諧志》記載，是仙人子安乘黃鶴過此，所以這個地方叫黃

鶴樓。除了仙人子安説，還有傳説，費褘最後在這裏騎鶴羽化登仙，或者説他登仙之後又駕黃鶴到黃鶴樓休息。甚至還有傳説，有個道人感謝一個開酒店的辛氏，畫了一隻黃鶴在酒店的牆壁之上，黃鶴經常能從牆上下來，翩翩起舞，以助酒興。道人報恩之後，騎黃鶴羽化而去。

在這些記載、傳説中，黃鶴都是坐騎。而唐代韋莊的《又玄集》，記載崔顥的這首《黃鶴樓》的時候，在題目下頭附加了一個小註，註明「黃鶴乃人名也」。説明在當時，唐人認為其之所以叫黃鶴樓，是因為這裏曾經住着一個仙人，他的名字叫黃鶴仙人。既然黃鶴是黃鶴仙人的名字，那麼他羽化登仙而去，用的其實就是莊子所説的「去而上仙，乘彼白雲，至於帝鄉」的典故。這樣一來，就和唐宋以來所有的選本都吻合了。因此，連施蟄存先生在《唐詩百話》裏也説金聖歎是強解。

可是金聖歎的説法實在影響太大，直接影響了後世沈德潛的名作《唐詩別裁》；加上《唐詩三百首》這樣選集的影響，「昔人已乘黃鶴去」遂大興於世，這首《黃鶴樓》也就變成了我們今天看到的這個樣子。

我覺得，之所以有如此的千年紛爭，正是中國作為一個詩的國度，詩詞文脈千古相傳的一個特點。包括李白的《靜夜思》也是如此。詩歌流傳的過程，其實就是一個全民參與的二次創作的過程，我們就是李白，李白就是我

們。這正體現了中華文明文脈延續、薪火相傳的全民融入的特點，這也是它的生機和活力所在。

雖然從版本、文獻的角度看，「昔人已乘白雲去」的可能性更大，但金聖歎的分析的確有一處特別值得欣賞的地方。那就是因為這首詩是變體的七律，前四句有三個「黃鶴」反倒更能體現出它的古體特點來。

接下來就要說這首詩的情緒和情感，它表達的到底是怎樣的情感？

有人說是鄉愁之感，因為最後有「日暮鄉關何處是，煙波江上使人愁」。但鄉愁這個主題太大了，中國的古體詩很多到最後都引到鄉愁，即使它的重點可能不在鄉愁上。比如王灣的那首《次北固山下》，「海日生殘夜，江春入舊年」那麼大的氣象，最後還是要引往鄉愁，即所謂「鄉書何處達，歸雁洛陽邊」。

又有一種觀點，說崔顥的《黃鶴樓》是表達了仕宦不得志，人生志向難以施展，所以登高望遠，滿懷愁緒，遂有鸚鵡洲之悲歎。鸚鵡洲之得名出自禰衡客死江夏的典故。我們知道三國時期禰衡擊鼓罵曹，曹操借刀殺人，禰衡最終被黃祖所殺，死的時候年僅二十六歲。因為禰衡有《鸚鵡賦》，所以葬的地方就叫作鸚鵡洲。有人認為崔顥既然寫到「芳草萋萋鸚鵡洲」，當然是要借用禰衡懷才不遇的悲劇，去表現自己人生不得志的憂憤。但這麼說，也不

一定能夠站得住腳。因為既然有李白的登樓擱筆的說法，《黃鶴樓》的創作時間就應該在李白出川之後、第一次到黃鶴樓之前，也就是在開元十三年（725）前後。而開元十一年（723），崔顥已經高中了進士。況且據《唐才子傳》記載，這個時候，崔顥已經詩名卓著，和王維齊名了。

《唐才子傳》《新唐書》《舊唐書》還記載說，崔顥喜歡賭博，喜歡喝酒，喜歡美色，嚮往遊俠生活。所以雖然當時詩名很盛，但大多數人對他的放浪形骸皆不以為然。這樣一個生性跳脫，甚至有些放誕不拘的崔顥，他在黃鶴樓上所見、所感，到底是些什麼呢？

他寫「昔人已乘黃鶴去，此地空餘黃鶴樓」。登高望遠，隨着登樓的過程，舉目四望，忽然間胸懷闊大，恨不得自己也要「乘風而去」，可是做得到嗎？做不到啊。「黃鶴一去不復返」，徒有「白雲千載空悠悠」，這就生發出歲月流逝不再來、仙人已去而不可見的遺憾。仙去樓空，唯有天際白雲，悠悠千載，古今無異。

為什麼說金聖歎的說法有一定的道理？就是因為前四句用古體，才能一下子打破時空的局限，尤其是時間的局限，而毫無拘束之感。「黃鶴一去不復返」連用六個仄聲，「白雲千載空悠悠」居然以三平調煞尾，但唸起來一點都不覺得牽強，一點都不覺得別扭，反而這十四個字好像一個長句，一氣貫成。因為詩人把時空，尤其是時間的

長河勾連了起來，情感一瀉千里。

接下來到了頸聯，「晴川歷歷漢陽樹，芳草萋萋鸚鵡洲」。這就是律詩中典型的對句，為什麼呢？因為它寫到了空間。從天際收回目光，從時間的長河裏收回思緒，在陽光的照耀下，在江面的反襯下，對面晴川園的碧樹歷歷在目，鸚鵡洲上的芳草萋萋采采，繁茂無比。《詩經·蒹葭》中，「蒹葭蒼蒼」「蒹葭萋萋」「蒹葭采采」，都是草木繁盛之貌。因此雖然寫到鸚鵡洲，但有芳草萋萋，所以崔顥也未必是以禰衡的命運自喻。

其實，無論是面對怎樣的時空，在時空對面，永遠是詩人那顆鮮活的靈魂。詩的最後，一定要回到詩人的心靈上來。「日暮鄉關何處是」，日暮時分，一切都在回到他們的歸宿裏去。但是詩人只能看見鸚鵡洲，只能看到漢陽原，而看不到他的故鄉汴州。

身在黃鶴樓上，日暮時分，他自然而然地舉目遠望，本能地隔着重重煙靄望向故鄉，引出愁情。所以從近景的漢陽樹、鸚鵡洲，越望越遠，遠處連着鄉關，可鄉關又是望不到的，只好再回到煙波江上，愁情自然而然地流露，於是便有了「煙波江上使人愁」。所以說最後的鄉愁是寫實，而開篇的黃鶴白雲則是一種虛寫。全篇先古後律，先虛後實，虛實結合，又由虛轉實，於是最後那沉甸甸的情感和飛旋的思緒交融輝映，便成了盛唐最美妙的聲音。

一個人，一座城，一首詩

　　我們前面講了崔顥的《黃鶴樓》，而且提到了與李白比較的千古公案，接着就要來講一講李白的那首千古名作《登金陵鳳凰台》。詩云：

李白 ——《登金陵鳳凰台》

鳳凰台上鳳凰遊，鳳去台空江自流。
吳宮花草埋幽徑，晉代衣冠成古丘。
三山半落青天外，一水中分白鷺洲。
總為浮雲能蔽日，長安不見使人愁。

這首《登金陵鳳凰台》在李白的詩作中是非常獨特的。

李白現存的詩歌近千首，七言律詩最少。歷代詩話裏多有論及這一首《登金陵鳳凰台》，尤其是大家喜歡把它和崔顥的《黃鶴樓》放在一起。我們知道，崔顥的那首《黃鶴樓》被認為是唐人七律第一，這樣的話，李白作不作七律和作七律的水平，尤其是和整個唐人七律第一的《黃鶴樓》放在一起比較，就是學者特別熱衷的話題。

暫時放下這些問題，我們還是先來看這首詩。

第一聯確實很神奇，這裏就可以看出它和崔顥《黃鶴樓》的關係來。「鳳凰台上鳳凰遊，鳳去台空江自流。」一聯兩句，連着出現了三個「鳳」字——兩次「鳳凰」，一個「鳳去台空」，就像《黃鶴樓》前四句裏寫了三個「黃鶴」。我們知道，律詩最忌簡單的重複，而崔顥偏偏一上來就來三個「黃鶴」，李白更厲害，你四句裏三個「黃鶴」，我兩句裏就有三隻鳳凰了。這到底是偶然的巧合，還是刻意的仿擬呢？

在中國傳統文化中，有所謂「龍鳳呈祥」的說法，鳳凰的意義非比尋常，從秦穆公的女兒弄玉和女婿蕭史騎龍弄鳳而去，到司馬相如以琴心挑文君，又有《鳳求凰》的曲與詞盛傳於民間，說明在中國古代，鳳凰其實是一種非常重要的祥瑞。

因為有鳳凰來集的祥瑞，金陵當地有建鳳凰台以記之

的傳説。後世也有學者考證，當時建的是鳳凰樓，不是鳳凰台，説本來就有鳳凰台，因為這個地方本來就是一塊高崗之地。現在南京西南還有一條著名的路叫鳳台南路，而明城牆的內側就是著名的三山街，這一片地方其實就是鳳凰台原址所在的地方，長江當時就在鳳凰台外的西側。

不過，今天到南京已經看不到這樣的景象，因為長江在千百年來已經不斷西移。現在這裏是南京的高架和環城公路。晚上，我經過那裏的時候，看着長長的燈河和滾滾而去的車流，感覺那好像是一條燈的江流一樣，便會突然產生李白式的金陵懷古之感。

李白在鳳凰台上看大江東去，就像崔顥在黃鶴樓上看到長江一樣，他們看到的是同一條長江。不論是在黃鶴樓還是在鳳凰台外，不論是在崔顥的眼中還是在李白的眼中，任歷史滄桑變幻，那浩渺的長江無聲東流。不過，崔顥是求仙之歎，他所説的昔人是仙人，而李白所生的卻是歷史之歎。「鳳凰台上鳳凰遊」，暗指鳳凰來棲的典故，而「鳳去台空江自流」已然説盡了歷史的滄桑變幻轉眼成空。

接下來的頷聯，則以兩個更深沉的典故直入歷史的內心深處。「吳宮花草埋幽徑，晉代衣冠成古丘。」李白在金陵的鳳凰台上所想到的金陵的風光歷史，最突出者莫過於三國的孫吳與東晉。至於「花草」與「衣冠」到底是實

指還是虛指，歷來也有不同看法。虛指則以為「花草」當指吳宮的美女，而「衣冠」則當指東晉的士大夫；而實指者則以為「衣冠」是指東晉郭璞的衣冠塚。郭璞是兩晉時最有名的方士，他的《遊仙詩》名重一時。當時晉明帝為郭璞修衣冠塚，豪華無比。但到唐代，曾經無比豪華的衣冠塚已經成為一個土丘，在歷史的淘洗中終成塵埃。

李白既有這麼深刻的歷史感知與認識，放眼望去，自然就有更廣闊的空間格局與宇宙視野。接下來頸聯說：「三山半落青天外，一水中分白鷺洲。」這一句也有「二水中分白鷺洲」的版本，其實說「二水」「一水」都可以理解。水就是長江之水，「二水」就是江水環洲流過，被分開兩部分；而「一水」則是指江流整體而言。這兩句詩對仗工穩，氣象壯麗，是千古難得的佳句。因為太過有名，所以後來南京雖然山川地貌改變很大，長江故道西移，但至今還有三山街的街道之名，還有白鷺洲公園作為紀念。

當然，後代詩話評論李白此詩最突出也是最好的一句，便是尾聯「總為浮雲能蔽日，長安不見使人愁」。從句式上看，和崔顥的「日暮鄉關何處是？煙波江上使人愁」非常相似，甚至結篇都有「使人愁」的句子。可是境界格局卻有很大的不同。

「浮雲蔽日」用到了《世說新語》中的一個典故。晉

明帝年幼時，他的父親晉元帝問他：「是長安近，還是太陽近？」這位皇太子的答案是太陽近。父親問他理由，他說：「現在我抬頭只見太陽，不見長安。」而李白用此典故作比，其寓意更為深刻。當年李白被唐明皇請出山的時候，「仰天大笑出門去，我輩豈是蓬蒿人」，何等意氣飛揚、何等壯志凌雲；後來「天子呼來不上船，自稱臣是酒中仙」，又是何等瀟灑，何等飄逸絕倫；再後來高力士、楊國忠等權奸當道，最終被賜金放還，此時的李白又是何等落寞、何等失意；再到後來，「安史之亂」突如其來，「為君談笑靜胡沙」，卻站錯了隊，選錯了陣營，被流放夜郎，最終雖遇赦而返，但人生晚景淒涼，又是何等孤獨、何等悲憤！

所以說，「總為浮雲能蔽日，長安不見使人愁」這一句，是李白發自肺腑的感慨，糅合了他人生的悲痛與命運的坎坷，所以尤其深重。

細細地看，這首詩的前四句和《黃鶴樓》一樣，在律詩的要求上都是不合律的，或者說是失黏、失對的。但和《黃鶴樓》不一樣的是，李白詩前四句也不是古體，而是用了格律詩中一種特殊的體式，叫作折腰體。折腰體打破固有的黏對，自成一格。可見，從詩律的角度上來看，李白應該也是刻意比照了崔顥的《黃鶴樓》，前四句用折腰體，而後四句用了典型的律詩的格式，也屬於一種拗體

七律。

因此從詩本身來看，李白與崔顥鬥詩的公案看來並不是無中生有。

事實上，李白除了這首《登金陵鳳凰台》，還有一首名曰《鸚鵡洲》的七律，這首《鸚鵡洲》則更能看出和崔顥《黃鶴樓》的比較來。詩云：「鸚鵡東過吳江水，江上洲傳鸚鵡名。鸚鵡西飛隴山去，芳洲之樹何青青。煙開蘭葉香風暖，岸夾桃花錦浪生。遷客此時徒極目，長洲孤月向誰明？」後人評價李白《鸚鵡洲》仿效崔顥《黃鶴樓》，卻格調卑弱。以此詩而論，確乎如此。

當時他還不是太白，他還是小白，是年輕氣盛的小白，是憑三尺劍走終南捷徑的小白，是未經世事坎坷與命運浮沉的小白，所以任他遣詞弄句，任他騰挪跌宕，當時的李白不僅「眼前有景道不得」，即使離去之後，所作《鸚鵡洲》也再難超越《黃鶴樓》。可是後來，歷經歲月的淘洗，歷經命運的坎坷，在荒涼醜惡的現實面前，沉沉浮浮、起起落落仍不改本色的青蓮居士，在滄桑命運裏終於從小白昇華為李太白的青蓮居士，在他登上金陵鳳凰台的那一刻，當他吟出「總為浮雲能蔽日，長安不見使人愁」的時候，他那一顆充滿了憂患、充滿了滄桑感的赤子之心，終於在崔顥的「日暮鄉關」前得到了昇華、得到了飛躍。

事實上，年輕時的李白和年輕時的崔顥一樣，他們的性格都跳脫通達，又豪俠任性，甚至在情感經歷上都有頗多相似之處。《新唐書》和《唐才子傳》都記載崔顥好博嗜酒，更好美女，曾經有三四次的再婚經歷；而李白一生也好酒如命，也有四次情感經歷，這一點看來絲毫不遜於崔顥。在詩歌創作上，不僅有《鸚鵡洲》《登金陵鳳凰台》與崔顥《黃鶴樓》的比較，李白至金陵還寫有《長干行》，某種意義上也是與崔顥的《長干行》組詩有高下之較。

李白《長干行》的頭六句是大家最熟悉的「妾髮初覆額，折花門前劇。郎騎竹馬來，繞床弄青梅。同居長干里，兩小無嫌猜」，所謂「青梅竹馬」，「兩小無猜」，六句詩裏頭沉澱出兩個成語。這是長干女在回憶往事，回憶純真歡樂的兒時生活。

「十四為君婦，羞顏未嘗開。低頭向暗壁，千喚不一回。」這四句寫的特別妙，寫這個女孩子人生的角色發生了變換，也更體現了她的純潔與純粹。「十五始展眉，願同塵與灰。常存抱柱信，豈上望夫台。」多麼漫長的適應啊，結婚一年後才變得大方起來，所有的幸福也終於在眉眼間流淌。「十六君遠行，瞿塘灩滪堆。五月不可觸，猿聲天上哀。」可是他們畢竟是住在長干里的人家，新婚兩年之後，丈夫終於要遠行經商了。「門前遲行跡，一一生綠苔。苔深不能掃，落葉秋風早。」丈夫走後，她常常倚

門而望,等待變成了生活中最最重要的事。秋風來的是那麼早啊。

「早晚下三巴,預將書報家。相迎不道遠,直至長風沙。」這其實就是內心的呼喊,你快回來吧,無論什麼時候,只要捎個信來,我就去迎接你,再遠都不遠,我會一直走到七百里外的長風沙。這是什麼?這就是最長情的告白啊。

為什麼李白會寫出這樣一個與很多思婦詩截然不同、別具形象的長干女呢?

我每次走過長干里,走過長干橋都會感慨萬千。事實上,長干里可以算南京這座名城最早的記憶之一。《建康實錄》裏記載,南京人之所以會把古長干里這一帶稱為長干,是因為山壟之間曰干。秦淮河流經這一段平原地區,向南有羣山倚仗,而這一帶平原地區又有河流經過,並最終匯入長江,因此土地肥沃,交通便利,宜於居住。范蠡在此建越城,這裏迅速就成了百姓聚集之地。尤其是到了後來,三國吳立大市,更是商賈雲集,而南京城也正是因為有了越城,有了長干里,有了這片長長的河岸地帶,肥沃的土地,聚集的人氣,才迅速發展起來。

更為關鍵的是,當時長干里的河水直通古中國最重要的運輸黃金水道——長江,當時的長江故道也緊靠着南京城西側。古人說「行商坐賈」「商賈雲集」的「賈」,就

是開店做買賣；而「商」呢，主要是貨運。長干里這個地方在古中國，可以算當時最大的物流中心了。所以長干里的人家大多以舟為家，以販為業，詩中那個小新郎結婚兩年之後就要溯江而上去從商，而身為長干女的小新娘在長期的愛情告白中，也毅然決然溯江而上，為了迎接她心愛的人，「相迎不道遠，直至長風沙」。

李白寫的是怎樣的一首《長干行》啊，他寫的又是怎樣一個長干女！因為長干女在中國古代城市史與貨運史上的獨特性，自漢樂府以來就是很多詩人吟詠的一個話題。所以《長干行》《長干曲》本就是樂府雜曲歌辭中的名篇。比如崔顥的《長干曲》四首，「家臨九江水，來去九江側。同是長干人，自小不相識」，又如無名氏的《長干曲》古辭，「逆浪故相邀，菱舟不怕搖。妾家揚子住，便弄廣陵潮」，長干里中其實住着的是中國歷史上最早的一批具有市民精神的商賈兒女。而這種精神、這種純粹是到了李白的《長干行》，才終於把它淋漓盡致地表現了出來。

回頭來看，李白的《長干行》可以說不僅為古代的商賈精神張目，還為金陵這所名城的城市精神張目，在這一點上，李白的《長干行》可謂是「前無古人，後無來者」，可以說是遠超崔顥《長干曲》在內的此前所有的作品的。因為對這座城市的深刻理解，李白另闢蹊徑，用人生的閱

歷與滄桑、用命運的坎坷與生命的時光，去積澱登金陵鳳凰台的沉痛與深刻！無意間，他便開啟了一扇大門，一扇名曰「金陵懷古」的大門。

金陵對於李白來說，應該是一種歸宿：他生於長江之頭，晚年卻居住於長江之尾。據考證，李白一生七下金陵，尤其是晚年落魄失意時，大多選擇居於金陵，或遊歷於金陵周圍地區，在金陵城中寫下大量懷古之作。除了這首《登金陵鳳凰台》，還有《金陵懷古三首》《月夜金陵懷古》《金陵新亭》《東山吟》《金陵鳳凰台置酒》《登金陵冶城西北謝安墩》等。據粗略統計，李白寫金陵的詩有近百首之多，他的《金陵三首》更是被公認為金陵懷古第一詩。

正是因為李白的開闢，金陵懷古詩詞之作便成了後世文學史上一種奇特的文學現象。從李白的《金陵懷古》，到劉禹錫的《金陵懷古》，再到王安石的《金陵懷古》，再到宋詞元曲中，大量的金陵懷古之作，金陵懷古成為古詩詞中詠史之作中的一個典型的現象。它們不僅賦予了金陵城一種別具滄桑的哲理意蘊，也讓我們這個詩詞國度裏的詩與詞別具一種氣韻沉雄、蒼涼悲壯之感。可以說，正是李白打開了這扇奇跡的大門，他的《登金陵鳳凰台》和《金陵三首》正是打開這扇大門的鑰匙。從這個意義上說，李白的「總為浮雲能蔽日，長安不見使人愁」實在不

遜於崔顥的「日暮鄉關何處是？煙波江上使人愁」，甚至更有過之。因為崔顥的愁雖是悠遠的，而太白的愁卻是深刻的。

如今我住在金陵城，走過金陵城的大街小巷，彷彿偶爾能看到太白的身影。雖然仙人都已乘黃鶴而去，雖然「鳳去台空江自流」，雖然歷史滄桑變幻，連長江都已不再是一千多年前的模樣，可李白和他的詩、他的人生感慨，卻與這座城、這片土地一起永不磨滅。

因為一個人，因為一首詩，所以愛上一座城。

一個王朝的流離命運

登樓賦詩，是古人最喜歡的事，也是最難的一件事。

因為若此前有名人名句、名篇名著，想要後來居上，則何其難也！連「詩仙」李白登黃鶴樓都要擱筆，那麼「詩聖」杜甫又會如何呢？

當五十七歲的杜甫登上岳陽樓時，他的平實內斂，他的滄桑博大，早已讓他能夠超越一切。我們今天就來賞讀的杜甫的千古名作《登岳陽樓》。詩云：

杜甫 ——《登岳陽樓》

昔聞洞庭水，今上岳陽樓。

吳楚東南坼，乾坤日夜浮。

親朋無一字，老病有孤舟。

戎馬關山北，憑軒涕泗流。

杜甫登上岳陽樓的時候，已有孟浩然「八月湖水平，涵虛混太清。氣蒸雲夢澤，波撼岳陽城」這樣的雄詞偉句。此時此刻，杜甫會不會像李白那樣擱筆而歎呢？當然不會。因為這時登岳陽樓的是老杜，而當年登黃鶴樓的是小白。當小白後來變成太白的時候，也已然有了超越。

　　就律詩而言，杜甫晚年所作這首《登岳陽樓》，不只從格律，而且從即景抒情的意境、「詩言志」的胸懷與抱負，以及詩可以興、觀、羣、怨的最高格局來看，都可謂是典範中的典範、詩中的詩。

　　那麼，這首五律的奧妙到底在哪裏呢？

　　首先第一聯，看似毫無稀奇之處，平平道來。「昔聞洞庭水，今上岳陽樓。」杜甫首聯用的大概是一種最平實的寫法了。明明是在寫詩，卻是一種散文的筆法，彷彿單純是客觀的紀錄。此時登樓，心境不可曰不喜，也不可曰不悲，甚至不可曰喜亦不可曰悲。仔細揣摩，卻又別有洞天。按照律詩的技法，頷聯、頸聯要求對仗，而首聯、尾聯並沒有嚴格的對仗要求。但這一聯看上去純是客觀敍述，「昔聞」對「今上」，「洞庭水」對「岳陽樓」，平平淡淡之中卻對得極其工整，在一片平實之中已暗藏天地。

　　杜甫於律詩的創作，既有「讀書破萬卷，下筆如有神」的勤奮，又有無與倫比的天賦。他這首晚年所作的《登岳陽樓》和他早年所作的《望嶽》對比來看，在詩歌

的創作技巧和創作天賦上是何等的呼應。兩首詩的首聯都以散文筆法起句，《登岳陽樓》說「昔聞洞庭水，今上岳陽樓」，而《望嶽》則云：「岱宗夫如何？齊魯青未了。」這種問答的句式，更是典型的散文筆法。又如他的《蜀相》：「丞相祠堂何處尋？錦官城外柏森森。」也是散文的問答方式，起句平實內斂，卻又包蘊無比豐富，內中自有天地。當然，杜詩中也有奇峰突起，比如「風急天高猿嘯哀，渚清沙白鳥飛回」這樣陡起壁立、令人耳目一新的起句。可見，或奇絕，或平淡，在杜甫手中已是駕馭自如，履險如夷呀！

首聯平實而不平庸，接下來的頷聯片刻另開天地。「吳楚東南坼，乾坤日夜浮。」「坼」是裂開的意思，所以解讀第三句，向來說洞庭湖浩瀚無際、波濤連綿，像把吳地與楚地，一向東、一向南，給裂開了一樣。這是寫洞庭湖水的蒼茫之力，彷彿把吳地擠向了遠遠的東邊，把楚地擠向了南邊。這一解釋是最通行的解讀，但我從文字上反覆推敲揣摩，覺得這種說法雖然已成定論，但似乎還沒有理解杜甫的原意，沒有達到杜甫的境界。

如果說，吳在洞庭湖東，楚在洞庭湖西，好像被洞庭湖分作兩半，那麼為什麼不是說「吳楚東西坼」，卻說「吳楚東南坼」呢？而且回看春秋時期的史實，楚國的地域可以東至太湖，甚至現在蘇北很多地方都曾經是楚國的地

盤。像南京，古時為什麼稱金陵？因為楚威王最早在這裏設金陵邑，此處又稱「吳頭楚尾」。王昌齡在《芙蓉樓送辛漸》中也說，從南京到鎮江的這一帶寧鎮山脈可謂「平明送客楚山孤」。所以說東南這一帶很多地方都曾為楚地。但反過來，吳國也曾是春秋五霸，揮兵西上，一代軍事天才孫武子帶兵，千里奔襲，短時間內攻滅楚都。但就春秋時期的地形而言，論吳國的地理邊界，似乎從來都與洞庭湖無關。

事實上，洞庭湖與吳國遠離千里，又怎麼能夠分開吳楚之地呢？所以除非杜甫所說的不是春秋五霸中之吳，不是吳王闔閭、夫差之吳，而是三國魏、蜀、吳之吳，是東吳之吳，一切地理上的疑惑便可迎刃而解。因為春秋戰國時，岳陽屬楚國，而到三國時則屬東吳了。杜甫身臨岳陽樓上，他所說的「吳楚」不是被洞庭湖分開的吳和楚兩塊地方，而指同一塊地方，是洞庭湖身後中國東南廣袤富饒的千里沃土。而這一片東南之地，春秋時屬楚地，三國時屬吳地。當然可能有人會問，那為什麼不叫楚吳？應該是楚國排在前面，東吳排在後面啊。這很簡單，因為從詩律的要求來看，這一句的第二個字應該是一個仄聲字，而「吳」字是一個平聲字，「楚」字是一個仄聲字，所以必須是「吳楚東南坼」，而不能是「楚吳東南坼」。

那麼問題又來了，既然洞庭湖分開的不是吳與楚，不

是東與南，那它分開的到底是什麼呢？「坼」這個字，《說文解字》說「坼者，裂也」，就是分開、裂開的意思，而且它的部首是土字旁，所以是大地的裂開。所以《淮南子》說「天旱地坼」，是指乾旱的時候大地裂開。但是，「坼」字的裂開之意，從訓詁的角度上來講，還有一個非常獨特的用法，就是《周禮》裏所說的「卜人占坼」。這說的是什麼呢？是說古人占卜的時候，要用甲骨。所謂甲骨文，就是刻於甲骨的占卜文辭。占卜時所觀察的那個裂紋，就是占卜的重要依據。所以又有「坼兆」之說。這樣的「坼」字，這樣的分裂、裂紋、裂隙、裂縫，又有了神祕的命運信息，甚至是神祕的宇宙信息。

《山海經》有云：「天傾西北，地陷東南。」這就是先民對我們這片神州大地在地形上的粗略認識。而這種使得「地陷東南」，造成整個東南之地如裂開漂浮的板塊一樣的洪荒偉力，竟然是來自洞庭湖水。所以，第四句接下去說：「乾坤日夜浮。」這種蒼茫之力何其偉岸，使得整個天地，都恰似在湖水中日夜浮動。酈道元《水經注》曾說，洞庭湖「廣圓五百里，日月若出沒其中」；曹操《觀滄海》亦有「日月之行，若出其中。星漢燦爛，若出其裏」之句。所以，杜甫的「吳楚東南坼，乾坤日夜浮」十個字中無一字提到水，卻寫盡了洞庭湖水的蒼茫浩瀚之力。本來前面孟浩然的「氣蒸雲夢澤，波撼岳陽城」，幾乎已把

洞庭湖水的偉岸之力寫到窮盡，但杜甫更翻其上。沈德潛《唐詩別裁》評曰：「三、四句雄跨今古，比之孟襄陽實寫洞庭，本領更大。」

那麼，這兩句只是寫了氣勢與格局的雄渾超絕嗎？

其實不然，杜甫此時已經是五十七歲高齡，離他蒼涼離世只有一年多的時間，也是杜甫晚景最為淒涼的一段時間。此時他江湖漂泊，身染沉屙，已不是當年《望嶽》時「會當凌絕頂，一覽眾山小」的杜甫，也不是《聞官軍收河南河北》時「卻看妻子愁何在，漫卷詩書喜欲狂」的杜甫。此時的杜甫不僅不能「即從巴峽穿巫峽，便下襄陽向洛陽」，甚至接下來還要溯湘江而上，流離失所，甚至最後困死於孤舟。

杜甫此時登岳陽樓，是在他一生最為困頓、最為艱難的漂泊生涯中。這時的杜甫一直舉家住於孤舟之上。由於生活困難，不但不能北歸，而且被迫更往南行，所以他說「吳楚東南坼」，被割裂的豈止是東南大地，還有他這顆不能歸鄉的遊子之心呀！但是，如此貧困、如此窘迫的杜甫，在這種人生的淒涼境遇下，為什麼能寫出「吳楚東南坼，乾坤日夜浮」這樣雄跨今古、氣壓百代的名句呢？這樣大的氣勢與格局，又與他自己的人生有怎樣的關係？

我們來看第三聯，「親朋無一字，老病有孤舟」。漂泊江湖，親朋故舊沒有一點音訊，年老體弱，生活所居

唯在這一葉孤舟。杜甫說「老病有孤舟」,「老病」一詞並非誇張,而純是實寫。這時的杜甫,處境艱難、淒苦不堪,而且年老體衰,身患各種疾病。他向有肺病,又染風痹之症,此時已左臂偏枯,右耳已聾,基本上是藥不離口了。可是這樣悲苦艱難的杜甫,為什麼在登臨岳陽樓的時候表現得那麼平靜呢?

首聯「昔聞洞庭水,今上岳陽樓」,不見悲喜,不見浮沉,可第二聯卻又突然胸懷浩大,「吳楚東南坼,乾坤日夜浮」,他是在為自己悲苦的命運而悲歎嗎?此時的他,親朋無一字相遺,老病唯孤舟相伴,自敘如此落寞,寫景卻如此闊大。而且從頷聯、頸聯的對比來看,兩聯詩境一則極闊大、極雄渾,一則極悲切、極逼仄,這難道不矛盾嗎?其實一點都不矛盾。不僅不矛盾,還是極其完美的統一。這便是如尾聯所曰:「戎馬關山北,憑軒涕泗流。」

一句「戎馬關山北」,也可以反證第三句的「吳楚東南坼」中「吳楚」和「東南」是一個整體;而「戎馬關山北」的具體所指,應該是當時吐蕃的兩次入侵,因吐蕃大軍南下,唐都長安報警不息。當時西北戰火不斷,飽經兵亂之苦的大唐始終不得安寧。此時此刻,飽經流離、身處東南的杜甫憑窗越過蒼茫的洞庭湖水,舉目望向長安的方向,望向戎馬關山之北,所謂「西北望長安,可憐無數

山」，所謂「總為浮雲能蔽日，長安不見使人愁」，憑軒遠眺、涕泗橫流，不是在悲歎自己悲苦的命運，而是心心念念處皆家國、皆天下、皆神州沉浮的命運啊！所以「涕泗流」是老淚橫流，是為了家國，為了天下，為了族群的憂患之淚。

我們講《登幽州台歌》時說過，涕是無聲之泣，泣是有聲之哭。涕泗橫流是什麼？是眼淚奔湧而出。眼淚是什麼？眼淚不也是一種水嗎？杜甫眼中所奔湧的淚水，為家國命運悲歎的淚水，和那蒼茫的洞庭湖水一樣，在沉沉浮浮中映現出來的是一個家國、一個王朝的流離命運！

至此，因為那顆悲憫之心，杜甫個人的命運與天下的命運，與族群的命運，與王朝的命運完美地糅合在了一起。一個家國、一個王朝的命運、一個時代的命運，和一個個體的命運緊緊地綑綁在一起，這就是浩大的連綿，這就是連綿的詩脈。

所謂即景抒情、因景生情、情景交融，在杜甫詩中簡直是臻於極致。回頭再來看，「昔聞洞庭水，今上岳陽樓」這一首聯的平靜，卻是何等平實又內斂，真有無盡涵詠之妙。一則昔聞今上，卻有了卻夙願之意。二則昔聞今上，以見人生無限感慨！所謂「昔聞洞庭水」，是說年輕時就對岳陽樓、對洞庭湖水懷着無限嚮往。那時的杜甫，想來風華正茂，想來便如《望嶽》時的杜甫，「會當凌絕頂，

一覽眾山小」。可是，待到「今上岳陽樓」之時，已是風燭殘年、白髮蒼蒼，潦倒顛簸、歸期無望，所以「別是一番滋味在心頭」。而整個大唐的命運，不也是這樣嗎？昔聞之時正是一派盛唐氣象，而如今「安史戰亂」之後，神州動盪不息，大唐盛景不再，怎不讓人徒生時局之悲！所以，一句「昔聞」「今上」，有杜甫自己的身世之悲，也有大唐由盛轉衰的家國之痛。

杜甫之為杜甫，這樣百感交集的情懷、沉鬱頓挫的情感，只從極平淡處寫來，卻詩律謹嚴、對仗工整，詩脈綿密細緻，真是「晚節漸於詩律細」。而他那「詩聖」的情懷，永遠將個體的命運與家國天下、與族羣、與時代的命運緊密相連。不論個人的命運如何，他心中的悲憫，始終是面對着天下，面對着黎元百姓。

這種憂患、這種大慈悲，才是杜甫之為杜甫、杜甫之為「詩聖」的關鍵。

韓孟尚奇警，
　　務言人所不敢言；

　　元白尚坦易，
務言人所共欲言。

魂兮歸來 歸去來兮

唐詩由盛唐而入中唐，最能體現和代表這種轉折的是哪首詩呢？

我覺得莫過於劉長卿的《逢雪宿芙蓉山主人》和韋應物的《滁州西澗》。我們就先來品讀一下劉長卿的千古名作《逢雪宿芙蓉山主人》。

在講岑參的《白雪歌送武判官歸京》時，我們曾經提到寫雪的千古名句，其中就有劉長卿的這句「柴門聞犬吠，風雪夜歸人」。詩云：

劉長卿
——
《逢雪宿芙蓉山主人》

日暮蒼山遠，天寒白屋貧。

柴門聞犬吠，風雪夜歸人。

　　我一直認為，杜甫的《登岳陽樓》以及《登高》可以說是唐詩由盛唐入中唐的分水嶺。

　　雖然老杜晚年已是中唐，已經過了「安史之亂」。於己而言，江湖漂泊，身世流離，「親朋無一字，老病有孤舟」；於國而言，飽經戰火，山河破碎，神州陸沉，吳楚東坼。可詩聖就是詩聖，一聯「吳楚東南坼，乾坤日夜浮」，一聯「無邊落木蕭蕭下，不盡長江滾滾來」，依然不自覺地透露出盛唐氣象、大唐胸襟。

　　可是老杜之後，盛唐便真的不在了。盛唐詩歌那種「海日生殘夜，江春入舊年」的胸襟氣魄也頓然收束。劉長卿自號「五言長城」，一生尤愛五言詩的創作。這首《逢雪宿芙蓉山主人》可以說就是唐詩由盛唐轉向中唐之際的代表之作。

　　題中「逢雪」不用說，正好是一個冬天，大雪天。「宿」，投宿。「芙蓉山主人」，其實是省略。那麼，他為什麼不直接說「逢雪宿芙蓉山主人家」或者「逢雪宿芙蓉山主人居」呢？為什麼要把後面的那個家，或者居或者宅去掉呢？這其實很好地體現了唐人作這類詩的一個很重要的習慣。不光是劉長卿的這首《逢雪宿芙蓉山主人》，還有李白的《宿清溪主人》、顧況的《宿山中僧》、趙嘏的《宿長水主人》等。在詩題中只說寄宿投宿的主人，而不說主人家，體現了對主人的敬重與感激之情。這一個

「家」字的省略，這一種情感，對理解這首詩來説是蠻關鍵的。因為這首詩爭議實在是太大了。全詩不過四句話，二十個字，但每一句自古至今都充滿了爭議。我們一起來逐字逐句地推敲一下。

先來看第一句「日暮蒼山遠」。「日暮」沒有什麼爭議，就是薄暮時分，傍晚。值得注意的是，傍晚在詩文中統稱為日暮。這裏寫到日暮，那個傍晚未必是有夕陽的，而且非常可能是一個暮色陰沉的傍晚，因為緊接着就是一個風雪之夜。至於薄暮時分，風雪是否已來，這很難説。主張有風雪的認為，正因為大雪已落，遠山被白雪覆蓋，才曰「蒼山」，這裏的「蒼」就應該是蒼白之意了。反對者認為，如果是漫天風雪，又如何能看到遠山呢？《詩經·蒹葭》裏説過：「蒹葭蒼蒼，白露為霜，所謂伊人，在水一方。」這裏的「蒼」其實是深青色。所以這種山的深青色，和陰沉的暮色，和那種風雪欲來的壓抑氣氛是完全吻合的。至於「蒼山」，泛指論者認為若是泛指，更能表現出詩人羈旅窮途的困境。山路遠行，淒淒惶惶，才更能引出下一句「天寒白屋貧」的意境來。而實指論者之間也有爭議，那就是這個芙蓉山到底在哪兒？較為主流的觀點認為，劉長卿所寫的這個芙蓉山，應該是在湖南桂陽或者寧鄉的芙蓉山。

大曆八年（773）前後，劉長卿得罪了鄂岳觀察使吳

仲孺，被誣為貪贓，身陷囹圄。後來是因為監察御史苗丕明察秋毫，才從輕發落，貶為睦州司馬。研究者以為這首詩應該寫於劉長卿遭貶之後的嚴冬，既有走投無路的羈旅之困，又有風雪夜歸的現實希望，與他當時身在湖湘之地的經歷倒是非常吻合。從知人論詩的角度出發，我覺得這裏的「蒼山」，倒確乎可能是指湖湘之地的芙蓉山。日暮淒清，蒼山深遠，一個冬天的傍晚，風雪欲來。困於羈旅的詩人，看到了遠景如此，那近景又是如何呢？在人生的風雨路上，飢寒交迫的詩人，眼看着天色將晚，風雪欲來，心中最迫切的渴望是找一個歇腳投宿的地方。於是他抬眼看到了山中的那戶人家，也就是芙蓉山主人家。

「天寒白屋貧」，「天寒」對「日暮」，「白屋貧」對「蒼山遠」，可謂極其工整。「天寒」不用說，正是嚴冬時節。而「白屋貧」中這個「白屋」到底是甚麼意思呢？有人以為既然後面講「風雪夜歸人」，說是「逢雪宿芙蓉山主人」，當然是因為屋上有積雪，呈現為白色，所以才稱作「白屋」。但古文中其實常有白屋之典。《漢書·蕭望之傳》就說：「恐非周公相成王躬吐握之禮，致白屋之意。」顏師古就註曰：「白屋，謂白蓋之屋以茅覆之，賤人所居。」意思是說是用白茅草覆蓋的草屋，是貧賤之人的居所。《孔子家語》也說：「周公居冢宰之尊，制天下之政，而猶下白屋之士，日見百七十人。」

不光是史書中常用白屋之典，詩詞中亦然。杜甫有詩云：「老夫臥穩朝慵起，白屋寒多暖始開。」孟郊有詩云：「青山白屋有仁人，贈炭價重雙烏銀。」而與孟郊並稱「郊寒島瘦」的賈島更有「樵人歸白屋，寒日下危峰」的詩句。李賀的《老夫採玉歌》也說：「村寒白屋念嬌嬰，古台石磴懸腸草。」可見白屋就是草屋。柴門白屋，可見正是貧寒之士的居所。

當然，即便是白茅草所覆蓋之屋，也不能確切地說這時候就沒有下雪。因為「天寒白屋貧」。這個「貧」字又有爭議了，一說是稀少，一說是淒寒。稀少，是說眼中所見只有這一戶人家。在冬夜來臨之際，這樣天寒地凍的荒山野嶺裏，白屋孤零零的，更增寒意。「貧」本是窮困之意，所以有貧寒之說。而且前面又說天寒，所以「白屋貧」，更增貧寒之感。其實這兩說並不矛盾，正因為既稀少又孤單零落，更增添了這夜色將臨中的貧寒之意。所以兩句「日暮蒼山遠，天寒白屋貧」，是詩人眼中所見，亦可反觀詩人困於旅途之中的淒清與孤冷。

接下來的一聯「柴門聞犬吠，風雪夜歸人」，爭議更大。其實是誰聞犬吠，我以為不必爭議，是詩人也好，是主人也好，在這淒清孤冷的荒山野嶺中，犬吠聲起，其實人盡皆聞，死寂的環境中則有了一絲生機與活力。而「風雪夜歸人」這一句，問題就大了。到底誰是這個歸人呢？

我們按照前面的邏輯，自然會以為是因為詩人投宿，所以柴門犬吠，驚動了主人，主人好客，將困於旅途的詩人迎回白屋之中，那麼這裏的「歸人」就應該是詩人自己。但反對者質疑說，詩人明明是路人，是投宿之人，怎麼能稱之為歸人呢？從生活習慣出發，當然是指村裏的人，或者芙蓉山主人家的人，或者芙蓉山主人自己歸來才能叫「夜歸人」。

但我覺得並非如此。詩中有一個小的細節，「柴門聞犬吠」。在這苦寒的風雪之夜，若是主人歸來，主人家的狗又何必吠於深山。警覺的家犬一定是嗅到陌生人的信息，才會緊張地吠叫起來。這種聞陌生人而犬吠的聲音迴響，大概更能切中詩人落寞的心境吧。

當然，最重要的還是投宿之人能不能曰「歸」的問題。我們不妨假想詩中場景，代入詩人的心境。不論「柴門聞犬吠」的時候，也就是聽到狗叫聲的時候，他到底是已經住下還是沒有住下，當他寫這首詩的時候，毫無疑問是已經住下來了，否則不會用「宿」字。住下來之後，詩人心中是怎樣的情感呢？既然有感激、有感謝、有敬重，那麼他獲得的一定是溫暖、安寧，以及從困苦中脫離出來的幸福感。

當這種溫暖、安寧與幸福糅合在一起的時候，我們就很容易感受到一種人生的追求，一種稱之為歸宿的感覺。

雖然詩人確實是過客，是行人，是路人，但在這天寒地凍之中，在這荒郊野外，在飢寒交迫之時，如在人生的困境之中，能找到一個同樣貧寒的白屋，一個同樣窮困的山村人家，但有一茅草屋可避風雪，有一爐火可見光明，有一碗粥可解飢寒，有一杯水可潤心靈，我想那時的詩人大概在心中也會有魂兮歸來的感慨吧。

最後從詩史的角度去看，這首《逢雪宿芙蓉山主人》典型地代表了一種由闊大雄渾的盛唐詩風向逼仄淒清卻又別具溫暖的中唐詩風的轉變。

詩中所寫，若是詩人投宿之後，又聞主人或主人家之人或山村中的村民風雪夜歸，這樣當然也別有情趣。但只有當這個夜歸之人是詩人回看落魄的自我時，那種艱難的人生風雨路上，那種無奈的時代轉折之中，那種淒風苦雨、江河日下的無望之中，因人性而得的溫暖與希望，才格外地切中詩人的靈魂，從而在深邃的歷史中引發久遠的迴響。

魂兮歸來，歸去來兮！田園將蕪胡不歸？松菊滿山胡不歸？所謂「路漫漫其修遠兮」，在漫漫的人生路上，誰又不是那個風雪夜歸人呢？

我用詩 呼吸了多年

今天，我們來賞讀另一首由盛唐轉向中唐詩風的名作，這就是韋應物的《滁州西澗》。

這首七絕小品大家耳熟能詳，那麼，它究竟好在哪裏呢？為什麼千古以來，有那麼多的人物要去考據詩中的西澗究竟在什麼地方？

讓我們隨着詩人的詩，一起去慢慢地探尋、細細地品味吧。詩云：

韋應物
——
《滁州西澗》

獨憐幽草澗邊生，上有黃鸝深樹鳴。
春潮帶雨晚來急，野渡無人舟自橫。

關於這首詩，首先一個問題就是，它到底是一篇純粹的寫景詩，還是一篇有政治象徵意義、有比興寄託的諷喻詩？主張這首詩是純粹的寫景詩的一派認為，從這首絕句的每一句詩裏都可以看出一幅完美的畫面來。

「獨憐幽草澗邊生」，是山中河邊生長着青青的野草。那樣幽靜而富有生趣，正是作者的獨愛之處、鍾情之處。「上有黃鸝深樹鳴」，是說河岸上茂密的叢林深處不時傳來黃鸝鳥的叫聲，那樣婉轉動聽。幽草生於澗邊是視覺，黃鸝鳴於深樹則是聽覺，這樣詩中有畫，畫中有聲，別有生機，別有韻致。這種畫面感在後一聯中得到同樣的表現。「春潮帶雨晚來急」，是說傍晚時分下了春雨，河面就像潮水一樣流得更湍急了。而最有名的一句「野渡無人舟自橫」，是說在那暮色蒼茫的荒野渡口，已經沒有人渡河了，只有一艘小船獨自橫飄在河岸邊。這一句的畫面最為搶眼。宋代畫院考試就曾經以這句「野渡無人舟自橫」作為題目，可見其影響之大，也可見這首詩本身畫面感之強。如果不是即景抒情之作，又怎麼可能將一片暮春之景寫得別有生機、如在目前呢？

寫景論者還有一個重要的證據，就是韋應物的人生和這首詩是完全相合的。一般認為《滁州西澗》寫於公元 781 年，也就是唐德宗建中二年，韋應物任滁州刺史之時。韋應物曾在滁州任刺史近三年，史載他「生性高潔，

獨愛詩文。尤好幽靜，每日必焚香掃地而坐」。他任刺史時，常獨步郊外，滁州西澗便是經常光顧的地方。有此經歷，借景抒懷，寫下這樣的寫景名作《滁州西澗》，就是自然而然的了。

但是，這種觀點受到了強有力的挑戰，最重要的一個證據就來自滁州另一個歷史名人──歐陽修。滁州在唐代其實是一個小州，此前名氣並不大。中唐時的滁州，根據韋應物自己在詩裏說，是「州貧人吏稀」，「四面盡荒山」。後來歐陽修《醉翁亭記》裏也明確地說「環滁皆山也」。因為交通不便，到了宋代依然是舟車商賈、四方賓客不至之地。滁州得以名揚天下，有兩個最重要的形象代言人──一個是寫下《滁州西澗》的韋應物，一個就是寫下《醉翁亭記》的歐陽修。

歐陽修在「慶曆新政」失敗之後，於慶曆五年（1045）被貶任滁州知府。作為北宋文壇盟主，歐陽修當然對韋應物的《滁州西澗》非常感興趣。他閒來無事，便去尋找韋應物當年書寫《滁州西澗》的舊跡情懷。可是一番巡察之後，歐陽修居然發現，滁州之西居然並無西澗，而城北山中倒是有一澗。

歐陽修猜，是不是韋應物當時在地理方位上沒有搞清楚，把城北的這條山澗當成了滁州城西的山澗？可是要說是城北的這條山澗呢，歐陽修又覺得不太對。城北的這條

山澗，夏天有暴雨的時候，會像洪水一樣發作，甚至成為當地人的憂患。可它平常的時候，水流非常小，根本沒有什麼舟船，江潮也到不了這個地方，所以怎麼能說「春潮帶雨晚來急，野渡無人舟自橫」呢？

我們知道，歐陽修不僅是文學家，也是北宋著名的大史學家，所以他提出這樣的疑問來，影響實在是太過巨大了。針對歐陽修的疑問，持諷喻說一派觀點的人就認為，為什麼要去找滁州西澗，完全沒必要嘛。因為韋應物寫《滁州西澗》其實是用了一種比興的手法，寄寓了詩人的政治批判情懷，諷刺君子在下、小人在上。後來《千家詩》就認為「幽草生於澗邊」，這比喻的是什麼？比喻的是君子生不逢時。而黃鸝鳴於深樹，譏刺的是什麼？諷刺的是小人讒佞在位。春水本來很急，遇雨而漲，又當晚潮之時，其急更甚，這比喻的是什麼？時之將亂啊！而野渡有舟，卻無人操楫、無人濟河，比喻的又是什麼？比喻的是君子隱居山林，無人舉而用之。尤其是「野渡」這個詞，政治諷喻派認為，一定要和「要津」對應起來理解。《古詩十九首》裏說：「何不策高足，先據要路津。」而「官居要津」之說向來是官場得意之論。所以政治諷喻派認為「野渡」和「要津」形成對比，蘊藏着一種「不在其位，不得其用」的無奈而憂傷的情懷。

從一首小詩就可以看出我們的母語文化寓意極其豐

富，語境有時真是極盡深幽而難尋啊！這就是漢語文化、漢語詩詞的博大精深之處。胡應麟的《詩藪》以為，是否真的有滁州西澗，不必深究，論詩不必拘泥於句句是實。錢鍾書先生也有句治學名言，叫作「史必證實，詩可鑿空」。我當然同意這樣的觀點，但是我想一般人還是會像歐陽修一樣，忍不住想去問問，韋應物寫《滁州西澗》，到底是不是真的有這個地方？

我們知道，韋應物總共留下來五百多首詩，在滁州任上恰是一生詩歌創作的高峰時期。只要真的有這麼一個滁州西澗的話，他這一時期的作品裏就不可能只有《滁州西澗》這一首。循着這一思路出發，我們去看韋應物的作品，果然發現他寫西澗的詩，不止這一首。比如有《西澗即事示盧陟》《西澗種柳》，有《種藥》詩，雖然題目裏頭沒有說「西澗」，但詩中云：「不改幽澗色，宛如此地生。」還有《再遊西郊渡》《乘月過西郊渡》《遊西山》《觀田家》，都提到了滁州西澗。

據此而看，滁州當時確有西澗。既然有西澗，為什麼歐陽修找不到呢？有的學者認為，這可能是一種觀念上的誤差。這種觀點很讓人警醒。一般人看到西澗，大概都會把它想成一段山溪的名稱，是山中的一條河流。確實像歐陽修所說，出了滁州上水關向西望去，目力所及是一片坦蕩，遠處只有豐山如帶。明清時，這一片寬闊坦蕩之地一

直是練兵的校場，只有一條小沙河水系，水流也很小。無怪乎歐陽公有無澗之感啊！

但是這條位於城西、流量很小的小沙河水系，卻在城西羣山間曲折穿行，綿延長達五十多里，其中溝通龍蟠、三岔河、茅草嶺、赤湖鋪，最後經烏兔河入上水關。有學者考證，其所入赤湖這一帶，應該就是韋應物所寫的滁州西澗。這個地方離城頗遠，在滁州城西十多里處，南面是大豐山，北面是關山。澗是什麼？澗是兩山間的流水。而且這裏曾有旱路與水路的十字交叉口，因此又稱得上是渡。古人呢，在沒有橋的渡口，會放一條船，也不設艄公，兩邊各拴一條繩子。需要過河的人，自己來往拉動繩索，即可達到渡河的目的，這即可稱為野渡了。

既然確實有西澗，這是不是就是一首純粹的寫景詩呢？也不盡然。

「獨憐幽草澗邊生」，一個「憐」字，「憐」者，愛也；再加一個「獨」字，即可見詩人獨特的情懷來。所謂「天涯何處無芳草」，美人香草自屈原以來便別見情懷，而詩人卻只愛澗邊的幽草，只愛遠離塵囂的澗邊幽草，甚至用深樹鳴叫的黃鸝與之對應、對比，可見出詩人恬淡的胸襟與自負的情懷。

「一切景語皆情語」，況且有「獨憐」二字的直抒胸臆，詩人的眼前景又豈能不帶出心中情來呢？至於千古

佳句「春潮帶雨晚來急，野渡無人舟自橫」，寫景固然傳神奇妙，但景中是不是也寄寓着別樣情懷呢？這裏，「舟自橫」的「橫」，大多認為是橫向、橫浮，或者小船橫置在水中。但細細推究、揣摩，從訓詁的角度上來看，這個「橫」字其實很有講究。古人說「涕泗橫流」，又說「災禍橫起」「江河橫溢」「議論橫生」「才華橫溢」等等，這些「橫」其實都不是指橫向。所以有人據「野渡無人舟自橫」作畫，把小船都畫成橫向的，這恐怕是思維定式的誤區。其實，「橫」由橫向引申為縱橫，再引申為到處，到處漂浮，才更符合此處「野渡無人舟自橫」的形象。東坡先生晚年，從萬里流放之地海南全身而歸，至江南，到潤州的金山寺，見當年李公麟為他畫的肖像，感慨作題畫詩云：「心如已灰之木，身似不繫之舟。問汝平生功業，黃州、惠州、儋州。」這種歷經滄桑坎坷，「身似不繫之舟」，而又別有自負與自信，不正是人生別樣的「舟自橫」的狀態嗎？

　　從知人論詩的角度看，韋應物出身京兆韋氏，《舊唐書》論其家族說：「議者云自唐以來，氏族之盛，無逾於韋氏。」而唐中宗李顯的韋皇后，正是京兆韋氏。韋應物雖不與之同宗，但亦可見其出身不凡。韋應物少逢「開元盛世」，尤尚少年遊俠，十五歲起即以三衛郎成為玄宗近侍，出入宮闈，扈從遊幸，甚至史書載之「早年豪縱不

羈，橫行鄉裏，鄉人甚至苦之」，可見其青少年時期放縱之個性。

後來「安史之亂」起，天下分崩、山河破碎，國仇家恨才激發起這個年輕人別樣的情懷。他立志讀書，少食寡欲，重塑人生遠大志向。但自代宗到德宗年間，他先後多次出仕，卻因個性狷介，屢犯權貴，備受排擠，鬱鬱不得志。他一生曾被迫多次辭官或退職，每次辭官或被退職之後，他也不回家，而是僻居或隱居在各處僧舍之中，與寺院僧人為伍，可見其個性之獨特。而他為官一任，總是勤於吏職，簡政愛民，甚至在蘇州刺史任上寫出「身多疾病思田裏，邑有流亡愧俸錢」的名聯，憂時愛民之心，見於字裏行間。

韋應物晚年最後任蘇州刺史，作為一方大員，任期屆滿之後，居然一貧如洗，沒有川資回京候選，只得寄寓於蘇州的無定寺，最後客死他鄉，貧病窮困而終。他的才情、他的氣質、他的成長經歷，讓他不屑於官場的蠅營狗苟，讓他不屑於塵世的繁華喧囂，而去「獨憐幽草」，而樂見「春潮帶雨晚來急」中「野渡無人舟自橫」，這既是滁州西澗中的實情實景，又當是風雨飄搖的時世中他自己人生的實情實景吧！

當盛時不再、志向難伸，詩人守着自己的內心，潔身自好、孤芳自賞，也正是一種人生獨特的風景。所以「春

潮帶雨晚來急，野渡無人舟自橫」，雖景色淒淒，卻遠離
塵囂。

我在這蒼茫的世間，用詩呼吸了多年！

自然的審視 命運的目光

　　除了劉長卿與韋應物，還有兩個人物也非常獨特，代表了詩歌從盛唐向中唐的轉變。

　　他們兩個都姓張，一個叫張繼，一個叫張志和。我們先來欣賞一下張繼的《楓橋夜泊》。可以說，這首短小的七絕就和張若虛的《春江花月夜》一樣，都是「孤篇橫絕」的傑作。詩云：

張繼
——
《楓橋夜泊》

月落烏啼霜滿天，江楓漁火對愁眠。
姑蘇城外寒山寺，夜半鐘聲到客船。

有關這首詩，我們先來看看其中幾個非常有趣的問題。

第一個有趣的問題就是，張繼當時寫這首《楓橋夜泊》的時候，其實並沒有楓橋。如果沒有楓橋，張繼又怎麼寫得出《楓橋夜泊》呢？

張繼的這首詩其實原來並不叫《楓橋夜泊》。在唐人高仲武編選的《中興間氣集》裏，張繼這首名作的原題寫作《夜泊松江》，後來的《全唐詩》則另作《夜泊楓江》，都不是《楓橋夜泊》。

關於詩題，高仲武的《中興間氣集》最有說服力。《中興間氣集》是最接近張繼所處時代和詩歌最初面貌的一個選本，它的記載毫無疑問是非常權威的。而在他之後、宋人之前，也沒有題為《楓橋夜泊》的。所以這就可以證明，張繼這首詩的原題確實並不是《楓橋夜泊》，而是《夜泊松江》，或者像《全唐詩》記載的那樣是《夜泊楓江》。

那麼，為什麼我們現在讀到的是《楓橋夜泊》呢？

這就像我們看到的《靜夜思》，已經不是原來的「床前看月光，疑是地上霜。舉頭望山月，低頭思故鄉」一樣；就像王冕的《墨梅》，已經不是原來的「吾家洗硯池頭樹，個個花開淡墨痕。不要人誇好顏色，只流清氣滿乾坤」一樣，這就是我們這個詩詞國度全民皆詩、全民熱情參與二次創作的一個典型表現。

在後世傳播的過程中，因為這首詩的影響太大，就把蘇州閭門外的封橋改名為楓橋，甚至把附近的這個城鎮命名為楓橋鎮。等到楓橋的地名叫響之後，反過來又影響了詩題，以至於詩題最後就變成了《楓橋夜泊》。

既然地名都因為這首詩而變更，那就更不用說這首詩本身了。這首詩的題目就在宋以後各選本裏改變了，尤其到《唐詩三百首》時變成了《楓橋夜泊》。遍觀人類詩史，這種現象大概只有在我們中國，在這個偉大的詩詞國度裏才會出現吧！

關於這首詩，第二個問題也涉及一個地名，著名的寒山寺。寒山寺就在楓橋古鎮，始建於南朝梁天監年間。它開始的名字並不叫寒山寺，叫妙利普明塔院。後來為什麼叫寒山寺了呢？會不會是有座山的名字叫寒山？其實，不是一座山，而是一個高僧的名字叫寒山。寒山和尚從天台山的國清寺來到妙利普明塔院，當了一段時間住持。唐貞觀年間，始建於南朝蕭梁的妙利普明塔院就改名為寒山寺了。

寒山和拾得是唐代佛教史上著名的詩僧。中華文化的特色「和合」文化中，和諧的「和」與知行合一的「合」，兩個代表人物其實就是寒山和拾得，二人又被稱為「和合二仙」。寒山和拾得出身貧寒，都是天台山國清寺的火頭僧，他們情同手足，相互扶持。民間就把二人推崇為仁者

愛人、孝悌友愛的代表。清代雍正皇帝正式封寒山為「和聖」，拾得為「合聖」。

解決了兩個地名問題，接下來的第三個問題，就是那個千古爭訟的「夜半鐘聲」問題了。

歐陽修不僅質疑《滁州西澗》，也質疑張繼的這首《楓橋夜泊》。他曾經在《六一詩話》中說：「如『袖中諫草朝天去，頭上宮花侍宴歸』，誠為佳句矣，但進諫必以章疏，無直用稿草之理。唐人有云：姑蘇台下寒山寺，夜半鐘聲到客船。說者亦云：句則佳矣，其如三更不是打鐘時。」就是說半夜三更的時候，寺廟裏不可能打鐘的。歐陽修認為這是張繼一味貪求好句，不管情理上通與不通。

歐陽修的質疑非常有名，一下子捅了馬蜂窩，後來歷朝歷代都有人與之辯論。歐陽修的推論其實是從常理推知的，沒有考慮到特殊情況。比如說宋人陳巖肖《庚溪詩話》就不同意歐陽修的觀點，列舉了大量的例證反駁歐陽修。他說每夜三鼓盡四鼓初的時候，姑蘇一帶各寺廟，晚上都會打鐘的。他舉了一堆唐人的詩句為證，比如于鵠的「定知別後家中伴，遙聽緱山半夜鐘」，白居易的「新秋松影下，半夜鐘聲後」，溫庭筠的「悠然旅榜頻回首，無復松窗半夜鐘」，還有張繼好友皇甫冉的「秋深臨水月，夜半隔山鐘」。所以，陳巖肖認為「夜半鐘聲」由來已久，夜半鳴鐘是唐代各寺廟通行的慣例。後來計有功也考

論説：「此地（指姑蘇一帶）有夜半鐘，謂之無常鐘。繼志其異耳，歐陽以為語病，非也。」這就是說蘇州一帶本來就有敲夜半鐘的風俗，當地人稱之為「無常鐘」。他認為歐陽修大概姑蘇來得少，對當地風俗不了解，想當然地提出了「三更不是打鐘時」的質疑。不論怎麼樣，「三更不是打鐘時」的爭論，激發了很多人對《楓橋夜泊》的興趣，也非常有效地擴大了《楓橋夜泊》的名聲。

當然，使這首《楓橋夜泊》在歷史上名聲越來越大的助力，則是民間有關《楓橋夜泊》詩碑的傳奇。現在寒山寺裏最有名的就是晚清俞樾所書的「楓橋夜泊詩碑」。俞樾所寫的這塊詩碑據考已經是歷史上第四塊《楓橋夜泊》詩碑了。當時江蘇巡撫陳夔龍重修寒山寺，有感於滄桑變遷，就請俞樾出手寫這塊《楓橋夜泊》詩碑。俞樾非常喜歡這首《楓橋夜泊》，書寫之前卻有些猶豫。不過俞樾最後還是寫了。之後沒多久，俞樾就溘然長逝。

為什麼俞樾寫之前會有些猶豫呢？因為在民間的傳說中，第一塊《楓橋夜泊》詩碑帶着一個千年的詛咒：誰寫這塊《楓橋夜泊》石碑，誰就會染疾辭世。

唐武宗酷愛張繼的這首《楓橋夜泊》，在他猝死之前，找來京城第一石匠呂天方，精心刻製了一塊《楓橋夜泊》詩碑。刻完之後，他說自己殯天之日要把這塊石碑一同帶走。不久，唐武宗就病死了。這塊詩碑真的就被殉葬

於武宗地宮之中。據說唐武宗臨終時留下遺言，《楓橋夜泊》詩碑只有他可賞析，後人不可與之齊福。據考證，第二塊碑是北宋時翰林院大學士王珪所書。題寫後不久，王珪家中連遭變故，本人也很快暴病而亡。第三塊詩碑是明代文徵明所書，寫成不久，文徵明就身染重疾辭世而去。

就這樣，這個傳說越傳越神的一個結果是，最後竟然成為一種威懾的力量，成為一種智慧的手段，使得我們的先賢得以從日本人手中挽救回俞樾《楓橋夜泊》詩碑這樣重要的文物。在民族生死存亡的歷程中，《楓橋夜泊》詩碑的命運也成為民族不屈的命運抗爭中鮮活的一部分。

我們知道，中古以來日本受中國文化影響非常大。日本學術界公認，他們的思想主要得益於中國的禪宗與心學。在佛教這一塊，對日本影響最大的就是大和尚鑒真六次東渡日本，歷經千難萬險將佛教文化東傳。鑒真東渡的時候，除了經卷之外，還帶了一些大唐詩僧的作品，這其中就有寒山的作品。寒山後來共有三百多首詩流傳到了日本，為日本僧人喜愛、研究，後來在日本流傳甚廣，得到全民的推崇。

日本人本來對寒山與寒山寺就情有獨鍾，等到張繼《楓橋夜泊》詩傳到日本之後，在鑒真文化、寒山文化的影響之下，更是人所盡知、家喻戶曉。後來這首詩的影響甚至超過了同是唐代詩人的李白和杜甫的詩作。日本人痴

迷到什麼地步呢？甚至在東京也仿照蘇州的寒山寺建了一個寒山寺，仿照寒山寺裏俞樾《楓橋夜泊》詩碑，刻了一塊《楓橋夜泊》詩碑。

因為這種痴迷，日軍攻下南京之後，松井石根欣喜若狂，帶着手下來到蘇州的寒山寺，在俞樾的《楓橋夜泊》詩碑面前拍照，並把照片迅速寄給天皇。天皇一見照片分外激動，立刻回覆松井石根想一睹真容。日軍本來就到處瘋狂劫掠，對中華的文物國寶充滿覬覦之心。但寒山寺的《楓橋夜泊》詩碑在他們看來如同聖物，松井石根不敢明目張膽地強取豪奪，只能掩耳盜鈴地設計一個所謂的「天衣行動」。他計劃在大阪召開一次東亞建設博覽會，事先準備一塊假碑進行調包，這樣就能把真碑留在日本。

然而寒山寺的靜如法師一眼看穿了日軍的狼子野心，他知道真碑到了日本之後肯定會被調包，就以其人之道還治其人之身。他請來名滿江南的石刻大師錢榮初，請其刻碑瞞敵。錢榮初一聽，熱血沸騰，當即答應刻碑。錢榮初廢寢忘食，僅用兩天時間就把《楓橋夜泊》詩碑仿刻成功。就在鬥智鬥勇的過程中，錢榮初卻被一個大漢奸盯上了。這個大漢奸，就是曾經出任汪偽政府行政院長的梁鴻志。梁鴻志派人劫下了錢榮初所刻的假碑，把它運到了南京，接下來就要對寒山寺的真碑下手。

在「天衣行動」啟動的前一天，一樁詭異的命案突

然發生了。1939 年 3 月 20 日清晨，名滿天下的石刻大師錢榮初暴亡於寒山寺的山門之外，身上有用鮮血寫成的遺書。松井石根拿到血書，看後頓時面如土色。原來上面用鮮血寫就：「刻碑、褻碑者死！吾忘祖訓，合遭橫事！」

松井石根性本多疑，當時驚出一身冷汗。他為此放下繁雜的軍務，一頭扎進故紙堆，查閱有關《楓橋夜泊》詩碑的歷史文獻。查閱之後，松井石根越看越是心驚，越想越是害怕，就把查出的材料以及擔心電告天皇。日本天皇也真被這個千年詛咒嚇住了，反覆權衡，最後讓松井石根放棄了行動。

回頭來看，錢榮初的死和《楓橋夜泊》詩碑的千年傳說，才是保護國寶過程中最關鍵的一筆。在這個偉大的行動中，除了靜如法師、錢榮初大師，背後其實還有更偉大的犧牲、更決絕的勇氣與智慧。因為那天暴亡於寒山寺外的並不是錢榮初，而是愛國義士錢達飛。

錢達飛與錢榮初長相酷似，都是蘇州錢氏族人。他和錢榮初本是人生知己、刎頸之交，錢榮初和靜如法師刻碑瞞敵之事，他也知曉。當刻碑瞞敵之計失敗時，錢達飛見錢榮初與靜如法師一籌莫展，便力勸錢榮初隱姓埋名去外地避難，他則捨生取義，以此來制止日本人的狼子野心。當錢達飛提出這一想法後，錢榮初不忍錢達飛冒名而死。錢達飛便謊稱自己已身患癆病，願用自己行將就木之軀來

保護國碑，説這樣的死重於泰山。在這場奪碑護碑的生死較量中，靜如法師、錢榮初、錢達飛用無比深厚的愛國之情、無比堅定的愛國之志，以及用自己的血肉之軀，護住了國寶，鑄就了傳奇。這種決絕與無畏、這種智慧與勇氣才是超越詩碑國寶，綿延不絕、永遠傳承的永世珍寶啊。

不論是在得意囂張時，還是在困厄艱難處，都不要忘記有一雙命運之眼、歷史之眼在冷冷地看着你。當然也有可能是在溫暖地看着你，只要你的內心是溫暖的，是充滿着真善美的。而這，也就要説到張繼這首《楓橋夜泊》詩的魅力所在。

這首簡單的七絕，為什麼會有那麼大的魅力？為什麼會讓那麼多人為之痴狂？靜下心來細讀這首詩，可以發現它會帶給我們一種奇妙的感覺。

詩歌的藝術不過就是情與景的藝術。或者借景抒情，或者融情於景。無論怎樣，不過情景交融而已，《楓橋夜泊》也是寫景寫情。但張繼寫得和其他的詩人有什麼不一樣呢？

你看他説「月落烏啼霜滿天」，這是中國詩詞中常用的，也是只有我們的母語文化能夠集中表現的一種意象聚集法。像「枯藤老樹昏鴉」，像「明月別枝驚鵲」，都是幾種具有實詞意義的意象聚集在一起。不需要動詞，不需要虛詞，不需要助詞，就能夠構成一種意蘊豐富的審美

意境。

午夜時分三個有密切關聯的意象，月落、烏啼、霜滿天，當然會產生一種夜涼的感覺。但這只是一種鋪墊，接下來才是關鍵。「江楓漁火對愁眠」。請注意，「江楓」「漁火」和前面的「月落」「烏啼」，是非常對應的。不過「對愁眠」和「霜滿天」就不那麼對應了。所以「江楓」「漁火」和前面的「月落」「烏啼」「霜滿天」一樣，是前面的意象疊加。但一個「對愁眠」，特別關鍵的這個「對」字，這就非常講究了。我們一般翻譯這首詩會說是月亮已經落下，烏鴉啼叫，寒氣滿天，詩人對着江邊的楓樹和漁火憂愁而眠，也就是翻譯成詩人對着這些意象憂愁而眠。

從詩句語言的本意來看，「江楓漁火對愁眠」是指「江楓」和「漁火」，對着那個抱愁而眠的詩人！我們翻譯的時候，當然可以把它理解為倒裝，理解為詩人對着「江楓」和「漁火」含愁而眠。但所謂面對面，既然是相互對應的，為什麼不能說是江楓漁火對着含愁而眠的詩人呢？所謂面對面的愛，你對着它的時候，它也一樣在對着你啊。

請注意「對愁眠」的「對」，「對」的這種感覺很奇妙。如果是自然的這些事、這些意象對着你，你會有一種什麼樣的感覺？什麼叫對着？對着，就是面對着，就是在審視着你，看着你。這樣的自然彷彿是主動的，而不是被

動的。

　　支持這樣一種理解最重要的證據，其實就是下一聯的「姑蘇城外寒山寺，夜半鐘聲到客船」。一旦翻譯成白話文詩味力減，我們只會說姑蘇城外那寂寞清靜的寒山古寺，半夜裏敲鐘的聲音傳到了客船。但這個「到」字一旦解釋為傳到了客船之上，便詩味大減。我們仔細地揣摩一下，「夜半鐘聲到客船」，這個「到」如果是一種主動的「到」，夜半的鐘聲彷彿有靈魂一樣，來到我們的身邊。夜半鐘聲為什麼彷彿有靈魂一樣呢？這便是畫龍點睛之筆。因為它是命運的使者！

　　學術界公認張繼這首《楓橋夜泊》應該寫於「安史之亂」之後，當時北方戰亂，不少文人士大夫紛紛逃往江南，尤其是江浙一帶避亂。這其中也應該包括張繼。張繼是在流落江南的歷程中，寫下這首《楓橋夜泊》的。雖然它意蘊優美，情味雋永，但由此漂泊天涯，於一葉孤舟中抱愁而眠，又怎會沒有命運之歎呢？在這種命運的無奈與無助之中，詩人在客船之上審視那片夜景，而神祕的自然與命運不也在審視他嗎？

　　我常於大地上行走，也常有旅思客愁之眠。面對深夜裏的萬家燈火，面對靜寂的萬類霜天，我常能感覺到不止我在看着它們，它們也在默默而深情地看着我。這時若有一種溫暖的聲音，哪怕不再是寒山寺的鐘聲，哪怕只是

一段音樂，一段聲音，循着寂靜的夜色而來，傳入耳中便滲透進靈魂的世界。那種感覺，便如張繼的這首《楓橋夜泊》所描寫的感覺一樣，既一言難盡，而又無處不在。

萬頃波中得自由

　　前面我們講了張繼的名作《楓橋夜泊》。中唐之際，還有一首可以和張繼的《楓橋夜泊》相媲美的千古名作，那就是張志和的《漁歌子·西塞山前白鷺飛》。

　　之所以這麼說，一是兩位張姓詩人都生活在中唐；另一個更重要的原因則是在唐詩向外流傳，尤其是向日本流傳的過程中，除了白居易的《琵琶行》《長恨歌》，影響最大的就是張繼的《楓橋夜泊》和張志和的《漁歌子》了。詞云：

張志和｜《漁歌子·西塞山前白鷺飛》

西塞山前白鷺飛，桃花流水鱖魚肥。
青箬笠，綠蓑衣，斜風細雨不須歸。

對於這首名作，我聽過現代人尤其年輕人彈吉他的演繹，別有一番味道。當時我也忍不住吟而誦之，和而歌之。

　　回頭想想，當我聽到年輕人用吉他彈奏時，感受到的是現代流行歌曲的輕快流暢。但是，說到這首《漁歌子》，儘管它看上去用語極其淺白，意境也無比輕快流暢，甚至瀟灑俊逸，可要細細推究起來，其中仍有一種生命中不能忽視之輕啊。

　　張志和的《漁歌子》和張繼的《楓橋夜泊》，可謂是並駕齊驅的兩大名作，不僅在當時的唐朝名聞天下、傳誦天下，在日本也廣受歡迎。日本的嵯峨天皇以及許多官員紛紛仿寫，幾乎到了痴狂的地步。再到後來，在日本的教科書中，張繼的《楓橋夜泊》與張志和的《漁歌子》作為唐詩的代表都被選入。

　　這樣可能有人會質疑說，這首《漁歌子》明明是首詞，不是詩啊。

　　確實不錯，而且「漁歌子」這個詞牌名就是從張志和的這首《漁歌子》來的。但它一開始，其實並不叫《漁歌子》，而是叫作《漁夫》。而且這是五首連作的一組詞，甚至張志和還另有一首七律《漁夫》，可以和這五首後來被稱為《漁歌子》的《漁夫》相互對照着看。「漁夫」最早也是唐代的教坊曲，是一個曲名，「漁歌子」的「子」

就是曲牌的小令，就和「破陣子」的「子」一樣。但張志和依曲填詞，又另外作有七律的《漁夫》詩，可見在他的心中詩與詞並沒有多少分別，只是興之所至，依韻而歌。這，也正是詩詞創作的極高境界了。

張志和的這五首《漁歌子》，第一首是我們特別熟悉的「西塞山前白鷺飛」。第二首曰：「釣台漁父褐為裘，兩兩三三舴艋舟。能縱棹，慣乘流，長江白浪不曾憂。」第三首曰：「雪溪灣裏釣漁翁，舴艋為家西復東。江上雪，浦邊風，笑着荷衣不歎窮。」第四首曰：「松江蟹舍主人歡，菰飯蓴羹亦共餐。楓葉落，荻花乾，醉宿漁舟不覺寒。」第五首曰：「青草湖中月正圓，巴陵漁父棹歌連。釣車子，橛頭船，樂在風波不用仙。」後來，這一組五首的《漁歌子》傳入日本，嵯峨天皇太喜歡了，他依葫蘆畫瓢地連續摹寫了五首。其一曰：「江水渡頭柳亂絲，漁翁上船煙景遲。乘春興，無厭時，求魚不得帶風吹。」第二首曰：「漁人不記歲月流，淹泊沿洄老棹舟。心自效，常狎鷗，桃花春水帶浪遊。」第三首曰：「青春林下度江橋，湖水翩翩入雲霄。煙波客，釣舟遙，往來無定帶落潮。」第四首曰：「溪邊垂釣奈樂何，世上無家水宿多。閒釣醉，獨棹歌，洪蕩飄飄帶滄波。」第五首曰：「寒江春曉片雲晴，兩岸花飛夜更明。鱸魚膾，蓴菜羹，餐罷酣歌帶月行。」說實話，也都寫得非常不錯，而且嵯峨天皇的這

五首《漁歌子》開創了日本填詞的歷史，可謂是中日文化交流史上的一段佳話。

不僅是日本，當時中國的各階層人士對張志和的這組《漁歌子》都非常喜歡，非常推崇，尤其是士大夫們，一時間仿寫者、摹寫者眾多。從元、白一直到宋代的蘇東坡、黃庭堅，不少都學習張志和《漁歌子》的創作。當然，這一組詞裏還包括那一首七律《漁夫》詩，最有名、最成功、最傑出的還是第一首。

那麼，這首《漁歌子》到底好在哪兒？為什麼在當時就引起那麼大的反響呢？

首先看「西塞山前白鷺飛」。這個西塞山到底在哪兒現在還有爭議，就像杜牧《清明》的杏花村一樣。有的註釋說，西塞山在今浙江省湖州市西面，這說的是湖州的西塞山。當時中唐大書法家、一代名臣顏真卿到湖州任刺史。他與張志和是好朋友，經常邀請張志和參加文人士大夫的雅集。顏真卿後來還寫了《浪跡先生玄真子張志和碑銘》，是研究張志和非常重要的第一手材料。而南唐溧水縣令沈汾的《續仙傳·玄真子》記載：「真卿為湖州刺史，與門客會飲，乃唱和為漁夫詞。其首唱即志和之詞，曰：『西塞山前白鷺飛，桃花流水鱖魚肥。青箬笠，綠蓑衣，斜風細雨不須歸。』真卿與陸鴻漸、徐士衡、李成矩共和二十餘首，遞相誇賞。而志和命丹青剪素，寫景夾詞。須

臾五本，花木禽魚，山水景像，奇絕蹤跡，今古無倫。而真卿與諸客傳玩，歎服不已。」這就寫到了張志和創作《漁歌子》的景象，後來晚唐名相李德裕對此也有所記載。

通過沈汾的記載，我們可以看到當時除了顏真卿、張志和，還有一代「茶聖」陸羽。顏真卿是大書法家，所謂「顏筋柳骨」，是「楷書四大家」之一。張志和不但精於詩文，而且書畫雙絕。受顏真卿之邀，張志和當眾表演了他神乎其技的書畫才藝。他面對着素娟，酒酣之餘邊擊鼓吹笛助興，邊揮筆作畫。有時閉眼畫，有時反手揮筆來畫，隨性揮灑，但下筆卻有如神助、妙絕天成，而且速度之快，更是令人驚歎。轉眼之間，山水雲石皆現於白絹之上。這時圍觀的人越來越多，以致形成一道密不透風的人牆。顏真卿也記載說，眾人紛紛驚歎於張志和的絕藝。根據這樣的創作背景，後世不少人認為西塞山就是湖州的西塞山。

但另一派觀點認為五首《漁歌子》，其實分別寫了五個地方：第二首「釣台」用了嚴子陵的典故，是寫浙江富春江畔；第三首是寫浙江雪溪，也就是吳興；而第四首「松江」，則是蘇州，所以《楓橋夜泊》最初的詩名就叫《夜泊松江》。第五首的「青草湖」和「巴陵」，就在湖南岳陽；而第一首的「西塞山」應該在今天湖北黃石市。細考唐詩中出現的「西塞山」，大多是指湖北黃石的西塞

山。歷史上首次明確提出西塞山在湖州的，是南宋初年為蘇軾詩作註的趙次公。他說西塞山「乃湖州磁湖鎮道士磯也」，這一說法被洪邁所採用，後來就成為一個非常有名的說法。

當然，不論這個西塞山到底在哪裏，西塞山前的白鷺卻是瀟灑飄逸，自由地翱翔着，根本不在乎人世間的紛爭。江水之中，肥美的鱖魚歡快地暢遊，漂浮在江上的桃花是那樣鮮艷而飽滿。這裏的「桃花流水」，就是桃花水了。每年南方二、三月間，桃花盛開，天氣趨暖，雨水也一下子多起來，下兩場春雨河水就會上漲，魚兒也多，生機一片。所以一句「桃花流水鱖魚肥」，講春汛到來，就能使人展開想像，似乎看見兩岸盛開的桃花，看見躍出水面的鱖魚，看見自在翱翔的白鷺。而可這一切自在與歡快，其實都是為了襯托那個老漁翁啊。

「青箬笠，綠蓑衣。」箬笠，就是用竹片和青色的箬竹葉編成的斗笠。因為竹葉是不滲雨、不滲水的，還可以遮蔽陽光，阻擋紫外線，所以箬笠就是古人特別重要的一個用具，雨天防雨，夏天遮陽。而蓑衣呢，就是用植物的莖葉或皮織成的雨衣，往往以龍鬚草為原料，是綠色的。當然青與綠兩種顏色，與山巖白鷺、桃花流水，還有黃褐色的鱖魚組合起來，色彩無比鮮明、無比暢快。這首詞的精神旨歸，也就隨之而出，那就是「斜風細雨不須歸」啊。

自陶淵明「歸去來兮」之後，詩人喜吟「不如歸去」。而在這種自然的生機裏，張志和卻說「斜風細雨不須歸」，其高雅、沖淡、悠遠、脫俗的意趣呼之欲出。此句一出，立刻成為千古名言。連在《定風波》裏說「歸去，也無風雨也無晴」的東坡居士也甚為拜服。

後來蘇東坡因為太愛這一句，太愛這一首《漁歌子》，專門作了一首《浣溪沙》，幾乎就是改寫了張志和的《漁歌子》。詞云：「西塞山前白鷺飛，散花洲外片帆微。桃花流水鱖魚肥。自蔽一身青箬笠，相隨到處綠蓑衣。斜風細雨不須歸。」蘇東坡這樣仿寫、這樣改寫，實在是因為他太喜歡了。不只是他，「蘇門四學士」之首的黃庭堅也學着這樣做。而蘇東坡則和黃庭堅互相打趣，成就詩壇一段佳話。

張志和的《漁歌子》之所以追摹、崇拜者如此之多，一方面是因為張志和的創作確實別開生面，別具生機與情趣，在中國詩歌史上有不可取代的地位。但另一方面，也和當時的士大夫以及後來的文人對張志和本人的推崇有關。

張志和，其實本名並不叫張志和，而叫張龜齡。他的哥哥，叫張鶴齡。張志和年少時跟隨父親在翰林院遊玩，面對翰林院學士對答如流，一時傳為佳話。據說唐玄宗聽說之後，親自出題考他，張志和依然面不改色，玄宗

也覺得這孩子非同一般。後來，張志和又遍覽道經，在道術方面別有所長，被太子李亨所賞識，成為特別要好的朋友。太學結業之後，當時的太子李亨，也就是後來的肅宗皇帝，專門給他改了個名字叫張志和，取字子同。張志和明經及第之後，於東宮任職。後來又到地方做官，鋤奸滅盜，功績顯著，當時被稱為「神張」。

天寶十四載（755），「安史之亂」突然爆發，生生截斷了盛唐的氣脈。天寶十五載（756），唐玄宗奔蜀，太子李亨到靈武繼位，也就是唐肅宗。張志和緊隨李亨，在後來平定「安史之亂」的過程中獻計獻策，可謂立下汗馬功勞，不過二十多歲，就被封為左金吾衛錄事參軍。正當年輕的張志和一時風光之際，命運的轉折突如其來。

這一年，張志和突然「坐事貶南浦尉」。除了突遭貶官的霉運，緊接着，這一年他的父親又去世了，第二年母親又去世了。不過，肅宗雖然貶了張志和的官，但為了體現舊日情分，還分別贈了男女奴婢各一，又加贈張志和母親封號，希望他守孝期滿之後再回朝廷效力。

而張志和經此人生跌宕轉折，從頂峰跌入深谷，卻一下子豁然開朗大徹大悟。從此自號「煙波釣徒」，遠離官場。此後，他又結識了在苕溪隱居的「茶聖」陸羽，以及在湖州杼山隱居的詩僧皎然。受他們的影響，他開始撰寫《玄真子》。廣德二年（764），《玄真子》寫完之後，他就

把自己的號改為了「玄真子」。他的哥哥張鶴齡恐其「浪跡不還」，甚至在會稽東郭買地結舍，並作《漁父詞》召其還家。於是張志和歸隱會稽，為肅宗賜予他的奴婢分別取名男的叫漁童，女的叫樵青，並讓他們配為夫妻。後人皆以漁童、樵青為一段佳話，如元代喬吉的《滿庭芳·漁父詞》曰「樵青拍手漁童笑，回首金焦」。

大曆九年（774），張志和赴湖州訪顏真卿。在文人雅集上，張志和作畫、題詩，揮筆力就，又跳秦王破陣舞，真是滿座皆驚。顏真卿看到張志和所坐的舴艋舟又破又舊，甚至要為他買一艘新船。此次張志和告別顏真卿、陸羽等人之後，便不知所蹤，既沒有回會稽，也再無音訊。野史記載，說他於水中飛天而去，有學者推測他可能是溺水而亡。當然，也有人認為此次雅集之後，張志和徹底擺脫塵俗的束縛，逍遙於天地之間。世人不再知其蹤跡，世間只留有他的傳說。

為什麼張志和會有那麼大的人生轉折？少年奮進，發奮立志，「安史之亂」中書生意氣、揮斥方遒，為什麼一經仕途的波折與打擊，就徹底轉為一代道隱的標誌與象徵？

細細分析，我認為瀟灑出世的張志和之所以成為當時士大夫追捧、崇拜的偶像，和整個盛唐到中唐時代風貌的轉變以及世人的心態息息相關。

張志和一直學道，承家學淵源。他的舅舅是中唐宰相李泌。李泌可謂是張九齡之後宰相中才能極高者，歷經玄、肅、代、德四朝，對中唐政局的穩定貢獻至偉。唐肅宗之所以和張志和關係那麼好，就因為李泌曾經是他的老師。肅宗即位之後，李泌、張志和得到重用，而宰相李輔國卻將鬥爭的矛頭直指李泌。在這一過程中，張志和極有可能成了政治鬥爭的犧牲品。

　　年輕的張志和一則家學淵源、才學負笈。二則天資聰穎、目光如炬。最難得的是經此人生突變之後，年紀輕輕即看透了官場的本質，看透了盛唐到中唐轉折的必然。所謂「青山遮不住，畢竟東流去」。在這種歷史轉折的關口，很多人猶猶豫豫，而年輕的張志和卻做出了一個決絕的選擇，從此告別仕途，告別官場，告別政治，在蒼茫的亂世之中徹底還自己生命與靈魂的自由。

　　正是因為他的這種選擇夠決絕、夠徹底，故而他能「斜風細雨不須歸」，他能「萬頃波中得自由」。而那些被時代裏挾在歷史夾縫中求生存的士大夫們，看到這樣的張志和，聽到那樣的《漁歌子》，又怎能不羨慕，不追摹？不僅文人士子，連後來的憲宗皇帝，甚至再往後來的「千古詞帝」李後主李煜，都極羨慕張志和《漁歌子》的境界。李煜在未登基之前，便以張志和為偶像，也仿作《漁歌子》：「一棹春風一葉舟，一綸繭縷一輕鉤。花滿渚，酒

滿甌，萬頃波中得自由。」

　　可是羨慕歸羨慕，崇拜歸崇拜，又有多少人真的能夠「萬頃波中得自由」呢？當歲月回到那個盛世不再的時代，士大夫們不是不知道唯有山水可寄情懷，但真正知道並做到的，只有「斜風細雨不須歸」的張志和罷了。

假如愛有天意

　　「詩豪」劉禹錫雖然是千古公認的向民歌學習而創作《竹枝詞》，並使之具有人格精神的開創者，但最早寫作《竹枝詞》的卻是中唐的大詩人顧況。

　　顧況在詩歌理論上，主張「詩言志」，主張詩文載道，強調詩歌的思想內容，尤其注重教化。所以，他為人雖風趣，寫詩卻很少言情。這樣的顧況，又為什麼會有一首為上陽宮女寫的情詩呢？

　　這首詩就是他的《葉上題詩從苑中流出》。詩云：

花落深宮鶯亦悲，上陽宮女斷腸時。
君恩不閉東流水，葉上題詩寄與誰？

顧況一生官位並不是很高，但當時年輕的白居易進京考進士，還是首先要去拜見顧況。唐人的筆記《幽閒鼓吹》就記載說：「況睹姓名，熟視白公曰：『米價方貴，居亦弗易。』乃披卷，首篇曰：『離離原上草，一歲一枯榮。野火燒不盡，春風吹又生。』卻嗟賞曰：『道得個語，居即易矣。』因為之延譽，聲名大振。」這是顧況拿白居易的姓名開玩笑，可是讀到白居易「離離原上草，一歲一枯榮。離火燒不盡，春風吹又生」，不由得讚歎說：能寫出這樣的詩來，京城米價再貴、房價再貴，但有這樣的才華，什麼都不是難事了！因為有了顧況的推許，年輕的白居易聲名大振。

從這件事便可以看出來，顧況是非常有意思的一個人，更有意思的是，他寫的情詩並不多，他的詩論也不主張「詩言情」。但我們今天要來賞讀的卻是一首他的情詩，而且這首情詩和中國文化史、中國愛情史上一種重要的現象有着緊密的關係。

其實啊，這就是生活的魅力。從詩題上我們可以看出，它的題目叫《葉上題詩從苑中流出》，是一種典型的記事詩題，看來所寫的是自己的親身遭遇。那麼，他到底寫的是一種怎樣的遭遇呢？

幸好孟棨的《本事詩》把這段奇事完整地記錄下來：「顧況在洛，乘間與三詩友遊於苑中，坐流水上，得大梧

葉，題詩上曰：『一入深宮裏，年年不見春。聊題一片葉，寄與有情人。』況明日於上游，亦題葉上，放於波中，詩曰：『花落深宮鶯亦悲，上陽宮女斷腸時。帝城不禁東流水，葉上題詩欲寄誰？』後十餘日，有人於苑中尋春，又於葉上得詩，以示況，詩曰：『一葉題詩出禁城，誰人酬和獨含情？自嗟不及波中葉，盪漾乘春取次行。』」

通過這段記載，我們可以看到顧況這首詩，《本事詩》中記載的第三句，和《顧況集》中記載的第三句略有不同。《本事詩》中作「帝城不禁東流水」，而《顧況集》中作「君恩不閉東流水」。雖略有不同，詩意上並沒有本質的差別。

這說的是一件什麼事兒呢？是說顧況年輕的時候，有一次在洛陽跟幾位詩友到宮苑外遊春，在宮牆外下池村的御溝中，看到水中漂浮着一片大梧桐葉，而葉子上彷彿還有字跡。顧況就到水邊把這片葉子撈起來，發現果然寫着一首小詩。詩云：「一入深宮裏，年年不見春。聊題一片葉，寄與有情人。」顧況看到這片梧桐葉以及題詩，感慨萬千，第二天就來到宮牆外的御溝上遊，把一片同樣寫着一首詩的梧桐葉放入水中，而這片梧桐葉上所寫的詩就是這首《葉上題詩從苑中流出》。

詩云「花落深宮鶯亦悲」，這是以花喻人。所謂深宮深鎖，鎖着多少青春生命。所以張祜有《宮詞》曰：「故

國三千里，深宮二十年。一聲何滿子，雙淚落君前。」而後來的元稹既有長篇巨製《連昌宮詞》，又有和張祜一樣的五言絕句《行宮》，詩云：「寥落古行宮，宮花寂寞紅。白頭宮女在，閒坐說玄宗。」那年輕的生命，便如那寥落寂寞的宮花，從縷縷青絲到最後的白頭，那些被深鎖的年輕生命，在無可奈何的命運中，被時間、被歲月荒蕪，終至凋零，這是人世間多麼可悲的事！

因此顧況第二句說，「上陽宮女斷腸時」。上陽宮是唐高宗李治遷都東都洛陽時修建的。上元年間，唐高宗在這個地方處理朝政。後來，武則天被唐中宗逼迫退位之後，就一直居住在上陽宮中。唐玄宗也經常在上陽宮處理朝政和舉行宴會。上陽宮南鄰洛水，其實洛水也穿宮而過，御溝就這樣穿上陽宮而過。王建曾有詩說：「上陽花木不曾秋，洛水穿宮處處流。畫閣紅樓宮女笑，玉簫金管路人愁。」這裏顧況所說的「上陽宮女斷腸時」，絕對是實寫其情。

接下來兩句就是實寫其事了。「君恩不閉東流水，葉上題詩寄與誰？」可是再深的深宮，也鎖不住青春的嚮往，也鎖不住東流之水，也鎖不住那水中的葉、葉上的詩。可是寫下這葉上題詩的你，你的詩、你的情，又是要向誰傾訴呢？顧況所云還是比較含蓄的，但是他的同情之意、慈悲之心，在詩中若隱若現。他以為他能撿到那水中

的葉上題詩，已是非常僥倖。他按捺不住心中的激動，回了這樣一首詩，重新放入御溝的上游，讓它流入宮中。其實本來並不抱希望，只是循着心中的情感，本能地去這麼做。哪知道，世間無奇不有。十多天後，有人在東苑遊春的時候，又在水中撿到一紅葉題詩，知道顧況有前此所作，立刻帶回來交給顧況。這片紅葉上的題詩竟然就是回覆給顧況的，詩云：「一葉題詩出禁城，誰人酬和獨含情？自嗟不及波中葉，蕩漾乘春取次行。」這是慨歎自己的命運不如那水中飄零的梧桐葉，尚能乘着春景，來到有緣人的手中。那種對命運的希望、那種對情感的歸依，其實已呼之欲出。

《本事詩》並沒有交代最後的結果，但民間傳說卻並不希望這樣美好的緣分沒有結果。相傳「安史之亂」爆發後，顧況在亂世流離中終於找到了那位與他傳詩的宮女，幫她逃出了上陽宮，二人最終結為連理。而「紅葉傳情」也作為愛情的象徵被廣為傳頌。

對於這樣的紅葉傳情，今人會覺得匪夷所思，但其實命運的奇妙有時無所不在。《本事詩》認真地記載這些事，並不只是當作傳說、傳奇。根據唐人的習慣，他們是很認真地把它當作真事來記載下來。對於這樣奇特的緣分，《本事詩》在顧況「紅葉題詩」的前面，還記載了一件與此類似的「衣上題詩」的愛情。

「開元中，頒賜邊軍纊衣，製於宮中。有兵士於短袍中得詩曰：『沙場征戍客，寒苦若為眠。戰袍經手作，知落阿誰邊？蓄意多添線，含情更着綿。今生已過也，重結後身緣。』兵士以詩白於帥，帥進之。玄宗命以詩遍示六宮曰：『有作者勿隱，吾不罪汝。』有一宮人自言萬死。玄宗深憫之，遂以嫁得詩人，仍謂之曰：『我與汝結今身緣。』邊人皆感泣。」這段記載是說開元年間，當時要賜給邊軍冬衣，因為人手不夠，要讓宮中的女子幫助縫製。冬衣寄到邊疆，一個士兵從分到的短袍中看到了一首詩。這個士兵讀罷衣上之詩，感動莫名，告知於元帥，元帥也為此感動，更向玄宗彙報。唐玄宗李隆基也是一個多情、深情之人。他以此詩遍示六宮，詢問是誰寫了這首詩，並講明絕不加以怪罪。這時候就有一宮女承認這首詩是她所作。玄宗「深憫之」，然後就下旨把她嫁給那個士兵，二人終結良緣。這樣的「衣上題詩」「紅葉題詩」，讀之真讓人感慨萬千。

我一直相信，最好的愛情冥冥中自有天注定。像顧況的「紅葉題詩」，在歷史上其實發生過很多次，而且都有明確的文獻記載。

晚唐時，又有一件「紅葉傳情」的故事。唐僖宗時有個落榜考生，叫于佑。于佑當時心情沮喪，某日於東苑御溝之側，見水中漂浮一片紅葉，紅葉之上隱約有墨跡。

撈起來一看，紅葉上果然有詩。詩曰：「流水何太急，深宮盡日閒。殷勤謝紅葉，好去到人間。」于佑讀此葉上題詩，大為感動。他不像顧況那麼含蓄，便直接題了一首心意之作，寫在紅葉之上，到御溝上遊放入水中。他寫的是：「曾聞葉上題紅怨，葉上題詩寄阿誰？流水無情何太急，紅葉有意兩心知。」

寫完之後，他也渴望能像顧況那樣收到紅葉題詩的回覆，可是他沒有顧況那麼幸運，再也沒有等到過御溝中流出的紅葉題詩。於是，心懷落寞、一腔愁緒的于佑，懷揣着早先的那片紅葉，永遠告別了科舉的考場。

後來為了謀生，于佑到河中府貴人韓詠家去當家庭教師，也兼文字祕書。命運就是那麼神奇。時逢天下大旱，皇帝遣散宮女三千，以顯其施政的仁厚。其中有一個宮女叫韓翠萍，被遣散後無家可歸，被同族的韓詠收留。

一天，韓詠突發奇想就給于佑做媒，于佑也爽快答應了。成親之後，韓翠萍偶然在于佑的書箱裏，見到了那片夾在書中的紅葉，不由得大吃一驚，說：「這是我所作的詩句，這是我親手放在御溝中的紅葉，相公是怎麼得到的？」于佑就把撿到紅葉的始末告訴了韓翠萍。

韓翠萍聽後熱淚盈眶，從自己貼身的錦囊中拿出一片紅葉，說：「真是千巧萬巧，我後來也從御溝中撿到一枚紅葉，不知道是什麼人所作。」于佑一看，正是自己當年

寫的那片紅葉。當時夫妻倆熱淚盈眶，真是只覺一切皆有天定。

一枚小小的紅葉，因替世人傳情，獲得了極為獨特的文化價值。自唐以後，用紅葉或紅葉題詩來表達愛意，幾乎成了東方獨有的文化現象。

二十世紀初，香山腳下，與張愛玲、蕭紅、廬隱一起合稱為民國「四大才女」的石評梅，就收到了高君宇的一片紅葉。紅葉上寫着兩行字：「滿山秋色關不住，一片紅葉寄相思。」

收到紅葉的石評梅心潮起伏，久久不能平靜。她很喜歡高君宇，但高君宇在鄉下有一個包辦婚姻的妻子，她自己也有一段痛苦的感情經歷。因此石評梅表示，寧願犧牲個人的幸福，也不願侵犯別人的幸福。

高君宇的紅葉傳情，遭到了石評梅的拒絕。她在紅葉的背面寫了一句現代詩，「枯萎的花籃，不敢承受這鮮紅的葉兒」。不久，高君宇勞累過度，病逝京華，葬在了陶然亭。石評梅整理他的遺物時，又看到了那片紅葉。紅葉依然，卻已物是人非，只有那份曾經的感情還依然鮮艷、熾烈。

石評梅悲痛欲絕、心如刀割，懷揣那片紅葉，親筆在高君宇的墓碑上寫下了一句話：「君宇，我無力挽住你迅忽如彗星之生命，我只有把剩下的淚流到你的墳頭，直到

我不能來看你的時候。」不久之後，石評梅也去世了，和高君宇一起葬在了陶然亭。

雖然他們沒能像于佑和韓翠萍，像顧況和宮女那樣結為連理，但因為那鮮艷的紅葉，他們的命運同樣也緊緊地連在了一起，這不就是生命的奇跡、愛情的奇跡嗎？

所以，假如愛有天意，不可不信緣！

才子冠冕　好詩佳釀

　　自盛唐進入中唐之後，唐詩中的盛唐氣象不再。
但是，中唐詩人大多出生於或早年生活在開元天寶之
際，他們的內心即便有落寞，有不可抑制的江河日下
之感，字裏行間有時還是會自然流出屬於盛唐的剛健
氣魄來。

　　下面，我們就來講一首中唐時期邊塞詩中的傑作
——盧綸的《和張僕射塞下曲》（其二），這是一首膾
炙人口的塞下曲。詩云：

盧綸
——
《和張僕射塞下曲》（其二）

林暗草驚風，將軍夜引弓。
平明尋白羽，沒在石棱中。

這是盧綸《和張僕射塞下曲》組詩中的第二首，這組詩總共有六首。詩題中的張僕射，一說是貞元時期名臣、徐泗濠節度使張建封，權重一時。貞元十三年（797）冬，張建封入朝覲見，到了貞元十四年（798）的春天還鎮，連德宗皇帝都親自賜詩送之，朝中的士大夫也紛紛作詩為禮。《和張僕射塞下曲》也應該作於這個時候。這是一組五絕，寫了將軍出戰的整個過程，精彩之至，被公認為當時和詩之翹楚。

　　第一首：「鷲翎金僕姑，燕尾繡蝥弧。獨立揚新令，千營共一呼。」這說的是什麼？是說軍中發令。第二首：「林暗草驚風，將軍夜引弓。平明尋白羽，沒在石棱中。」說的是射虎，說的是將軍的功夫。第三首：「月黑雁飛高，單于夜遁逃。欲將輕騎逐，大雪滿弓刀。」這是逐敵，擊潰敵人之後的追逐。第四首：「野幕敞瓊筵，羌戎賀勞旋。醉和金甲舞，雷鼓動山川。」這寫的是齊唱凱歌還。第五首：「調箭又呼鷹，俱聞出世能。奔狐將迸雉，掃盡古丘陵。」這是將軍戰罷歸來，奏凱之後的出獵。第六首：「亭亭七葉貴，蕩蕩一隅清。他日題麟閣，唯應獨不名。」最後講慶功、講志向，即要建立彪炳史冊的功績。

　　在這組詩裏，世所公認第二首、第三首最好，事實上也是最有名的，傳誦最廣、最久遠的力作。那麼，它們到底好在哪兒呢？

我們來看，第二首寫的是什麼？寫的是將軍射虎的本領。而第三首寫的又是什麼？寫的是作戰，而且是擊潰單于之後趁夜逐敵的場景。第三首很像一個電影畫面。「月黑雁飛高，單于夜遁逃。」月亮被雲遮蔽，一片漆黑，宿雁驚起。戰鬥已分了勝負，這時候匈奴的單于開始趁夜奔逃。「欲將輕騎逐，大雪滿弓刀。」逐敵之際，正準備出發的時候，大雪紛紛揚揚，弓刀之上剎那間落滿了雪花。試想，那緊繃的弓、鋥亮的刀，上面落着雪花，那種剛與柔的美感、那種動與靜的力度真是動人心弦啊！

　　可是，第三首相比較第二首而言，它就是一個場景，這場景裏有「大雪滿弓刀」的傳神細節。但第二首呢，除了和第三首一樣有精彩的場景，還有巧妙的構思，而且這構思可以説是極巧妙。

　　「林暗草驚風」，一個「驚」字用得太漂亮了。在昏暗的樹林裏，草突然被風吹得搖擺不定、沙沙作響。「驚」字一用，立刻就為將軍的警醒埋下了伏筆。緊接着，出於一種本能，「將軍夜引弓」。在昏暗的場景中，一般人難以看清楚周圍的事物，但是一個作戰素質極高的高手會怎麼樣？他有時候是不需要用眼睛去看的，他需要的是一種本能，一種高手的本能，使他對周遭的環境有種超於旁人的警覺，所以他本能地「夜引弓」。一個「草驚風」的「驚」字，突出顯示了將軍的警覺性與高超的作戰素質。「引弓」

之後怎麼樣呢？該射出去了吧。哎，妙的就是這個場景到此戛然而止。在這個深夜林中，將軍高超的作戰素質使他本能地做出了引弓發射的動作，但只有這個動作。這個動作之後，就到了第二天早晨。

「平明尋白羽」，第二天早晨來搜尋獵物，才發現白色羽毛的羽箭居然「沒在石棱中」。原來昨天晚上那個使將軍產生本能警覺的，根本不是什麼林中的猛虎，只是林間的一塊大礅石而已。而昨夜射出的箭居然「沒在石棱中」。石棱，就是石頭的凸起部分，箭頭要鑽進石棱之中，可以想見這一箭的力量何其之大！這個「平明尋白羽」的結果——早晨看到的結果，和昨晚「林暗草驚風，將軍夜引弓」的場景直接組合在一起，看似時間上有脫節，但效果卻何其精彩！當然，這樣巧妙的構思並非盧綸的原創，因為這樣令人叫絕的表現本身就來自生活。

《史記・李將軍列傳》記載：「廣出獵，見草中石，以為虎而射之，中石沒鏃，視之石也。因復更射之，終不能復入石矣。」這就是說，李廣擅獵，在任右北平太守的時候，有一次出來打獵——大概就是「林暗草驚風」這樣的場景——視線不好，見草裏有塊石頭，以為是一頭猛虎趴在那裏，李廣引弓射之，結果一箭射中這塊石頭。一般的羽箭射中石頭，肯定是崩飛了，但李廣這一箭居然「中石沒鏃」，把箭頭整個都射進石頭裏。走近一看，才發現原

來是石頭。李廣也很感慨，覺得這一箭射進石頭裏真是難以想像，打算再射兩箭試試看。等他知道了這是石頭，再怎麼樣都射不進去了。

這其實講了心理學上一個特別重要的定律，就是當你全身心投入一件事情的時候，能夠開發出身體極大的潛能。王國維先生曾經論人生境界，所謂「入乎其內」，就是一種全身心的投入。因為在這種狀態下，會把所有的潛能、智慧開發到極致。我一直認為所謂智商的差別，不是根本性、本質性的。據腦神經科學家研究，愛因斯坦也好，牛頓也好，這些人類的傑出者不過就是開發了大腦潛能的百分之十幾，而一般人只開發了大腦潛能的百分之幾。不僅僅是大腦，人體本身就是一個巨大的寶藏。如何開發身體的潛能，實在是人生的一種大智慧。

李廣射石的典故，被盧綸精彩地轉化到了《塞下曲》中，使得這首五絕在整組詩中脫穎而出。說到脫穎而出，就要說到盧綸之為「大曆十才子之冠冕」的這種脫穎而出了。

盧綸的一生，可謂是跌宕起伏。他也是范陽盧氏的後人，但到他出生的時候，他那一支已經衰落不堪。盧綸出生前不久，張九齡被罷相，李林甫專權，開元盛世的帷幕漸漸落下。盧綸幼年喪父，寄託於外祖父家。可他少有志向，發憤苦讀，不僅從小就才學卓異，而且身姿秀偉，為

時人所重。

無奈的是，時代的命運時刻影響着每一個個體的命運。「安史之亂」爆發後，盧綸顛沛流離，遠跡他鄉。《舊唐書》說他：「天寶末舉進士，遇亂不第，奉親避地於鄱陽。」就是說他在天寶末年的時候，本來還幸運考中進士，「安史之亂」突然爆發，進士也等於白考了。盧綸只能帶着母親流落江湖，最後避亂於鄱陽。「安史之亂」平定之後，盧綸一心北歸。回來之後再次參加科舉考試，卻怎麼考也考不上了。盧綸應試一再失利，終其一生，還是止步於進士門外。

不過，盧綸雖然考運不佳，他一生中幾個重要的貴人卻相繼出現。一開始，宰相元載「取綸文以進，補閿鄉尉」；後來，另一位宰相王縉也非常賞識他，奏為集賢學士、祕書省校書郎。這個王縉就是王維的親弟弟。可是好景不長，到了大曆十二年（777），元載、王縉被論罪，盧綸受到牽連，他自己說「因逢駭浪飄，幾落無辜刑」，就是差一點因此而入獄。

劫後餘生的盧綸於貞元十三年（797）重入長安，這一次以文會友，交遊日廣。《新唐書》裏說，他與吉中孚、韓翃、錢起、司空曙、李端等人總共十個人，「皆能詩，齊名，號大曆十才子」。當時他們這個文學小團體「文詠唱和，馳名都下」。

唐代宗的女兒昇平公主與郭子儀之子郭曖附庸風雅，「大曆十才子」往往就是他們的門下之客。而盧綸和李端，就是這十個人裏年齡較小卻極為突出的。尤其是盧綸，清代的大詩人王士禎稱之為「大曆十才子之冠冕」，認為他是這十個人當中水平最高的。

　　後逢「朱泚之亂」，叛軍攻入長安，郭曖自身難保，這些門下客也只能作鳥獸散。這時，盧綸遇到郭子儀當年的部將渾瑊。渾瑊平朱泚之亂，居功至偉，後來又任朔方行營副元帥，平李懷光之亂，平定河中，被封咸寧郡王，出鎮河中。

　　渾瑊這個武將出身的節度使，特別欣賞盧綸，把盧綸招入幕府之中。盧綸在渾瑊河中幕下長達十年之久，在這一時期裏他寫了大量的軍旅詩，這組《塞下曲》可謂是其中的翹楚之作。

　　第三首有一個非常有趣的小故事。大數學家華羅庚也非常喜歡盧綸的詩，但他讀這組《塞下曲》的時候，用科學家特有的敏感和嚴密的邏輯思維，發現「月黑雁飛高，單于夜遁逃」這聯有問題。他還寫了一首小詩來質疑：「北方大雪時，羣雁早南歸。月黑天高處，怎得見雁飛？」這個問題提得很有意思，「大雪滿弓刀」的季節，作為候鳥的大雁早已飛到南方了，在那麼漆黑的夜晚，怎麼能看到「雁飛高」呢？

華羅庚問得有意思，但他沒有考慮很多特殊的情況。「雁飛」和「大雪」不是絕對不可以放在一起的。神州幅員遼闊，邊塞地域廣闊、氣候惡劣。岑參的《白雪歌送武判官歸京》說「北風捲地白草折，胡天八月即飛雪」，李白也說「五月天山雪，無花只有寒」，而詩人劉駕的《出塞》詩更說「胡風不開花，四氣多作雪」，也就是說以邊塞而論，有些地方四季都有下雪的可能。所以「大雪滿弓刀」的「大雪」和「月黑雁飛高」的「雁飛」之間並不矛盾。至於說「月黑天高處，怎得見雁飛」，這就是科學家的眼光了。詩人並沒有說是用眼睛去看「雁飛高」的。詩人的「見」可以不是用眼睛去看，而是憑感覺去看，因為詩本身就是一種靈感的超越！

因此，吳喬《圍爐詩話》裏曾經用米來比喻詩與文的差別，說文像「炊米而為飯」，詩呢，則像「釀米而為酒」。也就是說，讀一首好詩，就像飲一杯佳釀。

作為一個愛詩的人，我每次讀到《塞下曲》，讀到「大雪滿弓刀」這樣的詩句，心中都不由自主地慨歎：「晚來天欲雪，能飲一杯無？」

一念彼此 歲月斑斕

　　前面我們講了中唐「大曆十才子」中才情可為「冠冕」的盧綸，接着我們要來講另一個「大曆十才子」。

　　他的人生不僅與盧綸息息相關，代表詩作也與盧綸息息相關。這就是中唐詩人司空曙和他的名篇《喜外弟盧綸見宿》。這首詩寫得非常動情。詩云：

司空曙——《喜外弟盧綸見宿》

靜夜四無鄰，荒居舊業貧。

雨中黃葉樹，燈下白頭人。

以我獨沉久，愧君相見頻。

平生自有分，況是蔡家親。

晚年的司空曙因為生活境遇每況愈下，僻居荒村、獨擁陋室，過着極其清貧的生活。而盧綸時常來探訪他，兩人感情至深，所謂「情鬱於中，而發乎外」，在盧綸又一次深夜來訪並留宿之後，司空曙自然而然地寫下了這樣一首感人至深的五律精品。

首聯先寫自己清貧自守的境遇。所謂「靜夜四無鄰，荒居舊業貧」，說的是自己所居住的環境。第一句「靜夜四無鄰」可證第二句的「荒居」兩字，「四無鄰」也就是說陋室獨居，四周甚至沒有什麼相鄰的人家，更襯托出了靜夜的「靜」。這樣寫其實是要凸顯後面的一個字——頸聯中的那個「獨」字。不僅孤獨，而且還十分清貧，所以第二句說「荒居舊業貧」。身處這荒村野外，除獨擁陋室之外，便家業清貧、身無長物。那麼，詩人所擁有的還剩什麼呢？詩人唯一擁有的，不過就是這孤獨身軀裏，那顆時時面對自我、面對蒼穹、面對寰宇的孤寂靈魂。

接下來，頷聯用筆至深，「雨中黃葉樹，燈下白頭人」，實為寫景寫人之千古傳誦的名句，是這首詩的第一個關鍵之處。

後世詩論評說，自盛唐而入中唐之後，詩格已趨卑弱，往往「有句而無篇」。就是說中唐詩人作詩，雖然整篇氣格不大，但其中往往時有警句、時有名聯，一兩句極精彩之處便可帶動全篇。司空曙的這首五律尤為典型。頷

聯的「雨中黃葉樹，燈下白頭人」這一句太過精彩、太過有名，遂使整首詩成為千古不朽之作。

那麼，這一聯到底好在哪兒？

首先就在於它既寫景，又寫人，極富畫面感，極傳神。「雨中黃葉樹」，這是寫景；而「燈下白頭人」，則是寫人。這樣的景與人，不是截然分開的，也不是單純的比喻，它是一種氣質的兩種形象。那雨中的黃葉之樹，在風雨的催逼之中葉片凋零，何等寂寞。而燈下的白頭之人，正是風燭殘年的最好寫照，滿溢着人生落寞的衰颯之情。

從「樹」與「人」，到「黃葉樹」與「白頭人」，到「雨中黃葉樹，燈下白頭人」，這層層的映照簡直寫盡了人生的落寞與淒涼。尤其這種落寞與淒涼，是以一種極簡潔又極鮮明的畫面感來呈現，所謂「詩中有畫，畫中有詩」。詩人真是神來之筆，截取了暗夜中的一個截面，用文字描繪出來，又極具畫作的層次感。雨中昏黃，燈下光亮，一下就有了光與暗的對比；雨中樹葉飄零，燈下斯人獨坐，這又有了動與靜的對比。除了明與暗、光與影、動與靜，還有兩種顏色的對比：「黃葉樹」與「白頭人」，在黃葉樹的「黃」的映襯下，白頭人的「白」又是何等觸目驚心！細細想來，這種精彩的詩句哪怕只是隨口吟來，那種鮮明的畫面感也會自然而然、毫無防備地突然呈現在我們的腦海中，深深烙印在我們靈魂的世界裏。

其次，這樣的名聯佳句還典型地體現了我們的母語文化之妙用無窮。它對仗工穩自不待言，在摹寫方面其實是用了最簡潔的語言去體現最富層次感的畫面，以及最富內涵的情感。「雨中黃葉樹，燈下白頭人」，與「月落烏啼霜滿天」一樣，與「明月別枝驚鵲」一樣，與「枯藤老樹昏鴉，小橋流水人家，古道西風瘦馬」一樣，使用簡單的名詞組合就可以構造出一幅絕美的畫面和完美的意境來。

漢語可謂是人類迄今為止還在使用的、獨一無二的、表意最豐富而形式最簡潔的文字，這和漢語象形、會意的功能息息相關。聯合國有六種官方語言，每出一個文件都會以六種官方語言印刷六本。哪一本是漢語寫的呢？根本不用去看，用手摸一下，最薄的那本一定是用漢語寫的。因為漢語可以用最簡潔的語言，表達最豐富的內涵。這就是我們獨特的母語，是其他拼音文字、字母文字所不可比擬的。

我們看漢語的簡潔，五絕、七絕不過兩行四句，或二十個字或二十八個字而已，何其精練、短小。而同時期的西方，十四行詩已經算是短小精悍的作品了。相比之下，我們的母語文化，我們的漢語詩詞，真可以稱作人類文明中濃縮的精華。正因此，這樣的「雨中黃葉樹」、這樣的「燈下白頭人」，簡約而不簡單，用最凝練的筆觸，直擊人心。

當然說到這一聯名句,還有一個特別值得說道的文化現象,其實也是我們這個詩詞國度裏一個重要的詩詞創作規律。

范晞文的《對床夜語》曾經評論說:「詩人發興造語,往往不約而合。如『雨中山果落,燈下草蟲鳴』,王維也。『樹初黃葉日,人欲白頭時』,樂天也。司空曙有云:『雨中黃葉樹,燈下白頭人。』句法王而意參白,然詩家不以為襲也。」這是說,不要以為司空曙的「雨中黃葉樹,燈下白頭人」別出機杼、精彩絕倫,其實它也有跡可循。王維有一聯叫「雨中山果落,燈下草蟲鳴」,寫的雖純然是景,但已有「雨中」與「燈下」之對應;而白居易則有「樹初黃葉日,人欲白頭時」,已把「黃葉」與「白頭」相交織。所以司空曙的「雨中黃葉樹,燈下白頭人」是把兩聯相合,叫「句法王而意參白」,句式上參照了王維,而意境上則參照了白居易。但是,詩家論之,皆以為司空曙超越二人遠矣!

其實范晞文所論有不嚴謹之處,因為這首「雨中黃葉樹,燈下白頭人」雖是司空曙晚年之作,但白居易要比司空曙小很多,並不能證明白居易的「樹初黃葉日,人欲白頭時」作於司空曙「雨中黃葉樹,燈下白頭人」之前。甚至按常理推之,白居易的「樹初黃葉日,人欲白頭時」,倒很可能作於司空曙「雨中黃葉樹,燈下白頭人」之後,

這樣就更談不上司空曙襲用白居易的語意、語境。

因此，謝榛的《四溟詩話》裏就比較客觀地評論說：「韋蘇州曰『窗裏人將老，門前樹已秋』，白樂天曰『樹初黃葉日，人欲白頭時』，司空曙曰『雨中黃葉樹，燈下白頭人』，三詩同一機杼，司空為優，善狀目前之景，無限淒感，見乎言表。」這是把白居易的那一聯和司空曙的那一聯放在一起進行簡單比較，而且沒有說王維那一聯，反而拉了韋應物一聯，叫「窗裏人將老，門前樹已秋」。三個人的三聯創意都基本相同，但是毫無疑問，司空曙「雨中黃葉樹，燈下白頭人」的意境最妙、最優。

那麼，為什麼詩家不以為司空曙是抄襲呢？

中國之所以被稱為詩詞的國度，是因為在古人看來，最優的創作、最好的創作，才是代代詩人為之鍥而不捨的終極追求。古人沒有那麼鮮明的版權與知識產權意識，如果是低劣的抄襲，當然也會為世人所不齒，但如果是別出機杼、別有創意的二次創作，是為藝術、為詩詞、為終極歸宿而進行的二次創作，那樣的「襲用」往往被人所稱讚。

比如晏幾道的《臨江仙》，「夢後樓台高鎖，酒醒簾幕低垂，去年春恨卻來時」，接下來最有名的那一聯「落花人獨立，微雨燕雙飛」，直接襲用了五代詩人翁宏的《春殘》，「又是春殘也，如何出翠幃。落花人獨立，微雨燕雙飛」。可是，這一聯固然精彩，放在翁宏的《春殘》

裏卻顯得平常。而晏幾道移至《臨江仙》中，立刻大放異彩，恆為千古名言、千古名篇。又比如納蘭的《畫堂春》：「一生一代一雙人，爭教兩處銷魂。相思相望不相親，天為誰春？」也是直接襲用駱賓王的《代女道士王靈妃贈道士李榮》，「相憐相念倍相親，一生一代一雙人」。而司空曙的這句「雨中黃葉樹，燈下白頭人」，就是翻前人之意，不落窠臼，更上一層樓的精彩創作之典型。

有了這麼精彩的頷聯，頸聯的直抒胸臆便呼之欲出！「以我獨沉久，愧君相見頻。」一句「獨沉久」，「獨」字、「沉」字一出，況加以「久」字，就把「雨中黃葉樹，燈下白頭人」在空間截面上所烘托出的孤獨與落寞立刻向縱深延展，向時間深處延展，於是畫中的景與人都平添了一種命運的悲涼！

司空曙的命運與盧綸的命運相比較起來，確實也是兩種類型。司空曙在「大曆十才子」中是年齡較長者，而盧綸則較為年輕；性格上盧綸較外向，司空曙較內向，兩人的命運與際遇也便不同。盧綸雖然也有比較倒霉的時候，但他命中常有貴人相助，一生交遊廣闊，境遇非凡。而較之於盧綸，司空曙就悲慘多了。他早年一直沉鬱下僚，後來在劍南西川節度使韋皋的幫助下，仕途才稍有起色，但晚年因為人落落寡合，又辭官隱居。所以人生得意的盧綸常常來探望人生失意的司空曙，就讓司空曙非常感動，

「以我獨沉久，愧君相見頻」，直白如話，卻情意滿滿。

那麼，盧綸為什麼會常常來探望荒村獨居的司空曙呢？答案全在第四聯中——「平生自有分，況是蔡家親」。因為你與我平生情誼至深，更何況我們還是「蔡家親」。這就直接呼應了詩題——《喜外弟盧綸見宿》。首先要說說這個「蔡家親」是什麼。「蔡家親」典出《晉書》，是指三國末期、西晉初年的名將羊祜與蔡邕的孫子蔡襲那種很親密的表兄弟關係。而司空曙呢，剛好就是盧綸的表兄，所以他說「況是蔡家親」，又說「喜外弟盧綸見宿」。「外弟」其實就是表弟，在古人那裏，「內弟」往往是指同姓的堂兄弟，而「外弟」呢，則是指不同姓的表兄弟。因此兩人本來就情誼深厚，再加上表兄弟的關係，在風雨飄搖的人世間相互扶持，就更可見這份真情的感人了。

緣此，全詩雖是生活點滴的所悟所感，彷彿偶然道出，卻又有不盡的迴響。所以後人評價司空曙說，其詩「婉雅閒淡，語近性情」，「最能感動人意」。

人生本來孤獨，塵世本來荒涼，一路風雨同行，能感動你我、溫暖彼此的，大概除了「雨中黃葉樹，燈下白頭人」的顧影自憐，也就是「以我獨沉久，愧君相見頻」中相互扶持的人生情誼了吧？

我們立身之處，是洪荒的縫隙，又是蒼茫的原點。或者我未曾與你謀面，卻為何一念彼此，便歲月斑斕。

當時遇見，青青在否？

　　情詩，之所以是情詩，是因為它來自人性最本真的情感，甚至那些優美的情詩往往來自人生最本真的生活。

　　下面我們所要解讀的就是一首來自真實生活、來自歷史真實、來自傳奇人生的情詩。這便是「大曆十才子」之一韓翃的《章台柳》。詩云：

韓翃
——
《章台柳》

　　章台柳，章台柳，昔日青青今在否？
　　縱使長條似舊垂，也應攀折他人手。

　　這首詩流傳太過廣，導致後來也有好幾個版本。比如說第二種版本就是：「章台柳，章台柳，顏色青青今在否？縱使長條似舊垂，也應攀折他人手。」還有一種比較有名的版本：「章台柳，章台柳，往日依依今在否？縱使長條似舊垂，也應攀折他人手。」對比之後我們可以發現，幾個版本的不同之處都在於那句深情的問句，「顏色青青今在否」「昔日青青今在否」「往日依依今在否」。這一句看似平常之問，其實最是飽含深情，所以在後世流傳中竟衍生出各種各樣的版本，這也可以反證其流傳之廣與深得人心。

　　歷史上有兩個章台：一是春秋時楚國的離宮，又叫章華台；另外一個著名的章台，就是戰國時候秦國王宮中章台殿。《史記‧廉頗藺相如列傳》中說：「秦王坐章台見相如，相如奉璧奏秦王。」可見著名的「完璧歸趙」的故事，就發生在章台殿。

　　章台因為太過有名，西漢時長安城內就有一條著名的章台街。《漢書‧張敞傳》記載說，張敞「罷朝會」之後，「過走馬章台街，使御吏驅，自以便面拊馬」，後世故有「章台走馬」之說。唐崔顥有詩云「鬥雞下杜塵初合，走馬章台日半斜」，宋歐陽修則有詞云「玉勒雕鞍遊冶處，樓高不見章台路」。章台最初是宏闊而雅正的，而韓翃的《章台柳》是純潔而美麗的。

韓翃的《章台柳》其實還有個小題叫「寄柳氏」,可見這個「章台柳」的「柳」還是個諧音雙關,既指柳樹,也指他傾心相愛的那個柳氏姑娘。所謂「章台柳,章台柳,昔日青青今在否」,那麼昔日的韓翃與柳氏,他們的青春相遇,又是怎樣開始的呢?

孟棨的《本事詩》和《太平廣記》的《柳氏傳》都記載了這個美麗的故事。當然,《太平廣記》的《柳氏傳》來自唐人許堯佐的《柳氏傳》。據《本事詩》和《柳氏傳》記載,韓翃名屬「大曆十才子」,他「少負才名,孤貞靜默,所與遊者皆當時名士」。這是說韓翃年輕的時候即才華橫溢,且長得俊逸瀟灑,加之性格沖靜、沉毅,雖然出身寒門,但所交遊者大多是名門豪士。

據說天寶年間,年輕的韓翃西入長安求取功名,結識了一位姓李的公子,這位李生也傾慕韓翃才華,每每邀其赴家宴。在李生的宴飲席上,他的一位美艷愛姬柳氏出場了。席間,她與韓翃四目相對、彼此凝視,目光中不知不覺就擦出了火花。柳氏追求人生可遇而不可求的愛情,主動地向李生表明心跡。而李生雖然只是一個富戶公子,卻也真的不辜負生在大唐。他豪情磊落,不僅親手撮合,將柳氏嫁與韓翃,並掏出三十萬錢以為嫁資。這樣大度的李生,雖然是紈綺子弟,但慷慨之舉、成人之美頗有幾分俠義風範。

柳氏和李生的眼光確實都不差。韓翃雖然出身寒門，性格偏於內向沉靜，但他卻是一支潛力股。韓翃雖早年沉鬱下僚，但後來一篇《寒食》名傳天下，連德宗皇帝都非常喜歡。而那篇《寒食》堪稱具有韓翃風格的千古名作，可以和杜牧的那首《清明》相互參看。上巳節、寒食節與清明節的由來，以及介子推傳説故事的背後，其實都是中國人、中國文化對生命與生機的崇拜，是要「熄舊火、祀新火」，這其中其實充滿了對自然的敬畏以及對光明的追求，還有對生命無限生機的追求。韓翃這首《寒食》講的其實就是「停薪」「熄舊火、祀新火」這個轉折的時間當口。「春城無處不飛花，寒食東風御柳斜」，説的是暮春時節，長安城裏處處柳絮紛飛、落紅無數，寒食節的東風吹拂着皇家花苑的柳枝；而「日暮漢宮傳蠟燭，輕煙散入五侯家」，則是説夜色降臨，宮裏忙着傳蠟燭，甚至皇帝要把新火賜予權貴之臣，所以嫋嫋青煙，早早就散入了王侯貴戚之家。

這一聯裏其實有兩層意境，一是表面上的王侯貴胄之家的煙火氣，而且他們能得到皇帝的「賜新火」，彷彿代表着無上的榮耀，當時長安城的貴戚豪門也都因此紛紛傳頌韓翃此作。可是，韓翃內斂的性格與張揚的才氣，使他的詩絕不像表面上寫得那麼簡單。所謂「五侯」，有人認為是漢成帝時封王皇后的五個兄弟，王譚、王商、王立、

王根、王逢時「皆為侯」，一時貴甲天下。但也有另一種訓詁解讀認為，這裏的「五侯」是跋扈將軍梁冀之「五侯」，而梁冀之「五侯」後來為宦官所滅。所謂青煙散入的五侯之家，其實正是天下之癰疽、朝廷之毒疣，但這一層深意卻不容易讀出。吳喬《圍爐詩話》云：「唐之亡國，由於宦官握兵，實代宗授之以柄。此詩在德宗建中初，只『五侯』二字見意，唐詩之通於《春秋》者也。」這就是盛讚韓翃的《寒食》實在是有「春秋筆法」。

後來，韓翃大志難伸，稱病在家。一個姓韋的朋友突然半夜來敲門，而且叩門聲很急。韓翃出來相見，這個朋友恭喜他升任駕部郎中，並告知皇帝命他起草文書與誥令，這是翰林學士才能享有的榮耀。韓翃聽了很吃驚，認為一定是搞錯了，姓韋的朋友透露內情說，最近皇帝剛好缺人，中書省兩次提名，德宗皇帝都沒批。最後，德宗皇帝親批說：「與韓翃。」當時官場還有一個和韓翃同名同姓的人，而且官列江淮刺史，位高權重，中書省就以為要用那個韓翃。結果，德宗皇帝又做了長長的批示說，要用的是那個「春城無處不飛花，寒食東風御柳斜。日暮漢宮傳蠟燭，輕煙散入五侯家」的韓翃。所以姓韋的朋友說，這不就是您的名作嘛！結果，第二天詔令下達，韓翃果然因一篇《寒食》一展凌雲之志。

這樣的韓翃，並非池中之物。柳氏慧眼識珠並敢主動

追求，而且與韓翃兩情相悅，終成眷屬，實在也是人間奇女子，並成就了人世間的一段愛情傳奇。

可是當年的韓翃還年輕，初遇柳氏時還沒有功名，只是一介寒士。就在一切都向着美好徐徐前行的時候，漁陽鼙鼓動地而來，「安史之亂」猝然爆發，從此盛唐不再，大唐江河日下。韓翃此前尚未及授官，又逢家中有難，只能匆匆與柳氏告別，在戰亂的時代浪跡天涯。

韓翃於漂泊之際入淄青節度使侯希逸幕府，被辟為掌書記。但是兩京淪陷、柳氏無蹤。韓翃念念不忘，後來好不容易有了柳氏的消息，便託人帶去一囊碎金並這首《章台柳》，寄與天涯遙望的柳氏。詩中雖情意繾綣卻也別含隱憂：我那相愛的人啊，在這離亂的塵世間，你會不會還在等我？「章台柳，章台柳，昔日青青今在否？縱使長條似舊垂，也應攀折他人手。」

這首詩、這封信，會不會寄到柳氏的手中？那個曾經慧眼識英才，大膽追求自己的愛情並最終收穫幸福的柳氏，在淪陷的長安城裏又是如何自保？她能否安然度過那戰火中命如草芥的歲月，又如何守望她相愛的人呢？

萬幸的是，這首《章台柳》終於交到了柳氏手中。面對韓翃「昔日青青今在否」的牽掛，面對「縱使長條似舊垂，也應攀折他人手」的猶疑，柳氏揮筆作答，寫下了一首同樣非常有名的《楊柳枝》。

韓翃問「昔日青青今在否」，柳氏便答「一葉隨風忽報秋」。韓翃歎「縱使長條似舊垂」，柳氏便答「縱使君來豈堪折」。這是說時光飛逝、歲月流淌，昔日青青不在，歲月蹉跎如此。縱使江湖重遇，當年的青青之柳，大概早已不堪攀折！這樣的語句裏充滿了深深的哀歎，以及對亂世流離中悲傷命運的深切感知。

當時長安淪陷，韓翃一去又杳無消息，柳氏深恐自己被亂兵所辱，就剪髮毀形，寄居尼庵之中，因此方躲過戰亂，殊為不易。如今長安收復，韓翃亦終於遣人遺金贈詩而來。按道理柳氏應該高興，為什麼回覆的《楊柳枝》卻充滿了深深的哀歎呢？

這就是柳氏的蕙質蘭心之處了。

她當年不僅敏銳地把握了自己的幸福，如今也敏銳地感知到命運的無奈。《柳氏傳》記載柳氏作答《楊柳枝》時「捧金嗚咽，左右淒憫」，應該是既感動於韓翃的牽掛，又哀歎於自己如柳枝般任人攀折的命運。果然沒多久，在韓翃回到長安之前，柳氏便因艷名被平亂有功的藩將沙吒利掠到府中強納為妾。等到侯希逸當了左僕射，韓翃隨之回京，到了長安卻再也找不到柳氏的下落，唯有哀歎不已。

一天，韓翃正在道上落寞獨行，一輛篷車從他身邊走過。忽然車中有人輕聲問：「莫不是韓員外嗎？」原來車中所坐之人正是柳氏，她讓女僕悄悄地告訴韓翃，說自己

已被沙吒利佔有，礙於同車之人，不便交談，請韓翃第二日清晨在道政里門等着。

第二天一早，韓翃如期前往，只見柳氏的車來。柳氏並未下車，只於車中遞給韓翃自己的妝盒，含淚曰：「當遂永訣，願置誠念。」這就是柳氏知前路無望、知命運無望，與心愛的人做最後的訣別。

韓翃知道沙吒利的威勢，當時朝廷平叛，包括收復長安，皆借助藩將之力不少。現在沙吒利強佔柳氏已成定局，自己一介文士，又能如何？韓翃無限傷感，落拓而回。當日，淄青節度使帳下各位將領正好在酒樓聚會，派人去請韓翃。韓翃雖傷感，也只好勉強答應，但席間神色頹喪，出聲哽咽。有個年輕的虞候叫許俊，平生慷慨義氣，見韓翃「意色皆喪，音韻淒咽」，便撫劍說：「必有故。原一效用。」就是說您有什麼為難事，儘管對我說，我願意為您出力。韓翃到此只得如實相告。

許俊是個天生的俠士，而且是個行動派，他立刻讓韓翃寫下給柳氏的字條，然後穿上軍服，帶上雙弓，讓一個騎兵跟着就直接來到沙吒利府前。等沙吒利出門，離家一里多路時，許俊就披着衣服拉着馬韁繩衝進大門，又闖進裏面的小門。許俊登堂入室，拿出韓翃的信交給柳氏看。然後，夾着柳氏跨上鞍馬，一路飛馳來到酒樓，把柳氏送到韓翃面前，說「幸不辱命」。當時四座驚歎，而韓翃與

柳氏此時唯「執手相看淚眼」。

　　許俊入門奪人雖然瀟灑快意，但沙吒利畢竟位高權重。韓翃、許俊事後無奈，只得來找侯希逸。侯希逸聽聞此事，大驚曰：「吾平生所為事，俊乃能爾乎？」就是說，我平生敢幹的事兒，你小子許俊也敢幹啊！於是，侯希逸向皇帝奏明此事原委，說沙吒利違法亂紀，強佔民女，而許俊見義勇為，奪柳還韓，雖然冒失了一點，但是心中充滿了正義。代宗聞此，賜給沙吒利兩百萬錢以作安撫，並專門下了詔書，明確將柳氏判還給了韓翃，有情人終成了眷屬。

　　回頭來看這段故事，讓我感動的並不是韓翃和他的《章台柳》，而是柳氏和她的《楊柳枝》，還有許俊，還有侯希逸，甚至還有代宗皇帝。

　　就在柳氏故事的同一卷中，還有一個著名的故事。《本事詩》記載說，玄宗的哥哥寧王憲，一時貴盛，家中寵姬數十人，皆絕藝上色，可寧王卻不滿足。寧王府旁邊有一個賣炊餅的，妻子長得纖白明晰、美麗異常。寧王給了賣餅者一筆錢，便把別人的妻子搶佔而來。一年之後，在一次宴會上，寧王突然問這位已經寵愛了很久的美麗女子，問她是否還記得賣炊餅的夫君，並讓兩人於堂前相見。餅者妻一見自己原來的丈夫，只是定定地望着他，雖然不能說什麼，卻熱淚滿面。

當時座上有客十餘人，皆當時文士，寧王見此場景便讓眾人賦詩。一個年輕人提筆慨然寫就：「莫以今時寵，能忘舊日恩。看花滿眼淚，不共楚王言。」這就是那首《息夫人》。而這個作詩的年輕人，就是王維。據說寧王讀到這首《息夫人》，也突然感慨良多，有所悔悟，於是將餅者妻歸還餅師，讓他們夫妻團聚，重回自己的生活。

我想當時堂上那個寫下「莫以今時寵，能忘舊日恩」的王維，不也像豪俠仗義、登堂入室，替韓翃搶人而還的許俊一樣嗎？他們心中不平，對弱者充滿了同情。正是這種偉大的同情心，讓他們一則撫劍，一則提筆，因那相同的俠義之情，讓荒涼的人間多了一段希望和美好的佳話。

當然，更讓人感動的是柳氏，是那位餅者妻，不以「今時寵」，忘卻「舊日恩」。那位餅者妻看着自己的丈夫默默垂淚，那淚水裏該有怎樣一種堅韌的力量。就像柳氏，雖然知道「可恨年年贈離別」的命運，可她卻努力珍惜自己親手贏得的愛情，在戰亂中削髮毀形，寄身尼庵，路遇韓翃，寄言相見。她是多麼珍惜自己的愛情，多麼不甘那樣被人擺佈的命運。

好在人世間有許俊、有王維這樣的人，讓餅者妻又回到餅師的身邊，讓柳氏又回到韓翃的身邊。我們可以相信，人世間有一種善良而溫暖的力量，可以為美麗而純真的愛情護航。

最後的邊塞詩人

　　我們連續講了盧綸、司空曙、韓翃這些「大曆十才子」的代表詩人，下面我們要講的李益也是其中的代表人物。當然，也有說法認為李益要稍晚於盧綸等人，不在十才子之列。

　　李益被稱為大唐最後一個典型的邊塞詩人。他的名作《夜上受降城聞笛》在當時就廣為傳頌，影響非常大。下面，我們就一起來品讀這首邊塞名篇。詩云：

李益——《夜上受降城聞笛》

回樂烽前沙似雪，受降城外月如霜。
不知何處吹蘆管，一夜征人盡望鄉。

我們知道，「大曆十才子」是大曆年間的十個代表詩人，而且他們已然成為一個羣體。雖然一般詩史上說他們的詩風、題材都比較單調，但就其中的代表作家而言，很多人還是非常有特色的。在文學發展史上，尤其在唐詩發展史上，其中有些作家的代表作品，在某些分類題材上是有着節點式的意義。李益的邊塞詩便是如此。

李益後來南下江淮，在揚州遇到劉禹錫，兩個人成為好朋友。「詩豪」劉禹錫對李益的邊塞之作甚為讚佩，在《和令狐相公言懷寄河中楊少尹》中就有一句說「邊月空悲蘆管秋」，指的就是李益的這首《夜上受降城聞笛》。而《唐詩紀事》也說這首詩在當時便被度曲入畫，不僅常為人所傳唱，而且很多畫師也喜歡畫這首詩所體現的那種邊塞相思的意境。

那麼這首詩到底好在哪兒呢？

好就好在——正如《唐詩紀事》所說——它既可度曲又可入畫。

在這首詩中，詩人寫景極富畫面感。你看頭兩句：「回樂烽前沙似雪，受降城外月如霜。」要注意，這個「烽」不是山字旁的「峰」，不是山峰，不是一座山有回樂峰，而是那個火字旁的「烽」，是烽火台的「烽」。

這個「回樂烽」到底在哪兒呢？與它對應的「受降城」又到底在哪兒呢？關於「回樂烽」在哪裏，這一點沒有異

議。因為唐代有回樂縣，唐時靈州治所就在回樂縣。回樂縣就在今天的寧夏回族自治區靈武縣西南。可「受降城」在哪裏，爭議就比較大了。

歷史上可以稱之為「受降城」的有好幾個地方。比如社科院文研所編《唐詩選》就說：「唐代受降城有東、中、西三城，都是景雲年間張仁願為抵禦突厥所築。中受降城在今內蒙古自治區五原西北。……此詩所指受降城當即中受降城。」朱東潤先生編《中國歷代文學作品選》裏也說：「唐時有三受降城，高宗時張仁願所築。中城在今內蒙古自治區包頭市西，東城在今托克托縣南，西城在今杭錦後旗烏加河北岸。這裏（李益的『受降城』）指的是西城。」而林庚和馮沅君編《中國歷代詩歌選》也說唐代有中、東、西三個受降城，而李益所說的「受降城」應該指的是靈州的西受降城。但其實唐代的西受降城並不在靈州，而在今天內蒙古的巴彥淖爾市內。第四種說法來自《唐詩鑒賞辭典》，其中說貞觀二十年，唐太宗曾親臨靈州接受突厥一部的投降，「受降城」之名由此而來。甚至宋史中仍沿用唐時的稱呼，把靈州稱作「受降城」。因此唐代的受降城其實有四個，其中三個是名將張仁願所築，共有東受降城、中受降城和西受降城。但在張仁願所築三受降城之前，唐太宗李世民於貞觀二十年，也就是公元 646 年，親臨靈州接受一些突厥部落的投降，所以靈州又被稱為「受降城」。

其實，要確定李益所說的「受降城」在哪裏很簡單。「回樂烽前沙似雪，受降城外月如霜。」這是詩人眼中所見，甚至是下意識地抬眼望去所見之景物。雖然邊塞風光有一種空間遼闊的即視感，但「回樂烽」與「受降城」一定在一起，不可能相隔千里之外。既然「回樂烽」是指靈州回樂縣外的烽火台，那麼「受降城」就肯定不是張仁願所築的東、西、中三受降城，而是指唐太宗當年受降突厥的靈州了。

回到詩味的角度去理解，我個人認為「回樂烽」與「受降城」到底在哪並不重要。因為這首詩它所要寫的題材，它所蘊含的情感並不是特指，而是有着一種邊塞詩特有的宏大主旨與普遍性的情感。李益寫「回樂烽」，寫「受降城」，為的是寫「回樂烽前」的「沙似雪」，寫「受降城外」的「月如霜」。為什麼所見白沙會似雪呢？為什麼所見月色會如霜呢？因為他要寫一個字，一種感覺——「涼」，或者進一步說是「冷」，或者再進一步說是「寒」。白沙似雪，月色如霜，這種不經意的、下意識的所見，說明看到這樣景物的人，產生這種感覺的人，他的身體、他的心情甚至他的靈魂正在不知不覺地被寒冷所包圍，被一種雖還未刺骨但卻無處不在的涼意所包裹。詩人貌似只是客觀地在寫「回樂烽前」「受降城外」的沙與月色，可一個似雪如霜的感受便不知不覺把一種下意識的心

境悄悄地點了出來。

但請注意，我們前面反覆提到一個詞——下意識。這是說一種情緒、一種心境沉澱在心底，沉澱得很久了，就需要一個契機、一個節點去喚醒它，所以接下來的第三句最為關鍵。因為喚醒一切下意識的情感情緒和心境的節點與契機，就是那個不知何處何人所吹的蘆管聲聲。

「不知何處吹蘆管，一夜征人盡望鄉。」第一聯兩句寫的是眼中所見，是入畫的景。對繪畫而言，我們知道再好的山水、再美的景，簡單畫下來還只是平面，要讓那個平面的畫立體起來、生動起來，就需要一種畫龍點睛的筆法，需要一個畫龍點睛的地方。詩的創作也是如此，這首詩畫龍點睛的地方就是在眼中所見之後，突然傳來耳中所聞。

這個耳中所聞的蘆管聲聲就是一下子喚醒了下意識情緒的關鍵節點。

蘆管就是蘆笛。我們知道音樂之於詩歌至關重要，詩歌詩歌，就是詩而歌之。孔子又說：「興於詩，立於禮，成於樂。」詩與樂其實是密不可分的。而音樂之於唐詩，就更重要了。琵琶、笛、簫等樂器，簡直就是唐詩中別樣的靈魂。

這其中笛子尤其如此。首先，笛子是考古所能發現的，人類現存最早的一種樂器。在河南賈湖遺址發現的骨

笛，據考古測定應該製作於八千多年前，這說明笛子與中華文明是緊密相連的。笛子又是中原地區與周圍各部落在音樂交流中最常出現的樂器。像唐代的十部樂中，用到笛子的就有七部。除了漢樂府以來的《清商部》鼓吹是典型的中原音樂，《西涼部》《龜茲部》《疏勒部》《康國部》《安國部》等這些融合少數民族的音樂也都要用到笛子。所以說，笛子又是民族大融合中一個重要的音樂橋樑。

古人尤其是唐人對笛子的喜愛，簡直到了無以復加的地步。唐玄宗李隆基自己就是一個音樂高手，尤愛譜笛曲。而他特別欣賞的大音樂家像李龜年、張野狐也都善篳篥或笛曲。而唐詩中寫笛子的更是不可勝數。李白有「誰家玉笛暗飛聲，散入春風滿洛城。此夜曲中聞折柳，何人不起故園情」。那玉笛吹奏的《折柳曲》，就是整首詩的靈魂。杜甫則曰「三年笛裏關山月，萬國兵前草木風」。王之渙說「羌笛何須怨楊柳，春風不度玉門關」。高適則說「雪淨胡天牧馬還，月明羌笛戍樓間」。岑參不僅說「中軍置酒飲歸客，胡琴琵琶與羌笛」，而且在《奉送封大夫出征》時還說「上將擁旄西出征，平明吹笛大軍行」。

因此，唐人與笛，唐詩與笛，簡直像有一種別樣的戀情。在盛唐、中唐，笛曲與邊塞、鄉愁、相思是緊密相連的。明白了這種關係，明白了這種音樂文化背景，我們就知道為什麼「不知何處吹蘆管」會成為一個節點，會成為

喚醒一切下意識的關鍵。

當蘆笛聲起，塞外月冷沙寒，一個人的情緒迅速喚醒所有人的情緒，一個人的相思迅速喚醒所有人的鄉愁。這時，清冷的月光下迅速瀰漫開一種浩大的情感，這就是「一夜征人盡望鄉」啊。這也就是唐人在當時為什麼對這首詩推崇備至的原因所在。因為這首詩雖是個人書寫，但就像那笛曲一下子喚醒所有人內心強烈的共鳴一樣。這就是這首詩在藝術上的超絕之處。

我平常讀這首詩，甚至覺得它可以成為一種心理學上的典型個案，就是如何通過個體的典型喚醒集體的無意識。

像前兩句，「回樂烽前沙似雪，受降城外月如霜」，埋下一種下意識的情緒積澱。彷彿純是客觀，卻已然「隨風潛入夜，潤物細無聲」。其次，需要節點式的喚醒與設計，這是成功與否的關鍵，也往往是畫龍點睛的創意呈現。而最後這個節點所喚醒的情感，一定要是一種集體無意識的共鳴，就像每一個征人、每一個將士的鄉愁，點滴融匯便迅速成為江河，滾滾而下不可阻擋。所以當讀到「一夜征人盡望鄉」時，我們雖不身處大唐，雖不身處邊塞，但卻像能穿越時光一樣，彷彿就站在回樂烽前、受降城上，站在那些大唐士卒的身旁，同樣懷着滿滿的鄉愁。這就是詩歌的魅力，幫你穿越一切時空的壁壘，帶你回到

詩歌中所描述的場景中。

最後還是要説一説李益。李益被稱為唐代最後的邊塞詩人，事實上他也是唐代所有邊塞詩人中在邊塞從軍時間最長的一個詩人。

李益本是隴西李氏的後人，曾經前後五次出塞從軍，有着長達數十年的邊塞生活。所以他對邊塞生活非常了解，而且他的仕途經歷和邊塞詩派的領軍人物高適甚至有點相像。早年也是仕途偃蹇，到了晚年開始飛黃騰達。但他和高適不一樣的地方在於，高適早年窮困時窮且益堅，晚年大器晚成後又不墜青雲之志。而李益早年同樣也經歷很多挫折，可是他的性格卻越來越偏激，甚至還有和霍小玉的一段公案。後來唐人言稱妒妻之病便以李益代之。

李益晚年飛黃騰達後，卻又捲入牛李黨爭，之後雖然步步高升，卻變得越來越偏狹，越來越沒有責任與擔當。甚至與皇家寵幸的寺僧，與毫無氣節的奸佞小人們整日混在一起，為人所詬病。把李益和高適放在一起對比，固然有各自不同的個體人生與命運，但其中也可以看出從盛唐到中唐，在氣格日趨卑弱的時代環境下，詩人命運與時代命運的共振。

不過不論怎樣，作為最後的邊塞詩人，李益用他漫長的邊塞經歷，使得盛唐之後邊塞詩再一次綻放出光彩。這樣的功績、這樣的輝煌卻是不可以輕易被忽視和抹殺的。

浩然而獨存

　　就中唐而言，如果單以詩論，最具標誌性的一個里程碑式的人物當然首推白居易。

　　但如果以文論，或者再擴大一步，以文為載道的文學史、文化史及思想史而論，最核心的人物則應該是「文起八代之衰，而道濟天下之溺，忠犯人主之怒，而勇奪三軍之帥」的韓愈。那麼，就讓我們來品讀一首這位昌黎先生的代表作《左遷至藍關示侄孫湘》。詩云：

韓愈——《左遷至藍關示侄孫湘》

一封朝奏九重天，夕貶潮州路八千。
欲為聖明除弊事，肯將衰朽惜殘年！
雲橫秦嶺家何在？雪擁藍關馬不前。
知汝遠來應有意，好收吾骨瘴江邊。

我們知道，韓愈是「唐宋八大家」之首，位列第一。在詩壇上，他又和孟郊並稱韓孟詩派。在文學史上，不論是文還是詩，韓愈的風格都非常鮮明，而在後人的評價中，大多認為韓愈的這一首七律，可以說是直追老杜。

杜甫詩風最大的風格就是沉鬱頓挫，韓愈此篇也可謂是典型的沉鬱頓挫之作。詩題《左遷至藍關示侄孫湘》。左遷，當然就是貶官了。貶到哪兒去呢？貶到潮州。藍關又在哪兒呢？藍關在長安藍田縣南。因為要被貶到潮州去，所以限定時間要離開長安。走到藍田縣南，也就是藍關這個地方，他的侄孫名字叫韓湘，趕來為他送行。韓湘這個名字大家很熟悉，民間傳說中有一種說法，說八仙中的韓湘子就是韓愈的這個侄孫韓湘。

韓湘是韓愈侄子韓老成的長子，是韓家長房一支的長孫。韓愈三歲就成了孤兒，父母去世，由長兄和長嫂撫育成人。韓愈兄弟三人，老大韓會沒有子嗣，老二韓介生了兩個孩子，其中一個過繼給了老大為嗣，就是韓老成。所以，這個韓老成在韓家的位置不得了。韓老成在族中排行第十二，韓愈有一篇著名的文章叫《祭十二郎文》，祭奠的就是韓湘的父親韓老成。

作為韓老成這一支的長房長孫，韓湘這時候已經幫着叔祖韓愈打理家事家務了。韓湘這時候要料理一大家子的事，卻在藍關的大雪之中趕來為韓愈送行。情鬱於中而發

乎於外，此時的韓愈真可謂是百感交集，遂寫下這樣的千古名作。

「一封朝奏九重天，夕貶潮州路八千」，交代了此次被貶官的重要事由。是因為什麼呢？因為一封朝奏、一封奏書啊。這封奏書的名字叫《諫迎佛骨表》。韓愈為什麼要寫這篇直送「九重天」的《諫迎佛骨表》呢？原來是因為元和十四年（819）的正月，唐憲宗想通過敬佛禮佛來祈求國泰民安、國運昌盛，就讓宦官從鳳翔府的法門寺把釋迦牟尼的指骨舍利迎入宮廷，供奉一段時間之後再送往各大寺廟。這個過程中，各級官民都敬香禮拜，一下子掀起了一場敬佛禮佛拜佛的風潮。當時社會上上下下，對於迎佛骨舍利一事甚為投入，甚至有人不惜自殘或者傾家蕩產來體現自己的敬佛禮佛之心。

對於這件事，既然是皇帝喜歡而且發起，上下又都很熱心，當時的官員無人敢去唱反調。可是，時任刑部侍郎的韓愈卻敢冒天下之大不韙，挺身而出上了一篇鼎鼎有名的《諫迎佛骨表》，勸誡憲宗理智一些，不要把佛骨舍利迎入宮廷供奉。憲宗接到諫表，看完勃然大怒。

為什麼呢？因為韓愈的這篇《諫迎佛骨表》文氣縱橫，寫得太狠了。韓愈說，自漢明帝時期佛教東傳以來，前後對比一下，就會發現一個極其明顯的事實，就是後來但凡禮佛敬佛的帝王大多都不長壽。而反觀之，在佛教東

傳之前，尤其是我們傳統的儒家文明所推崇的上古那些帝王，炎帝、黃帝、堯、舜、禹，甚至周文王、周武王乃至周公，這些聖人可都是非常長壽的。

可是到了漢明帝的時候，明帝在位不過才十八年，其後是「亂亡相繼，運祚不長」，最喜歡崇佛拜佛的是什麼時期？「南朝四百八十寺，多少樓台煙雨中。」宋、齊、梁、陳，包括當時的北朝，這些崇佛拜佛的帝王有哪一個是長壽的？就算是梁武帝蕭衍在位四十八年，前後三度捨身事佛，可謂極致了，而到最後為侯景所逼，活活餓死於台城。所以，韓愈的結論簡單、直接而有效。那就是說，這些迎佛拜佛崇佛的皇帝，都活不長，您要是也這樣，那下一個就是您了。這個結論太恐怖、太直接了，憲宗看得是勃然大怒，當時就要殺了韓愈。

後來在名相裴度和崔羣等人的全力維護之下，憲宗才稍稍平息了點兒憤怒。甚至當後來韓愈在潮州上表謝恩，憲宗已經原諒了韓愈之後，回憶起來還說韓愈「大是愛我，我豈不知」，就是說韓愈的出發點是好的，我是知道的；「然愈為人臣，不當言人主事佛乃年促也」，由此可見憲宗心裏也是憋屈的。那意思是說我禮佛拜佛迎佛骨舍利，本來就是為了能夠活得久一點，結果你卻咒我死，還說但凡侍佛禮佛的皇帝都死得特別早，你說你氣人不氣人？實際上唐憲宗對韓愈還是非常不錯的，韓愈早年仕途

偃蹇之至，是憲宗對他有伯樂之恩，一步步把他提拔上來。憲宗也了解韓愈的才學與人品，最終還是原諒了他，但心中依然憤憤不平，可見韓愈的這篇《諫迎佛骨表》當時把憲宗氣到了什麼地步。

在當時大唐的版圖上，潮州不像現在是華僑之鄉、富庶之地，可謂邊遠窮荒之地，所以憲宗便把韓愈貶為潮州刺史，而且按照大唐政令，貶詔一下必須即刻登程。倉促之間，韓愈都來不及攜帶家眷，只能自己先獨自起程。這時又是正月，他來到藍田縣境內的藍關，剛好一場無邊大雪阻擁藍關，而萬里陰雲籠蓋秦嶺。此時韓湘追隨而至，韓愈感慨萬端啊。

「一封朝奏九重天，夕貶潮州路八千。」朝奏，是早上送上去的奏書，夕貶就是說到了晚上，慘痛的結果就到眼前了。所以「夕貶」暗合「朝奏」，而「路八千」對應「九重天」。嚴格來說，從長安到潮州沒有八千里路，韓愈這裏當然是虛指，也可見他的心中感慨萬千。

「欲為聖明除弊事，肯將衰朽惜殘年！」這兩句是自剖心跡，也有兩個非常重要的信息。「欲為聖明除弊事」，這是一個非常主動的姿態，而「肯將衰朽惜殘年」，表明了一種不自惜的原則與決心。這種主動的姿態與不自惜的原則和決心，可以說就是韓愈立身的根本所在。「除弊事」，可見韓愈很明確地認為，憲宗拜迎佛老無論是對自

身、對朝廷、對國家,都是非常有害的事。所以「為聖明」不僅僅是為皇上,也是為大唐除去那些有害的事。一個「欲為」,可以看出韓愈的這種主動姿態。「肯將衰朽惜殘年」,就是說哪裏還考慮自己衰朽之身,顧惜自己的餘生呢?這個時候的韓愈已經五十二歲了,他說我看到這種有害的事,絕對不會明哲保身,我是一定要站出來,是不會考慮自己的安危的。

韓愈的性格就是這樣。不僅是這一次《諫迎佛骨表》事件,他在中唐之所以能成為一個標杆,不光是文學史上,而且是文化史、思想史上標杆式的人物,就是因為他這種不自惜的決心。比如他那篇《師說》,敢為天下師,看到儒家正統淪喪,雖然自己也不得志,但卻敢於站出來說「師者,傳道受業解惑也」。要知道當時社會上流行的是恥學於師的風氣,而韓愈不過時任四門博士而已,卻能以非凡的勇氣和見識站出來抨擊時弊,弘揚師道。

後來蘇東坡特別佩服韓愈,為韓愈寫了《潮州韓文公廟碑》,上來開篇起筆兩句「匹夫而為百世師,一言而為天下法」,簡直就是橫空出世,確實抓住了韓愈的形象,以及他在歷史上的形象和功績的關鍵之處。「匹夫而為百世師」,敢為天下先,敢為天下師,這在當時是要冒風險的。後來韓愈任監察御史,官運稍有轉機,這得益於李實對他的提拔。但李實不是一個好官,手握重權卻對百姓極

為苛刻。韓愈又不自惜，站出來抨擊李實。所以早在這一次諫迎佛骨之前，他就曾經遠貶廣東。不過那一次是被貶到了廣東陽山，這一回更遠，貶到潮州去了。上一次被貶只是得罪李實，這一次被貶那是得罪憲宗皇帝，這就是後來蘇軾說的韓愈「忠犯人主之怒」，還有一次叫「勇奪三軍之帥」。

那是到了穆宗年間，穆宗做太子的時候，韓愈做過穆宗的老師，因此韓愈重新得到重用。當時大將王庭湊殺了成德軍節度使田弘正，自稱成德軍節度使留後，也就是叛亂。朝廷命裴度帶兵，裴度當年曾經平淮西節度吳元濟之亂，可面對王庭湊這種又彪悍又狡詐之輩，難奏軍功。最後，朝廷只得認可王庭湊為成德軍節度使。

但這時候王庭湊還不老實，繼續興兵作亂吞併他州，朝廷就想派一個人去安撫王庭湊。穆宗說：論口才、論一身正氣，只有韓老師您啊。而韓愈也當仁不讓，只身前往。韓愈離開朝廷之後，元稹說了一句話，穆宗一聽就後悔了。元稹說：韓愈可惜啊。那意思就是說韓愈此去凶多吉少，一入叛軍之中恐難全身而還。穆宗一聽着急了，趕快派使者追上韓愈，勸他到了鎮州，就在叛軍之外看看就行，看事不可為就算了。而韓愈沒有絲毫猶豫，疾馳而入，孤身入虎穴，只身到了叛軍之中。

結果，韓愈確實像東坡居士所云「勇奪三軍之帥」，

立身叛軍之中，條分縷析，一番言辭有理、有據、有節，說得王庭湊都擔心軍心被韓愈說動，最後畢恭畢敬把韓愈送回來，還交還了所侵奪的一州。

所以韓愈身上那種不自惜的決心，那種氣勢、那種勁頭，讓蘇軾這樣的大宗師都成為他的「鐵桿粉絲」。但是他每一次的不自惜，每一次的挺身而出，看上去很風光、很傳奇，卻都是要付出代價的。就像這一次的《諫迎佛骨表》，被貶潮州，韓愈出了長安，到了藍田藍關，發出這樣悲痛的感慨，所謂「雲橫秦嶺家何在？雪擁藍關馬不前」。這一聯非常精彩。雲橫、雪擁，既是實景，又不無象徵之意。這種沉鬱厚重的風格，確實非常像杜甫。前有杜甫、後有陸游，都是這種厚重大氣的風格。而「家何在」的感慨，還真不是虛言。就是因為韓愈這一次的貶謫，家人隨他一起遠貶，就是在貶謫途中，他十二歲的女兒病死途中，讓韓愈沉痛不止。「雪擁藍關馬不前」就是行路難啊。可是雖然行路難，韓愈卻沒有「拔劍四顧心茫然」。他甚至抱了必死之心，所以才對韓湘說「知汝遠來應有意，好收吾骨瘴江邊」。這是扣題了，示姪孫湘嘛，所以最後的語氣是對韓湘所云，又用了《左傳》中「蹇叔哭師」的典故。這樣的結語尤其沉痛而厚重，但其中又有不盡的淒楚難言的激憤之情。

「好收吾骨瘴江邊」，有條江叫瘴江嗎？不是。這是

指嶺南當時瘴癘橫行，所以中原人都認為嶺南非適居之地。連那裏的江河因為瘴癘橫行，都被稱之為瘴江。可是韓愈沒有料到的是，他隨便稱嶺南的江叫瘴江，去了之後，潮州的江河甚至山川都因他改了名字。

作為潮州刺史，韓愈到潮州之後，既來之則安之，為當地興利除弊，辦教育，辦學校，還寫了篇《鱷魚文》，除掉了潮州的鱷魚之害，雖頗有幾分傳奇色彩，卻也被正史鄭重地記錄下來。因此，潮州當地視韓愈為潮州文化的奠基，筆架山後來改名叫韓山，江河也改名為韓江。甚至在韓愈離開之後，老百姓為了紀念他，生了孩子，都起名叫韓。那就是一座文化與歷史的豐碑啊。人生福禍相依，韓愈以為此去潮州必死無疑，卻為潮州文化做出了最豐厚的奠基。

韓愈在潮州短短八個月，幹了很多好事，做出了很多政績。還有一件事常被人津津樂道，就是他在潮州交了一個好朋友，六祖慧能的四傳弟子大顛禪師。這就有意思了，韓愈因為諫迎佛骨，反對憲宗迎佛拜佛才被貶到潮州，結果到了潮州居然和大顛禪師成為莫逆之交。當時就有人非議這個韓愈，韓愈也有解釋，說在當地呀，能和我交流，有這個認識水平、格局視野的只有大顛禪師了。而且我反對迎佛拜佛，那不是為反對而反對，那是建立在深入了解之後的反對。所以和大顛論交本身，也是一種理性

的學習與認識。

韓愈一輩子都在非議之中，可他心中自有定見，行事自有風格，從來不自惜，不在乎這些非議。為什麼韓愈能做到這樣？是什麼給了他不自惜的決心？韓愈字退之，後來卻人生處處奮進。是什麼給了他強大的行動力，給了他主動昂揚的人生姿態，給了他這種昂揚奮進的智慧？答案就是——儒家正統。韓愈之所以提倡文以載道，提倡不平則鳴，敢於為天下師，敢於忠犯人主之怒，敢於勇奪三軍之帥，甚至對賞識自己的憲宗迎佛也敢於大唱反調，那是因為從文化史、思想史的角度來看，韓愈是自魏晉南北朝以來儒學復興的一面旗幟、一個標杆。

我們回望中華文明的歷史，尤其對於士大夫階層而言，不論說外儒內道，還是說儒、釋、道三教合一，真正能提供現實智慧與行動智慧的，最基本的、核心的動力就來自儒家。儒家道統之學在隋唐復興，直接開闢了宋明理學。而豎起儒學大旗，標舉儒家正統，成為儒學復興標誌與里程碑的正是「匹夫而為百世師，一言而為天下法」的韓愈韓文公。這也就是蘇東坡特別佩服韓愈的地方。

雖然有「雲橫秦嶺家何在？雪擁藍關馬不前」的悲歎，但韓愈從來不曾放下「欲為聖明除弊事，肯將衰朽惜殘年」的心志。正是這種浩然之氣兼濟之心，才造就了雖屢經坎坷卻一身堅勁的韓愈。韓公不朽，浩然獨存！

難忘慈與愛

　　韓孟詩派是中唐時期崛起的一個影響很大的詩派，他們創作上主張「不平則鳴」，崇尚「苦吟」，追求「言人之所未言，闢人所未境」。這一派的代表詩人就是韓愈、孟郊，當然還包括賈島、李賀等。

　　而孟郊除了與韓愈成為莫逆之交、並稱韓孟外，蘇東坡後以「郊寒島瘦」來評價孟郊與賈島，世人因此又將孟郊、賈島並舉。下面，我們要來品讀的就是孟郊的代表作《遊子吟》。詩云：

孟郊——《遊子吟》

慈母手中線，遊子身上衣。
臨行密密縫，意恐遲遲歸。
誰言寸草心，報得三春暉。

雖然孟郊的很多詩作用語險絕，但這首詩卻明白如話。頭兩句「慈母手中線，遊子身上衣」，其實不算是兩句話，而是兩個詞組——慈母手中的線和遊子身上的衣。把這兩個簡單的並列組合放在一起，別有意境。這就像《天淨沙‧秋思》裏「枯藤老樹昏鴉」，幾個名詞並列一放，畫面即現，意境悠遠。「臨行密密縫，意恐遲遲歸」的主語當然都是母親，可是「臨行」對「慈母」，「遲遲歸」卻指向了「遊子」，對應關係也一目了然。

第三聯「誰言寸草心，報得三春暉」最為精彩。這個「草」暗用了萱草的典故。其實，早在西方人把康乃馨定為母愛的象徵之前，我們中國人就有一種母親之花，它就是萱草花。

萱草在中國已經有幾千年的栽培歷史了。「萱」字最早寫作「諼」。《詩經‧衛風‧伯兮》中有「焉得諼草，言樹之背」之句，朱熹註釋説：「諼草，令人忘憂；背，北堂也。」「諼草」就是萱草，「諼」是忘卻、忘記的意思。「背」是指北堂，古代一般是母親住在北堂，所以用「北堂」代指母親。這句話的意思是，到哪裏去找來萱草，種在北堂前好忘卻憂愁呢？

古時遊子要遠行時，就會先在北堂種上萱草，希望能減輕母親對孩子的思念，忘卻煩憂。孟郊還有一首遊子詩，詩云：「萱草生堂階，遊子行天涯。慈母倚堂門，不

見萱草花。」幾句之中，翻來覆去地提到萱草。

南京的江寧織造博物館中有一個建築，叫作「萱瑞堂」。康熙第三次南巡的時候，在南京見到了曹寅的母親孫氏。因為孫氏是康熙的乳母，康熙從小得到的母愛都來自孫氏，所以他才會對曹家那麼好。見到孫氏身體健康，康熙當時非常激動，起了孝子之心，提筆寫就「萱瑞堂」三個字。後來，曹家把這三個字做成匾額，懸掛在江寧織造府，以紀念康熙對他的乳母孫氏的寸草之心。

其實，即便我們不知道萱草的典故也沒有什麼關係，因為這首詩有着直擊心靈的力量，每一個人都可以感受到那無比深厚的母愛。不過，轉念一想，孟郊不是苦吟詩人嗎？不是「郊寒島瘦」嗎？為什麼能寫出這麼淺顯、明白如話又極富創意的《遊子吟》呢？而且這首詩還藏着一個小小的謎題——它是不是作於遊子臨行之前呢？要想徹底地了解詩詞背後的深情，就要先了解詩詞背後的詩人的人生。

孟郊確是苦吟詩人的代表，不僅寫詩苦，生活也苦。他是湖州武康人，也就是現在浙江德清武康鎮人。早年生活極貧困，曾周遊湖北、湖南、廣西等偏遠之地，前半生科舉考試屢試不第。好不容易到四十六歲，才登進士第。

那一天，他興奮至極，一改平時苦吟之狀，隨口吟出一首快詩：「昔日齷齪不足誇，今朝放蕩思無涯。春風得

意馬蹄疾，一日看盡長安花。」

可是之後的孟郊卻依然仕途不順，沒有機會施展人生抱負，到了五十多歲才謀了一個溧陽尉的微職。因為身卑官微，不得志，孟郊每天的愛好就是關起門來寫詩。作不出詩，則不出門，世人都稱之為「詩囚」。因為作詩而荒廢了公務，孟郊還被罰了俸。

倒霉事總是接二連三地來：他的髮妻早亡，孩子夭折；六十歲的時候，母親又去世了。他為母親守喪辭去官職，此後沒多久，便在抑鬱中抱病而逝。最後還是他的好朋友韓愈等人，湊了一些錢把他安葬，慨歎孟郊官卑身微，一生窮困。

孟郊和賈島都是韓愈的好朋友，但韓愈對孟郊的評價要高於對賈島的評價。他說孟郊的詩「橫空盤硬語，妥貼力排奡」，就是說他總有創新，不落窠臼。孟郊比賈島大二十八歲，其實算是賈島的前輩。在詩歌創作形式上，兩人也不同。孟郊只作古體詩，從來不寫律詩。一生寫了五百多首古體詩的孟郊，或許是覺得律詩有太多條條框框和音韻平仄上的束縛。他如此苦吟，所謂「兩句三年得，一吟雙淚流」，去努力進行古風的創作，追尋漢魏的風骨。

所以在韓愈所處的唐代，孟郊的地位要高於賈島。到宋代歐陽修才把兩個人並稱，到了蘇東坡才提出「郊寒島瘦」的說法，一下就成為定論。但實際上，孟郊的詩，感

情真摯，對生活的觀察也非常豐富，有很多關心國事民生的詩句。而賈島的生活面比較窄，對世事冷淡，一味枯寂幽峭。在格局、視野與情懷上，賈島是要稍遜於孟郊的。

「慈母手中線，遊子身上衣。臨行密密縫，意恐遲遲歸。」一般人讀來都以為是孟郊這位遊子，在欲去他鄉之前，母子間深情表露。一句「慈母手中線，遊子身上衣」，簡單質樸，卻不知打動過多少人的心。而一句「誰言寸草心，報得三春暉」的昇華，又讓人回味無窮。但要說到前面的質樸和後面昇華的高妙，都離不開「臨行密密縫」這個場景的鋪墊。雖然它只是一個生活的細節，卻能勾連起人生無窮的回憶和情意。

誰的腦海裏不曾有過這麼平常卻又可以凝固成永恆的場景呢？母親在燈下縫補，那份專注深情裏的關愛，就是孩子一生最溫暖的光芒。不為人父母永遠不會知道，一個母親為孩子忙碌時，那種充實而又踏實的心理。即便所作所為沒有什麼太大的意義，但那一舉一動，都是母親發自內心的本能。

孟郊一生家境貧寒，所謂「郊寒島瘦」恐怕也非專指他的詩作。他早年生活的窘迫，足以當得上一個寒字了。這樣的家境，遊子欲行，做母親的能為孩子準備些什麼？烙兩張餅，再整理一下孩子臨行的包裹。要不就在兒子的冬衣上再加上兩針細細的針腳。總之，一個母親一定要忙

碌些什麼，她的心才得安定，她內心深處無以言表的「意恐遲遲歸」的小念想，才能得以渲染。這樣的母親，這樣在忙碌着什麼的母親，這樣在昏黃燈光下加針引線的母親，又怎能不讓即將遠行的遊子心顫？

孟郊一定是在那一刻，在自己的心靈深處烙印下了這樣的畫面。然後，他風塵僕僕地遠行了，只不過那時他還年輕。而寫作《遊子吟》的那一年，他已經不再年輕了，已是年過半百的老人。孟郊在外漂泊多年，卻鬱鬱不得志，他曾在旅居京華的夢裏説「冷露滴夢迫」，在行色匆匆的野外「峭風梳骨寒」。沒有母親在身旁照料，他在野店裏病倒的時候，唯有「病客無主人，艱哉求臥難」。夕陽西下的時候，看見自己在河中的倒影，不禁感慨説「自悲風雅老，恐被巴竹嗔」。這都是人生的悲歡啊，或者説只剩悲歡才造就了苦吟的詩人。

但即使這樣，他也沒有想起來作這樣一首《遊子吟》。直到後來，孟郊終於在五十歲那年，謀到溧陽尉這個卑微的官職，終於有了微薄的俸祿。他立刻想到了他的母親，他要把老家年邁的母親接來，和做了一輩子遊子的兒子一起享幾天福。在那一年的春天，在溧水河邊，當孟郊遠望着小舟上母親那熟悉的身影越來越近的時候，一時熱淚奔湧，於是便有了這首名動千古的《遊子吟》。

我曾經站在溧水河邊，一遍遍懷想孟郊孟東野當年，

如何痴望着遠處漸行漸近的小船；懷想他看到船頭母親的身影，數十年前母親在燈下縫補的畫面該是如何於一瞬間，湧進他的腦海；懷想一個喜歡苦吟、喜歡雕詞琢句的詩人，是如何於一瞬間吐露出這樣平白質樸的詩作。

孟郊寫下《遊子吟》後，收拾好心情，平靜地在詩上題下了「迎母溧上作」的小註，便陪着母親離去了。他消瘦的身影在歷史的塵埃裏漸行漸遠，只剩下我，獨立河岸，在蒼茫的暮色裏，默讀着「誰言寸草心，報得三春暉」，可我——終究也要離去。

夕陽最後的微芒，平靜地灑滿大地，遠處三三兩兩的燈火漸起，我突然又想起「臨行密密縫」的場景。其實，孟郊還有一首寫給妻子的《結愛》：「心心復心心，結愛務在深。一度欲離別，千回結衣襟。」「千回結衣襟」，還是「臨行密密縫」啊！難怪孟郊遠望母親的小船，會一下子想起當年臨行前母親縫補的場面來。

原來不論是母親還是愛人，在那細密的針腳裏，都縫下過一段綿綿不盡的愛呀。

人生的夾縫

人們一般認為賈島的詩風「孤峭僻澀」「荒涼寂寞」。因此便有人不理解，這樣的賈島怎麼會寫出「只在此山中，雲深不知處」的簡潔悠遠，怎麼會寫出「秋風吹渭水，落葉滿長安」的滿懷情愫，以及「十年磨一劍，霜刃未曾試」這樣的遒勁如鋼來呢？

下面，我們就來一起分析一下賈島那首別有特色、別有風情的《劍客》。詩云：

賈島——《劍客》

十年磨一劍，霜刃未曾試。

今日把示君，誰有不平事？

對於中唐的韓孟詩派來講，韓愈和孟郊毫無疑問是其中的代表人物。但除了韓愈和孟郊，賈島、李賀等也都屬於韓孟詩派。要理解賈島，理解這首詩，我們還是需要先來看看賈島的人生經歷。

　　賈島的人生經歷、賈島的詩歌，有着許多頗為特別之處。這裏面其實也牽涉了一個千古以來始終爭論的謎題。那就是——賈島到底是詩僧還俗、重入科場，還是因為考場失利才出家當了和尚？說老實話，這在賈島生活的時代便已經是疑雲密佈了。

　　像《新唐書》裏對賈島的記載僅一百一十八字，是附屬於《韓愈傳》底下的一個小傳，說「愈憐之，因教其為文，遂去浮屠，舉進士」。而《唐詩紀事》中關於賈島的記載與《新唐書》一致，說「韓愈惜其才，俾反俗應舉」。也就是認為，賈島先是當和尚，後來才去返俗的。但《唐才子傳》中的記載卻與《新唐書》相反，認為賈島「連敗文場，……，遂為浮屠，名無本」。五代何光遠所著《鑒戒錄・賈忤旨》認為「島後為僧，改名無本」。

　　《新唐書》是正史，其描寫賈島的部分雖簡略，但多數研究者還是認為應以《新唐書》為依據。而且，還有學者細緻分析了韓愈和孟郊寫的關於賈島的詩。韓愈有《送無本師歸范陽》，孟郊有《戲贈無本》，從詩題上看，元和六年（811）賈島入長安拜謁韓愈時，還是僧人的面貌，

並未立即還俗。又據賈島《贈翰林》詩,可知其還俗應舉不晚於次年。以此推論,賈島應該之前為僧,後於元和六年(811)或者元和七年(812)之間還俗應舉,當時賈島的年齡大概是三十三或者三十四歲。

辨析清楚了這一點,才有利於我們更好地理解,以孤冷詩風著稱於世的賈島為什麼能寫出那麼火熱的《劍客》一詩來?而這其實要從那個著名的「推敲」的典故説起。

賈島在長安時寫了那首著名的《題李凝幽居》。其中頷聯是「鳥宿池邊樹,僧敲月下門」。但到底是「僧推月下門」好呢,還是「僧敲月下門」好呢?賈島騎在他的毛驢上,進入了推敲的境界。他反覆做着推或者敲的動作,不知不覺就衝撞了京兆尹韓愈的車隊。對於賈島來講,這簡直就是屬於類似於酒駕的「詩駕」。

這一次的「詩駕」行為當然非常有名。但大家一般不知道的是,賈島不僅僅只有這一次「詩駕」,他其實一貫如此。在遇到韓愈之前,他就有過一次類似的「詩駕」行為,而且巧的是,那次也衝撞了一位京兆尹的車隊。當然,那時他正在琢磨他的另一首名篇,叫作《憶江上吳處士》,頷聯的名句即是「秋風吹渭水,落葉滿長安」。據《唐摭言》記載,當時賈島先得了這一聯的下半句,也就是「落葉滿長安」,但苦思良久,想不出上一句來。當他沉浸在這種詩歌創作的境界中時,他也是騎在毛驢上,在

大街上衝撞了當時的京兆尹。

可兩位京兆尹的態度大不一樣。那一次衝撞的京兆尹叫劉棲楚，這個人氣量很小，把賈島斥責一番，關押了一天。賈島被放出來之後，滿眼淒涼，才補足了上一句「秋風吹渭水」。所以這一聯的名句「秋風吹渭水，落葉滿長安」也是賈島因「詩駕」而得的千古名聯。

而京兆尹韓愈就比劉棲楚的胸懷廣大得多。韓愈看賈島全神貫注，痴迷於詩歌的創作，很是欣賞，並建議說，看來還是用「敲」好，這一個「敲」字，就使得夜靜更深之時，多了幾分聲響，靜中有動。韓愈不僅沒有責罰賈島，還和他一路並駕而行，又帶他回家討論詩道。由此，賈島和韓愈成為莫逆之交。

也正是在韓愈的鼓勵下，賈島投身韓門，最終返俗應考。所以，蘇東坡說韓愈韓文公「文起八代之衰，而道濟天下之溺」，那種胸懷和境界真不是隨便說說的。因為韓愈的影響，賈島重燃入仕之心，這也就是《劍客》這首詩的創作背景。

賈島返回俗世之際，早已過了而立之年，不論求舉還是建立功業，時間都很緊迫，這不由得讓他夜夜難安，焦慮不已。但因為有詩書的功底，賈島還是顯得意氣風發，這首《劍客》便充分表現了他這種強大的自信。

我們看，第一句「十年磨一劍」彷彿是破空而來，出

語實在不凡。詩中將「十」與「一」對舉，這是句中作對。以十年時間磨礪而成，可見此劍非同尋常、非同一般，也從一個側面反映了劍客武功的超絕。第二句「霜刃未曾試」中的「霜刃」指的是利刃如霜，攝人心魂；「霜刃未曾試」，就是指如霜之刃，還不曾小試鋒芒呢。這一句只寫鋒刃雪白錚亮，如染白霜，為讀者留足了想像的空間。

後兩句云：「今日把示君，誰有不平事？」今天呢，因為得遇知賢善任的「君」，便將這把利劍拿了出來。但這不是為了炫耀，而是為了削盡天下不平事。是說請你告訴我，天下誰有冤屈不平的事？一個「誰」字，就把小我引向了更廣大的外部世界，甚至指向了整個社會。那樣一種急欲施展才能、成就一番事業的壯志豪情，躍然紙上。

其實，每個人的內心都曾經火熱，每個士子都有建功立業的熱情與憧憬。詩中的劍客其實就是賈島自我的寫照，他借劍客的豪情抒發自己多年苦讀、磨礪才幹、欲以伸展的遠大抱負。吳敬夫對此詩評曰：「遍讀《刺客列傳》，不如此二十字驚心動魄之聲，誰云寂寥短韻哉！」讚其「豪爽之氣，溢於行間」。

在與友人酬唱的詩作中，賈島也經常表達出自己堅定的進取之心，來與朋友相互勉勵。比如《題劉華書齋》「終南同往意，趙北獨遊身」，表明賈島雖與友人都嚮往歸隱，但他仍選擇為理想而獨遊。尤其是《臥疾走筆酬韓愈

書問》一詩，最能代表他此時的心意。詩云：「一臥三四旬，數書唯獨君。願為出海月，不作歸山雲。身上衣頻寄，甌中物亦分。欲知強健否，病鶴未離羣。」

這首詩寫得很棒。詩的首聯與頷聯描述了自己窮病交困的處境，並為韓愈此時的問候與接濟表達感激之意。在如此困難的處境下，是否能夠不改初衷、堅持自己的理想，這是韓愈在書信中對賈島提出的疑問，也可以看作是賈島的自問。對此，賈島表示「願為出海月，不作歸山雲」，甚至即便身體多病，也要「病鶴不離羣」。

然而，雖滿腹情懷，雖意欲報國，但賈島終其一生都未能中第，以致發出了「莫話五湖事，令人心欲狂」這種聞之令人心碎的呼喊。

我們說「性格決定命運」。這句話在賈島身上體現得再充分不過了。

唐代行卷風氣盛行——應考之人在考前將自己的作品送給有文學聲望的官員，希望能被推薦給主考官。而考官在閱卷之時，考生的名聲也是考慮的因素之一。

然而，多年的佛門生活養成了賈島清高孤冷的性格，多年的苦讀又使他以滿腹才華自矜，因此在舉子中他顯得鶴立雞羣、格格不入。據《鑒戒錄・賈忤旨》記載：「島初赴名場日，常輕於先輩，以八百舉子所業悉不如己。自是往往獨語，傍若無人，或鬧市高吟，或長街嘯傲。」這

種做派非常容易招致反感和非議，也給他帶來了切實的禍患。

因此關於這首詩的寫作背景，也有一種說法是說賈島天真地以為，憑着自己的才學一定能考中，結果被認為是「無才之人，不得採用」，與他人一起落了個「考場十惡」的壞名。賈島心知是「吟病蟬之句」得罪了有權勢的人，可又無可奈何。於是就在這種背景下，賈島創作了《劍客》這首自喻詩。

從賈島的作品中不難看出，他為人潔身自好，不阿諛權貴。由於在科舉場中一再碰壁，作為一個詩人，賈島就很自然地把詩歌作為發泄怨憤之情的工具。因此，描寫這種怨憤之情，也就成為賈島詩歌最主要的內容。正所謂悲憤出詩人。

或許不少讀者會有疑問，對當時的賈島來說，建功立業的可能已經不復存在，他為什麼依舊如此執着紅塵？為什麼這麼長久的折磨沒有導致他退居山林，沒有讓他重新皈依佛門？對於一個有二十幾年出家經歷的人來說，這確實讓人難以理解。而且，歸隱佛寺不是一樣能夠寫出詩歌來嗎？比如說王維，隱居終南不是一樣寫出了傳誦千古的詩篇嗎？我個人覺得，賈島始終不離京城、在京城奔走的選擇，恰恰證明了他是由詩僧還俗進入科舉考場的。因為來過，所以愛過，而且是一直愛在其中。

身入長安的賈島舉目無親，能否遇到賞識自己的知音，能夠堅守自己的理想是他所面臨最大的難題。也正因為如此，他十分重視師友的溫暖。像他的名作《題詩後》：「兩句三年得，一吟雙淚流。知音如不賞，歸臥故山秋。」一般人們多看重前兩句，其實後兩句才隱藏着賈島希冀自己的抱負、自己的才華被世人認可的強烈渴望，隱藏着他對師友溫暖、溫情的極端看重。

既然才華不被賞識，既然不能在科場實現自己的人生理想，那麼賈島的精神寄託就是要寫出更好的詩句，得到詩壇的認可。從某種意義上說，對移居長安的賈島而言，應舉和苦吟成為他後半段人生的主導旋律，也成為支撐他走下去的關鍵所在。

可以說，正是人生的夾縫和命運的錘煉，才塑造出這樣既能「十年磨一劍」，又「願為出海月，不做歸山雲」，又「恨無知音賞，歸臥故山秋」的賈島。從本質上說，賈島其實和孟郊一樣。蘇軾評「郊寒島瘦」，遂成定論，是因為他們都在人生的夾縫裏，努力過、掙扎過、來過、活過、愛過。

雖然他們掙扎的人生最終還是悲劇的人生，但他們所釋放的人性的光亮與不朽的詩篇卻可以光照千秋。這，正如韓愈所言：「孟郊死葬北邙山，日月星辰頓覺閒。天恐文章終斷絕，再生賈島在人間。」

人間自有情詩　此愛不關情事

　　中國古代有一種現象，就是一些典型的愛情詩，很多人都喜歡解讀為政治諷喻詩。之所以如此，是因為中國古代向來有將政治上的關係，通過情詩來表達的習慣。

　　今天，我們就來講一首這樣的與「愛情」無關的「愛情詩」，這就是張籍的《節婦吟寄東平李司空師道》。詩云：

君知妾有夫，贈妾雙明珠。

感君纏綿意，繫在紅羅襦。

妾家高樓連苑起，良人執戟明光裏。

知君用心如日月，事夫誓擬同生死。

還君明珠雙淚垂，恨不相逢未嫁時。

這一句「恨不相逢未嫁時」實在太過有名，成為千古名句。後人處處、時時引用，表達的心情倒真的是「恨不相逢未嫁時」。可是寫出這樣句子的原作者張籍，寫詩的時候心中卻未必是真的恨（遺憾）。

但是，世上的事兒往往就是「有心栽花花不成，無心插柳柳成蔭」。張籍並不為恨而寫「恨不相逢未嫁時」，卻成了後來無數傷心人的肺腑之言。那麼為什麼會這樣呢？我們先來看看這首短短的七言歌行，到底寫的是什麼？為什麼說張籍所說的「恨不相逢未嫁時」，卻並不是真的恨。

這首詩的表面意思，寫的是一種有理、有據、有節地拒絕婚外戀追求的狀況。詩裏開始說「君知妾有夫，贈妾雙明珠」，是說你明明知道我已經有了丈夫，還偏要送給我一對夜明珠。這種貴禮背後的心意我不是不知道，所以「感君纏綿意，繫在紅羅襦」，我心中感激你情意纏綿，所以把你贈我的明珠繫在紅羅短衫之上。可是，你不要以為這樣就意味着我接受了你的情感。「妾家高樓連苑起，良人執戟明光裏」，「連苑起」是連着皇家的花園。就是說我愛的人和我嫁的那個家庭、那個家族，是很有背景的，你未必能惹得起，我家的高樓就連着皇家的花園。為什麼會這樣呢？是因為良人。「良人」是舊時女子對丈夫的稱呼，「明光」是漢代「明光殿」，這裏就指皇宮。所

以「良人執戟明光裏」，是說丈夫拿着長長的戈戟，在皇宮裏值班。如此一來，丈夫與夫家的身份地位不言而喻。

我們知道，唐代是十分講究家族背景與士族背景的。就像我們講虢國夫人的囂張，不僅憑的是和妹妹楊玉環的關係，更因為她是河東裴氏的兒媳。有時交代家族背景，尤其是與皇族的關係，在唐人那裏是非常有效、非常管用的。所以說，雖然這個婚外戀的追求者可能自命不凡，但是女子的潛台詞中卻說，我夫家的背景不是你能想像的，不是你的地位、你的實力所能凌辱與侵犯的。這一句，可以算是非常直接的拒絕與回擊了。

但是，別人畢竟贈與一雙明珠，雖然背後有可能圖謀不軌，但是表面上畢竟還是善意的。所以在「妾家高樓連苑起，良人執戟明光裏」的還擊與堅硬的語氣之後，詩人開始放緩語氣，繼而有理有據地分析說：「知君用心如日月，事夫誓擬同生死。」這裏的「用心如日月」是肯定對方的動機與追求的目的，至少在表面上說我知道你對我的愛是光明磊落的，沒有什麼不堪的成份。可以說，這種理性的判斷對對方來說是一種非常好的安慰。其實還有另一面，除了「知君用心如日月」，但希望你能夠知道，「事夫誓擬同生死」。雖然我知道你是真心朗朗地追求我，但很遺憾，我已和我的良人結下生死之願。這是理性的告知，告知彼此雙方都是光明磊落的心，光明磊落的愛。既

張籍《節婦吟寄東平李司空師道》

肯定了追求者，也肯定了自己對丈夫的愛，這樣的分析真是充滿了理性的光輝色彩。

但是，不論分析得再怎麼理性，結果終究是拒絕。所以在堅決地拒絕之後，為了安撫對方那顆有可能破碎的心，詩人最後還要說一句纏綿的情話。可這一句不小心就說出了千古名言——「還君明珠雙淚垂，恨不相逢未嫁時」。這是想徹底地安撫對方，想隱約地表達一種「投我以木桃，報之以瓊瑤」的情緒，卻一不小心寫得深情婉轉、纏綿悱惻至極。這樣的話語說出來，那種纏綿之意，言有盡而意無窮，直擊每個人心中最柔軟的那處空間。既感化了心靈，又消弭了矛盾，讓一切危機消於無形，這簡直就是拒絕的最高超的藝術。

張籍不愧才華出眾，把拒絕追求、拒絕愛都能說得那麼溫婉感人。當然可能會有人問，難道一定是拒絕嗎？難道不會是他確實有着「恨不相逢未嫁時」的情緒？確實，詩裏文本語言的誇張會讓人產生這種感覺。但是這首詩的題目叫作《節婦吟》，「節婦」毫無疑問就是有節操的人，尤其是對丈夫忠貞的妻子。更關鍵的是，詩題中還交代了寫作的對象——寄東平李司空師道。「李司空師道」究竟何人？就是當時權傾一方的平盧淄青節度使李師道。作為藩鎮割據的一方諸侯，李師道同時又兼着檢校司空、同中書門下平章事的頭銜，所以張籍稱之為「李司空師道」。

　　中唐以後唐室的衰微，有兩個根由：一是藩鎮割據，一是宦官亂政。而中唐以後「藩鎮割據」之勢漸成，地方尾大不掉，繼而威脅中央，破壞統一。李師道等人用各種手段勾結、拉攏甚至威逼文人、官吏。許多不得意的文人、沒有氣節的官吏，往往要去依附這些地方諸侯。張籍作為韓愈的大弟子，自然是李師道以及很多地方諸侯重點爭取的對象。而我們知道，韓愈堅持儒家正統思想，堅持「文以載道」，所以被蘇東坡稱為「文起八代之衰，而道濟天下之溺」。韓愈以及韓門子弟都是講究儒家正統與「大一統、天下論」的，張籍毫無疑問也是反對藩鎮割據，主張維護國家統一。

　　顯然，這首詩就是張籍面對李師道的拉攏、利誘甚至是威逼所作。但政治上的事，用政治語言回答就很容易撕破了面孔，而用情詩來表達自己的政治立場，就顯得辭淺意深、意在言外。既有理、有據、有節地予以拒絕，又細緻入微、溫婉曲折，別有動人之處。據說就是因為這首詩情詞懇切，連李師道本人讀了之後也深受感動，不再勉強張籍。所以，張籍的這首詩表面上是一首愛情詩，其本質倒與愛情無關，是一首真正的政治詩。

　　但是我們不禁還是要問，一首政治拒絕詩，為什麼能寫得這麼纏綿悱惻呢？甚至比一般的情詩還要有情？尤其最後一句「恨不相逢未嫁時」，戳中了無數代人心中的痛

點與淚點，成為很多人心中、生命中遺憾的代言。

這就要說到詩歌創作中的一條規律：用心之深、用情之深，自然能「處處皆情語」，「處處皆心語」。

張籍算是一個「癡情」詩人的典型代表。他才學很大，後來詩名更甚，尤其是他和王建的樂府創作被稱為「張王樂府」，是中唐「新樂府」運動的典型與代表。張籍作為韓愈門下的大弟子，有着典型的儒家士大夫「家國天下」的情懷，所以以樂府詩體現民生疾苦。他最崇拜、最推崇的詩人，不是才華橫溢的李白，而是沉鬱頓挫的杜甫。

張籍學杜詩、學杜甫，癡到什麼地步呢？據馮贄的《雲仙散錄》記載，因為太迷戀杜甫的詩歌，張籍就把杜甫的名作一首首地抄下來，然後再一首首地燒掉，燒完的紙灰拌上蜂蜜，每天早上吃三勺。

一天，張籍的朋友們來拜訪他，剛好看到他正在拌紙灰，很不理解，就問他為什麼把杜甫的詩燒掉，又拌上蜂蜜吃了呢？張籍就回答說：吃了杜甫的詩，我就能寫出和杜甫一樣的好詩了！朋友們聽說後，啼笑皆非，但無不讚佩張籍的這份癡情癡心。有了這份癡情癡心，張籍落筆，每每所言雖不過是生活瑣事或政務之事，卻妙筆生花，總有深情宛致之語，就像唐人行卷之風中那個著名的問答故事。

在行卷風氣下產生的最著名的一首詩，就是朱慶餘所寫的《近試上張水部》。詩云：「洞房昨夜停紅燭，待曉堂前拜舅姑。妝罷低聲問夫婿，畫眉深淺入時無。」洞房裏昨夜花燭徹夜通明，等待拂曉拜公婆討個好評。打扮好了輕輕地問新夫婿一聲：「我的眉毛畫得濃淡可否？公婆看了可否高興？」這是借新婚嫁娘與新婚夫婿的問答，希望得到主考官的重視與好評。

而朱慶餘這首詩是寫給誰的呢？詩題中的「張水部」就是張籍，張籍時任水部員外郎。韓愈也有一首名作，叫《早春呈水部張十八員外》，就是那首「天街小雨潤如酥」，也是寫給張籍的。然而，張籍並不是那一年的主考官，朱慶餘卻寫給張籍，希望通過張籍弘揚他的名聲，引起主考官重視。由此可見張籍的引薦作用之大，也可以看出張籍在士大夫、在文人中的影響之大。

朱慶餘別出機杼，而張籍更是因痴心痴情著名，他讀了朱慶餘的這首《近試上張水部》之後，非常肯定這個年輕人的創意，於是也回了一首《酬朱慶餘》。詩云：「越女新妝出鏡心，自知明艷更沉吟。齊紈未足時人貴，一曲菱歌敵萬金。」朱慶餘剛好是越州人，所以一句「越女新妝出鏡心」簡直妙不可言。這是說你就像那個剛剛修飾打扮好，從清澈明淨、風景優美的鑒湖中走出來的採菱女啊！採菱女當然知道自己的美麗、自己的內涵，但面臨人

生重要關節的時候，也難免要有所疑惑與思量。我想告訴你，儘管有許多姑娘，身上也穿着齊地出產的精美綢緞做成的衣服，但是徒有其表，並不值得世人看重。唯有你這樣的採菱女，「一曲菱歌」才值千金萬金。這就是張籍給朱慶餘的一個肯定回覆，你不像那些徒有其表、華而不實的人，你的內涵、你的才學，我很欣賞。

所以朱慶餘的那首小詩要表達的意思是：「張老師，您看我怎麼樣？這次進士考試有希望嗎？」而張老師的回答簡潔有趣，不過就是一句：「我看好你喲！」這樣的張籍，這樣的朱慶餘，他們的問答不關情事，卻寫得濃情有趣，成為千古美談。

撇開張籍的原詩而言，那一句「還君明珠雙淚垂，恨不相逢未嫁時」實在感人至深！人世間有多少愛，多少恨，抵不過一句「錯過」。於千萬年時光的無涯中，於千萬世無邊的人海中，如果能剛剛好遇見，又不是「君生我未生，我生君已老」，也不是「恨不相逢未嫁時」，那樣的相遇才可以真正地撫慰人生，才可以讓我們在荒涼的人世間，放心地說一句：「哦，原來你也在這裏！」

偉大的詩與並不偉大的詩人

中唐時期，有一位人稱「短李」的著名詩人。他的《憫農》二首，尤其第二首可說是家喻戶曉，千古傳唱不衰，差不多連幼兒園的小朋友都會吟誦。這位詩人就是李紳。

然而，就是同一個李紳，在其人生不同階段的表現卻差異巨大，甚至可以說是前後判若兩人。這，究竟是為什麼呢？

我們還是先來看看這首《憫農》（其二）。詩云：

鋤禾日當午，汗滴禾下土。
誰知盤中餐，粒粒皆辛苦。

反映百姓生活，是中國詩歌的久遠傳統。像三國時期曹操就寫有「白骨露於野，千里無雞鳴」，唐代杜甫也寫有《兵車行》和「三吏」「三別」等詩作，都反映了詩人所處的那個時代真實的生活面貌。

尤其到了中唐，唐王朝剛經歷過「安史之亂」，中央和藩鎮都變本加厲地壓榨掠奪農民，農民的生活陷入更加困苦的境地。這時，一些文人寫出了不少反映農民生活的文學作品。例如，與李紳同時代的劉禹錫便寫出「美人首飾侯王印，盡是沙中浪底來」，白居易則寫有「宣州太守知不知？一丈毯，千兩絲，地不知寒人要暖，少奪人衣作地衣」，「可憐身上衣正單，心憂炭賤願天寒」，再如聶夷中的「二月賣新絲，五月糶新穀。醫得眼前瘡，剜卻心頭肉」，羅隱的「盡道豐年瑞，豐年事若何。長安有貧者，為瑞不宜多」。

而李紳的《憫農》二首無疑是其中的代表性作品。這兩首詩是李紳舉進士前所作。宋代計有功所編《唐詩紀事》卷三十九記載：李紳曾以《憫農》二首求知於呂溫，深受呂溫的賞識。呂溫在見齊煦和弟弟呂恭時，與他們共同欣賞了這兩首詩，並稱讚說：「斯人必為卿相。」

李紳六歲時父親去世，母親盧氏教他識字和讀一些儒家的文章。後因家庭貧困，便到無錫惠山寺中去讀書，這樣就可以獲得免費的食宿。後來，李紳又到剡川（今浙江

嵊州市）的天宮寺讀書。寺中有一老僧覺得這個年輕人非同尋常，便對其十分照顧。待李紳學成，準備赴長安應進士舉時，又資助了他不少盤纏。

李紳早年的貧困和四方遊學經歷，使他很早就接觸到社會底層，對社會民生體會較深，創作了《憫農》詩二首和《新題樂府》詩二十首。這些詩中包含着他的政治理想和入世情懷，也使他在詩壇上獲得了聲響。

「鋤禾日當午，汗滴禾下土。」開頭兩句用白描手法，勾畫出了一幅夏日農夫耕耘圖：時至正午，烈日當空，大地炙熱，勤苦的農夫卻仍在揮汗耕作。詩人選擇正午鋤禾場景，不僅僅是為了客觀描述農夫耕作的景象，更是要喚起讀者在思想與感情上最深切的共鳴。後面兩句「誰知盤中餐，粒粒皆辛苦」，則直抒胸臆，道出心中的不滿與憤慨之情。

我們在前面提到了許多同類詩，那為什麼李紳詩能廣泛流傳呢？很重要的一個原因就是這首詩語言通俗、樸素無華。詩裏沒有什麼難認、難解的字，而且能夠抓取正午農耕這樣一個關鍵景象，運用十分直白淺顯、易於理解、易於感知的語言表達出來，詩歌就有了特別動人的力量。特別説一句，對於詩裏的「禾」，不同的人還是有不同的理解的。有的解釋為禾苗、水稻苗，有的解釋為玉米苗，其實這裏的「禾」指代的應該是粟。有研究者提到，《憫

農》（其一）就寫到了「春種一粒粟，秋收萬顆子」，點明農夫種的是粟。當然也可以取引申義，以「禾」泛指莊稼。如聶夷中《田家》「六月禾未秀，官家已修倉」，這裏的「禾」就泛指莊稼。

《憫農》（其二）雖然只是一首二十字的小詩，因為用了屬上聲七虞韻的韻腳字「午」「土」「苦」，讀來如泣如訴，既似歌謠，又似俚語，敍事議論，真切感人，極大地增強了詩歌的感染力。

《憫農》（其一），「春種一粒粟，秋收萬顆子。四海無閒田，農夫猶餓死」，則在短短的二十個字中，表現出從春到秋、從農田到農夫的時空和視角的轉變，氣調悠長博大，含意深厚雋永。第一、二句以極其巧妙的對比，用「一粒粟」對「萬顆子」，形象地寫出了季節的轉換，寫出了豐收的景象；第三、四句，先展現了碩果纍纍的豐收景象，隨後忽然逆轉筆鋒，一句「農夫猶餓死」以喜寫悲，深深地擊中了讀者的心，迫使讀者不得不去思索，究竟是什麼原因導致了這人間悲劇？

實際上，許多詠歎農民及其生活的詩也通俗易懂，但遠不如《憫農》二首好記和琅琅上口。因此，千百年來，這兩首詩可以說是婦孺皆知，久吟不衰。

說到這裏，那麼問題就來了。《憫農》二首之後，李紳為什麼沒有其他有影響的詩歌了？李紳在古代算是高

壽，終年七十四歲。從數量上看，一般認為，李紳今存詩四卷，共一百四十首，其中《追昔遊集》三卷，計一百零六首，雜詩一卷，計三十四首。這些數字雖比不上大家，但也不能算少。

元和四年（809），李紳入朝為祕書省校書郎。五年前他曾在長安應舉時就與元稹、白居易以詩締交，白居易戲稱他為「短李」。此次入京任職，有了更多機會與元、白二位切磋詩文，其《新題樂府》更是受到了元、白的推許與效仿，因而可以說李紳實際上是新樂府運動的先驅。

但《追昔遊集》中，紀遊詩、頌德詩幾乎佔據了三卷的全部。尤其有一首是李紳任壽州刺史時寫的《聞里謠效古歌》，同未舉進士前的《憫農》二首是同類題材，卻處處粉飾太平，內容大異其趣，境界高下立判，充分說明了李紳出仕前後的思想蛻變。

文如其人，言為心聲。文字從來是屬於心靈的，更加準確地說，不是文如那個人，而應該是文如寫作時的那個人。李紳後來在詩文上不再有影響力，是因為他已經落入了惡的沼澤，再怎麼用筆，也寫不出善而傳神的東西來了。

看到後來變得狠心毒辣的曹丕，我們會奇怪他怎麼能替思婦寫下「明月皎皎照我床，星漢西流夜未央。牽牛織女遙相望，爾獨何辜限河梁」的深情婉轉？我們讀詩、

讀史，會覺得這很矛盾，很分裂，其實這背後又有合理的地方。道理就在，一個深情的男人，千萬不要離政治那麼近，不要離名利、野心、權勢那麼近。李紳同樣如此。

元和元年（806），李紳考中進士，步入仕途，晚年官至宰相，封趙國公。李紳也曾施展才幹，做出一些政績。不過李紳也因官位的升遷，滋長了自傲心理。據野史記載，李紳為官後「漸次豪奢」，一餐的耗費多達幾百貫。至於說他尤其喜歡吃雞舌，每餐一盤，要耗費活雞三百多隻，後院宰殺的雞堆積如山，經學者考據，確為無稽之談，但他後來生活的豪奢極欲卻是真實的。詩人劉禹錫回京後，李紳請其赴宴，宴會上不僅羅列山珍海味，還有嬌娥靚女歌舞伴酒。劉禹錫當即吟了一首《贈李司空妓》，描寫了李紳生活的窮奢極侈：「高髻雲鬟新樣妝，春風一曲杜韋娘。司空見慣渾閒事，斷盡蘇州刺史腸。」成語「司空見慣」也是據此而來。

李紳不只是生活奢侈，還漸漸變得愛耍權威、薄情寡義。據范攄的《雲溪友議》記載，李紳年輕時常到一個叫李元將的人家中做客，每次見到李元將都稱呼「叔叔」。後來李紳鎮守淮南，李元將屈尊降輩，主動稱自己為「弟」，為「侄」，李紳都不高興，直到李元將稱自己為孫子，李紳才勉強接受。還有一個姓崔的巡官，與李紳有同科進士之誼，一次特地來拜訪他，剛在旅館住下，其

家僕與人發生爭鬥。李紳聽說後，竟將雙方都處以極刑，並下令把崔巡官抓來，打了二十棍後，押送江南。當時人們都議論說：「李公宗叔翻為孫子，故人忽作流囚。」就是說，原來的叔叔反過來做了他的孫子，朋友成了被流放的犯人。

當然後來也有人認為范攄「詆李紳之狂悖，毀譽不免失當」。李紳吃雞舌的故事或許是後人的演繹，但聯繫其他文獻的記載以及李紳的性格作風，范攄所述或也未必盡誣。而讓人更感齒冷心寒的是，李紳不僅無情無義、為官酷暴，更捲入「牛李黨爭」的政治旋渦，在「牛李黨爭」中導演了一幕又一幕的鬧劇、慘劇。

李紳一生中最大的污點，應該是他晚年經手的「吳湘案」。唐武宗會昌五年（845），李紳出任淮南節度使。當時，江都令吳湘被人舉報貪污公款、強娶民女。李紳將吳湘逮捕下獄，判以死刑。此案上報到朝廷後，有人懷疑其中有冤情，朝廷便派遣御史崔元藻前往揚州複查。崔元藻調查後發現，吳湘貪贓屬實，但款項不多，強娶民女之事則不實，罪不至死。但李紳卻一意孤行，強行將吳湘送上了斷頭台。

對於李紳緣何如此，歷來說法不一。但不論具體原因如何，總的看來李紳執意處死吳湘，是欲討好李德裕而為之，這一點應該是確實的。

到了大中元年（847），唐宣宗即位，罷免了李德裕的宰相職務，李黨一干人等全部被貶去崖州。這時，吳湘的哥哥為弟鳴冤，請求朝廷複查吳湘案。後吳湘得到平反，而李紳這時雖已去世，但按照唐朝的規定，酷吏即使死去也要剝奪爵位，子孫不得做官。因此，死去的李紳受到了「削紳三官，子孫不得仕」的處罰。

元和、長慶年間，唐詩出現了一個羣星燦爛的中興時期。在一代詩人中，元稹、白居易、柳宗元、劉禹錫、韓愈、孟郊、賈島、李賀的文學業績都不同程度地超過了李紳。而李紳雖有詩才，卻由於一心功名，不僅消褪了早期的銳氣，更最終走上了一條不歸之路。

李紳好像一顆彗星，在詩壇閃現了瞬間的光輝就消失了。當然，他的《憫農》二首卻因其內在的魅力傳承千古，讓人們生發出關於偉大的詩與並不偉大的詩人這一話題的無限感慨。

最深的愛 最好的你

中唐詩壇上，韓孟詩派之後有另一個有着巨大影響力的詩歌流派，這就是以元稹、白居易為代表人物的元白詩派，他們發起了轟轟烈烈的「新樂府」運動。

在具體創作上，元詩中最具特色、最感人的無疑是他的悼亡詩。下面，我們要品讀的就是元稹的名作《離思》（其四）。詩云：

元稹——《離思》（其四）

曾經滄海難為水，除卻巫山不是雲。
取次花叢懶回顧，半緣修道半緣君。

這首詩的意思其實不難理解，是說曾經見識過滄海的波瀾壯闊，別處的水就不足為顧了；曾經見識過巫山的雲蒸霞蔚，別處的雲便不能稱其為雲。我倉促地從花叢中走過，甚至懶得回頭去顧盼一下，其中的緣由，一半是因為修道人的清心寡欲，一半是因為曾經擁有過你。如果只是從字面意思來看，詩也不足稱奇。但如果讀不出字句背後的傷感，也許你將錯過最美的情詩。

一般認為，這首詩是元稹為悼念他那二十七歲死去的妻子韋叢而作。

首聯「曾經滄海難為水，除卻巫山不是雲」，其實暗藏了兩個典故。

第一句「曾經滄海難為水」是從《孟子‧盡心篇》的「觀於海者難為水，遊於聖人之門者難為言」化來。孟子說，孔子登上東山，魯國就變小了；登上泰山，天下都變小了。觀看過大海的人，很難被其他水所吸引；而在聖人門下學習的人，便難以被其他言論吸引了。這裏「觀於海者難為水」其實是為了證明「遊於聖人之門者難為言」，是一種比興的手法運用。但元稹只取「觀於海者難為水」，化為「曾經滄海難為水」，甚是巧妙，所以這一聯最後還濃縮成一個成語，就叫「曾經滄海」。

第二句「除卻巫山不是雲」，巫山有朝雲峰，下臨長江，雲蒸霞蔚。宋玉《高唐賦》說楚王「嘗遊高唐」，白

天睡着了，夢見一婦人走入夢中，願薦枕席。此女即巫山之女。最後在離別的時候，她對楚王說：「妾在巫山之陽，高丘之阻，且為朝雲，暮為行雨，朝朝暮暮，陽台之下。」楚王醒來親自去看過，果如其言，就在巫山之下為她立廟，廟號叫「朝雲」。這也是「巫山雲雨」的典故出處。宋玉所言巫山之雲也就是朝雲，其實是巫山之女的化身。

元稹所謂「除卻巫山不是雲」，字面的意思是說除了巫山上的彩雲，其他地方所有的雲彩都不足為觀。其實他是巧妙運用了朝雲的典故，把雲比作心愛的女子，充分表達了對髮妻韋叢的真摯感情。

事實上除了這首《離思》，元稹還有好多詩作懷念愛妻，都寫得真切感人。但是後人卻普遍懷疑元稹對妻子的真情。因為在韋叢去世的當年（元和四年），元稹就和著名才女薛濤談了一場轟動當時的姐弟戀。即便在韋叢死後，在他信誓旦旦地說過「取次花叢懶回顧，半緣修道半緣君」之後，他也很快娶了同事的妹妹做小妾。

幾年之後，元稹又再度續弦，娶了裴淑為妻。加之他年輕的時候曾經有一段著名的戀情，和一個叫崔鶯鶯的女子演繹過一場「西廂記」。我們熟知的王實甫《西廂記》就來源於帶有元稹自述性質的傳奇《鶯鶯傳》。而在鶯鶯為他付出真情之後，元稹「始亂之，終棄之」，也最終為

人所不齒。因此，後人大多認為元稹對感情並不忠貞。

那麼問題就來了，既然元稹對感情不忠貞，為什麼他對亡妻韋叢的懷念又如此真切感人？最美的情詩背後，難道不應有一顆最真的心嗎？

我認為，元稹的情感經歷和他的成長經歷、性格息息相關。

元稹的童年非常不幸，他出生在唐大曆十四年（779），祖先是鮮卑貴族，漢化後以元為姓。我們知道拓跋氏漢化之後改姓為元，從北魏到隋代，地位都非常顯赫，不過到元稹這一代時，家族早已經衰敗了。他的遺傳基因裏，多少還有鮮卑族的特性在裏面。因此元稹的性格也算是特立獨行的。

元稹的母親本來是填房，就是他父親第一任妻子去世後再娶的，和他父親相差二十歲。元稹出生的時候，父親五十歲左右，而母親剛三十出頭。在這個老夫少妻的家庭裏面，元稹上面還有三個哥哥，大哥二哥都不是他母親所生，只有三哥元稹和他是一母同胞。元稹八歲時，父親去世，大哥二哥拒絕養活他和母親。萬般無奈之下，生母只好帶着他回他姥姥家。從小父親早亡，寄人籬下，家中貧困甚至讀不起書，我想這種人生的經歷在元稹的心中一定留下了深深的陰影。

後來在舅舅和其他親戚的幫助下，元稹奮發努力，

希望通過科舉來擺脫寄人籬下的日子。這種心境使得他在以後的人生中往往為了追求成功，甚至急功近利，不擇手段。

元稹後來考中科舉，最好的運氣是找到了一位好妻子，交了一位好朋友。好妻子就是韋叢，好朋友就是比他大八歲的白居易。元稹和白居易同為「新樂府」運動的領袖和旗幟性人物，也是人生知己，後來二人並稱為「元白」。

元稹初入仕途，雖然官卑身微，但是卻被朝中權貴韋夏卿看中，把自己最喜愛的小女兒韋叢嫁與他為妻，想來還是有道理的。因為元稹長得特別帥，白居易曾羨慕地稱他為「儀形美丈夫」。而且他又多才多藝，據歷史記載，元稹擅長書法、音樂，尤其是詩歌，他的詩歌在當時流傳非常廣，以至於皇帝在宮中經常讓嬪妃吟唱他的詩，曾經御口親封他為「元才子」。

但是家中實在是貧困，再加上元稹剛入仕途官職卑微，貧窮的生活和多次的生育極大地損害了韋叢的身體健康。在元稹三十一歲時，年僅二十七歲的韋叢就去世了。我相信，當時元稹對妻子的思念確實是發自真心的。悲痛之下，才三十出頭的他，突然開始生出很多白髮。他邀請大文人韓愈為妻子撰寫墓誌銘，他則寫下很多感人至深的悼亡詩。除了像「曾經滄海難為水」這一組《離思》之外，

元稹還寫過《遣悲懷》三首，其中最有名的是第二首，詩中寫到「昔日戲言身後事，今朝都到眼前來」。尾聯最為有名：「誠知此恨人人有，貧賤夫妻百事哀。」就是說，曾經一起同貧賤共患難的夫妻，一旦永絕，比起共富貴的夫妻來說更加讓人悲傷。「貧賤夫妻百事哀」這一句後來更成為中國文學中對家庭生活最有概括力的名句之一。

後來的元稹急功近利不擇手段，甚至投靠宦官，為人所不齒，但是我想，在韋叢去世那一刻，他的傷痛是真實的，是真切的，他的痛徹肺腑並不是作秀，而是發自真誠的本心。

事實上，人生總有那樣的時候——

為了心愛的你

痛徹肺腑的一瞬間

便抵過

人世間所有歲月的滄桑

未果初戀 永世傷痕

　　人間自是有情痴，此恨不關風與月。唯美的愛情裏，最難忘初戀情人。

　　白居易可以說是中唐詩壇最具標誌性的、里程碑式的人物。一般提到他，多會說到他的兩首長詩《琵琶行》《長恨歌》。而白居易的那首《夜雨》，卻與這兩首長詩有着難以廓清的內在聯繫。

　　也許很多人並不熟悉這首《夜雨》，但我個人卻非常喜歡這首詩。詩云：

白居易——《夜雨》

我有所念人，隔在遠遠鄉。

我有所感事，結在深深腸。

鄉遠去不得，無日不瞻望。

腸深解不得，無夕不思量。

況此殘燈夜，獨宿在空堂。

秋天殊未曉，風雨正蒼蒼。

不學頭陀法，前心安可忘？

三二一

這是一首歌行體的古風。用現代詩翻譯一下，應該是這樣的──

　　　我有深深思念的人啊，卻相隔在遠遠的異鄉。

　　　我有深深感懷的事啊，牢牢地刻在心上。

　　　我不能去到她的身旁，每一天，徒然張望。

　　　我也不能化解內心的傷痛，每一夜，獨自思量。

　　這樣枯燈黃卷的長夜，孤獨與我一起，對坐空堂。

　　　　秋天尚未來臨，風雨竟已蒼茫。

　若不學那四大皆空的佛法，我如何能忘記，你曾經苦苦思念的

　　　　　　目光……

　　真是「世間安得雙全法？不負如來不負卿」啊。

　　我年輕的時候，特別喜歡白居易的這首《夜雨》，曾經也仿寫了一小段，叫作《心雨》：「生有所念人，寂寂在遠鄉。去有所念事，結結在深腸。遠鄉何其遠？深腸何其殤！所念與所去，且夕費思量。」

　　當然，我仿寫得很一般。之所以仿寫，可以充分看出我對這首詩的熱愛。

　　白居易這首詩寫於元和六年，也就是公元 811 年。這一年，白居易四十歲。這一年的春天，發生了一件唐史

中很轟動的事情，就是白居易的母親看花的時候不小心跌落井中，墜井而逝。時間恰是他寫這首詩的這一年的春天。

請記住這個巧合。

有學者認為，這首詩既然說「獨宿在空堂」，可以看出他是為一個相愛的女子來寫的。現在大多數學者考證，認為這個女子就是白居易在他的詩作中多次提到的「東鄰嬋娟子」，一個叫湘靈的女子。而湘靈呢，就是白居易刻骨難忘的初戀情人。

白居易生於唐代宗大曆七年（772），他出生在河南新鄭一個小官僚的家裏，父親白季庚後來做到彭城縣令，因為有功被升任徐州別駕。但當時徐州正有戰亂，白季庚就把家遷到安徽宿州的符離安居，白居易在那裏度過了他的童年、少年和青年時光。

事實上，白居易總共在符離生活了二十二年，所以他一直把符離當作自己的故鄉。年輕的白居易在符離時讀書十分刻苦，讀得口都生了瘡，手都磨出了繭。據說白居易年紀輕輕，頭髮都讀白了。

白居易十八九歲的時候，曾經寫過一首《鄰女》，就是鄰家的女孩的意思。詩云：「娉婷十五勝天仙，白日姮娥旱地蓮。何處閒教鸚鵡語，碧紗窗下繡床前。」寫的就是他的鄰居，比他小四歲的湘靈那種美麗的姿態。當時湘

靈十五歲，白居易已經十九歲，兩個人，一個陽光男孩，一個美麗少女，又是鄰居，便日久生情，初嘗戀果。

當然這段戀情不被人所知曉。他們的約會，都是祕密的約會。有人便認為，白居易那首「花非花，霧非霧。夜半來，天明去。來如春夢不多時，去似朝雲無覓處」，說的其實是他和湘靈的約會。

紙包不住火，兩人的感情最終還是被他母親知道了。白居易畢竟是官僚世家，而湘靈只是普通農戶家的女孩。唐代，是門第觀念非常強的一個時代，我們知道後來唐代著名的牛李黨爭，其實就是知識分子中貴族和庶族之間的鬥爭。兩個人雖然青梅竹馬，並山盟海誓，結下終生之願，但白居易母親知道這段戀情之後，嚴防死守，最後逼着白居易外出求學，與湘靈分離。

據說白居易不得不與湘靈分離時，寫下一首《潛別離》。開篇說：「不得哭，潛別離。不得語，暗相思。兩心之外無人知。」可見白居易的痴情。最後又說：「惟有潛離與暗別，彼此甘心無後期。」暗暗地、悄悄地與心愛的湘靈，傷心地別離，那種揪心的感覺，那種充滿了憤懑和遺憾的感覺，都洋溢在字裏行間，簡直就是摧肝裂肺！

求學中途，白居易又曾回過故鄉，也與湘靈重新見面。但是母親不可能同意這樁婚事，兩人多見一次面，也不過多增加一次傷痛而已。一直到公元 800 年，白居易

二十九歲的時候考中科舉；公元 803 年，經吏部考核授予校書郎的官職。他回符離搬家，結束了長達二十二年的宿州符離的生活，也同樣結束了他和湘靈十數年的感情。

白居易在古人中是非常特別的，為什麼呢？

他是一個晚婚晚育的大齡青年。三十七歲之前，雖然母親反覆地催逼，他卻一直不肯結婚成家，其實他內心中有一種掙扎和抗爭。很多人都熟悉白居易的作品，當中肯定是《長恨歌》最有名。

《長恨歌》為什麼寫得那樣纏綿悱惻？正所謂：「七月七日長生殿，夜半無人私語時，在天願作比翼鳥，在地願為連理枝，天長地久有時盡，此恨綿綿無絕期。」這哪是唐明皇與楊貴妃的愛情？這完全是白居易借他人之酒杯，澆自己心中之塊壘。

另外一個很重要的證據是，這首詩寫於白居易三十五歲。當時他已經任今陝西周至縣的縣尉，和友人陳鴻、王質夫到仙遊寺附近遊覽，談到李隆基和楊貴妃的故事。王質夫提議，他和陳鴻各寫一首詩，一篇文，白居易寫的就是《長恨歌》，而陳鴻寫了一篇傳記，就是《長恨歌傳》。

這首《長恨歌》其實是白居易對自己初戀，一種最後的絕望的祭奠。白居易三十五歲寫完《長恨歌》之後，三十六歲終於放下初戀的傷痛，奉母命娶同事楊虞卿的從妹為妻。楊家據說也是名門望族，和弘農楊氏有關係，我

們知道，楊貴妃就是弘農楊氏。

後來，白居易四十四歲的時候貶官九江，所謂「江州司馬青衫濕」。據說四十四歲的時候，他在潯陽江頭又偶遇湘靈，當時湘靈隨父一路賣唱乞討，江湖相遇，兩個人「執手相看淚眼，竟無語凝噎」。白居易四十五歲的時候寫了《琵琶行》，我以為應該和他前一年遇到湘靈的經歷息息相關。《琵琶行》裏說：「夜深忽夢少年事，夢啼妝淚紅闌干。」這是歌女在訴說自己少年的初戀。「我聞琵琶已歎息，又聞此語重唧唧。同是天涯淪落人，相逢何必曾相識。」這千古名句，哪是隨意道出，分明是有歲月的深情和傷痛啊。

白居易最有名的兩大名作《長恨歌》《琵琶行》之所以感人，我想和白居易的人生經歷，和他的初戀經歷，和他幾十年的初戀傷痛是分不開的。

雖然約定他年在符離老家再見，可是過了幾年之後，白居易再回符離老家的時候，已經再也得不到湘靈的音訊了，兩人在潯陽江頭的江湖偶遇竟成人生最後一別。

二十年後，白居易還是難以放下這種情感。他六十四歲的時候，又經過宿州，重過故鄉符離，寫下一首詩，感傷地說：「三十年前路，孤舟重往還。」其中有一句，想像湘靈還在思念他的情狀：「啼襟與愁鬢，此日兩成斑。」四十七年前的戀人卻已不知道在哪裏了。

白居易晚年寄情詩酒，放縱私欲，家中有許多侍妾，最出名的便是「櫻桃樊素口，楊柳小蠻腰」。根據弗洛伊德的精神分析學說，我想這種放縱，一定是對少年時初戀傷痛那種難以遣懷的鬱悶的補償。

　　湘靈是白居易的終身之痛，絕不只是他四十歲的時候，在那個孤燈秋雨的夜晚所說出的「我有所念人，隔在遠遠鄉。我有所感事，結在深深腸」。

　　當滄海桑田，世事變幻，我們目及內心深處的傷痛與溫暖，才發現，其實我們一直站立在原地，是時光，經過了我們！

　　難忘最是初戀人。

千萬孤獨的境界

　　欲領悟山水的美景，必尋得山水的靈魂。欲尋得山水的靈魂，先要找到自己的靈魂。

　　接下來要和大家一起來品讀的，是柳宗元的名作《江雪》。

　　《江雪》是一首短小的五言絕句，卻絕對可以算是古今五言絕句中非常獨特的一篇，在文學史以及讀者心中都有着極重要的地位。詩云：

柳宗元——《江雪》

　　千山鳥飛絕，萬徑人蹤滅。
　　孤舟蓑笠翁，獨釣寒江雪。

首先要説的一點就是，這首詩壓的是仄聲韻，它的韻腳「絕」「滅」「雪」，放在今天的普通話裏面已經聽不出來了。它其實壓的是入聲九屑韻，入聲字發音短而促，往往會帶來一種逼仄的效果。

一般來説，五言絕句是絕句中最玲瓏剔透的，意境悠遠，用仄聲韻比較罕見，也很難寫出神韻來。而柳宗元的《江雪》卻另闢蹊徑，居然用仄聲韻取得了意想不到的效果。

那麼，這種效果到底是什麼呢？一種觀點認為，這首詩所造成的效果是冷峻、孤峭、逼仄，甚至是透着刺骨的寒意，所以説是「寒江雪」，如此説來其中的情感幾乎是絕望的。難道柳宗元要表達的真的是這樣的情感嗎？這種觀點認為確是如此。

甚至有人覺得，這還是一首藏頭詩，「千山鳥飛絕」的「千」，「萬徑人蹤滅」的「萬」，「孤舟蓑笠翁」的「孤」，「獨釣寒江雪」的「獨」，合起來就是「千萬孤獨」，沒有千與萬，孤和獨也就平淡無奇。但是，有了千山的鳥飛絕，有了萬徑的人蹤滅，在這種毫無生機的背景下，人的孤獨就被無限放大，那種痛苦也在孤獨之中，時隱時現。

結合柳宗元此時的創作背景、人生軌跡，這種説法似乎很有道理。柳宗元的《江雪》作於元和二年，也就是公

元 807 年。兩年前，順宗永貞元年時，柳宗元、劉禹錫積極參與了由王伾、王叔文領導的「永貞革新」，但是這場銳意進取的改革只持續了半年，在宦官集團的反撲下，唐順宗被迫禪位給太子李純，也就是唐憲宗。憲宗一繼位，以王伾、王叔文為首的政治集團受到打擊，這就是歷史上所謂「二王八司馬」事件。

「二王」就是王伾和王叔文，「八司馬」中最有名的就是柳宗元和劉禹錫，他們紛紛遭到迫害。柳宗元被貶為永州司馬，「永州」就是現在湖南的永州零陵。柳宗元是罪官，到了永州之後甚至沒有住的地方，一開始只能暫居在龍興寺裏。過了半年，柳宗元的母親又因病去世，重重打擊使得柳宗元十分苦悶。來到永州的第二年，在一個大雪紛飛的冬日，苦悶、孤獨又無望的柳宗元，寫下了這首千古傳誦的《江雪》。

因此有人就認為，《江雪》毫無疑問體現的是柳宗元的孤獨與苦悶，因此他才會用五言絕句中少見的仄聲韻，也就是以仄聲入韻的方式，寫就了這首千古名作。

但這樣說來又會產生一個問題。我們回頭看這首詩：山山是雪，路路皆白，飛鳥絕跡，人蹤湮滅，遐景蒼茫，邇景孤冷，意境幽僻，情調淒寂。尤其是漁翁的形象，精雕細琢，在漫天的寒江雪中，清晰明朗，完整突出。

歷代詩人對這首詩無不交口稱讚，歷代丹青妙手們也

爭相以此為題，繪出不少動人的江天雪景圖。

有學者認為，這簡簡單單的二十個字，描繪的場景固然幽冷淒清，但那下着大雪的江面上，一葉扁舟一個老漁翁，卻獨自在寒冷的江心垂釣。詩人向讀者展示的，是天地間的純潔寂靜，一塵不染，萬籟無聲；而漁翁的生活如此清高，漁翁的性格如此孤傲，天地與天地間的這一個人形成了一幅完美的畫卷。他是孤獨的，但卻不應該是悲苦而逼仄的。

吳小如先生認為，柳宗元的主觀意圖是想在不動聲色間寫出漁翁的精神世界。你看那個老漁翁竟然不怕天冷，不怕雪大，忘掉了一切，專心釣魚。漁翁的形體是孤獨的，但性格卻顯得清高孤傲，甚至有點凜然不可侵犯。這個被幻化了、美化了的漁翁形象，實際上正是柳宗元本人思想感情的寄託和寫照。

也有很多人認為柳宗元的《江雪》體現了禪機，於是就有學者判斷說，真正能代表柳宗元禪悦水平的山水詩，首推《江雪》。《江雪》雖然短短四句，卻是「人境俱奪」的絕唱，深深體現了他崇儒向佛的思想，以及由此構成的禪理機趣。千山萬徑之中，鳥跡絕了，人蹤滅了，孤舟孤翁在江雪之下獨釣什麼呢？實在耐人尋味，其釣的是情味，釣的是禪趣，這是詩人對禪空的一種詩解。

你看，從悲苦逼仄的人生憤懣，到禪理禪趣的隨機

表達，理解大相徑庭，簡直就是兩個極端。當然在這兩個極端之間還有一些別的觀點，如認為這其中寄予了政治的批判，是以嚴子陵垂釣富春江自比；或認為這首詩中寄予了政治的希望，柳宗元的《江雪》獨釣，與姜子牙垂釣渭水，有着暗合之處。

經典的作品就是這樣。所謂詩無達詁，相信每個人結合自己的人生感悟，對《江雪》這樣的名篇都能夠得出屬於自己獨特的理解和體會。

我個人揣摩《江雪》多年，有一些自己的體悟。首先，這首詩是寫實還是寫意？毫無疑問，肯定是寫意。湖南永州地處湘南，屬於亞熱帶季風濕潤氣候，事實上一年無霜期會達到三百多天，年平均氣溫會達到十七八度，可見永州降下使「千山鳥飛絕，萬徑人蹤滅」的大雪的情況是極為罕見的。

當然，也不排除特殊情況。

據零陵地區的大事年表《零陵要鑒》記載，元和年間，尤其是柳宗元寫作《江雪》的前後，永州確實發生了災害性天氣。柳宗元自己也記載，元和二年永州下過一場大雪，而這場大雪可能就是《江雪》構思的一個契機。

千山萬徑，蹤跡絕滅，生機蕭殺，在這天地之間只凸顯出一個靈魂。這個靈魂是屬於那個漁翁的嗎？從屈原的漁父開始一直到漁翁，包括《漁歌子》《漁家傲》，歷

代文人都在這一形象上，賦予了清高孤傲的精神寄託。柳宗元想來也不例外。但他為什麼要把自己的精神和靈魂，寄託在一個幾乎是封閉環境中唯一凸顯的漁翁的形象之上呢？

事實上，柳宗元和同時期的元稹、白居易不一樣，他出身河東柳氏，是唐代有名的世家望族。唐代是一個非常講究氏族門閥的社會。李世民一統天下之後，立刻就編撰《氏族志》，為世家豪門正名。而像河東柳氏、河東裴氏，還有河東薛氏是河東郡的三大望族。

舉個例子就可以知道這些世家望族的影響有多大。我們知道楊玉環的姐姐虢國夫人曾經專寵一時，很多人都以為她是因為楊玉環得寵，事實上虢國夫人所嫁就是河東裴氏。背後河東裴氏世家大族的支撐，才是她在政治上得以炫耀的真正資本。她生有一子一女，兒子娶了皇帝的女兒，女兒嫁給了皇帝的兒子，連張祜都說她「虢國夫人承主恩，平明騎馬入宮門。卻嫌脂粉污顏色，淡掃峨眉朝至尊」。不僅是她個性張狂，其實還是她背景深啊！河東柳氏同樣也不得了。

蘇東坡的好朋友陳季常其實是一個俠士，但唯一的弱點就是怕老婆。陳季常為什麼那麼怕老婆呢，因為他老婆就是河東柳氏族人，仗着娘家的背景深，所以陳季常「忽聞河東獅子吼」，都要「拄杖落手心茫然」。後來這個典

故濃縮為成語「河東獅吼」，突出的就是河東柳氏的家族背景。

而柳宗元就是標準的河東柳氏，他的母親也是出身名門望族，是著名的「五姓七家」之一的范陽盧氏。這樣出身的柳宗元，年輕時就有一番凌雲之志，再加之他年少揚名天下，二十出頭中舉，一路意氣風發，後又不遺餘力參與改革，一個出身世族的儒家知識分子的政治豪情被徹底點燃。

但是，命運常會突如其來地澆上一盆冷水。「二王八司馬」事件之後，柳宗元被貶永州，一貶就是十年。這就要說到《江雪》引發我們注意的另外一個地方。

元和二年，也就是柳宗元被貶永州第二年寫下《江雪》之後，柳宗元從那個憤懣、孤獨、淒清的貶謫官員的命運中走出來，和永州的山山水水融為一體，寫下了《永州八記》。像《始得西山宴遊記》《小石潭記》《鈷鉧潭記》等，這些都曾經是語文課本所選的著名篇章。而中國古代文學也從此迎來了由柳宗元所開闢的山水遊記的盛世。

我也曾去很多地方遊歷，最愛寄情於山水。我個人最大的體會是，把自己的靈魂與山水自然進行溝通交流，最後達到交融的境界，才能真正體會山水自然之美。

由此倒推，柳宗元一樣先要在痛苦與迷茫中找回自己的靈魂，才能在永州徹底與山水合而為一，寫下《永州八

記》，開闢中國山水遊記文學的新篇章。

因此，他後來被貶廣西柳州時，便安下心來，為柳州興利除弊，改法令釋放奴婢，辦學堂鼓勵教育，鑿井挖渠，開荒墾地，把自己的貶謫之地柳州當成了自己的故鄉，正所謂「此心安處是吾鄉」。柳州的百姓無不視柳宗元為柳州文化的奠基者，後人既稱他為「柳河東」，也稱他為「柳柳州」。

柳宗元最後的生命之火，也是燃盡在這片流放之地。面對萬丈紅塵，面對多舛命運，最大的智慧是找回曾經的自己。

你看千山萬徑，生機絕滅，一片逼仄的時空裏頭，一片淒清寒冷的氛圍中，卻凸顯出一個鮮活偉岸的靈魂。那個獨釣江雪的孤獨的漁翁，正是柳宗元那孤獨卻重新浮現在自己面前的栩栩如生的靈魂。沒有什麼比在萬丈紅塵中找回無比通透、清澈、乾淨的自己，更高妙絕倫的了。在這樣逼仄的空間裏，這樣淒清的意境下，凸顯出來的江雪和漁翁的形象居然有了禪機，有了禪理。柳宗元釣的是江雪，找到的卻是漫天風雪下自己那顆孤傲、清澈又乾淨的靈魂。

人生終究有這樣、那樣的不如意，當有一天我們也面臨千山萬徑生機絕滅的處境時，我們能不能也像柳宗元那樣，找回曾經失落的自己呢？

英雄本色

　　宋代詩人裏，我個人最喜歡的當然是蘇東坡，因為他是宋代詩人裏最包容的一個。而唐代詩人裏，我最喜歡的，既不是李白也不是杜甫，而是劉禹錫。因為他的豪放才是最本色的豪放。

　　我們通過一首詩便可以看出劉禹錫的本色與豪放來。這就是《酬樂天揚州初逢席上見贈》。這是一首七言律詩。詩云：

劉禹錫──《酬樂天揚州初逢席上見贈》

巴山楚水淒涼地，二十三年棄置身。
懷舊空吟聞笛賦，到鄉翻似爛柯人。
沉舟側畔千帆過，病樹前頭萬木春。
今日聽君歌一曲，暫憑杯酒長精神。

這首詩為我們提供了一聯千古傳誦的名句，就是「沉舟側畔千帆過，病樹前頭萬木春」。但在這昂揚的進取精神之後，很容易被忽略的是前面的「巴山楚水淒涼地，二十三年棄置身」。

說到這首詩，和劉禹錫的好朋友白居易有關，你看他的詩題就叫《酬樂天揚州初逢席上見贈》。這首詩作於唐敬宗寶曆二年，也就是公元826年。劉禹錫從被貶謫的和州任上返回洛陽，同時白居易從蘇州返回洛陽，兩個人在揚州相逢。酒席之上，白居易就寫了一首詩贈給劉禹錫，劉禹錫寫了這首詩作答。

白居易寫的詩是什麼呢？題目叫《醉贈劉二十八使君》。劉禹錫在族中排行第二十八，唐代很講究門第，講究排行，所以稱他為劉二十八使君。白居易說：「為我引杯添酒飲，與君把箸擊盤歌。詩稱國手徒為爾，命壓人頭不奈何。舉眼風光長寂寞，滿朝官職獨蹉跎。亦知合被才名折，二十三年折太多。」

白居易說，你在邊遠之地過着寂寞的生活，滿朝那麼多的官員，唯獨你多次被貶外任。我是知道你的，我知道你才高名重，真有才學，但偏偏遭逢不公，你被流放、被貶謫整整有二十三年啊！你的才學與你的命運對比起來，真是「詩稱國手徒為爾，命壓人頭不奈何」啊。我也知道是別人嫉妒你的才學，才讓你經受這麼多年的折磨！但整

整二十三年，這折磨也實是太多了！

聽到好友的感慨與同情，受盡二十三年折磨的劉禹錫是怎麼回答的呢？

他說，確實很慘，「巴山楚水淒涼地，二十三年棄置身」。

為什麼一開始講巴山楚水呢？是因為「二王八司馬」事件之後，他被流放、貶謫整整達二十三年之久，而且被貶過很多地方，比如朗州、連州、夔州、和州。其中夔州屬於古巴國，其他地方大多屬於古楚國，所以有「巴山楚水」、「二十三年」之歎。

劉禹錫從小喜歡下圍棋，他有個非常重要的棋友叫王叔文。王叔文後來專門去教太子下棋，成為太子的棋待詔。後來太子當上皇帝，就是唐順宗。之後，他曾經的圍棋老師王叔文開始組閣。王叔文非常看中劉禹錫，認為他是將來的宰相之才，就提拔他當監察御史，參與「永貞革新」的改革。但是，改革觸及了宦官集團和保守官僚的利益，很快遭到反撲。順宗不得已禪位，二王先後身死。二王集團的核心成員有八個人，像柳宗元、劉禹錫等紛紛被貶謫地方，去遠州任司馬，因此被稱為「八司馬」。八司馬中，劉禹錫被貶的時間差不多是最長的，達二十三年之久，所以說「二十三年棄置身」。

「懷舊空吟聞笛賦」，借用的是西晉向秀《思舊賦》

中的典故。三國曹魏末年，向秀好友嵇康、呂安因為不滿司馬氏篡權被殺害。後來向秀經過嵇康、呂安的舊居，聽到鄰人吹笛，不禁悲從中來，於是作《思舊賦》。劉禹錫用這個典故，肯定是懷念這時候已經逝去的好友，像王叔文、柳宗元等人。

「到鄉翻似爛柯人」，這裏又借用了一個典故。説晉代有個人叫王質，他上山砍柴的時候，看見兩個仙人在下棋，就停下來觀看。等棋局終了，手裏的斧柄已經朽爛了，正所謂「爛柯」。王質回到村子裏，才知道已經過了很多年了，同代的人都已經亡故了。劉禹錫借用這個典故，表達了自己遭貶二十三年的感慨：世事滄桑，人事全非，暮年返鄉，恍如隔世！

但是，在貌似沉鬱悲涼之中，劉禹錫突然翻出一句來，而且直接對應白居易的「舉眼風光長寂寞，滿朝官職獨蹉跎」。白居易為劉禹錫抱不平，但劉禹錫怎麼回答呢？「沉舟側畔千帆過，病樹前頭萬木春」。

他簡直是一個前空翻，就翻出了白居易詩句中的窠臼，反而倒過來勸慰白居易，不必為自己的寂寞蹉跎而憂傷，説自己對世事的變遷、仕宦的沉降升浮，早已經雲淡風輕了。

好一句「沉舟側畔千帆過，病樹前頭萬木春」，境界比白居易的詩更高，意義也比白居易的詩深刻多了。白居

易都佩服地説，劉禹錫的詩「其鋒森然，少敢當者」，連我都要避讓一頭啊！正是有了這句，尾聯便順勢而下説，「今日聽君歌一曲，暫憑杯酒長精神」。劉禹錫既感謝酬答了白居易的詩誼，反過來又相互勸慰，相互鼓勵。

首聯、頷聯貌似感慨深邃，頸聯、尾聯卻在不經意之間，忽然境界頓開，令人振奮。這就是那個讓白居易也佩服的劉禹錫。

不過，要真正讀懂劉禹錫的這首詩，光這樣分析還不行。我們還需知道他前後所寫的兩首絕句。

劉禹錫長期被流放，其實並不是到二十三年後才有了轉機，其間也曾經有機會改變仕途的命運。元和九年（814），也就是「二王八司馬」事件之後的十年，朝廷中有些人漸漸想起，覺得柳宗元、劉禹錫還是挺有才的，想把他們從貶謫之地召回朝廷。

經過十年的貶謫與消磨，很多人已經雄心不再，或者另開人生境界，比如柳宗元，就在貶謫之地永州，像《江雪》中寫的那樣，重新找到自我，與山水自然達成和解。回到京城的時候，柳宗元就寫詩説「直以慵疏招物議，休將文字占時名」，雖然還是有悲憤，但是要小心多了。

可是劉禹錫經受十年的苦難之後，回到京城立刻寫了一首詩，叫《玄都觀桃花》。這是後人簡稱，原詩題叫《元和十年自朗州至京戲贈看花諸君子》。這首詩非常有名。

詩云:「紫陌紅塵拂面來,無人不道看花回。玄都觀裏桃千樹,盡是劉郎去後栽。」

這簡直就是赤裸裸的諷刺啊!長安城南有個著名的玄都觀,裏面有很多桃樹,桃花盛開的時候,很多達官貴人都去賞花。「紫陌紅塵」就是賞花路上。陌就是道路,但是為什麼稱紫陌呢?是為了和紅塵對應,萬丈紅塵嘛。那些達官顯貴們,踏着紫陌紅塵喧囂而去,喧囂而回,一個個誇耀着看花的勝景,但是根本沒有去看花的劉禹錫卻輕蔑地説,玄都觀裏那上千株桃樹啊,其實都是我劉禹錫當年被貶謫之後栽的。

什麼意思呢?就是説,你們那些新貴們不過都是我被貶離開京城之後,靠着阿諛奉承諂媚攀爬到高位的,根本不值一觀。我們作為士大夫階層的核心敢於和宦官集團拚死一搏,你們呢?你們這些小人,如今雖在高位,好像風光得很,但在我的眼中,也不過是可笑的鼠輩罷了。這種鄙視和無情的諷刺,簡直就是力透紙背。當時權相武元衡看到之後大為惱怒,説劉禹錫譏諷朝政,貶得不夠,再接着往下貶,甚至連帶着柳宗元又一起被貶了。柳宗元這一次貶得更遠,貶到更南方的柳州去了,而且最後就死在柳州任上。

劉禹錫和柳宗元雖然是好朋友,但兩個人的性格真的是不一樣。柳宗元在打擊面前,另尋自我,別開天地。劉

禹錫在打擊面前，卻是堅持自我，永遠做那個最本真的自我——我與世周旋，我與我周旋，寧做我！所以他在接下來的十幾年的貶謫生活中，依然故我，不改本色。

朝政起伏，風雲變幻。終於又過了十幾年，劉禹錫終於又有機會返回京城，在路上碰到了白居易，寫了這首《酬樂天揚州初逢席上見贈》。

等他回到京城之後，立刻又寫了一首七言絕句《再遊玄都觀》，和當年那首《玄都觀桃花》相呼應。詩云：「百畝庭中半是苔，桃花淨盡菜花開。種桃道士歸何處？前度劉郎今又來。」真是英雄本色啊！你看玄都觀中，今天怎麼樣？世事滄桑變幻，現在百畝庭中遍是青苔，桃花也不見了，換的是普通的菜花在開。時間是最公正的，當年再風光的人又怎麼樣？時光流逝，大浪淘沙。你看，如今我這個被排擠的人又回來了，那些政敵，他們能預料到嗎？他們如今又在哪兒呢？劉禹錫生性樂觀，壽高命長，他的那些政敵如武元衡等都早他而逝。劉禹錫對當年的那些政敵、那些小人，投以輕蔑的嘲笑，顯示出強大的不屈和樂觀。

兩首玄都觀桃花詩，可以看出劉禹錫的性格，可以看出他的豪放，這是英雄本色的豪放。豪放詩人很多，李白的豪放近似於狂放，杜牧的豪放隱含些許放蕩，蘇軾的豪放是曠達，辛棄疾的豪放帶有一些悲情，唯獨劉禹錫的豪

放，是堅持自我，是做自己，是英雄本色的豪放。《唐人絕句精華》評價說：「此兩詩所關，前後二十餘年，禹錫雖被貶斥而終不屈服，其蔑視權貴而輕祿位如此。白居易序其詩，以詩豪稱之，謂『其鋒森然，少敢當者』。語雖論詩，實人格之品題也。」也是認為，所謂「詩豪」，不僅是他的詩的風格，也是他人品的高格啊。

人生啊，就應該有這樣的豪情，這樣的自我，這樣的堅持，這樣的開闊！

正所謂──「沉舟側畔千帆過，病樹前頭萬木春」！

不可不信緣

　　所謂三生三世，十里桃花，其實就真實性和唯美性而言，遠不如那首傳誦千古的桃花詩。

　　就是簡簡單單的一首七言絕句，寥寥二十八字，沒有典故，也沒有難懂的字句，卻為什麼可以改變一個人留給世人的印象？又為什麼可以讓一個人在歷史的塵埃裏永不磨滅呢？我們就一起來品讀品讀崔護的這首《題都城南莊》。詩云：

崔護——《題都城南莊》

去年今日此門中，人面桃花相映紅。
人面不知何處去，桃花依舊笑春風。

崔護字殷功，博陵人，也就是今天的河北定州人。他在唐德宗貞元年間中舉，最終做到了嶺南節度使，也算一方諸侯了。不過，崔護官雖然做得很大，卻不像唐代其他詩人那樣給我們留下很多作品。《全唐詩》記載崔護所作的詩總共才六首，其中五首也屬平常之作。但就因為一首詩，也就是題為《題都城南莊》的桃花詩，讓崔護最終作為一個多情詩人，而非一個節度使、一方諸侯留在了後人的心中。

何以如此？這裏就要說到這首詩背後那個純美的愛情故事了。唐人孟棨所作的《本事詩》最早記載了這個故事。因為本事詩的意思就是挖掘詩的創作由來，所以我們有理由相信，引發這首詩的故事應該是一段真實的感情。

故事是這樣的。唐貞元十一年，崔護來到京城郊外春遊，春遊的過程中他邂逅了一位叫絳娘的女子。

根據史料記載，導致崔護去郊外春遊的背景應該有四個方面：第一，這一年崔護進京參加科舉考試，但不幸落榜了。落榜生崔護在離開京城前百無聊賴，心情很差，有機會當然想出去走走。第二，正好這一天是清明節。唐人清明節已有交際的習慣，所以晚唐時杜牧就說「清明時節雨紛紛，路上行人欲斷魂」。為什麼路上有那麼多行人呢？就是到野外去。第三，《本事詩》記載，崔護是一個「孤潔寡合」之人。也就是他的個性比較內向，朋友也不

多，因此他應該是一個人去郊外春遊的。第四，因為崔護沒有什麼親戚在京城，郊外也沒有什麼祖墳可以祭拜。他到郊外的目的，也就純粹變成了郊遊散心。

不要小看這四個背景，在這四重背景下，崔護帶着鬱悶又輕鬆的心情，漫無目的地遊走。要知道這種心態很重要，這讓後來整個事件的發展都顯得那麼自然、那麼純粹，也讓這段愛情故事在當時顯得有些不合禮數，然後在後人眼裏卻絲毫沒有做作矯情的成份。

崔護在野外漫無目的地遊玩半天之後，在大自然美好景物的熏陶下，心情漸漸明朗起來。他走啊走啊，不知不覺離城已遠，來到一處山坳裏。本來覺得沒路了，哪知「山重水複疑無路，柳暗花明又一村」。轉過山坳突然發現滿眼的桃花、杏花，花開滿地，落英繽紛，景色非常美，還有一戶農家就坐落在那桃花盛開的地方。

看到有人家，崔護感覺口渴，於是朝那戶農舍走去，邊走邊想不知誰把家安在如此風景絕佳之地，會不會是當世的什麼大隱士。最後來到院牆外，只見柴門緊閉，只有院裏的桃樹的數枝桃花出牆來。

於是崔護輕輕叩門，同時說：「小生賞春路過，可否討口水喝。」過了不一會，聽見有人走進院裏來，然後門吱呀一聲開了。崔護琢磨着開門的應該是個白髮長髯、拄杖芒鞋的老者，這樣才像隱士，哪知道走出來卻是一位妙

齡少女。

這個少女雖然一身粗布衣服，卻有着清俊脫俗的氣質。女孩看他沒什麼惡意，就讓他進院引入草堂落座，自己就去張羅茶水。

崔護打量四周，只見室內窗明几淨，一塵不染，靠牆放着一排書架，架上放滿了詩書，桌上鋪着筆墨紙硯，牆壁上還掛着一副對聯，寫着「幾多柳絮風翻雪，無數桃花水浸霞」，此句雅致情趣不俗，絕對不是一般的鄉野農家的風格。臨窗書桌的紙上寫着一首《詠梅》詩，「素艷明寒雪，清香任曉風。可憐渾似我，零落此山中」，這是借梅花感慨身世，一下子引發了崔護的共鳴。

正在端詳之際，女孩端茶走了出來，崔護連聲道謝，但喝了兩口茶就覺得別扭。為什麼呢？因為草堂就兩個人。這個人和人在一起不說話，除非是親人或者感情非常好，否則就很尷尬。總不能讓人家女孩先說吧。於是崔護只能期期艾艾地把自己的姓氏祖籍報了一下。你看人家都沒問他，他急着先說我姓甚名誰。

但是他說了之後，女孩也只好回答說小女絳娘隨父親蟄居在此。說完這話，女孩就不再說什麼。崔護只得將話題一轉，大讚此地景色宜人，如同仙境，是春遊不可多得的好地方。絳娘只是聽他高談闊論，含笑頷首，似是贊同卻並不說話。崔護本來就內向，說了幾句就沒什麼好說的

了。兩個人一個坐在草堂的門口喝水，一個站在滿樹的桃花下默默靜立。四下裏山野寂靜悄然無聲，只有春天的氣息和兩個年輕人的靜靜的呼吸。

在這種情況下，一對正值青春年少的男女心裏很難不蕩起一圈圈細密的漣漪來。但是聖人講，發乎情，止乎禮。即使風乍起，吹皺了心裏那一池春水，但這時候又能怎樣呢？兩個人就在這幅美麗的鄉村圖景下，默默地度過的這段既漫長又短暫的春日下午的安靜時光。

春日的午後，靜謐的院落，滿樹的桃花下，一個斯人獨立，一個在背後深情凝望。在這種浪漫滿園的氛圍之下，一個女子大概會比一個男子更容易動情吧。崔護不懂女孩子的心情，他以為絳娘不說話是不高興了，只好起身道謝，戀戀不捨地向少女辭別。事實上他這一走，已經帶走了這個女孩的一顆芳心。後來的故事也證明絳娘對這一段不知從何而來感情的投入，遠比崔護深得多。

崔護回鄉之後，雖也經常想起曾有一面之緣的絳娘，但學業的壓力使他漸漸淡忘了這件事。第二年，崔護再次赴長安趕考。功夫不負有心人，終於考中了進士。這時的崔護就想到了去年在城南郊外偶遇的絳娘。

科考的壓力釋放之後，崔護首先想到的就是絳娘，説明他對絳娘還是心有所屬的。於是事隔一年之後，他又在春天的下午去尋找降娘。好不容易找到桃花谷裏那處小小

的院落，可是崔護在門口等了很久，也不見有人來，只見院裏的桃樹將無數盛開的桃花伸到院牆外來。想起去年的場景，彷彿歷歷在目，崔護不由得深深感慨。於是，他衝動地在門上題了一首詩，這就是那首「去年今日此門中，人面桃花相映紅」。

崔護乘興而來，敗興而歸，心裏卻總也放不下。腦子裏總像有個聲音在問，她究竟去了哪裏？他思來想去，越想越覺得對絳娘難以忘懷，尤其是她人面桃花中的倩影時常縈繞在心頭，以至於茶飯不思。

過了幾天，他再去城南尋訪。這一次，他熟練地找到了那間村舍。可還沒走近，就遠遠聽到屋裏傳來陣陣的哭聲。崔護心裏一緊，連忙快走上前高聲詢問。

一個白髮蒼蒼的老者，顫顫巍巍地走出來，淚眼模糊中上下打量着崔護，問他可是崔護？聽到老者一口道出自己的姓名，崔護有些驚訝，忙點頭稱是。

老者一聽悲從中來，哭着說：都是你害了我的女兒啊。崔護驚訝莫名，急忙詢問原委。老者涕淚橫流，哽咽着訴說道：女兒絳娘自從去年清明見過崔護便日夜思念，只說你若有情，必定再度來訪。結果，春去秋來，總不見崔護的蹤影。絳娘朝思暮想、恍然若失，事過一年本已絕望。前幾天到親戚家小住，歸來見到門上題詩，痛恨錯失良機，以為今生不能再見，因此不食不語，愁腸百結，一

病而終。

崔護聽完老者所言，心中酸痛，方知絳娘對自己竟是如此深情。《本事詩》裏寫到這一段時說，「崔請入哭之，尚儼然在床。崔舉其首枕其股，哭而祝曰：『某在斯！某在斯！』須臾開目。半日復活矣。」這是說崔護跟跟蹌蹌進屋，也不再管什麼禮俗了，抱着絳娘的屍身放聲大哭。一邊哭一邊說：「我在這兒！我在這兒啊！」

幸好，不只是女人的眼淚可以感天動地，崔護的眼淚也同樣感動蒼天。我估計絳娘也就是一口抑鬱之氣鬱積在胸中，屬於醫學上的假死現象，被崔護這麼抱着一搖一晃，順過氣兒來了，於是也就復活了。但是我們想問的是，致使絳娘假死過去的那口抑鬱之氣又是什麼？是為了去年春天那場人面桃花的相會嗎？假如崔護從此再也不來，絳娘也會死嗎？

我覺得崔護如果從此再也不來，絳娘會黯然神傷，但應該不會抑鬱而終。《本事詩》裏記載絳娘的死因是，「暮歸，見左扉有字。讀之，入門而病，遂絕。」是說她回到家後之後，看到了那首詩後，隨即就死了。也就是說導致她死亡的因素，是她感覺到有可能錯過了這場美麗的愛情。

事實上，如果理智一些來分析的話，崔護既然能夠在時隔一年之後再來到絳娘的門前，說不定還會再來呀。

況且詩裏面說「人面不知何處去」，也就是說崔護並不確定碰不到絳娘的原因是什麼。若他真的對絳娘有情，他就應該會繼續尋找。但是，身在局中的青年男女又怎麼會這麼想呢？那種擦肩而過、失之交臂的巨大痛苦與悲涼的感覺，只有身在情愛中的人才能切身地感受到。這也是絳娘可以看到門上題詩而殞命，可以聞崔護一呼而蘇醒的關鍵所在。絳娘能夠為愛而死，為愛而活，這就有了後來《牡丹亭》裏杜麗娘那種為愛穿透生死的愛情至上主義的身影。

既然連生死都能從屬於情愛，最後的結局當然是完美的。《本事詩》記載，絳娘之父「大喜，遂以女歸之」，有情人終成了眷屬。這就讓我想到著名導演郭在容拍的一部電影，片名叫《假如愛有天意》，另外一個名字翻譯過來又叫《不可不信緣》。

人世間大概真的有冥冥中注定的緣分，可以讓我們把愛情最終當成一種信仰。就像人面桃花，就像崔護與絳娘。所以，假如你的手中還握有愛，請你相信愛自有天意，不可不信緣。那是多麼美的愛情啊，去年今日此門中，人面桃花相映紅。

唐詩中的女性聲音

　　下面來講一位女詩人，也是《全唐詩》錄詩最多的女詩人。她，就是薛濤。

　　薛濤外貌秀麗、多才多藝，不僅擅長寫詩，還精通音律，更創製了風行一時、流傳千古的「薛濤箋」。出眾的才情使薛濤聞名遐邇。而她的詩作《牡丹》更是唐詩中一種獨特的聲音。詩云：

薛濤——《牡丹》

去春零落暮春時，淚濕紅箋怨別離。
常恐便同巫峽散，因何重有武陵期？
傳情每向馨香得，不語還應彼此知。
只欲欄邊安枕席，夜深閒共說相思。

薛濤本是官家小姐，少時就十分聰慧靈秀。因父親薛鄖早逝，與母親相依為命。後來，為了生活不得不入樂籍。

可以說，薛濤是唐代乃至中國古代最著名的女詩人之一。她曾著有《錦江集》五卷，相傳有詩五百首。《全唐詩》中所收便有八十九首之多，為唐代女詩人之冠。

薛濤的詩歌名篇頗多，如《春望詞》《籌邊樓》《送友人》等；而且她一生愛竹，曾以竹自喻，以竹明志，以竹自勉。但最終，我還是選擇了這首寫花的《牡丹》。我們先一起來看看薛濤的人生經歷吧。

唐貞元元年（785），韋皋出任劍南西川節度使。一次酒宴中，韋皋讓薛濤即席賦詩，薛濤提筆寫就《謁巫山廟》，詩中寫道：「朝朝夜夜陽台下，為雨為雲楚國亡。惆悵廟前多少柳，春來空鬥畫眉長。」韋皋看罷，拍案叫絕。從此薛濤聲名鵲起，成為侍宴的不二人選，也很快成了韋皋身邊的紅人。

身為聞名遐邇的才女，加上受到士大夫們的讚美、寵愛甚至追捧，二十芳齡的薛濤不免恃才傲物、恃寵而驕，以致惹惱了韋皋，被罰去邊地松州。

松州地處西南邊陲，人煙稀少，兵荒馬亂。生活的猝然劇變使薛濤從迷幻的夢中清醒，開始後悔自己的輕率與張揚，不得不低頭認錯，請求原諒，表示願意脫離樂籍。

為此，薛濤連續寫下了《罰赴邊有懷上韋相公》五絕二首、《罰赴邊上韋相公》七絕二首等詩作。

當薛濤的詩送到韋皋手上時，百煉鋼頓時化為繞指柔。韋皋心軟了，將薛濤召回成都。於是，薛濤便隱居成都浣花溪畔，並脫離了樂籍，過起了王建在《寄蜀中薛濤校書》中所描繪的「萬里橋邊女校書，枇杷花裏閉門居」的生活。晚年，薛濤居碧雞坊，建吟詩樓，並在居所附近種滿一叢叢的修竹。薛濤不僅愛竹，還愛菊。不論人生的際遇如何，她的內心深處永遠都是高傲自負的。她自詡「兼材」，始終追求的是高潔的品質，曾作《浣花亭陪川主王播相公暨寮同賦早菊》等詩。

所以，薛濤後來即使低調做人，卻仍高調入世，關心時局。劍南西川幕府歷來精英薈萃，人才濟濟。名相裴度、節度使段文昌等皆出自劍南西川幕府。薛濤前後歷事十一任節度使，對劍南西川的各種情況了如指掌。歷屆川主也往往把她視為沒有幕僚身份的幕僚；從外地入蜀的文人、政要也常常將薛濤作為諮政議政的對象。韋皋和武元衡鎮蜀時甚至向朝廷奏報，希望聘薛濤為校書郎。最終雖然沒有得到朝廷的認可，但是進出蜀中的官員、士紳私下都稱薛濤為「女校書」。

薛濤死後，時任西川鎮帥李德裕專門寫詩祭悼，並將悼詩寄給遠在蘇州的劉禹錫。劉禹錫鄭重寫了和詩，並將

這一消息及詩作送寄給白居易。白居易在《與劉禹錫書》寫到他曾反覆吟誦其詩，遂生不勝世事滄桑之感。而二度任西川節度使的段文昌，則為薛濤撰寫了墓誌，表達惋惜與追慕之情。

　　而要講薛濤的人生，更加要講、不能不講的便是她和元稹那場轟動當時的姐弟戀。我們所要品讀的這首《牡丹》，也與這場轟轟烈烈的愛情有關。

　　關於這首《牡丹》詩的作者歸屬，其實還有不同的看法。這是因為《全唐詩》中，這首《牡丹》詩被分別收在薛濤與薛能的集子中。因此有人認為，這首詩是薛濤所作，而有的則認為應屬薛能所做。

　　持肯定說的認為，據《後村詩話》可知，「薛能詩格不甚高，而自稱譽太過」，認為《牡丹》詩的格調，是薛能所不具有的。《牡丹》詩，因為既收入《薛濤詩》，又收入《薛許昌集》，可算是並屬文了。誠如葛洪在《抱樸子》中說：「夫才有清濁，思有修短，雖並屬文，參差萬品。」試將薛能與薛濤的詩兩相比較，就可發現二人的氣質、格調，都各有體。《牡丹》語調細膩優美，讀來如聞一個女子的輕吟低唱，顯然是薛濤在美好希望破滅之後，訴說自己無可奈何，只能與牡丹共話相思的情境。而薛能詩有的固然清新，卻無此格調，所以《牡丹》詩是薛濤作品應屬無疑了。

持否定説的則認為，《唐人選唐詩》十種之一的《才調集》也選錄了這首牡丹詩，署名薛能。編者韋縠選詩偏重晚唐，而薛能為晚唐詩人。另外，歷考今存之唐人選唐詩各種選本，均未見此詩署名薛濤者；而在薛能的詩集《薛許昌集》中收有此詩。且這首詩在《薛許昌集》中是《牡丹四首》之一。四詩雖有五、七言之分，排、律之別，而儼然為一有機整體，分割不得。

不過，每一位詩人都有其獨特的風格、氣韻。從這首詩的詩句中，我們其實可以探尋到一些歷史的影蹤，可以觸摸到那位惠質蘭心的奇女子的心靈世界。

美麗的女子總會有無數的傳説，也多會有動人心魄的愛情故事，更何況聰明而又美麗的薛濤呢？

薛濤與元稹相戀是在元和四年（809），也就是元稹的髮妻韋叢去世的當年。元稹被任命為東川監察御史，來到成都。韋皋宴請，薛濤出席。元稹風度翩翩，一表人才，此前因悼亡詩已譽滿詩壇。薛濤不由得為之動心了。而元稹自命風流，也為薛濤的姿色與才情所傾倒。二人一見鍾情，相見恨晚。

那時薛濤已四十二歲，卻愛上了三十一歲的元稹。元稹以巡閱川東卷牘為名，待在成都近一年，兩人在蜀地共度一段美好的愛情時光。接下來，元稹離川返京，重新踏上他的仕途。

分別已不可避免，薛濤十分無奈。令她稍感欣慰的是，很快她就收到了元稹寄來的書信，同樣寄託着一份深情。勞燕分飛，兩情遠隔，此時能夠寄託她的相思之情的，唯有一首首詩了。薛濤喜歡寫四言絕句，平時常嫌寫詩的紙幅太大。於是，她對當地的造紙工藝加以改造，在成都浣花溪採木芙蓉皮為原料，加入芙蓉花汁，將紙染成桃紅色，裁成精巧的小八行紙。這種窄箋特別適合用來寫情書，人稱「薛濤箋」。

「去春零落暮春時，淚濕紅箋怨別離。」面對眼前盛開的牡丹花，卻從去年與牡丹的分離着墨，把人世間的深情厚誼濃縮在別後重逢的場景中。「紅箋」，其實指的就是「薛濤箋」，就是詩人創製的深紅小箋。「淚濕紅箋」句，說明詩人自己為愛而哭，為愛而苦。由此可看出，此首《牡丹》應為薛濤所作。

「常恐便同巫峽散，因何重有武陵期？」這裏化牡丹為情人，筆觸細膩而傳神。「巫峽散」化用了宋玉《高唐賦》中楚襄王和巫山神女夢中幽會的故事，「武陵期」則是把陶淵明《桃花源記》中武陵漁人意外發現桃花源和傳說中劉晨、阮肇遇仙女的故事捏合在一起，為花、人相逢戴上了神奇的面紗，也寫出了一種驚喜欲狂的興奮。

「傳情每向馨香得，不語還應彼此知。」為什麼「不語還應彼此知」呢？因為彼此「傳情每向馨香得」。詩人

把「花人同感，相思恨苦」的情蘊十分清晰地勾勒出來了。花與人相通，人與花同感，正所謂「不語還應彼此知」。詩人筆下的牡丹，顯然已經被人格化了，化作了有情之人。這首詩把牡丹擬人化，是用牡丹來寫情人，寫自己對情人的思念，顯得格外新穎別致。

而詩的最後兩句，更是想得新奇，寫得透徹：「只欲欄邊安枕席，夜深閒共說相思。」「安枕席」於「欄邊」，如同與故人抵足而臥；深夜時分，猶訴說相思，可見相思之苦，思念之深。

關注薛濤，就要關注她的情感世界，關注她的喜怒好惡。薛濤性愛深紅，愛着紅衫，愛賞紅花，性情熱烈。《試新服裁製初成三首》中就有「紫陽宮裏賜紅綃」的句子，《寄張元夫》中寫「前溪獨立後溪行，鷺識朱衣人不驚」，《金燈花》中則寫「闌邊不見襄襄葉，砌下唯翻艷艷花。細視欲將何物比，曉霞初疊赤城家」，都是極好的佐證。而她所製的「薛濤箋」也是如此。

薛濤喜竹，但她的內心深處有着火熱的一面，而這火熱的一面在她與元稹的感情中被完全地激發出來。

唐人喜吟牡丹，但在眾多吟詠牡丹的詩作中，薛濤的《牡丹》詩之所以寫得別開生面，正是因為薛濤內心的這份火熱，因為她把人與花之間的情意寫得纏綿深摯。詩人看似寫花，其實是寫人，更是寫情，把一個多情女子的纏

綿悱惻的內心情感表達得淋漓盡致，因此讀來感人至深。

但是，薛濤深深愛着的元稹最終卻沒有回來，兩人的感情無疾而終。

或許是因為兩人年齡相差懸殊，三十一歲的元稹正值男人的風華歲月，而薛濤即便風韻綽約，畢竟大了十一歲。或許是因為薛濤樂籍出身，相當於一個風塵女子，而元稹更加看重的常常是對仕途的助力。面對生活中的不幸，面對元稹的寡情，薛濤並不後悔，也沒有像尋常女子那樣鬱鬱寡歡、愁腸百結，而是更加堅強地面對人生的得失。

後來，在回憶與元稹的一段舊情時，薛濤寫下了《寄舊詩與元微之》：「詩篇調態人皆有，細膩風光我獨知。月下詠花憐暗淡，雨朝題柳為欹垂。長教碧玉藏深處，總向紅箋寫自隨。老大不能收拾得，與君開似好男兒。」她生活在浣花溪畔，自寫紅箋小字，將對元稹的一番深情化為對自己、對人生、對生活的體驗。

薛濤的詩作以絕句為多，今存九十一首作品中，絕句達八十四首，而與元稹有關的詩卻多非絕句。這或許是她內心的深情需要更多的空間、更長的篇幅來表達吧。

不能不說，薛濤實在是唐代詩壇一個非常獨特的存在，發出了帶有特殊魅力的女性聲音。

豐滿的理想 悲哀的現實

　　李賀才華橫溢，無比早慧，少年時代便與寫了名篇《夜上受降城聞笛》的前輩李益並稱「二李」。李賀的詩中，有不少都是膾炙人口、傳頌千古的佳作名篇，比如《馬詩》《雁門太守行》。

　　但我考慮再三，還是選了他的《南園》組詩中的一首——《南園》（其五）。詩云：

李賀——《南園》（其五）

男兒何不帶吳鉤，收取關山五十州。

請君暫上凌煙閣，若個書生萬戶侯。

《新唐書》記載李賀「七歲能辭章」，就是說他天才早熟，七歲的時候便能夠寫得一手好詩，當時名動京城。連當時的文壇「大佬」韓愈以及散文家皇甫湜都覺得驚奇，說這如果是古人，也就罷了，今天居然有這樣的奇人，必要去訪個究竟。據說韓愈、皇甫湜見到李賀後，便出題讓他作詩，以便驗證李賀到底有沒有真才實學。李賀一點也不慌張，人雖然瘦小，個頭也不高，卻非常淡定地深施一禮，而且立刻援筆寫就流傳千古的名作《高軒過》。

韓愈、皇甫湜看後驚喜萬分，連聲誇讚。離開的時候，他們還熱忱地邀請李賀到府上去做客。經過這一次來訪，李賀一下子名揚天下。

李賀身體單薄瘦削，但他有個習慣，就是每日騎着小毛驢，帶一個小書童，拿着書囊，出外周遊。遇到好的景物、有趣的題材，便隨時寫成詩句，放入書囊之中。

所謂知兒莫若母。《新唐書》與李商隱撰的《李長吉小傳》都記載說，李賀的母親了解他這一習慣，很是擔心他的身體，十分心疼。每天李賀回到家，母親就會檢查他的書囊。當她發現書囊中存放着太多寫有詩句的紙片時，便常常關切地嗔怪說：「是兒要嘔出心乃已耳！」就是說，你這個孩子看來非要把心嘔出來才肯罷休啊！「嘔心瀝血」這個成語中「嘔心」二字就出自此處，由此可見李賀錘煉詩句的用功。

說老實話，這絕對是一個非常好的方法。我也喜歡寫詩，在微博上每天會寫一條原創的微博，內容很多時候就是一些小小的詩句。很多朋友都問我為什麼每天都有靈感，其實我是用了李賀的方法。我走到哪兒，只要有感而發，就會把零碎的、片段的句子記下來，積攢在一起，有時候重新去審視，靈感就會層出不窮。大家感興趣的話也可以這樣試一試。

　　李賀有理想，有抱負，雖身體孱弱，卻一直有「少年心事當拿雲」的壯志，有「收取關山五十州」的雄心。年輕的詩人常常以駿馬、寶劍、翠竹自喻，渴望「一朝溝隴出，看取拂雲飛」，希望「更容一夜抽千尺，別卻池園數寸泥」。

　　然而，就是這樣一個有着遠大抱負的李賀，他的理想、夢想，他的追求，卻在慘痛的現實面前折翼。

　　李賀一生命運坎坷，仕途失意。元和五年（810），二十一歲的李賀參加河南府試，成績優異，被推選應進士舉。但許多嫉妒李賀的人，說他父親名字叫李晉肅，其中「晉」跟進士的「進」同音，那是家諱，不能參加進士考試。韓愈很惜才，為此專門寫了一篇《諱辯》來為李賀辯解。然而，還是沒能改變李賀的命運。最終，李賀仍然因為這些小人的惡意中傷，不得不放棄了科舉考試，從此埋下了讓他一生辛酸和貧困的因子。

　　後來，在韓愈的推薦下，李賀方得到一個從九品的奉

禮郎小官。元和八年（813）的春天，由於遷調無望，功名無成，加之身體屢弱，李賀便因病辭官，回到昌谷。南園和《昌谷北園新筍四首》中的「北園」都是李賀讀書和閒居之處。

這次回家和往次不同，李賀經歷了渴望參加卻不被允許的致命打擊，經歷了希冀入世為官，卻只做了三年奉禮郎的為官歷程，明白了再也無法升遷的殘酷現實，歸家之後過起了邊耕邊讀的生活。就是在這樣一種理想與人生的錯位與纏繞中，李賀寫下了組詩《南園》。這組詩彷彿是一部宏大的交響樂，裏面迴響着閒適、童真、隱忍、苦難、狂放等多種多樣的聲音。這些聲音與李賀悲劇的命運、深切的痛苦、狂熱的理想、尷尬的人生、艱難的生計緊密地糾纏在了一起。

李賀不僅僅是一個自然山水的遊歷者、觀賞者，他更是一個不斷追問、不斷求索的思考者、思想者。即便是在靜謐的田園氛圍裏，李賀也並沒有完全沉浸其中，而是始終在不斷地搖擺，他在入世與出世之間徘徊着、思考着。在當時的背景下，對李賀而言，既然才學入仕、為國盡力之途難以走通，就只能幻想去從軍，希望能通過披堅執銳、衝鋒陷陣來建功立業。《南園》的第五至第七首就全都是這種境況之下的激情表達。

「男兒何不帶吳鉤，收取關山五十州。」唐詩中，首句以反詰、反問的語氣起筆的並不多，而李賀卻能夠與眾

不同，率先用問句來強調男兒應該投筆從戎、收復關山、建功立業。「男兒」，那當然是男子漢、大丈夫。「吳鉤」，那就更有名了，那是古代吳地所造的一種彎型的劍。相傳吳王闔閭命人製金鉤，後來泛指利劍為吳鉤。事實上我也考證過，吳地最厲害的吳鉤最早是在南京金陵冶煉、打造出來的。南京最早的時候，在范蠡建越城之前叫冶城，是吳王的兵工廠與兵器庫。「帶吳鉤」，實指手執兵器、棄筆從軍，表達了如楊炯所吟詠的「寧為百夫長，勝作一書生」的豪情壯懷。關山，泛指關隘山川。如《木蘭詩》所云「萬里赴戎機，關山度若飛」。五十州，指當時藩鎮所據五十餘州。所以李賀的意思是說：面對烽火連綿的局勢，面對痛不欲生的邊民，熱血男兒焉能熟視無睹，自當報效國家，投筆從戎，救民水火，護國安邦。

「請君暫上凌煙閣，若個書生萬戶侯。」這兩句詩則從反面襯托，解釋了為什麼要投筆從戎。凌煙閣是古時為表彰功臣而建築的高閣。北周的庾信就說：「天子畫凌煙之閣，言念舊臣。」「若個」的意思是誰、哪個，盧照鄰《行路難》詩中便有「若個遊人不競攀，若個倡家不來折」的句子。大家看，這裏又是一個問句，意思是說，請到凌煙閣看一看吧，有哪一個書生會被賜封為萬戶侯呢？

那麼，既然封侯拜相、執掌朝綱的都是能征慣戰的武將，為什麼不投筆從戎，不馳騁疆場呢？連用反問，是

這首詩一個突出的特點。通過反問，起到了加強語氣的作用，突出強調了書生報效國家的必要性。當然，這也是在抒發自己懷才不遇的憤慨和無奈。

在李賀的時代，中央與地方藩鎮之間的鬥爭連綿不休，看到戰亂險情的李賀也躍躍欲試，希望通過建立戰功來改變命運，報效國家。因此在他的詩作中，我們經常可以看到這樣一個高唱戰歌、慷慨激昂的李賀形象。他的另一名作《雁門太守行》也是這種詩風的突出代表。詩云：「黑雲壓城城欲摧，甲光向日金鱗開。角聲滿天秋色裏，塞上燕脂凝夜紫。半捲紅旗臨易水，霜重鼓寒聲不起。報君黃金台上意，提攜玉龍為君死。」

這首詩描寫並歌頌了邊地將士誓死報國的決心。至於詩中所寫究竟是平定藩鎮所發動的叛亂戰爭，還是抵禦抗擊邊地統治者所發動的侵擾戰爭，註家及鑒賞者向來眾說紛紜，莫衷一是。從題目看，本詩當然應該是寫雁門太守。但實際上，《雁門太守行》是個樂府舊題，屬於相和歌辭中的瑟調曲。《樂府詩集》所載此題古辭，是讚美東漢和帝時洛陽令王渙政績的。六朝的擬作，則泛寫邊地征戰，李賀的這一首詩我覺得也不必實指「雁門太守」。同樣，「易水」一詞，也不一定實指其地，而主要是以此引起聯想。荊軻刺秦的故事人所共知，一提到「易水」，自然就會想到荊軻別燕丹時的悲壯。

《雁門太守行》的主題自然和戰鬥有關。但李賀的這首詩，我覺得它顯然不是一次具體戰役的簡單摹寫，而是在提煉素材的基礎上通過藝術想像，創造了一種殺敵報國、浴血奮戰的典型情境。

　　所以和賈島一樣，在科考功名上被阻斷道路的李賀，寫詩其實也絕不只是為了悅己，而更在於抒懷，在於以詩揚名，以詩承志。雖然在文字書寫中，李賀也寫有「舍南有竹堪書字，老去溪頭作釣翁」，溪頭釣翁、松下高士，帶着一種人生的淡然。然而，李賀不是柳宗元，他不是在與自然的共處中達到一種與自然、與萬物的和解，而是要借自然來抒發心中的不平之氣。

　　入世和出世向來是中國古代文人面臨的兩難抉擇，孟子「達則兼濟天下，窮則獨善其身」，范仲淹「居廟堂之高則憂其民，處江湖之遠則憂其君」都是這種心態的真實描摹。而在二者之間選擇，更是一個極其痛苦的過程。李賀就恰恰經歷着這種痛苦的折磨，而且現實是他別無選擇。所以他只能把滿腔愁緒寄託於景物，寄託於事物，寄託於——馬。

　　可以說李賀是寫詠馬詩最多的一個詩人，一生寫過八十多首馬詩。這或許與他屬馬有關。但在詩人看來那是精神的自喻和自況。《馬詩》二十三首固然是李賀複雜的心靈世界的集中呈現，但正如在「男兒何不帶吳鈎，收取

關山五十州」中表達的思想一樣，李賀以寶馬自比，渴望像寶馬、良駒那樣去飛騰，去實現自己壯麗的夢想。

所以他組詩中所寫的馬多為良馬，就是這一種情結的表露。《馬詩》（其五）云：「大漠沙如雪，燕山月似鉤。何當金絡腦，快走踏清秋？」

這就是一匹於大漠秋風中躍躍欲試的駿馬。塞外大漠是荒涼淒苦的地方，但真正的駿馬卻只有在這裏才派得上用場。「何當金絡腦，快走踏清秋？」李賀好用設問之法，這裏又是如此。「何當」二字以及「快」「踏」傳達出千里馬自信而迫切執着的企盼之意，表現出駿馬急切而豪壯的姿態——牠在嘶鳴，牠在眺望，牠在渴望啊！所以在這裏，李賀是借馬抒情、借馬言志，生動地寫出了戰馬嚮往邊塞戰場的雄姿，實際上是希望有朝一日能像戰馬那樣清秋快走，萬里疾行，馳騁沙場。

李賀才情卓異，卻體弱久病；空懷滿腔抱負，卻壯志難酬。李賀懷着滿腹的理想與青春和生命進行着苦鬥，對人生的短暫有着不同於他人的無限感慨。而他特殊的生命體驗也為後人留下了一種特殊的審美範式，留下了許多至情至性的千古佳句。尤其在他的《南園》組詩中，我們更可以看到他的苦痛與掙扎，或許這也正是他被稱作「詩鬼」的原因所在吧。

真是「天上樓成求後筆，今古共嗟李長吉」！

鄴下風流在晉多，
　　壯懷猶見缺壺歌。

　　風雲若恨張華少，
溫李新聲奈爾何。

唐詩中的女性命運

　　與其他各個朝代一樣，唐代詩人多為男性作者。
不過，男性作者除了關懷江山社稷之外，常常也有對
女性命運、女性生存、女性心靈的無限關懷。相比初
唐、盛唐而言，這種關懷更多地存在於中唐、晚唐的
詩歌創作中。

　　今天，我們所要品讀的是張祜的一首名作——
《宮詞》（其一）。詩云：

張祜——《宮詞》

故國三千里，深宮二十年。
一聲何滿子，雙淚落君前。

元和十五年（820），令狐楚任宣歙觀察使，路經揚州，為前來拜訪的張祜寫表舉薦。於是，張祜滿懷期待，帶着令狐楚的薦書，在這一年的秋天奔赴京城。正所謂「三十年持一釣竿，偶隨書薦入長安」。

穆宗皇帝找來特別器重的元稹，問他張祜這個人怎麼樣，詩文、風采究竟如何。元稹回答説：「雕蟲小技，或獎激之，恐害風教。」就是説：張祜的詩純屬雕蟲小技，壯夫不為，如果陛下任用了他，朝廷的風教恐怕會變壞。聽了元稹的話，穆宗遂不用張祜。

元稹為什麼如此反感張祜，有論者指出或許有兩個方面的原因。一是由於張祜狂放，嗜酒狎妓，即所謂「其譽不甚持重」，故不為元稹所取。另一個原因，可能也是更主要的原因，則是元稹當時正與令狐楚、蕭俛交惡，而張祜乃令狐楚所薦，從而引起了元稹的不滿。

張祜此番求仕無成，只好失望地離開長安，浪跡江湖，「東去江山是勝遊」。舉薦之路被堵住之後，張祜只能改變求仕的方式，打算循鄉賦取進士。而當時刺史之中詩名最著者，當屬白居易。據范攄《雲溪友議》記載，長慶三年（823），張祜東赴錢塘，希望能以解元首薦。這次一起參與的還有從富春來的徐凝。白居易説：「二君論文，若廉、白之鬥鼠穴，勝負在於一戰也。」於是，白居易出題，詩題是《餘霞散成綺》，賦題是《長劍倚天外》。

張祜自覺答得甚妙，成竹在胸，但最終的結果卻是白居易取了徐凝為解元。

對於白居易的選擇，皮日休《論白居易薦徐凝屈張祜》中說：「樂天方以實行求才，薦凝而抑祜，其在當時，理其然也。」意思就是，因為白居易倡導「新樂府」運動，以「實行」作為求才的標準；而且元稹又說過「雕蟲小技，恐害風教」之語，白居易怎麼會取被元稹拒絕過的人呢？可以說，張祜的宮詞成就了他的詩名，卻再一次阻礙了他的仕途，再加上他放蕩的行為和傲誕的性格，為白居易所不取也就理所當然了。

這次失意，對張祜而言自然又是一次重大打擊，但他還沒有完全打消求仕的念頭。大和五年（831），張祜再次赴京應舉。不過，因為之前的教訓，這一次他的熱情沒有以前那麼高漲了。這期間，雖也有其他大臣的舉薦，最終卻又是一番徒勞而返，他的境遇並沒有發生什麼實質性的變化。因此，在給蘇州刺史劉禹錫的詩中，張祜吐露了自己懷才不遇的感慨：「天子好文才自薄，諸侯力薦命猶奇。賀知章口勞徒說，孟浩然身更不疑。」

就這樣，張祜始終未能入仕，而以處士終身。說到這裏，我們會發現，張祜與賈島有許多相像的地方。賈島亦是終身不第，其窮愁困苦之狀屢見於其詩，二人在人生命運上可謂同病相憐。而在作詩上，賈島以苦吟著稱，張祜

也同樣如此。每當苦吟之際，妻子在旁邊喚他，他也不回應。因此，兩個人的詩風也頗有一些相似之處。從今天我們所要品讀的這首《宮詞》（其一）裏，便能看出一二。

宮怨題材在宮詞中一直享有長盛不衰的地位。白居易、元稹、李商隱、朱慶餘等都寫有此類佳作。張祜的宮詞流傳至今，最著名的當屬《宮詞》（其一）。當然，也有論者從內容、聲韻等方面考證，認為這首與另一首《宮詞》（其二），其實不是兩首五絕，而是應合在一處的一首五律。但大多數情況下，還是將其視為兩首詩來解讀。

之所以在中、晚唐以來，社會上再次形成了喜寫宮詞的文風，恰如蘇雪林在《唐詩概論》中所說：「原來唐人本喜作宮詞，元和時白居易又把那富於傳奇文學性質的唐明皇楊貴妃故事，製成一篇《長恨歌》，哀感頑艷，沁人心脾，一時傳遍天下。……在這刺激之下，文人的興趣，一時傾向宮庭故事，宮詞的規模便宏大起來了。中唐王建用七絕體裁寫了一百首宮詞，王涯也做了三十首，張祜又善作小宮詞。」

實際上，一個時代的文風、士風往往是社會心理、時代風尚在文人心中的投射。盛唐開元、天寶年間，國力強大，士人多擁有樂觀豪爽的性情，以昂揚慷慨的聲音去讚美、謳歌時代。對此，林庚評價說：「無論是快樂或是痛苦，都是爽朗的健康的，永遠給人以無窮的想像、光明

的展望。」而中、晚唐之際，社會發生了巨大的變化，文人、士子進取的銳意不斷被生活所消滅，吟誦的詩歌便從江山社稷、壯志豪情轉到舞台歌榭、男女之情，宮詞也緣此凸顯出來。

同其他時代的女性一樣，唐代女性的生活空間大多狹小，像薛濤那樣有機會認識天下英才，並能夠自由出遊的實在是少而又少。除了大部分羈絆於家中的女性之外，還有一種更為特殊的女性：養於深宮的女子。這也是張祜傾力去描寫的對象，是他所關懷的一類女子的命運。

相較於前朝的北齊、隋朝，唐高宗、中宗、肅宗、順宗、憲宗其實都戒奢從簡，都曾經放宮人出宮，然而被選入宮的女性數量依然龐大。花蕊夫人徐氏寫詩云：「月頭支給買花錢，滿殿宮人近數千。」而《梅妃傳》中也記載，玄宗時「長安大內、大明、興慶三宮，東都大內、上陽兩宮，幾四萬人」。

宮中女子總是生活在漫長的等待之中，總是有那麼多要打發的無聊光陰，我們前面曾講過的那些「紅葉題詩」「衣上題詩」「紅葉傳情」的故事，其緣起都是宮女們在百般閒愁中的一種聽天由命的舉動，表達的是對宮牆之外自由世界的無限神往與渴求。那麼，同樣是寫宮詞，張祜的這首詩到底妙在哪裏？為什麼這首詩背後還牽扯出一個令人震撼的故事呢？

「故國三千里，深宮二十年。」詩人起筆便不凡。一般的唐五代宮詞，詩人多在日常生活中抓取宮女不同的形象，着力刻畫女性的容貌、服飾、性格等。而張祜這樣的句子，哪裏像在寫深宮，這裏面儼然有盛唐的文字氣象。張祜就是用這樣的筆法，來寫女子的怨情之苦、幽居之歎，去挖掘宮人心靈深處的難言之隱。

獲得像平常人一樣的生活，是深宮女子最迫切的人生渴望。「故國三千里」是從空間着眼，寫離家之遠；「深宮二十年」是從時間落筆，寫入宮之久。如此長的距離，如此久的時間，對於宮人們來說，所承受的痛苦、所承受的寂寞是難以用語言來表達的。

「一聲何滿子，雙淚落君前。」這兩句顯得高妙至極，剛吟出「一聲何滿子」，就已禁不住「雙淚落君前」，這是蓄積了多麼久、埋藏了多麼深的情緒的爆發啊！我們或許會有這樣的體驗，那就是往往人到了大悲大喜之時，才會有如此看似反常、實則極為正常的行為。

在技巧上，張祜此詩也可以説寫得別出機杼，怨得別出心裁。雖然有不少詩人都將枯燥的數字用得恰到好處，使詩歌頓生不盡的情思與韻味。甚至像賈島的「兩句三年得，一吟雙淚流。知音如不賞，歸臥故山秋」，與張祜的這首《宮詞》便頗有異曲同工之妙。但像張祜這樣四句皆用數字入詩的，仍屬少見。四個數詞，前兩個是虛寫，後

祜

《宮詞》

兩個是實指，虛為實做了很好的鋪墊。若無三千里之遙、二十年之久，又何來「一聲」之怨，何來「雙淚」之悲？詩人實在是匠心獨具，實在是把怨情寫得感人至深。

而且，本詩另有與眾不同之處在於，許多宮人是見不到皇帝或失寵於皇帝而落淚，而產生怨情，比如白居易的《後宮詞》「淚濕羅巾夢不成，夜深前殿按歌聲。紅顏未老恩先斷，斜倚薰籠坐到明」。但張祜這首詩寫的卻是在「君前」，是在受到皇帝賞識的時候，迸發出了極端激動的情緒，這就格外顯得有震撼人的力量。

這首《宮詞》，張祜雖說是「偶因歌態詠嬌嚬」之作，但傳入宮內，很快就贏得了宮女們的喜愛、傳唱，正所謂「傳唱宮中十二春」，可見這首詩的魅力之大。

而且，這首詩還引發了一個感人的故事，留下了一則真實的傳奇。

宋計有功《唐詩紀事》記載了一個故事，說武宗年間有一個孟姓才人，於唐武宗薨逝之前因唱此歌，腸斷而死。可見這首《宮詞》之感人至深。後張祜遇到進士高璩，高璩以此事相告，並稱「明年秋，貢士文多以為之目」。張祜因此作《孟才人歎》詩，在詩序中敘述了此事，詩云：「卻為一聲何滿子，下泉須弔舊才人。」「何滿子」本身只是曲調，但宮女們卻一唱雙淚流，孟才人卻一聲而絕，這其實便是因為在唱她們自己的命運，抒發她們自己的情懷。

小小的《宮詞》竟然引出如此淒艷的故事，甚至連貢士行卷也多以此為題，足見它在當時的巨大感染力和影響力。一時間，張祜詩名可謂街知巷聞，家喻戶曉。

　　除了宮詞，張祜還寫有許多不錯的山水、寺廟題詠詩。也正是在這兩個方面，他與賈島有着許多相似之處。而且就數量而言，張祜詩歌中的宮詞只佔較小比例，但其宮詞的光彩在當時卻超過了張祜的其他作品，廣為流傳。

　　之所以如此，一個首要的原因即是，對盛唐的緬懷以及對宮廷生活、愛情故事的描寫造就了懷舊風尚中的一個部分，迎合了「安史之亂」後人們內心的複雜情結。因此張祜的宮詞很快得到了人們的認同和共鳴。另外一個原因則是，張祜的宮詞多為七絕，唐代七絕多可入樂；加之張祜本人精通音樂，他的詩中幾乎寫遍了當時流行的樂器，箏、笙、笛、琴、蘆管，應有盡有，他的宮詞讀來音調和諧婉轉，隨着音樂的流傳得到了廣泛的傳播。

　　除了大眾的追捧之外，也有許多人像杜牧、陸龜蒙便很欣賞張祜。《唐詩記事》載：「杜牧之守秋浦，與祜遊，酷吟其宮詞。」杜牧甚至在其《酬張祜處士見寄長句四韻》中，專門提到了他那膾炙人口的名句「可憐故國三千里，虛唱歌詞滿六宮」。雖然因種種原因，元稹、白居易不喜歡張祜的作品，但杜牧偏偏特別稱讚張祜的詩，充滿感情地讚美他——「誰人得似張公子，千首詩輕萬戶侯」。

茶之道 茶之境

　　蘇東坡喜歡喝茶，寫過很多與茶有關的詩。若說起前輩茶聖，東坡先生最佩服的恐怕要數寫下《七碗茶歌》的盧仝了。所以他曾經說：「何須魏帝一丸藥，且盡盧仝七碗茶。」的確，只要是喜歡喝茶的朋友，大概沒有不喜歡盧仝的《七碗茶歌》的。

　　下面，我們就來聊一聊那首《七碗茶歌》。詩云：

盧仝 —— 《七碗茶歌》	一碗喉吻潤，二碗破孤悶。 三碗搜枯腸，唯有文字五千卷。 四碗發輕汗，平生不平事，盡向毛孔散。 五碗肌骨清，六碗通仙靈。 七碗吃不得也，唯覺兩腋習習清風生。

首先要說明的一點是，盧仝的《七碗茶歌》並不是單獨的一首詩，而是盧仝一首詩中的一小段。因為太過精彩，所以常被人取出來單列。也因為影響實在是太大了，千年以來，這段詩就以《七碗茶歌》的名字單獨成篇，被後人屢屢提及。

　　盧仝的原作叫作《走筆謝孟諫議寄新茶》，他的好朋友諫議大夫孟簡，把得到的新茶派人送給盧仝，盧仝飲用之後，即興而作此篇。

　　整首詩其實是分為三層內容的。

　　第一層講，送茶軍將來敲門，驚醒了日上三竿還在濃睡的盧仝。盧仝看了軍將送來的孟簡的茶和信，歡喜之情溢於言表。此信字裏行間流淌出兩人互相尊重和真摯的友誼，其中也有後來廣為流傳的名句，比如說「天子須嘗陽羨茶，百草不敢先開花」。

　　接下來的第二層意思，就寫吃茶的感受，這是全文的最精彩之處。也就是後人評說的「如珠走板，七碗相連」的七碗茶了。

　　全詩的第三層境界很高，轉入為蒼生請命，期待天下勞苦百姓的苦日子能有盡頭。要知道此時的盧仝也不過一介寒士而已。這個時候，他正隱居在少室山，潛心治學。朝廷屢次徵辟，他都不肯出山。年紀輕輕就隱居山林的盧仝，既能獨與天地精神往來，得新茶之樂，又能胸懷

天下，心念蒼生，是一個有大境界的人。我們重點要分析的，就是他飲此七碗茶的感受。盧仝自號「玉川子」，《七碗茶歌》又被稱為《玉川茶歌》。在此，讓我們細細來看，這被稱之為與陸羽《茶經》齊名的《玉川茶歌》。

「一碗喉吻潤」，最關鍵的是這個潤字。中國傳統話語體系中，我們稱君子叫「溫潤如玉」。另外，春風化雨，濕潤大地。「潤」本身是一種對生命的滋養。第一碗新茶喝下去，喉吻之際產生的最明顯的感覺是潤。這一點非常重要，為什麼能產生潤的感覺呢？不是因為茶水滋潤了你的喉吻，是因為茶水引發的生津的感覺。

在理解《七碗茶歌》的過程中，我結合自己飲茶的體驗有着一些感悟。第一口茶下去，不要牛飲，而是緩緩讓它咽下去，這時候，兩頰之間第一反應是生出很多津液來，我們常稱為口水，其實這種口水對人體來講，是非常重要的。這個兩頰生津的津為什麼這麼重要呢？《說文解字》裏解釋：「津者，水渡也。」甲骨文的原形是渡口，一個人划着一條船，從此岸到彼岸就要靠這個津。再往前引申，就是到達彼岸的最重要的滋潤。所以「望梅止渴」，其實是「望梅生津」。我們常說的「津津樂道」「津津有味」的津，也是這種感覺。

從道教養生的角度看，血液就像長江大河，津液就像湖泊，而兩頰生出來的口水就像泉水一樣，汩汩而出，滋

潤你的身體和靈魂。很多學者認為，所謂的「七碗茶」只是虛指，並非真的是有七碗茶，而我個人認為，即使是虛指，每一層之間的境界也是細分的。

所以第一碗喉吻之潤，就是飲茶的初始境界，可以讓人兩頰生津，產生對生命的滋潤感。就生命形態而言，我們在本質上是孤獨的，每個人本質上都是孤獨的。我們之所以在人世間渴望溫暖，渴望理解，就是因為這種不可改變的孤獨本質。但是在殘酷的社會現實中，在人際交往中，我們一方面渴望理解和溫暖，但是當距離過近的時候，人與人的個性又會產生碰撞。因此我們常常感慨人世間知音難尋，但這種知音，大自然可以給你，茶可以給你，這就是「二碗破孤悶」。

第二碗喝下去的時候，因為被滋潤過了，所以你感覺這時候的茶，就像是你靈魂中的一個朋友。我自己常於靜室中喝茶，舉杯不需邀明月，對影何必成三人？只要手中有一碗茶，就像是和一個老朋友在交談，充滿了欣喜，充滿了遇到知音的快樂。

因此，「三碗搜枯腸，唯有文字五千卷」。

到了第三碗的時候，境界更上一層了。這是說什麼呢？就是說如同遇到知己，如同在與老友交談。這個時候你出現只有和相互理解信任的朋友之間才會有的、非常強烈的傾訴的欲望及表現的欲望。所以有了「三碗搜枯

腸」。當然，根據整首詩的意思，也有人理解為盧仝這時候濃睡初醒，尚未吃早飯，這時候其實是空腹，故說「搜枯腸」。但我覺得，最重要的是他那種傾訴和表達的欲望，所以才說「唯有文字五千卷」。盧仝滿腹才華，平常是不屑於去表現的。本來連朝廷徵辟都不肯出山，而三碗茶喝下去，他五千卷的滿腹才華，卻都想充分地展示出來。這時候的茶，不僅如新知，如老友，甚至如師長，如志同道合的高格之士。

這樣的感覺到了第四碗，就到了一個關鍵的轉折點。

「四碗發輕汗，平生不平事，盡向毛孔散。」這是一種什麼樣的境界呢？這是一種與自我、與命運達成和解的大境界。我們每個人在家裏既是父親、母親，又是子女、丈夫、妻子，在社會上更是擔當着眾多不同的角色。因為角色的不同，在現實社會中有相應的擁有，也要擔當起不同的責任和義務。再加上人與人之間的碰撞，事與事之間的糾纏，即便人很簡單，事很簡單，可是人事卻不簡單；生很容易，活很容易，可是生活卻不容易。

不論飛黃騰達，還是時運不濟，任何一種人在社會現實中，都有強烈的夾縫感。矛盾是人的社會屬性的本質。正是社會屬性中的這種矛盾性，導致我們有強烈的夾縫感。只要是活生生的人，就都體會過面對命運無奈和現實人間的掙扎，這就是不平。而第四碗茶喝下去遍體生津，

這時候，「平生不平事，盡向毛孔散」。這就是與矛盾的自我、痛苦的自我、掙扎的自我，還有無奈的現實，達成了和解。

這是人生境界的一個轉折點。當這個轉折點達成之後，第五碗的境界「五碗肌骨清」，就是道家講的超越了。超越了現實的痛苦之後，超越了人世的矛盾之後，身體和靈魂像是得到了重生，這在道家叫「洗髓伐骨」，宛如重生。骨質、肌肉、精氣神全都煥然一新，神清氣朗，所以是「五碗肌骨清」。

體質的改變將直接引發精神的改變，到了第六碗的時候就是「六碗通仙靈」。仙是什麼？仙者，靈也。《說文解字》說「靈巫，以玉事神」，靈是能與神靈、大地、自然，與萬物溝通的巫者。所以屈原說的「靈之來兮如雲」，靈就是神，就是仙。而所謂「靈台無計逃神矢」，靈台就是我們的魂魄，就是我們的精神世界。所謂神、所謂仙，其實就是你的靈台、你的精神。你的靈魂可以感知天地萬物。這就又引申到了靈性之所，「水不在深，有龍則靈」，「心有靈犀一點通」。所以「六碗通仙靈」，到了靈的境界，是指精神成長到一種高妙的境界。

因此，第七碗盧仝便用誇張的手法感慨說：「七碗吃不得也，唯覺兩腋習習清風生。」眼見着就要御風而行，逍遙遨遊去了。這種茶藝、這種茶境，簡直妙不可言。

而這種感覺、這種意境，就是茶能帶來的至妙境界。每當我喝到特別好的茶的時候，立刻就會想起這首《七碗茶歌》。一盞盞地吃下，一層層的境界拾級而上，真的是像蘇東坡所說「何需魏帝一丸藥，且盡盧仝七碗茶」。這裏用到了魏文帝曹丕的典故。曹丕曾經寫詩說：「與我一丸藥，光耀有五色。服之四五日，身體生羽翼。」古人想煉丹成仙，東坡先生卻說，服什麼丹藥啊，只要有盧仝七碗茶的境界，人生何時何地不可到至妙的仙境啊！

　　茶文化是中華文明對世界文明的巨大貢獻之一，作為炎黃子孫，多希望你和我一樣也喜歡喝茶。

　　好啊！好茶！

我用生命 用華年 撥動心弦

「詩家總愛西昆好，獨恨無人作鄭箋。」

李商隱作品代表性的藝術特徵，可以說大都體現在他的七律詩裏。千年而下，喜歡義山詩作的人常常都要感慨一句：「一篇《錦瑟》解人難。」

我們下面就來解一解這首不斷讓人感慨「難、難、難」的《錦瑟》詩。詩云：

李商隱——《錦瑟》

錦瑟無端五十弦，一弦一柱思華年。
莊生曉夢迷蝴蝶，望帝春心託杜鵑。
滄海月明珠有淚，藍田日暖玉生煙。
此情可待成追憶，只是當時已惘然。

這首詩引發了前人無窮的浩歎。像元好問的《論詩三十首》「望帝春心託杜鵑，佳人錦瑟怨華年」，直接套用了《錦瑟》中的句子，然後說「詩家總愛西崑好，獨恨無人作鄭箋」。「鄭箋」指的是鄭玄為《毛詩》作的箋註，所以「作鄭箋」就是準確地箋註和解讀。清初文壇領袖王士禛，則喊出了「一篇《錦瑟》解人難」的名言。就是說這篇《錦瑟》解讀起來太難了。這一篇《錦瑟》和李商隱的《無題》詩相對應，可謂把他《無題》詩的幽婉難尋發展到了一種極致。

有關這首《錦瑟》詩的爭議和解讀，很多說法本身細細琢磨起來都非常有趣。

第一種，即所謂「索隱派」的「真實戀情說」。這種說法的代表人物是北宋的劉攽。他在《中山詩話》裏說：「李商隱有《錦瑟》詩，人莫曉其意，或謂是令狐楚家青衣名也。」這就是說，將李商隱視如己出的令狐楚家裏有一個小丫鬟，或者說是一個歌妓，名字就叫錦瑟。而李商隱在令狐楚家學習的時候，和錦瑟產生了戀情，所以李商隱寫《錦瑟》以紀念。

第二種有趣的觀點叫作「詠物說」，它的提出者居然是大名鼎鼎的東坡居士（一說為託名蘇東坡）。這麼有趣的東坡先生，在解讀《錦瑟》的時候，表現出了深厚的學養。北宋黃朝英在《靖康緗素雜記》裏說，「蘇門四學士」

之一的黃庭堅讀不懂此詩，就去請教老師。東坡云：「此出《古今樂志》，云：錦瑟之為器也，其弦五十，其柱如之，其聲也適、怨、清、和。」

蘇東坡的解讀解答了一個千古難題，也就是頷聯與頸聯中最難理解的四組意象。「莊生曉夢迷蝴蝶」，這是莊生夢蝶的典故。這裏有一個關鍵字，就是「適志」的「適」，指栩栩如生、自得其樂的樣子。而「望帝春心託杜鵑」，則是用了杜鵑啼血的典故。望帝名杜宇，是傳說中古蜀國的國王。國破家亡之後，杜宇化為一種鳥，這種鳥就叫杜鵑鳥。春夏時節，杜宇徹夜不停地哀鳴。杜鵑鳥的口腔上部和舌頭都是紅顏色的，古人以為是牠啼得辛苦，以至於滿嘴流血。剛巧，杜鵑高歌的時候，也正是杜鵑花盛開的時候，人們便把這種顏色説成「杜鵑啼血」。頸聯「滄海月明珠有淚」，《博物志》裏説：「南海外有鮫人，水居如魚，不廢織績，其眼能泣珠。」這是説，大海裏蚌身上的珍珠，其實是美人魚流下的眼淚。而最好的珍珠，一定還要有月亮的精華，要有月清如水、月華如水的籠罩，這樣才能產生世上最美的珍珠。所謂「月華如水」「月清如水」，這裏有一個關鍵的字，就是「清」字。最後一個用典「藍田日暖玉生煙」，是指陝西的藍田縣有一座山，盛產美玉，在溫暖陽光的照射下，遠望之如良玉生煙，一派中和氣象。

第三種有意思的觀點叫作「悼亡說」。首先提出這個觀點的是錢謙益的侄子錢龍惕，後來清詞三大家之一的朱彝尊也主張這個觀點。李商隱二十多歲娶王茂元女兒為妻，兩個人感情深篤，王氏去世之後，李商隱確實寫下《房中曲》等悼亡詩，感情真摯、寓意深痛。另外，王氏確實善彈錦瑟，這有李商隱的詩句為證，《房中曲》說「歸來已不見，錦瑟長於人」。不過可惜的是，李商隱與王氏共同生活的時間至少在十三四年之上，朱彝尊為了湊「斷弦」之說，非要說王氏死於二十五歲，實在有點牽強了。

除了這三種說法，其實還有很多種推測。比如「人生自娛說」「懷才不遇說」「政治寄寓說」，還比如錢鍾書先生的「詩序說」和王蒙先生的「混沌說」。「詩無達詁」，不論我們贊同哪一種，這些觀點的提出都凝聚了研究者的心血與體悟。正是有了這些心血與努力，才讓這美麗的《錦瑟》顯得愈發魅力無窮。

那麼，我眼中的《錦瑟》詩又是怎樣的呢？

我曾經說，只要是有故事的人，都會喜歡這兩句「當時」。毫無疑問，李商隱是一個有故事的人。他的《錦瑟》詩雖然那麼難解，卻那麼美，那麼容易打動人心。而《錦瑟》之所以那麼美，就是因為李商隱用他有故事的人生，用他有情感的心靈，用他有惆悵、有堅守、有痴情、有輕狂的內心，如杜鵑啼血般寫下這樣唯美的《錦瑟》。很多

人非常喜歡這首《錦瑟》詩，就說明這首《錦瑟》裏孕育着一種普遍的情感，而這種情感則是非常讓人容易產生共鳴與共識的。

我們首先來看詩題，它到底是不是無題之題呢？

前面講過，詩歌史上較為主流的觀點認為，它和《無題》一樣，只不過因為「錦瑟」是最早出現的兩個字，便信手拈來，以此為題，並沒有什麼刻意的目的。

我並不認同這個觀點。題目是很重要的，即使《無題》這樣的題目，也透露着重要的信息。從創作規律上看，就詩題與詩之間的關係而言，詩主要是抒發情感的，而題目卻是最想說的那塊內容，是意思的直接表露。即使「無題」，也就是「不想說」，也是一種意思的直接表露——「我不想說」。換言之，詩的意思就是：我最想說的是「我不想說」。這難道不是一種清晰而集中的意思表露嗎？因此，既然以《錦瑟》為題，「錦瑟」兩字就應該大有文章。

「瑟」是一種樂器，尤其和中國古代的音樂正宗——古琴，密切相關。在漢語語言最凝練的積澱——成語裏，就有很多有關琴瑟的成語，比如「瑟弄琴調」「琴瑟和鳴」等。那麼，瑟與琴的這種重要關係對於解讀《錦瑟》有什麼重要的啟迪嗎？

我覺得一定有。因為古人對音樂比我們今天要重視得

多。在孔子那裏，「興於詩」，「詩」只是起點；「立於禮」，「禮」是過程；而最後「成於樂」，音樂是最終的歸宿。所以，對於琴和瑟這兩種非常重要的樂器而言，它們之間的關係，雖然在《錦瑟》裏沒有提到「琴」，但是我想，有些不需要提到的特性在今人這裏割裂了、淡漠了、陌生了，但在古人那裏可能是一種共識與共鳴。

第一句「錦瑟無端五十弦」，從發生學的角度看，傳說是人文始祖伏羲製琴瑟，當然也有神農氏製琴瑟之說。而琴呢，最早是五弦，所以後世有「手揮五弦，目送歸鴻」之說。後來據說周公、召公各加一弦，也有說周公添兩弦，於是五弦琴就變成了七弦古琴。而瑟最早的時候，據說就有五十弦之多，是琴的整整十倍。那麼伏羲製琴瑟，為什麼琴與瑟同時做出，它們之間卻會有那麼大的差別呢？一個五弦，一個卻是五十弦？

所以李商隱也問了：「錦瑟無端五十弦，一弦一柱思華年。」人過中年的李商隱，經歷了世事的變幻、政治的碾壓，以及現實的滄桑輪迴，無奈之中看到那錦瑟，想那一弦一柱之間，流淌的都是人生的年華與歲月！這是託物起興，應該很明確。關鍵是，要說「思華年」，但要借「錦瑟」來說，要借五十弦的一弦一柱的錦瑟來說，這樣一來，其中就有一個必然的邏輯，那就是瑟的某種特性，一定和李商隱所要說的「思華年」，有着必然的關係。這種

必然的關係，一定又有表面上的形式關係與內在的精神關係兩種關聯。

如果「錦瑟」只是第一句提到，後面不再提，那麼就是一種表面上的形式關係，也就是五十根弦對應五十的人生年華。但如果接下來還有緊密的關係，整個詩與「瑟」之間，就不只有表面形式上的邏輯關係，而一定有內在的精神氣質以及情感命運上的緊密關聯。

那接下來詩與瑟之間還有沒有緊密的關聯呢？這就要感謝東坡居士了。他解答了頷聯與頸聯的千古難題。按照蘇東坡所引《古今樂志》語可知，詩中四個典故分別突出的是「適、怨、清、和」四字，而這四字的境界剛好就是錦瑟這種樂器所能達到的音樂境。這樣，我們就可以得出一個結論：整首《錦瑟》詩與錦瑟之間的關係，並不只是第一句拿錦瑟來起興，後面的頷聯、頸聯其實與錦瑟的特性也有着必然的邏輯關係。這種關係就不只是表面的、形式上的關係，還有着內在氣質、精神上的緊密吻合。

那麼問題就來了，錦瑟這種與琴相匹配的最重要的遠古樂器，最大的特性到底是什麼呢？是不是指它的音質、它的聲調特別能表現「適、怨、清、和」的情感？我感覺，這四個特點還只是技術上的總結，還可以再向上歸納，歸納出錦瑟這種樂器的本質特點，而這個本質特點應該就是李商隱這首《錦瑟》詩以「錦瑟」為題的關鍵所在。

這就要回到我們前面問的那個問題：為什麼伏羲製琴瑟，最初的琴只有五弦，而最初的瑟卻有五十弦？再比如箏，最初也不過只有十二弦，而瑟卻有五十弦之多，這到底是為什麼？

我一直認為，對於漢文化研究來講，漢字是一個重要的源頭。從「琴」「瑟」這兩個漢字的起源，比如它們金文和篆文的對比，就可以看出很有意思的區別。上面的兩個「王」，最早象形，都象形了琴和瑟的弦與枕。而底下的區別就很有意思了：「琴」字下部現在寫作「今天」的「今」，原來其實指的是琴底下那個凸起的橢圓狀的共鳴箱；但「瑟」底下這個「必」，不是指穿心而過，而是指撥弦的撥片。

因此，從「琴」這個字就可以看出來，它強調的是共鳴所發出來的聲音一定要中正和平；而「瑟」呢，強調的是撥片，也就是強調它的弦很密、音很密的特點。現在的古琴一般長度三尺六寸五，古琴界都把它比喻為三百六十五天。其實據史料記載，伏羲氏最早製的古琴，琴長三尺六寸六，那肯定就不是對應所謂三百六十六天了，他強調的是「三」和「六」兩個數字。伏羲大帝作為人文始祖，又一畫開天，因「河圖」「洛書」而演先天八卦。我們如果了解《周易》文化，就會知道「三」和「六」所代表的深刻內涵。「三」為至陽，而「六」為至陰，古

琴的特點便是陰陽平衡。斫琴要用什麼木材？上為桐木，下為梓木，合起來也要陰陽中和。

所以古琴文化有「九德四芳」「二十四況」之說，幾乎是君子品格與價值的象徵，所以古琴的聲音並不響，並不大，一定要中正平和。因為君子要有情懷，要有胸懷，還要有境界，這種胸懷、情懷與境界的最佳代言其實就是古琴。

但是，既然琴瑟息息相關，在中國陰陽辯證的文化系統中，琴瑟之間誰又為陽，誰又為陰呢？當然是琴為陽，瑟為陰。因此瑟的聲音，既可以很響，又因為弦多，其音色變化紛繁，甚至可以表現各種極端的情感。既可以自得其樂，又可以極其哀怨。更為重要的是，在古代，琴大多為男子所彈；而瑟呢？很多時候女子是可以彈的。在古代的燕樂裏，彈琴就是要當眾彈琴；而彈瑟的人和瑟往往在簾幕後的隱匿之處，作為一種背景音樂的演奏。所以琴為陽，瑟為陰；琴在台前，瑟在幕後；琴為君子用世之道，瑟則可隱逸，以自明心志。這樣一來，「錦瑟」的意思就幾乎可以呼之欲出了。所謂「錦瑟無端五十弦，一弦一柱思華年」，這明明確確是在說：「我在自彈自唱、自怨自憐，我的錦瑟之曲、我的錦瑟之詩，根本不是彈給你們這個世界聽的，根本不是念給你們這個世界聽的，我是彈給、念給我自己的那顆心靈聽的呀。」這才是真正的「無

端五十弦」，這才是真正的「一弦一柱思華年」。在這種純粹自我的精神世界裏的瑟音之中，李商隱一遍遍地審視他曾經的年華與年華中的那些情感經歷。

那些美麗的愛情，有如莊生夢蝶般迷幻，就像玉陽山道中與宋華陽的初次相逢，當時的一舉眸、一望眼，嫣然一笑，如夢如幻，多麼美的「人生若只如初見」；當然也有如「望帝春心」，化為杜鵑啼血，如他深愛的髮妻王氏與他同甘共苦，與他共剪西窗之燭，卻最終先他而去，讓他為之痛徹心扉；也有如「滄海月明」般的清澈之戀，比如《無題》（昨夜星辰昨夜風）裏，「畫樓西畔桂堂東」，那個與他雖然「身無彩鳳雙飛翼」卻能「心有靈犀一點通」的心靈戀人，他們相視時，目光裏的清澈與愛戀，又何嘗不如滄海月明，或清澈的珍珠光華一般；當然還有如「藍田日暖玉生煙」一樣的情感，那個聞其詩而慕其才，在巷口窗下向他許三日之約的柳枝姑娘，他們的愛情還沒有開始便匆匆結束，多情的李義山題《柳枝五首》於其故宅門戶之上，想來這段感情「發乎情而止於禮」，雖然無果卻讓李義山念念不忘。

往事正如「藍田日暖」「良玉生煙」，雖經時光與歲月的沉澱，卻歷久彌新、揮之不去。所以在他回憶的世界裏，在他情感的世界裏，在他精神的世界裏，每一個「你」都永恆不滅，每一段情都是最美的華年。

因此，尾聯最終有「此情可待成追憶，只是當時已惘然」的哀歎。這是什麼？這就是用情之深哪！請注意，這裏的「惘然」不是不甘心，也不只是簡單的惆悵與淒婉。這就是雖然說着「春心莫共花爭發，一寸相思一寸灰」，卻還要「直道相思了無益，未妨惆悵是清狂」。正是有了「只是當時已惘然」的哀歎，才可以看出詩人內心的百轉千迴，可以看出他對往事的難以割捨，甚至這些往事、這些情感已經成為他精神世界最重要的支柱與支撐。

雖然說「只是當時已惘然」，可是這種「惘然」卻與開篇的「思華年」遙遙呼應。即便「惘然」，他還要「一弦一柱思華年」，所以「此情可待」，豈止是「成追憶」啊，它簡直就是李商隱內心世界的全部內涵。因為只有這種癡情、這種深情、這種向內的一往情深，才能讓現實夾縫中求生存的李商隱完成徹底的轉身，徹底地放下外在功利的、喧囂的世界，從而轉身向內，構建出一個無比豐滿、無比溫暖，也無比深情、無比癡情的精神世界。在現實中進退失據的李商隱也終於可以在這個內在的世界裏獲得救贖，獲得昇華，獲得永恆。

「錦瑟無端五十弦，一弦一柱思華年。」其實不獨李商隱，在這萬丈紅塵之中，在現實的夾縫裏，只要在生活中有過迷茫、有過困頓，誰又沒有這樣「一弦一柱」的華年之歎呢？

「一篇《錦瑟》解人難」，請撥動心弦，細數過往，聆聽內心。即便當時「惘然」，但那時的愛，那時的你，那時的時光與歲月，卻依然會賜予我永恆與溫暖！

清明之謎

現在每到清明節，人們都會念及杜牧的那首《清明》，它簡直成了清明節的代言詩了。

之所以流傳這麼廣，甚至可以為清明代言，便是因為這首詩平白如話。詩中既沒有什麼典故，也沒有什麼生僻字，意思淺顯曉暢，場景如在目前。

那麼，就讓我們來聊一聊這首杜牧的千古名作——《清明》。詩云：

杜牧——《清明》

清明時節雨紛紛，路上行人欲斷魂。
借問酒家何處有？牧童遙指杏花村。

你看那清明的時節啊，細雨紛紛，路上掃墓、祭祖的行人傷心斷魂。同樣踏青的詩人隨着春色漸行漸遠，走得有些累了，欲小憩歡飲，遂問路於道旁的牧童。騎在牛背上的小牧童身子一斜，抬手一指：「喏，那不就是你要去的杏花村！」多麼生動，多麼明白如話啊。

不過，別看讀來容易，這首《清明》非杜牧這樣的大師不可為之（也有學者認為此詩應為許渾所作）。它集中體現了漢語詩詞的生動、形象以及語意的豐富。不相信？我們重新斷句，這首著名的《清明》詩立刻就可以變成《清明》詞：上闋是「清明時節雨，紛紛路上行人，欲斷魂」，下闋是「借問酒家何處，有牧童遙指，杏花村」。

怎麼樣？渾然天成，毫無拘礙！這就是漢語詩詞的魅力。我想其他語言的文學創作，恐怕實在難以達到漢語詩詞的這種境界了。不過讓杜牧也始料未及的是，他的這首名作為後人留下了困惑不已的兩大謎團。

第一個讓今人爭論不已的謎團，就是牧童那隨便一指的「杏花村」，到底是在哪兒。

如今全國有不下十個地方在爭杏花村，安徽的學者說：「你山西怎麼可能清明時節雨紛紛呢，氣候也不吻合啊。」山西的學者就會考證：「你們說的是現在，唐代的時候，俺們山西就是清明時節雨紛紛的。」

說起來全怪杜牧，誰讓他寫這首詩的時候，既不標明

時間又不標明地點，若像他的那首《及第後寄長安故人》多好啊，一查就知道時間。杜牧不是文宗大和二年中進士嗎？就是公元 828 年嘛。另有一首叫作《將赴宣州留題揚州禪智寺》，連時間、地點都交代得清清楚楚。獨獨這首《清明》，隨手一題，一點交代都沒有。所以我覺得既然杜牧一點交代都沒有，就說明他的這個杏花村啊，既有可能是實指，也有可能是泛指。

事實上，古代各地的杏花村，我估計大概和李家村、王家村一樣多。所謂「鐵馬秋風塞北，杏花春雨江南」。杏花，可是神州大地上春雨中的典型意象，不僅隨處可見，而且杏花的意義也非凡。孔子坐「杏壇之上」，可以代指教育。後世新科進士要遊宴杏苑，又指仕林科舉。三國時著名的醫家國手董奉，為了植杏救荒，定下一個奇怪的規定：看病不收費，但重病患者痊癒後，要在山坡上種杏樹五株；輕病患者呢，痊癒後種一株。由於董奉醫術高明、醫德高尚，數年之間他所住之地，便種下了萬餘株杏樹，所以杏林又可以指懸壺濟世的良醫國手。

杏苑、杏壇、杏林有這麼豐富的內涵，又有杏花、春雨的美景，哪裏會不願叫杏花村呢？

除了杏花村屬地之爭，其實這首詩還有一個更大的謎團。那就是：杜牧的這首《清明》，到底蘊含着怎樣的情緒？

通常的解釋是，前面詩人已經傷心過了，正是因為難以排遣「欲斷魂」的愁緒，所以才要找酒家，才要找「杏花村」嘛。這種理解其實不然，杜牧説「路上行人欲斷魂」，沒説他也「欲斷魂」。其實要搞清楚這一點，對古人來説原本不是問題，而對今人來説隔膜了許多。最關鍵之處就在於：清明節這樣的節氣，內涵到底是什麼？

清明節是中國古代重要的時年八節之一，《曆書》上説：「春分後十五日，斗指丁，為清明，時萬物皆潔齊而清明，蓋時當氣清景明，萬物皆顯，因此得名。」清明是好時節啊，天清氣朗，氣溫升高，更是春耕的重要關頭。所以古人説：「清明前後，種瓜點豆。」事實上除了農耕，清明在生活中也特別重要。你看清明節又叫踏青節，還叫鞦韆節。女孩子在這一天要蕩鞦韆，傳説宮中妃嬪、宮女們也要蕩鞦韆，所以這一天又叫鞦韆節。可以看出，古人在清明的時候是崇尚運動的，踏青、郊遊、蕩鞦韆、蹴鞠，接着還要開始放風箏。不過這樣一來，有人難免會問，這不是太不莊重了嗎？因為清明是祭祖和掃墓的日子啊。

説到這個矛盾，就要把清明節、寒食節和上巳節，放到一起説。在古代，寒食節通常是冬至後的第一百零五天，和清明的日子很近。清代湯若望曆法改革之前，清明節定在寒食節的兩天之後。湯若望曆法改革之後，寒食節

就定在清明之前的一天了。而現在呢，基本上是把寒食和清明放在一天過。像 2017 年上巳節就是三月三十日，清明節是四月四日，也是挨得非常近。

說到寒食節的起源，大家一般會想到介子推的傳說。傳說春秋時代，晉公子重耳，年輕時為逃避迫害流亡他鄉。流亡途中，介子推曾割下大腿上的肉，煮了湯讓重耳喝。十九年後，重耳做了國君，也就是晉文公，重賞當初陪他流亡的功臣，卻唯獨忘了介子推。有人替介子推不平，而介子推最鄙視那些爭功討賞的人，於是打好行裝，帶着母親悄悄到綿山隱居去了。

晉文公得知後羞愧難當，親自去請介子推，但介子推拒不肯出山。晉文公聽了手下的糊塗主意，火燒綿山，想逼出介子推。可介子推寧肯葬身火海，也不肯施恩圖報。後來晉文公下令禁火祭奠介子推的時候，就把寒食節後的一天定為清明節。

事實上，從文化發生學的角度上看，寒食節的源頭應該是遠古時期人類對火的崇拜。學會使用火，對人類文明來說有着至關重要的意義。古人認為火有神靈，就要祭祀火。但是所祀之火呢，每年都要止熄一次，然後重燃新火，這被稱為改火。改火的時候，要舉行隆重的祭祀活動。中國人的文化核心是祖先崇拜，所以祭祀天地、祭祀鬼神的時候也要隆重地祭祖。因為要改火，要祭新火，所

以當日不能用火，只能吃涼食，這就是寒食的真正起源。

另一方面由於要祭祀，祭祀新火、祭祀天地、祭祀祖先，所以要掃墓，要有莊嚴的哀祭形式。但如果只哀祀，只吃涼食，所謂過猶不及，尤其與春天的生發之道又不相吻合。像《黃帝內經》裏的《四氣調神大論》就說：「春三月，此謂發陳。天地俱生，萬物以榮，夜臥早起，廣步於庭，被髮緩行，以使志生。」又說「逆春氣則少陽不生，肝氣內變」。就是說：春天的時候，要讓身體裏的少陽之氣，其實就是新火，自由生長，要「夜臥早起，廣步於庭，被髮緩行，以使志生」。對這段話最好的解釋就是被孔子稱讚的曾點所說的：「春服既成，冠者五六人，童子六七人，浴乎沂，風乎舞雩，詠而歸。」

其實，三月三的上巳節就是這樣的。人們先要去郊外舉行祭祀儀式，所謂袚除修禊，然後沐浴，就是袪除晦氣與不潔之氣，王羲之《蘭亭集序》裏所記述的曲水流觴、文人雅集就發生在這個時候。祭祀之後就有很多遊戲，比如說臨水浮卵，就是拿一個雞蛋從河上游漂下來，在河邊撿到這些雞蛋的女孩子，就是幸福的，因為這意味着她們會很快生育。

可見，清明、寒食、上巳，這三個節其實有相近的特點。第一，它們時間非常接近。第二，它們都是先舉行祭祀，然後有各種的遊戲。這不僅不矛盾，而且非常科學。

究其本質，清明、寒食、上巳，都是為了尊重生命。因為春天陽氣始生，代表着生機的出現，如同新火一般。古人講究敬畏，要祭祀。在祭祀之後，就要體現出生機和活力來，又因為在寒食吃了涼食，在掃墓時有哀戚的情緒，就更需要通過健康的積極的情緒，把身體和靈魂引向良性循環。這樣的生活觀、生命觀，既不失敬畏之心，又合乎大道自然，更充滿了正能量，特別能體現華夏文明生命哲學的大智慧。

說到這兒，我們就可以明白了，為什麼「清明時節雨紛紛，路上行人欲斷魂」呢？因為那是掃墓，那是祭祖，要表現哀戚的心情。而為什麼詩人「借問酒家何處有？牧童遙指杏花村」的場面又那麼清新爽朗、如在目前呢？因為這是踏青，這是遊春。因為天地清明，萬物生發，我們作為自然的一分子，也要在這春和景明的時節，表現出生機和活力來。

所以最「清明」的不是杏花村，而是那個小牧童。他才是《黃帝內經》裏的「少陽始生」，他才是改火節裏的新火新明。他輕輕地一指，就把一代代的國人引向了尊重生命、充滿生機的清明。

入骨相思知不知

「玲瓏骰子安紅豆，入骨相思知不知」，這兩句詩我相信很多人都很熟悉，也很喜愛。因為它實在是太有名了。溫庭筠的這首詩為什麼寫得那麼動人呢？這其實和它的獨特性有關。

那麼，我們就一起來讀一讀溫庭筠的這首《新添聲楊柳枝詞》（其二）。詩云：

溫庭筠──《新添聲楊柳枝詞》（其二）

井底點燈深燭伊，共郎長行莫圍棋。

玲瓏骰子安紅豆，入骨相思知不知？

這首詩的題目，其實我們可以簡稱為《楊柳枝詞》。那為什麼要叫《新添聲楊柳枝詞》呢？因為楊柳枝是樂府曲名，本來是漢樂府橫吹曲《折楊柳》，到了唐代改名《楊柳枝》，到開元年間已經變成了教坊曲。之所以又叫「新添聲」，還得益於白居易。

白居易是樂府詩作的高手，也是唐代樂府運動的旗幟性的人物。他依舊曲作詞翻為新聲，他自己寫《楊柳枝》詞的時候，就說「古歌舊曲君休聽，聽取新翻楊柳枝」。因為白居易的影響很大，所以當時詩人紛紛唱和，新翻聲的楊柳枝詞，就像劉禹錫作的《竹枝詞》一樣，流傳和影響非常廣。

而溫庭筠的這首《新添聲楊柳枝詞》最獨特的地方則在於，它出神入化地運用了漢語諧音雙關的技巧。

這首詩設置的場景，是一位妻子，要送別她即將遠行的丈夫。這種時候，一個玲瓏剔透的女子，會給她的愛人說些什麼呢？

第一句，「井底點燈深燭伊」。很有意思，點燈，沒有問題，但為什麼要到井底去點燈啊？原來井底點燈是為了深燭啊，那蠟燭放在井底不就是深處之燭麼。深燭，又是深囑的諧音，就是深深地囑咐。囑咐誰呀？「伊」是所謂「伊人」麼，這裏是人稱代詞，指代「你」。

「深燭伊」，就是我要深深地叮囑你。你看這個玲瓏

剔透的女子真是太有意思了，她説我要叮嚀你的時候不是直接説，而是説我要像井底點一支蠟燭那樣，深深地囑咐你。這一句話就體現出這個女子非常有趣的形象來。她這麼俏皮生動的開場，到底要囑咐些什麼呢？

第二句就是她囑咐的內容了，「共郎長行莫圍棋」。這裏的長行和圍棋都是遊戲。唐人筆記記載，投色子來賭博的叫長行局。《唐國史補》裏更記載説，「王公大人，頗或耽玩，至有廢慶弔、忘寢休、輟飲食者」，就是説大家玩這種長行局玩得都廢寢忘食了。

圍棋不用説了，圍棋是華夏文明為人類貢獻的形式最簡單、內容最複雜、技巧最智慧、變化最無窮的一種遊戲。難道這個女子這時候是要説，要和她遠行的丈夫一起玩遊戲嗎？當然不是。

「共郎長行」，這個「長行」又指代遠離遠別，「莫圍棋」，其實是莫違期，不要過了約定的時間還不回來。

這種生動俏皮的叮嚀，不由得讓人想起鄧麗君的那首名作《路邊的野花不要採》，但溫庭筠的這首詩，可能更俏皮一些，而且不只是俏皮，它真正的曼妙卻是在言語的俏皮之上更上一層，那是什麼呢？

是深情，是入骨的深情。「玲瓏骰子安紅豆，入骨相思知不知？」既然上兩句已經用了諧音雙關的表現手法，深燭、長行、圍棋，那麼最後一聯就更不用説了。不僅諧

音，意象的選取也是大膽。

骰子呢，就是色子。最開始的時候是玉做的，後來變成骨質的。因為它那上面的點，要着色，所以又稱為色子。標準的色子是個六方體，六個面兒上面分別刻着從一點到六點。其中一點和四點是紅色的，其他四個是黑色的。那為什麼一點和四點是紅色的呢？

傳說唐明皇和楊貴妃都酷愛擲色子，有一次輪到唐明皇擲色子的時候，唯有兩粒骰子都擲四點，他才能贏了楊貴妃。這個骰子在轉動的時候，唐明皇很激動，就在那兒叫着說雙四雙四，要兩個四點。等色子停下來的時候，果然是兩個四點。唐明皇見此大為高興，覺得這是吉兆，就以皇帝的身份，命令太監把所有色子四點這一面都塗成朱紅色。那麼和四點對應的一點那一面，也被塗成了朱紅色。後來就引發了民間的效仿，並且一直流傳到今天。

色子上那個一點和四點的點像什麼？就非常像那個相思的紅豆。所以叫「玲瓏骰子安紅豆」。「入骨相思」，我們剛才講了，最早的那個色子是用玉做的，後來都用骨頭做了。所以，這個像紅豆一樣的那個紅點，深陷在那個骨頭裏了，叫作入骨相思。這個意象上的選取和這種一語雙關的隱語表現，實在是太精彩了。所以「共郎長行莫圍棋」，還只是輕輕地叮囑；到了「玲瓏骰子安紅豆，入骨相思知不知」，簡直就是驚心一問啊。既無盡纏綿，又深

情婉轉，一語脫口而出，叫人為之銷魂！

這首《楊柳枝詞》雖然是用了諧音的表現技巧，但是溫庭筠的水平就是不一般。

溫庭筠的諧音運用，會讓我們輕輕地放下那些技巧性的東西，隨着他情緒的表達而感動。你明明知道他用了諧音的技巧，但到最後你根本不在意他用什麼樣的技巧。

最後一句「入骨相思知不知」，簡直是畫龍點睛之筆。那麼溫庭筠為什麼能夠出神入化？為什麼能把這種看似小小的諧音技巧，寫到如此撥動心弦，打動靈魂的地步呢？

溫庭筠的作品中有大量的以女子的口吻來創作的詩詞，所以在愛情詩詞的創作上，當時無人可出其右，也就李商隱和他齊名，所以當時人稱之為「溫李」。

李商隱善於寫詩，溫庭筠善於寫詞，所以溫庭筠後來又被稱為「花間詞派」的鼻祖。

別看溫庭筠的才情很高，但是他的一生有三大遺憾：第一個是長得特別醜，唐代史料裏甚至稱他為溫鍾馗。第二，仕途偃蹇不得志。溫庭筠出身名門，是唐初著名的宰相溫彥博之後，可是他終身都沒考上科舉。才情超絕，又是名門之後，所以孤標傲世，不容於世。而他又往往恃才狂放不羈，喜歡譏諷權貴。

史載溫庭筠科考的時候，「每入試，押官韻作賦，八

叉手而八韻成」，所以時人稱他為「溫八叉」。就是手叉八下就可成八韻之詩。才思比曹子建七步成詩，還要來得快。當時便有人說他「多犯忌諱，為時所憎」，所以一生潦倒。

溫庭筠的第三個遺憾就是，錯失了一段本來可以非常美麗的愛情。溫庭筠和唐代著名的才女魚幼薇，也就是魚玄機的愛情，說起來讓人扼腕歎息。溫庭筠本來是魚玄機的啟蒙老師，而魚玄機出身娼門，溫庭筠惜其才情，不以其貧賤，主動做她的老師。魚玄機在這個過程中，深深愛上了溫庭筠。

可是溫庭筠，一是覺得自己太醜；二是擔心時人的道德評議，怕自己不能給魚玄機帶來愛情，帶來幸福。他不僅內心深深地克制住了對這個美麗女學生的愛，還為她介紹了後來導致魚玄機悲慘命運的一個負心郎——李億。

李億雖然也非常愛魚玄機，但是他更愛他那個出身名門世族的妻子家的財富和地位。一代才女魚玄機，在倍受李億原配夫人的欺凌之後，又被李億無情地拋棄，因此，魚玄機曾經有過「易求無價寶，難得有心郎」的感慨。寫得出「玲瓏骰子安紅豆，入骨相思知不知」的溫庭筠，又豈能不明魚玄機對他深深的愛戀。然而溫庭筠是她的老師啊，發乎情止乎禮，溫庭筠自我的克制，卻讓入骨的相思，最終都變成相思血淚拋紅豆。

溫庭筠是個孤傲的人，他出身名門，卻一輩子譏諷權貴。他又是一個深情的人，身為男子，卻最喜為女兒代言，以女子口吻作詞。在那個豪門成勢、男權本位的社會裏，我覺得溫庭筠的心已經像後來的曹雪芹一樣，跨越了那個時代的天塹——既挺直脊樑，蔑視權貴；又俯下身來，為女子代言發聲。這不就是一個男子最寶貴的東西麼？不屈的風骨，和一顆柔軟、理解、同情、溫暖的心。只可惜他不能跨出那一步，不能改變他和魚玄機的悲慘命運。

多想替那個叫魚玄機的女子問一問溫庭筠啊——

「玲瓏骰子安紅豆，入骨相思知不知？」

晚唐詩人的不屈與堅持

　　如果說晚唐詩人中，李商隱、杜牧以及溫庭筠更多地承繼了唐詩抒情的傳統，那麼長於直陳時事甚至針砭諷喻的，當屬羅隱了。

　　晚唐之際，社會動盪，朝政黑暗。羅隱為入仕努力了一輩子，卻十舉而不第。究竟是什麼造就了他的悲劇人生，他的詩和他本人又有着怎樣的關係？下面，我們就來賞讀他的一首名作《蜂》，去觸摸、去體驗他那坎坷的人生以及悲情卻堅守的命運。詩云：

羅隱——《蜂》

不論平地與山尖，無限風光盡被佔。
採得百花成蜜後，為誰辛苦為誰甜。

在詩歌方面，羅隱的科舉詩、詠物詩、詠史詩等都特色鮮明，有不少佳作名篇。而在他的七十餘首詠物詩中，這首詠蜂詩可以說是其中的代表之作。

在這首詩中，羅隱並沒有像以往文人那樣，把蜂與蝶看作風情、風韻的象徵，而是從一個極其特別的角度着眼，寫了蜜蜂的命運與人生。

「不論平地與山尖，無限風光盡被佔。」詩的前兩句寫到，無論是平原田野還是高山峻嶺，只要有鮮花的地方，就可以看到蜜蜂的身影。蜜蜂似乎是大自然的寵兒，風頭獨享，所謂「佔盡無限風光」。接着，詩人筆風一轉，「採得百花成蜜後」則是寫蜜蜂留戀百花之中，並非為了享樂，而是有着繁重的釀蜜工作，凸顯釀蜜之不易、勞作之辛苦。而橫空出世的一句「為誰辛苦為誰甜」，顯然是全詩的中心所在。詩人提出了一個令人難以回答的問題：蜜蜂如此賣力，如此辛苦卻是為了哪般？卻又是為了何人呢？

這首詩完全不用典，也沒有什麼難理解的詞，卻在直白至極的文字中引發了人們的多種理解和豐富的聯想。關於這首詩的理解，歷來有不同的看法，甚至是大相徑庭、截然不同的看法。

有的認為這首詩是一首借蜜蜂歌頌辛勤勞動者的詩歌。有的認為詩中的蜂代表了下層的勞動人民，但詩人不

是歌頌他們的勤勞，而是心有悲戚，同情他們終日勞作卻常年衣食堪憂的生活，從而對那些不勞而獲者進行無情諷刺。有的則認為此詩乃悲歎世人之勞心於利祿者。這不能不說羅隱有一支生花妙筆，在創作上達到了一種極為高妙的藝術境地。我們常說，有一千個讀者就有一千個哈姆雷特。這句話用在這裏同樣合適。

對羅隱而言，他其實只是把蜂的一生、蜂的命運客觀地寫了下來，個人的感情深深隱在詩句的後面，因而這是一首託物言志的詩。具體言的是什麼，讀者又聯想到了怎樣的人生與現實，就是仁者見仁、智者見智的事了。但究竟哪一種更接近詩人寫詩的初衷，更接近作者寫詩的本意呢？其實，除了上述的各種理解之外，詩中的「蜂」又何嘗不是詩人的自喻？從蜂的身上，詩人又是否看到了自己人生的影子？

實際上，羅隱的詩與他的自身經歷和社會環境密切相關。羅隱的前半生幾乎是在十舉不第的奔波中度過。他半生飄盪，浪跡天涯，也正是在這艱辛困苦的南北奔波中，他有機會廣泛接觸社會，洞察社會幽微，目睹世事變化。羅隱一生寫下的四百多首詩裏，大多數都是「以譏刺為主，雖荒祠木偶，莫能免者」。「曲江池畔避車塵」，「知音衰盡路行難」，正是他這一時期生活的真實紀錄。

寫蜂，寫動物，寫植物，寫山寫水，所要抒發的依舊

還是人的情懷。就像在這首詩中，人們從蜜蜂的命運中悟到的也是人生的感慨。「不論平地與山尖，無限風光盡被佔。」其實也可以看作詩人對自己的才華充滿自信，對自己得天獨厚的才學充滿自得之情。「採得百花成蜜後」，但就是這樣的自己，既然要走求仕之路，那就不得不一次又一次地採花成蜜，在體制的約束下走科舉之路，以行卷的舉動讓有才華的自己能夠為世人所了解，自己的行為不就像那忙忙碌碌的蜜蜂一樣嗎？最後一句「為誰辛苦為誰甜」，何嘗不是反詰，何嘗不是自問，問自己十次應舉，卻又是為了什麼，卻又是為了何人呢？說實在的，這首詩表面寫得並不壓抑，反而有一抹調笑的輕鬆；然而一個問句，卻讓我們感受到了底子裏不堪承受的沉重。

初、盛唐的詩人與中、晚唐的詩人有着很大的不同。前者的胸中有廣大的世界，而後者的內心則與外界格格不入。羅隱是在這方面表現得尤其突出的一位。羅隱在詩中最集中也最善於表現的是自我的悲苦命運，是一己的身世遭遇，即是《桐江詩話》中所說的「卒不離乎一身」。從這個角度來說，《蜂》正可以說是他自己人生的隱喻。

關於羅隱的詩，有論者指出一般詩人詠物，如賀知章詠柳、白居易詠桃花、元稹詠菊花、杜甫詠鷹、李賀詠馬，大多採用一種尊題格的方式。歷代詠物名篇多屬尊題格，多詠其物的品德。而面對急劇動盪的社會現實，羅隱

卻獨創了一種「貶題格」的方式，對所詠事物進行批評抨擊。羅隱的目的在於借所詠之對象，諷刺社會之不足或抒發其不滿之情，是借助詠物舊題表達自己的觀點。因此，他的詠物詩所寫的對象多為暗寓譏刺的物象，在藝術效果上加強了詠物詩的議論諷刺效果。在發人深思的同時，也讓人產生一種悲劇性的同情，從而推進了詠物詩的抒情品格。

我們再回過頭來看《蜂》這首詩，「採得百花成蜜後，為誰辛苦為誰甜」，從「貶題格」的角度來理解，這首詩就絕不是歌頌勞動的光榮，也不是歌頌人民的勤勞。詩中雖有一句「無限風光盡被佔」的描寫，卻更有着後面「為誰辛苦為誰甜」的千鈞之問。

羅隱的詩不僅名篇多，尤為突出的是將詠物詩和諷刺藝術發展到了極致。劉禹錫、杜牧等的七絕亦善於諷刺，羅隱的詩則達到了一個新的高峰。羅隱與政治疏離，冷眼旁觀，尤善於議論，對現實中種種可笑、可悲、可恨的人事進行冷嘲與熱諷。如果說盛唐詩人最擅長的是審美的話，那麼羅隱最擅長的毋寧說是審醜了。

除了這首《蜂》，同類詩中還有《金錢花》，詩云：「佔得佳名繞樹芳，依依相伴向秋光。若教此物堪收貯，應被豪門盡劚將。」羅隱詠金錢花不誇反貶，也是借金錢花這個物象加以聯想發揮，對豪門進行了深刻諷刺。此外又如

《春風》《鷹》《雪》《錢》等等，都是如此。

羅隱的詩之所以有如此特殊的美學風格，除了十舉而不第的坎坷人生外，我個人覺得，很有可能還與他受到的一種審美傷害有關。

唐代是一個欣欣向榮的時代，是一個十分看重人才的時代，在取仕上卻有一種奇怪的論調。唐朝吏部選人之法的四法中，相貌頗被看重，這反映了當時社會對人的體貌的重視。唐人對顏值的看重，在歷朝歷代恐居前列。

宋人錢易《南部新書》曾記載：「鄭畋少女，好羅隱詩，常欲妻之。一旦隱謁畋，畋命其女隔簾視之。及退，其女終身不讀江東篇什。」唐僖宗時，進士出身、喜好詩文的鄭畋擔任宰相。羅隱曾把自己的一些詩文作品寄給鄭畋，希望得到他的賞識和重用。鄭畋的女兒看到羅隱的作品後非常喜歡，甚至有意嫁給羅隱。可是，有一天羅隱來了，她躲在簾後看到了羅隱的容貌，卻大為失望，以至於此後終身都不再讀羅隱的詩。

這件事，在《舊五代史・羅隱傳》《唐才子傳》等史料中也都有記載，雖文字略不同，卻由此可以看出，羅隱的落第，除了他性好譏諷、為人所不喜之外，應也與當時評價人才的社會風氣有關。就是這種對於顏值的追求，使得「貌古而陋」且有「迂寢之狀」的羅隱失去了進身的機會。

其實不唯羅隱，晚唐另一位文人溫庭筠也頗受容貌的

拖累。

　　我們前面講到溫庭筠的時候曾經說到，溫庭筠一生的三大遺憾之一就是長得特別醜，擔心自己會誤了魚玄機，以至於錯失了一段本來可以非常美麗的愛情。溫庭筠出身名門，滿腹才學，卻也是仕途偃蹇不得志。雖然他恃才傲物、狂放不羈，「多犯忌諱，取憎於時」，但鬱鬱不得志。或許也與羅隱的命運一樣，係其時對顏值的過度追求有關。

　　反過來，盛唐之際的張九齡、中唐的元稹都因器宇軒昂、風流多姿而為皇帝喜愛，為朝臣仿效追捧。像我們說過的，後來每有大臣向唐玄宗推薦丞相人選，他都要先問一句「風度得如九齡否」，這又從側面佐證了唐代選拔人才時顏值控的厲害程度。

　　對羅隱而言，他的人生就是這樣充滿了玩笑與戲劇性。他的理想越執着，遭受的打擊就越大；他贏得的詩名越隆，難有作為的失意也就越強烈。但是，雖然命運坎坷，雖然道路曲折，羅隱的不屈與堅持卻在他的詩文中得到了永恆。

　　奮鬥了大半生的羅隱，五十五歲的時候做出了一個艱難的人生選擇。那就是東歸吳越，依附錢鏐。錢鏐雖為藩鎮，但名分上仍屬唐臣，歸於唐朝中央。因此，年近花甲之年的羅隱，得到了錢鏐的欣賞與看重，人生在百般碰壁

之後得到了一個稍可休憩的所在，並終老於故土。

不過，東歸吳越的羅隱在錢鏐幕下依然沒改硬脾氣，仍然「時有督過」。明人胡震亨說「讀羅昭諫請錢鏐舉兵討梁，又不禁發上衝冠矣」，清人吳穎也說，「其高節奇氣有可以撼山嶽而砥江河者」。這說的是，在篡唐自立的梁企圖籠絡各藩鎮勢力時，羅隱向錢鏐大膽進言，勸其舉兵討梁。實際上，羅隱從自己的人生際遇中，已能理性地看出大唐的覆滅是不可挽救的命運，但從其內心深處的道義來說，他必然會做出這樣的選擇。他從來都不曾放棄自己原本的倔強與堅守。

這是怎樣一種無望的掙扎，這是怎樣一種浮世的悲涼。

唐末詩人多擅長作五律和七絕，羅隱也不例外。七律最能看出詩人的功力和造詣之所在。晚唐七律，後人一向多推重李商隱、杜牧、溫庭筠，而洪亮吉在《北江詩話》中卻有一段精彩的評論，極高地稱讚了羅隱對於七律的貢獻：「七律至唐末造，惟羅昭諫最感慨蒼涼，沉鬱頓挫，實可以遠紹浣花，近儷玉谿。蓋由其人品之高，見地之卓，迴非他人所及。」洪亮吉所言極是。

其實，對七律的用力，或許是羅隱對盛唐氣象的一種傾慕，一種追隨。從這個意義上可以說，羅隱是唐詩最後的餘暉，其後唐詩就日趨式微了。

人生的感傷、感懷與感慨

　　詠史懷古，金陵是一個不可逾越的地方。

　　前面在講李白的時候，我們說李白一生七下金陵，在金陵城中寫下許多懷古之作。因為李白的開掘，金陵懷古之作便成了後世文學史上一種奇特的文學現象，劉禹錫、韋莊、李煜、歐陽修、王安石等都創作了大量的金陵懷古詩詞。

　　這其中，韋莊的《台城》就是一首代表之作。詩云：

江雨霏霏江草齊，六朝如夢鳥空啼。

無情最是台城柳，依舊煙籠十里堤。

韋莊長於作詩，被稱作「唐末之巨手」；《花間集》中，他又與溫庭筠並稱「溫韋」。事實上，韋莊對生活的體悟，尤其是在民生疾苦的體悟上比溫庭筠遠有過之。他早年仕途偃蹇，多次科舉不第；在長安應舉時，又恰好碰上黃巢起義攻破長安，與親人失散，漂泊於江湖。

韋莊一生漂泊過許多地方，而他對南方的描寫有一種特殊的情緒。像他的詞《菩薩蠻‧人人盡說江南好》、他的七言絕句《古離別》都是如此。這首名作《台城》寫的則是歷史名城金陵，也就是今天的南京。

台城亦稱苑城，在今天南京的雞鳴寺南、玄武湖邊，原是三國時代吳的後苑。東晉成帝時在此改建新宮，其後到隋唐此前一直是歷代帝王居所。然而便如孟浩然所云「人事有代謝，往來成古今」，台城到了唐末雖然尚存，卻早已荒廢不堪，成為供後人憑弔、傷懷的遺跡。

詩中的「江雨」「江草」「台城柳」「煙籠」，寫的都是典型的江南景色。但與《天淨沙‧秋思》全由名詞構成意象，讓讀者生發無限感懷有所不同的是，這首《台城》的代入感更為強烈。名詞之外，詩人所用的「霏霏」「夢」「空」都是在反覆渲染他內心的迷惘和虛無，表現對於一個時代沒落的預感。也正因為如此，《台城》引發的不僅是個人的情思，更是對於歷史長河中時代命運的諸多感歎。

「江雨霏霏江草齊」，詩人起筆先寫江上煙雨，濛濛煙雨之間，但見四周芳草萋萋。四周的景物雖然透着一種詩意，蓬勃着一股生機，而那昔日「六代競豪華」的名都卻已是荒涼冷落。「六朝如夢鳥空啼」，就在詩人沉浸於霏霏細雨、茵茵芳草之際，一陣陣歡快的鳥叫聲，打破了眼前的沉靜，也激發了詩人的感慨。

「六朝如夢」四個字把幾百年的歷史一筆帶過，不由得令人感觸良多。從「夢」到「空」，兩個字寫盡繁華易逝，興亡難挽。巨大的滄桑變遷、強烈的今昔對比震撼着詩人的心靈，但那自鳴的啼鳥卻哪管這台城曾湮沒過多少繁華往事呢？人生的無奈、無力之感油然而生。

「無情最是台城柳，依舊煙籠十里堤」，這兩句最是令人心顫。為什麼詩人會寫出柳樹無情之語？生逢末世，人生坎坷，憑弔古城之際，怎能不陡然增添無數情愫？「無情」是詩詞中常常出現的一個詞，像「多情卻被無情惱」，像「落紅不是無情物」，像「多情卻似總無情」。這個詞的微妙之處正在於，有時多情便是無情，有時無情則是多情。最為無情的就是那城牆邊的柳樹了，千百年來無論人世間歷經了多少滄桑，多少變化，它們都依然在那裏含煙吐翠，見證一個又一個王朝的起落興衰。六朝往事已逝，而眼前悲劇又即將上演。永恆不變的只有自然萬物，改變的則永遠是朝代與人。這一句，比之杜牧的「商

女不知亡國恨」更有藝術感染力。

王國維曾說「一切景語皆情語」，這首七絕不僅以景襯情，而且還有一個十分特殊的地方。我們看到，詩中所有呈現出的意象都是美好、充滿詩意的。這就與許多詩人懷古所看到的一片凋零、衰敗景象有所不同。比如劉禹錫筆下的《台城》就寫，「萬戶千門成野草，只緣一曲後庭花」，比如張喬筆下的《台城》，「宮殿餘基長草花，景陽宮樹噪村鴉」。韋莊的《台城》卻繞過了這一切，不寫皇宮的幾多變遷，而是寫台城的自然美景；但恰恰在這種自然依舊，而山河已是全非的重大反差中，激起了讀者更多的同情與共鳴。

要達到這一效果，就需要在歷史的遺跡與現實的感受之間找到一個結合點。詩人很巧妙地找到了，那就是台城旁的依依煙柳。

我一直認為，城牆是南京最重要的城市記憶之一。一座城，一段牆，從古到今，見證了多少文明與歷史，見證了多少變幻與滄桑。在韋莊心中，那無情的柳樹卻正是金陵城最重要的記憶之一。自古楊柳便是送別的象徵，是友情的象徵。詩人卻說那如煙長柳見證了六朝興替，見證了繁華消歇，卻依然如斯，卻無動於衷。詩人其實並非嗔怪煙柳，而實在因為心中有無限感懷、無限傷痛，以致把無情之語加諸柳樹。其傷懷之深，由此可見。

我曾經反覆說過，華夏文明最大的特點即在於對時間的感知，以及為此作出的現實的努力和情感上的各種感慨與宣泄。我們每一個人都既活在當下，又活在歷史的長河之中。對一個個體來說，時間是每個人的生命過程；而對一個族羣來說，時間裏則有着豐富的歷史記憶。中華民族有着如此悠久的歷史、文化，已化為每一個個體的文化血脈。

　　作為詩人的韋莊，他對時間的感懷與體味尤其深切。在他的眼中，在他的筆下，空間還是那個空間，時間卻早已不是那個時間。而且，更為巧妙的是，他把時間和空間又通過柳這個意象，牽連在了一起。在《台城》中，無情的是柳，也是自然，與它對應的六朝只是一個短暫的時間。「無情」二字觸目驚心，物是人非之感令人唏噓不已。其實韋莊已不僅僅是傷悼六朝舊夢，不僅僅是抒懷思古，更是曲折地表達了自己的亡國之憂。

　　當年，韋莊在長安親眼目睹了黃巢攻陷長安的過程，寫下了《秦婦吟》。「昔時繁盛皆埋沒，舉目淒涼無故物。內庫燒為錦繡灰，天街踏盡公卿骨。」這就是韋莊所見到的戰爭留下的創傷。《秦婦吟》一詩後來為他帶來了巨大聲望，為其贏得了「秦婦吟秀才」的稱號，許多人家甚至在屏風上繡了《秦婦吟》的詩句。

　　韋莊身處唐末，他的《秦婦吟》可以說是承接了歌行

體的餘脈;而他的詞名作《女冠子》則開花間詞派的風氣之先。左手《秦婦吟》,右手《女冠子》。唐代文學從詩到詞的轉換,在韋莊這裏已經得到了鮮明的體現。

這首《女冠子》在《草堂詩餘別集》裏另外有題,題做《閨情》,説明是寫女子的。詞云:「四月十七,正是去年今日,別君時。忍淚佯低面,含羞半斂眉。不知魂已斷,空有夢相隨。除卻天邊月,沒人知。」不過,歷來寫女子閨情相思之情的名作很多,卻很少有像韋莊這樣,一上來居然是像日記一樣記載時間的兩句話。

但是一句「別君時」,就非常直接地言明了讓這個女子痴迷的原因。於是,前面記載日期的兩句話就像是脱口而出,就像是人在沉醉之中的一種夢囈或者是一種驚醒,或者是一種喃喃自語。「正是」兩個字用得特別傳神,體現出女子對那個時間、那個場面記憶至深。那一天那麼難忘,那一天如此讓人痴迷讓人沉醉,只因那一天是與心愛的人分別的日子。接下去一句「忍淚佯低面,含羞半斂眉」,一個嬌羞可愛的小兒女情態躍然紙上,如在目前。雖然是佯低面、半斂眉,但絲毫不顯得做作,讓人想來一切都是基於感情的真摯,一切都是源於醇美的愛情。

「不知魂已斷」的魂斷兩字,則不由得讓人想起陸游的「夢斷香消四十年,沈園柳老不吹綿」,魂斷香消、夢斷香消。江淹《別賦》説「黯然銷魂者,唯別而已矣」。

看來不論是陸游那樣的深情男子還是韋莊筆下的深情女子，他們深情的眷戀都可以讓時間的長河黯然失色。

「不知魂已斷」是承上，「空有夢相隨」則是啟下。而說到這個夢來，一則是世人全然不知，一則是世人又盡知。「除卻天邊月，沒人知。」世人不知夢中的淒苦、夢中的歡情，大概只有當事人才能有痛徹骨髓的感受，從不知魂已斷到無人知，是反覆加強了這種不知的痛苦與淒苦。魂銷夢斷，都無法排遣相思之苦，就只有對月傾訴了。這一句「除卻天邊月，無人知」，其實暗扣了開篇看似突兀的「四月十七，正是去年今日」，讓時間和明月成為不盡相思的永恆見證。

讀完這首詞，大家可能就有一個疑問，前面說到的「空有夢相隨」的那個夢時，為什麼說是世人全然不知，又是世人盡知呢？

因為韋莊的這首《女冠子》還有不止一篇續作，記夢的那一首《女冠子》寫的恰是這一篇裏「空有夢相隨」的夢境。詞云：「昨夜夜半，枕上分明夢見，語多時。依舊桃花面，頻低柳葉眉。半羞還半喜，欲去又依依。覺來知是夢，不勝悲。」兩首《女冠子》在時間上其實是相接的。而且因第一首的「空有夢相隨」，第二首雖然是以男子記夢的狀態，卻同樣寫了一個綺麗纏綿的夢境。因此，後人大多認為這兩首女冠子其實是一個整體創作。

看來一定是有一件事發生在四月十七日。而發生在去年四月十七日的那一件事，應該就是韋莊生命中不能承受之重。所以他才會有這樣深情的《女冠子》。

那麼，到底發生了一件什麼樣的事情呢？

《五代別集》記載：「莊有美姬善文翰，高祖託以教宮人為詞，強奪去，莊作《謁金門》辭憶之。姬聞之不食而死。」原來韋莊有一心愛的女子，同樣擅長詩詞的創作。蜀高祖王建託辭讓她教宮中女子學寫作，霸佔了她。韋莊因此作《謁金門》一詞來懷念。後來女子在宮中聽聞了韋莊的《謁金門》，絕食抗爭，以死明志，完成了她和韋莊的一世情緣。

在亂世中的生命，在亂世中的愛情，多麼無奈，多麼傷感。多麼沉痛的訣別，但韋莊卻寫得「最是詞中勝景」，「語淡而悲，不堪多讀」。王國維《人間詞話》因此認為韋莊的詞要高於溫庭筠，「溫飛卿之詞，句秀也。韋端己之詞，骨秀也」，就是說韋莊詞是美在骨子裏。想來之所以會美在骨子裏，大概也是因為生命與愛情之痛痛入骨髓吧。

這就是韋莊，與他寫《台城》一樣，越是沉痛，卻越是平靜。唯有平靜，才透出心中那跨越千年的感傷、感懷與感慨。

一寸光陰一寸金

　　在羣星燦爛、百花爭艷的唐代詩壇，王貞白並不
能算一位特別耀眼的詩人。他雖有「一寸光陰一寸金」
的名句傳於後世，但大多數後人卻並不知曉該句係出
自他的筆下。

　　那我們為什麼連中唐王建這樣的詩人都未選擇，
卻反而選了王貞白的詩呢？下面，就讓我們先來讀讀
這首《白鹿洞》吧。詩云：

王貞白——《白鹿洞》

讀書不覺已春深，一寸光陰一寸金。

不是道人來引笑，周情孔思正追尋。

王貞白，信州上饒縣永豐鎮人，也就是今天的江西廣豐人。他生活的時代，大唐早已走到了末世。社會動盪，戰事頻起，時局風雨飄搖。在這樣的時代，志存高遠的年輕人又會有怎樣一種人生？

　　乾寧二年（895），王貞白參加科考。原本嚴肅的科舉在這一年卻起了風波。

　　王定保在《唐摭言》中有記載，當年科舉初試錄取進士二十五人，張貽憲為狀元，王貞白、黃滔、趙觀文等人也登第在列。但由於考官崔凝有作弊之嫌，與時人議論紛紛，昭宗無奈，只得下詔重試。結果，趙觀文拔得頭籌，張貽憲等十人落榜。王貞白、黃滔等人則二次登第。

　　這一下，王貞白名動四方。喜訊傳到家鄉之後，郡守為了慶賀此事，竟將他所居之坊改名為進賢坊，並且減了戶稅。在《赴選別太守》詩中，王貞白寫道：「改貫永留鄉黨額，減租重感郡侯恩。」並自註云：「蒙本州改坊名為進賢，並減戶稅。」對此事特別做了記載。

　　王貞白之所以能夠兩度折桂，就是因為他喜好讀書，當然還有考運。事實上，許多有才學的士子，未能如願者也多之又多。即就中、晚唐而言，便有賈島、李賀、溫庭筠等諸多詩人與科考擦肩而過。

　　說到王貞白的好學，我們就來看看他的名句「一寸光陰一寸金」以及這首《白鹿洞》吧。這首詩的意思不難理

解，是一首寫自己讀書生活的詩，也是一首惜時詩。

詩裏的白鹿洞位於九江廬山五老峰下，詩人曾在此讀書求學。「讀書不覺已春深」，顯然是寫詩人專心讀書，不知不覺中春天已過大半，時間到了暮春時節。從這裏可以看出，他讀書十分入神，每天都過得緊張而充實，所以才會驚覺時間流逝之快。「一寸光陰一寸金」，這裏以黃金比喻光陰，極寫時間寶貴，應該好好珍惜。這是由第一句的時間流逝自然而然引發出來的人生感悟，千百年來激勵着人們珍惜時間，不斷前行。後來，正是在這一句的基礎上，《增廣賢文》才續出了「一寸光陰一寸金，寸金難買寸光陰」的千古名聯。

三、四句的「不是道人來引笑，周情孔思正追尋」，「周情孔思」指的是周公禮樂、孔子儒學，用來泛指經史之學；「道人」字面意思不難，卻在後世的解讀中有不同看法。有人將其解釋為來往、路過的人；有人則理解為指白鹿洞中的道人。我個人覺得還是後一種解釋更為合適一些。這兩句其實是說，正當詩人孜孜不倦，潛心研讀周公、孔子時，山上熟悉的道人前來找他聊天、說笑，這時的他才會和朋友聊一聊，讓自己放鬆一下。一個精心苦讀的形象，就這樣鮮明地立在了我們面前。

時光從來珍貴，惜時更可以說是中國文化的傳統。但是，詩人之所以能發出「一寸光陰一寸金」這輝耀千古的

感慨，與他身處動盪的亂世密不可分。

那時正是唐末，戰亂頻仍，時局動盪，但王貞白尚能夠在白鹿洞裏靜心求學。暮春時節的五老峰草木蔥翠，山腳下的白鹿洞傳來陣陣讀書聲。這種內部的「安」與外部的「亂」、內部的「靜」與外部的「動」應該給了王貞白巨大的心靈撞擊，讓他有了在其他歲月所難有的思想火花。就這樣，詩人的情感激越而起，他的感歎破空而來，穿越千年，在後世人們的心中激盪。

而這一人生感悟，這種對讀書的珍視，也為他的後半生埋下了一顆了不起的種子。

總體來說，這首詩平白如話，但還是妙用了比喻，巧用了典故。

唐詩中好的比喻一般都不直白，而是若即若離，婉曲含蓄。像杜牧寫過一首《歎花》，懷念一個與自己擦肩而過的美麗少女。詩中說：「狂風落盡深紅色，綠葉成陰子滿枝」。是說自己尋春賞花去遲，以至於春盡花謝了，與美好的時光擦肩而過。一句「綠葉成陰子滿枝」，暗喻那美麗的少女妙齡已過，已然結婚生子。但王貞白的比喻卻走直白、平易的路子。他說時間十分寶貴，一寸時間就和一寸長的黃金一樣昂貴。這種比喻實在外露至極，但是，卻絲毫不顯得生硬，不顯得牽強。

為什麼呢？就因為他巧妙地抓住了時間對於人們的重

要性。這也是古往今來，勸學詩甚多的原因所在。而且，當詩人將世間兩樣人人皆知的寶物放在一起時，抽象的時間從此變得具象，可感、可知，而不再是某種虛空縹緲的存在。因為時間變得可感、可知，這首詩的警醒意義也就水到渠成地達到了。

人生有限，學海無涯，許多人都勸誡世人熱愛讀書，珍惜時間。

《長歌行》中便有「時光如流水，一去不復返，少壯不努力，老大徒傷悲」的說法，晉陶淵明在《雜詩》中則詠歎「盛年不重來，一日難再晨。及時當勉勵，歲月不待人」。唐顏真卿《勸學》「三更燈火五更雞，正是男兒讀書時。黑髮不知勤學早，白首方悔讀書遲」以及宋朱熹《勸學詩》「少年易老學難成，一寸光陰不可輕。未覺池塘春草夢，階前梧葉已秋聲」等，都是勸誡人們要勤奮學習，不要錯過讀書的好時光。任何時候，關於惜時如金的信念都能夠深深打動我們的心。

「一寸光陰一寸金」不僅比喻巧妙，而且妙用典故也到化境。《晉書·陶侃傳》云「大禹聖人，乃惜寸陰；至於眾人，當惜分陰，豈可逸遊荒醉」。到了詩人筆下，則脫出傳頌千古、婦孺皆知的名句。

除了這首珍惜時光、把握當下的《白鹿洞》之外，王貞白的邊塞詩其實也特別值得一說。

邊塞詩到了晚唐，已失去了初、盛唐那種健朗明快、昂揚奮發的面貌，也沒有了中唐那種凝重深沉的氣韻。面對國家和社會難以挽回的頹廢之勢，許多詩人的理想主義、英雄主義已被藩鎮林立、軍閥混戰、宦官專權的現實所吞噬，詩風便多趨怨憤蒼涼，無可奈何的落寞之感充溢詩壇。而王貞白的邊塞詩卻在晚唐的時代氛圍之中，寫出了盛唐邊塞詩那一種豪邁雄渾的氣象。

「微功一可立，身輕不自憐。」王貞白也曾滿腹豪情、策馬疆場，隨軍出征邊塞抵禦外敵，經歷了幾度塞外風霜，正所謂「憶昔仗孤劍，十年從武威。論兵親玉帳，逐虜過金微。」

王貞白的邊塞詩數量並不多，只不過十餘首，卻展現出了與整個唐末環境大不同的心理狀態和情感指向。如他的那首《度關山》：「只領千餘騎，長驅磧邑間。雲州多警急，雪夜度關山。石響鈴聲遠，天寒弓力慳。秦樓休悵望，不日凱歌還」，便可以看作是唐末邊塞詩的餘韻唱響。

當然，王貞白畢竟身在晚唐，因此他的邊塞詩中雖有着昂揚向上的進取精神，但他並非對現實視而不見，也將筆觸深入到了戰爭的另一面，在批判與揭露中表明自己的價值取向，這與其他晚唐詩人則又可謂一脈相承。如他的《塞上曲》便是如此，詩云：「歲歲但防虜，西征早晚休。匈奴不繫頸，漢將但封侯。夕照低烽火，寒笳咽戍樓。燕

然山上字，男子見須羞。」

王貞白的詩之所以有這樣的特色，有這樣的風格，是與其獨特的人格特質分不開的。也正是他的性格、他的氣質，決定了他不一樣的一生。

晚唐不少詩人最終都走上了歸隱之路，王貞白同樣如此。但他的不同在於，比如當時的方干選擇歸隱，直接原因是因為「十上不第」；鄭谷歸隱之際，則已近暮年；司空圖歸隱之後，始終未能忘懷仕途，又多次應徵而出。而王貞白，卻是在人生得意之際、人生精彩之時毅然隱退。

天復二年（902），二十七歲的王貞白授校書郎，正式步入仕途。此時已是距他考中進士七年之後的事了。但唐王朝早已繁華不再，朝廷從上到下一片腐敗。「時官苟貪濁，田舍生憂煎。」潔身自好、不願同流合污的王貞白，終於遠離了爾虞我詐的官場，棄官歸隱田園。這一年，王貞白還不滿三十五歲。

可以説，王貞白的選擇是在艱難時世中保持思想的自由、人格的獨立，是向內轉的典型代表。對他而言，歸隱無疑是一種最好的選擇。但是，向內轉不等於漠視現實，更不等於放棄理想、放棄追求。放下的是虛名，肩負起的是更多的歷史責任。

回鄉之後，王貞白將自己滿腔的熱情和抱負全部傾注在了惠及後代的教育事業。他在當年的永豐縣城外西山之

南，創建了「山齋書舍」。他潛心教學，廣收門徒，為青年子弟傳道解惑，開啟了一代學風。

重視教育，是我們這個偉大國度的文明得以延續的重要力量。而在教育當中，從萬世師表的孔子開始，到韓愈，到王貞白，再到後世王陽明，他們都是嘔心瀝血、死而後已地走完了自己的人生之路。

「多少事，從來急；天地轉，光陰迫。一萬年太久，只爭朝夕。」當時代快速地裹挾着我們向前奔走，當寶貴的光陰匆匆從我們身邊流逝，「一寸光陰一寸金」的觀念已在每一個懷抱理想的年輕人心裏生根發芽，並慢慢地成長。但王貞白留給我們的並不僅僅是「一寸光陰一寸金」這樣的警句，還有一種永不磨滅、穿越千古的勵志精神。

這，也正是王貞白在歷史長河中的價值所在。

唐詩簡史

酈波——著

□ 責任編輯：黃嗣朝
□ 裝幀設計：林曉娜
□ 排　　版：陳美連
□ 印　　務：林佳年

出版　　中華書局（香港）有限公司
　　　　　香港北角英皇道 499 號北角工業大廈一樓 B
　　　　　電話：（852）2137 2338　　傳真：（852）2713 8202
　　　　　電子郵件：info@chunghwabook.com.hk
　　　　　網址：http://www.chunghwabook.com.hk

發行　　香港聯合書刊物流有限公司
　　　　　香港新界大埔汀麗路 36 號
　　　　　中華商務印刷大廈 3 字樓
　　　　　電話：（852）2150 2100　　傳真：（852）2407 3062
　　　　　電子郵件：info@suplogistics.com.hk

印刷　　美雅印刷製本有限公司
　　　　　香港觀塘榮業街 6 號 海濱工業大廈 4 樓 A 室

版次　　2020 年 3 月初版
　　　　　© 2020 中華書局（香港）有限公司

規格　　32 開（195mm×140mm）

ISBN　　978-988-8675-31-9